賞金稼ぎスリーサム！

二重拘束のアリア

川瀬七緒

Bounty hunting Threesome!

Nanao Kawase

小学館

contents 目次

賞金稼ぎスリーサム!

二重拘束のアリア

第一章

episode 1

一年生存率、二十パーセント未満

1

古めかしい木枠の格子窓から見える風景は、まるで鮮やかな点描画のようだった。黄色く色づいたイチョウがひっきりなしに葉を落とし、澄み切った蒼穹《そうきゅう》とのコントラストが視覚を刺激する。窓から吹き込む風は心地よく、普段はやかましい鳥たちのさえずりにも安らぎを感じた。

藪下浩平《やぶしたこうへい》は眩《まぶ》しい日差しに目をすがめた。心労を溜《た》め込んで無理をしている自覚はあるものの、気持ちは驚くほど凪《な》いでいる。この場所が東京のど真ん中、代々木上原であることを忘れて、人里離れた山奥だという空想を巡らせるほどだった。

椅子にもたれてぼんやりと外を眺めているとき、斜め前から一本調子の声が聞こえた。

「あの白っぽい鳥の群れはエナガです。ふわふわしたかわいい見た目なので、キャラクターグッズにもなっています。でも、体重は七グラム程度しかありません。食料向きではないと思います」

藪下ははす向かいに座る女と目を合わせた。栗色《くりいろ》に染めた髪を緩く編み込み、波打つ後れ毛が小作りな丸顔にまとわりついている。化粧は薄い。しかし長い睫毛《まつげ》は上向きにしっかりと固定されており、美への探求心が窺《うかが》えた。そこいらですれ違う同年代の女と同じような見た目でありながら、今日も警戒心が掻《か》き立てられるほどの圧がある。人並み外れた眼光のせいだった。

上園一花《うえぞのいちか》は真っ向から藪下を見据え、まるで黒曜石のように鈍く光る瞳を微塵《みじん》も動かさなかった。

「エナガはメジロと群れたり、シジュウカラと行動をともにすることもあります。仲間もみんな小鳥なので、やっぱり食料にはなりませんが」

藪下はごわついた硬い髪をかき上げ、その仕種《しぐさ》を目で追っている一花に言った。

「あたりまえだが、鳥を獲《と》って食おうと思って見ていたわけじゃない。なんでいきなりそういう話になるのかは知らんが、よそではやめておいたほうがいいぞ」

「軽い冗談は、場を和ませるテクニックだと淳《じゅん》太郎《たろう》さんから教わりました。こちらに敵意がないことを伝える役目も果たしています」

藪下は、生真面目《きまじめ》に答える一花をまじまじと見た。

「悪いが、おまえさんの話はまったく冗談には聞こえない。だいたい、人には向き不向きがある。あの男の対人スキルは異常だし、万人向けじゃないってことをまず理解したほうがいい」

「それは承知しています。十五分もあれば、ほとんどだれとでも打ち解けられる才能の持ち主ですから。藪下さんも滅多に冗談を言いませんし、この際、一緒に淳太郎さんから教わって苦手を克服しませんか?」

「断る」

藪下は即答した。

出会ってからもう一年以上が経《た》つのに、彼女はほとんど何も変わっていない。対人関係が大の苦手で極度の口下手、しかしだれよりも人とのかかわりを欲しているのが物悲しい。時にそれは必死にも見え、ますます人に距離を置かれることにもつながっていた。しかし、普通の二十四歳の女にはない世離れした雰囲気をもついちばんの理由は、彼女が複数の免許を所持する正真正銘の腕利きハンターだということだ。この歳《とし》で狩猟というものを熟知し、自然界で命がけの勝負を幾度となく経験している。

そのとき、広々とした事務所の中二階からのんびりとした声が落ちてきた。

「一花ちゃんの冗談はいい線いってると思うよ。次はもうちょっと表情を柔らかくしてみようか」

目線を上に向けると、広々とした事務所の中央にある中折れ階段から姿のいい男が下りてきた。藪下は、長めの髪を無造作に束ねている桐生《きりゅう》淳太郎を目で追った。身長はおそらく百八十五はあるはずだ。大柄な藪下よりも目線が上であり、細身の体を包んでいる鮮やかなブルーのカーディガンが憎らしいほどさまになっている。色素の薄い垂れ気味の目は優しげで、その整った顔で微笑《ほほえ》めばたいがいの女は落ちるという。胡散臭《うさんくさ》い限りだが、確かに淳太郎を見て平然としていた女は一花ぐらいしか知らなかった。

淳太郎は何冊かのファイルとノートパソコンをテーブルに置き、優雅な所作で丸みを帯びた革張りの椅子に腰かけた。肘掛けと背もたれが一体化した鉄脚の椅子は、座り心地も肌触りも最高だ。本来ならば藪下の人生には登場し得ない代物だった。この椅子一脚でもひと月ぶんの給料は軽く飛ぶだろう。

藪下は、あらためて開放感のある吹き抜けの空間を見まわした。百三十平米はあると聞いているが、天井が高くて大きな窓が多いため、事務所というより美術館のような風情があった。部屋のあちこちには趣《おもむき》の異なるソファやテーブルが配され、気分に応じて仕事をする場所を変えられるのだという。そんな空間の真ん中には使い込まれた色合いの板張り階段があり、壁の片側一面はレンガ組みだ。目利きとはほど遠い藪下にも、そこいらで売られているただのレンガではないことはわかっていた。深い黄色と赤系の濃淡があり、劣化していて見事に形はばらばらだった。所々に落書きや刻印まで見受けられる。好き好んで使い古しの資材を選ぶ感覚が藪下にはないが、どこを見ても違和感がないのはさすがと言わざるを得ない。

腕組みしながら周りに目を走らせている藪下に、淳太郎は嫌味のない笑みを投げかけた。いつも思うことだが、三十三歳にして隙がないほど洗練されている。

「内装に興味をもっていただけたようで嬉《うれ》しいですよ。オフィスを開設するにあたって、藪下さんがスチールの棚を買いにホームセンターへ行ったと聞かされたときには、あまりの衝撃で持病の喘《ぜん》息《そく》の症状が出ましたから」

「悪かったな」

藪下は皮肉めいた笑みを浮かべた。

「経費を切り詰めようと考えんのは当然だろ。しかも、都心の一等地にこれほどのスペースは無駄だ。社員はたったの三人なんだし、事務所なんかは十畳もあれば事足りる」

「やだなあ、藪下さん。十畳なんて収納スペースにもならないですよ」

何気なく育ちの違いを見せつけてくる淳太郎に、藪下は恨みがましい目を向けた。

「それに、わざわざここを用意したわけではありません。このマンションはいわゆる不動産投資物件で、税金対策のために何年も前から所有していたものです。いずれは賃貸に出そうかと思っていたもので」

「この広さで賃貸？　いったい月に何百万取られるんだよ」

藪下がため息をつくと、淳太郎はノートパソコンを開きながら言った。

「このオフィスに限って言えば、四つの部屋の壁と天井を抜いてワンルームにリフォームしました。ひと部屋だけだとどうしても手狭ですからね。なので、みなさんは気兼ねなく使ってください。初期投資ぶんは簡単に回収できますから」

するとずっと黙っていた一花が、天井や壁に目をやりながら口を開いた。

「こういうデザインとか配置を考えつく淳太郎さんはすごいですね。古いものだらけでいろんな要素が混ざっているのに、なぜかシンプルに見えて新しい感じがします」

一花が一本調子の声を出すと、淳太郎はおもむろに立ち上がってテーブルをまわり込み、彼女の背後から耳許《みみもと》に顔を寄せた。

「一花ちゃんの言葉は何よりも嬉しいよ。お世辞じゃないのがわかるからね」

そう言いながらさらに顔を寄せたのを見て、藪下は咄嗟《とっさ》に腕を伸ばして引き離した。

「近い」

ひと言でそう返すと淳太郎は笑いながら定位置に戻り、壁のほうへ手を向けた。

「このレンガはソリッドタイプのワイヤーカットで、ひとつひとつ手作りの一点物です。およそ百五十年前に、イギリスの窯《かま》で生み出されたものですね。現地で古い城を解体すると聞いたので、レンガや柱材なんかを安く譲ってもらったんですよ。もうずいぶん前のことですが」

「物好きにもほどがある」

藪下は半ば呆《あき》れたが、事の経緯《いきさつ》を聞くほどレンガの傷や落書きひとつにも妙に情が湧《わ》いてくる。

「天井に組まれている板は、ブルックリンにある電気部品会社の古い倉庫を解体したときのものです。クルミ材の一枚板で、年輪の美しさといい茶褐色の濃度といい、ミラノ大聖堂にも引けを取りませんね。ここまでのものは、なかなか手に入りませんよ」

淳太郎は満足そうに天井を仰ぎ、藪下と一花に視線を戻した。

アジア圏ではナンバーワンのシェアを誇る大企業、桐生製糖株式会社の御曹司《おんぞうし》で次期社長の地位が確定している男だ。桐生の傘下に入る企業も含めれば、従業員は数千人をくだらないだろう。傍《はた》から見れば好き勝手に遊び暮らしているぼんくらだが、笑顔の目の奥はいつも冷え冷えとして世の中を俯瞰《ふかん》している。

「それはそうと、二階には三つの寝室とバスルーム、キッチンなどもありますから、いつでも好きなように使ってください。もちろん二人の着替えもそろっていますし、バルコニーにはサウナとジャグジーもありますよ」

もはや事務所の域を超えているし、いつものことながら女ものの着替えまで用意する周到さには恐れ入る。

淳太郎は仕切り直すように咳払《せきばら》いをし、珪藻土《けいそうど》塗りの間仕切りへ目を向けた。そこには五つものモニターが並んでいる。一見すると世界を相手にする金融系のオフィスのようだが、表示されているのは首都圏で発生した事件と警察捜査の目撃情報だ。それらがチャット形式で刻々と更新されている。

「さて。今日、十一月六日は記念すべき日です。合同会社『チーム・トラッカー』が始動する。僕たち三人は、歴史に残る新たな第一歩を踏み出すわけです」

「大げさだな」

「そうでもないですよ。日本初の専門調査会社ですからね」

淳太郎がノートパソコンのキーを叩《たた》くと、間仕切りに埋め込まれているモニターのひとつが切り替わった。スクロールした先には、会社概要のようなものが箇条書きされている。

「会社を興すにあたっては、かなりの時間を割いて三人で話し合いましたね。その結論として、登記上の代表社員は最年長、四十三歳の薮下さん。僕と一花ちゃんは業務執行社員でスタートです」

「しかし、骨が折れる作業だった。法務省と公安に提出する書類だけでも相当な手間暇だ。おまえさんとこの顧問弁護士と税理士には本当に世話になったぞ」

「益田《ますだ》さんは喜んでいましたよ。この仕事は先見性を予感させるとかなんとか」

薮下は背もたれに寄りかかりながら笑った。まったく見通しが立たないことを、先見性と言い換えるとは弁護士の益田もなかなかだ。直接会うことはほとんどないが、どんなときも淳太郎を陰で支えることに終始している。

藪下は、モニターに映し出されている業務内容を読み上げた。

「解決未解決にかかわらず、刑事事件の再調査と現在進行形の事件調査が主な業務……か。あらためて文字で見ると現実味が乏しいな」

すると、瞬《まばた》きもせずにじっとモニターを見据えていた一花が口を挟んだ。

「つまりは、警察捜査と並行して今起きている事件も追跡できる民間企業ということですね。警察を出し抜くことが可能だし、公安のお墨付きがあるので表立った邪魔は入らない。商売敵《がたき》もいないので、わたしたち三人で市場を独占できます」

不敵な笑みを浮かべて高揚感を隠さない。獲物を追い詰めたくてしょうがないという気配を放っていた。藪下は、すでに成功者のような顔をしている女に釘《くぎ》を刺した。

「勘違いすんな。警察と張り合うような派手な仕事じゃない。いいか？　捜査中の事件調査依頼は滅多にこないと思って間違いない。警察が捜査してるさなかに、民間業者を雇ってまで並行調査をする理由がないからな。だから、報奨金の懸かった事件を調査するのが俺らのメインになる。細々とだ。調査の合間にはおのおのが別の仕事をして食いつなぐことになるぞ」

「別の仕事？　なぜですか？」

「なんでかっつうと、警察が出す報奨金の上限は原則として三百万だからだ。とても労力には見合わんし、時間をかけた調査が実を結ぶとも限らない。時給で換算すれば数十円の世界だろう」

淳太郎も頷《うなず》いた。

「そうでしょうね。一件の調査にどれだけの時間を割くかにもよりますが、報奨金制度が適用されたものは当然ですが難事件ばかり。トントン拍子に解決とはいかないでしょう。捜査中の事件調査にいたっては、依頼者が高額な調査料を払う必要がありますし」

問題はそこだった。警察が数十人体制で捜査しているのを横目に、わざわざ金をかけて民間業者に調査を依頼しようという人間はそうそういない。

一花はあごに手をやって考え込み、神妙な面持ちをした。

「なんだか、出社一日目からこの会社の未来は暗いと言っているように聞こえますが」

「そう、お先真っ暗。こんな豪勢な事務所を都心に構えても、光熱費すら賄《まかな》えるか疑問だな。喜んでられるのは今この時だけだ」

「さすが藪下さん。現実主義者ですね」

淳太郎はキーを打ちながら間《あい》の手を入れた。

「経産省によれば、新たに設立された会社や個人事業の一年生存率は七十二パーセント。五年の生存率は四十パーセントです。実際はもっと低いはずですね。これは、事業計画が甘くて見切り発車をしているせいでしょう。あとは資金不足です」

「うちも同じようなもんだろ」

「いいえ、まったく違います。僕が独自に割り出した我が社の一年生存率は、残念ながら二十パーセントにも届きませんよ」

情け容赦のない言葉とは裏腹に、淳太郎は実に爽やかな笑顔を向けてきた。本当に今日は、希望に満ちあふれた記念すべき起業一日目だろうか。

「リカバリープランもありませんし、軌道に乗れなければ即廃業です。僕たちがやろうとしている業務は、一般的な探偵業とは違って実験的な意味合いが大きいわけですよ」

「海外では賞金稼ぎが普通にいますよね？　彼らはそれだけで生計を立てていると何かで読みましたが、そのようにはいかないんですか」

一花が素朴な疑問を口にすると、淳太郎は首を縦に振った。

「アメリカでは賞金稼ぎ、いわゆるバウンティハンターが実在するけど、高額賞金首を追跡する西部劇のようなものではないんだよ」

「ああ、それは知ってる。雇われだよな」

「そうです。主な業務は、保釈金を借りたまま逃亡した人間の確保。仮釈放時、保釈金が払えない被疑者に融資する企業が、腕利きの追跡者を何人も雇っています。州によって変わりますが、自治体が認可している場合もありますね」

その言葉を聞いて、藪下は淳太郎の描く未来をなんとなく理解した。

「おまえさんは、この仕事を国に認めさせたいわけか。いや、警察組織に認めさせるのが最終目的だな。将来的に依頼主のメインは警察と公安、もしくは国家ということも視野に入れていると」

淳太郎はあごを上げて、色素の薄い目を光らせた。

この男は製糖会社を陰から支えている一面、警察マニアというまったく別の顔をもっている。都内で起こる事件現場には必ず顔を出し、執拗《しつよう》な情報収集に加えて仲間内で膨大なデータを蓄積しているのだ。藪下は当初、意味がない、くだらないと一蹴していたが、警察捜査の隅々にまで目を光らせて集めた情報というのは、一見の価値があることがわかった。特に元警官の藪下には、情報のなかに捜査の抜けが透けて見える。

淳太郎はノートパソコンの画面をスクロールしながら言った。

「事業計画のマイナス面ばかり話しましたが、プラスはこの仕事をこなせる能力が僕たちにはあるということです。しかもかなり高いレベルでね。この特異性を入れても、一年生存率は二十パーセントを切りますけど」

藪下は思わず笑った。

「確かおまえさんはスタンフォード大でＭＢＡを取ってるんだったよな？　経営に関してはこれ以

上ないほどのプロだ。そのあたりは従うしかない」

「ええ。損切りのラインは見逃しませんのでご安心を」

願望や勢いだけで動かない姿勢は賢明だ。藪下もこの仕事には期待と情熱を抱いているが、先はどうなるのか見当もつかなかった。今までの保守的な自分なら、リスクだらけの物事には首を突っ込まなかっただろう。しかし、この三人での行動には中毒性がある。多大なストレスを感じるのに抗《あらが》えない魅力があるのだった。

一花は身動きもせず二人の会話に耳を傾けていたが、ふうっと息をついて顔を上げた。

「プラス面はもうひとつあります。わたしたちには一億円の報奨金がありますから。三等分しましたが、しばらく活動できるだけの資金になりますよね」

ふいにその話題を持ち出され、藪下は思わずため息をついた。

およそ一年半前、自分たちは国際指名手配のテロリストの女を追い詰めたことで、思いがけず報奨金を懸けていたルワンダ政府から金を受け取ることになった。過去、ルワンダに災いをもたらしたテロリストの潜伏先と現在の顔写真に懸けられていた報奨金は日本円にして一億。それを手にしたのは喜ぶべきことだが……藪下は淳太郎を見やり、また嘆息を漏らした。

「おまえさんが素早く動きまわったおかげで、俺らはまんまと警察を出し抜いた。正直、半信半疑だったが、本当に報奨金の一億が振り込まれるとはな」

「藪下さん。僕たちが出し抜いたのは警察だけではなく、日本政府、公安、それにＩＣＰＯ執行委員会もだということをお忘れなく」

「忘れるわけないだろ。俺ら三人は、国家に目をつけられたも同然だ。間違いなく公安のリストにも載ったな。賞金首のばあさんの情報を、いち早くルワンダに売り飛ばしたのと同じだ。警察は面《メン》子《ツ》を潰されて怒り狂っただろう」

そして、国際問題となる可能性も秘めている。テロリストの松浦冴子《まつうらさえこ》は逃亡したまま未《いま》だ行方知れずで、警察が確保したあかつきには身柄を引き渡せとルワンダ政府から圧力をかけられているのは想像に難《かた》くない。もちろん法的に引き渡す義務はないものの、政府や警察庁にとって、他国が絡んだ非常に面倒な事態になっているのは間違いなかった。ゆえに高額報奨金を得た自分たち三人は、国家権力に真っ向からたてつく連中として認知されている。

藪下はさらに言い募った。

「去年の放火事件を解決に導いたことで、警察庁は制度に則《のっと》って三百万の報奨金を払ってよこした。きっと歯ぎしりしながら払っただろう。ここで金を出し渋れば、俺らが大騒ぎして事をでかくするのは目に見えただろうからな」

「僕は不満ですよ。本来なら総監から表彰されるべき事案でしたが、そこは見事に無視されましたからね。いったいどういう理由で表彰にはいたらなかったのか、益田さんを通じて警視庁には意見書を送っています」

「わたしは事件に関係する鳥の情報をいくつも提供したのに、まだ情報料が支払われないので警察庁には毎週問い合わせのメールを出しています」

淳太郎と一花がここにきて初めて聞く事実を口にし、藪下は唇の端を引きつらせた。こういう嫌がらせとも取れる行動を無意識に続けているのだから、加速度的に心象は悪くなっているはずだった。お上の顔色を窺う必要はないものの、これからの仕事に差し障りが出るではないか。

藪下が両手で顔をこすり上げていると、一花がチェック柄の手帳を開いて何かを滑らせてきた。

藪下はそれを二度見し、ますます眉間《みけん》のシワが深くなった。

「おい、なんでそんなもんをお守りみたいに持ち歩いてんだよ」

それはテロリストの松浦冴子の不鮮明な写真で、丁寧にラミネート加工まで施してあるものだった。見事な白髪のおかっぱ頭を傾け、腰の曲がった小柄な老婆はじっと何かを見つめている。一花は不穏な写真に目を落とした。

「この人はわたしたちにとっての明確な敵ですから、常に意識を向けていたほうがいいと思います。こちらにそのつもりがなくても、向こうはわたしたちを見つけしだい戦闘態勢に入るはずですから」

それは間違っていない。藪下は危険なテロリストの写真を横目で見据え、問題山積の事実を嚙《か》み締めた。おそらくこの女は、しばらく潜伏したのちにまた動き出すのではないかと睨《にら》んでいる。

すると淳太郎は藪下と一花に資料を滑らせた。

「僕たちの初仕事は事前にメールをした通り、四年前に北綾瀬《きたあやせ》で起きた通り魔事件からいこうと思います。被疑者は不明」

捜査特別報奨金制度が適用されていることに加えて、被害者遺族も五百万の報奨金を提示している案件だ。書類を手に取ってめくったとき、広々とした空間にチャイムの音が鳴り響いた。

2

淳太郎が立ち上がってインターフォンを確認すると、モニターには沈んだ表情の男女の姿が映し出されていた。歳のころは還暦過ぎといったところだろうか。二人とも唇を真一文字に引き結び、モニター越しにも緊張感が伝わってくるほどだった。今日、だれかが訪ねてくる予定はない。

「どちらさまでしょうか」

淳太郎がインターフォンのボタンを押して声を出すと、モニターに映る二人はびくりと体を震わせ顔を見合わせた。セールスや宗教の類《たぐい》でもなさそうで、気の毒なほど不安に飲み込まれている。

男はカメラに一歩近づき、うわずった声を出した。

「と、突然お伺いして申し訳ありません。わたしは倉澤《くらさわ》という者です。こちらのお噂《うわさ》を聞いて、ぜひ依頼を受けていただけないかと思って参りました」

依頼？　淳太郎は振り返って藪下と目を合わせた。会社を設立した初日にやってくるとは、いささかタイミングがよすぎやしないか。同じことを思ったらしい淳太郎は、インターフォンににこやかな声をかけた。

「ご依頼ありがとうございます。ところで、うちのことをどこでお聞きになりました？」

「ホームページを拝見しました。それに、弁護士さんから噂を聞いたんです。去年、森島《もりしま》の放火事件を解決されたそうですね」

「弁護士というと益田でしょうか」

「いいえ、里村《さとむら》さんという弁護士さんです。以前、わたしたちを助けてくださった方で、御社《おんしゃ》のことをわざわざ電話で教えてくれたんですよ」

倉澤と名乗る男はかすれ声で言った。

藪下たち三人が警察と真っ向から対立し、冤罪《えんざい》を未然に食い止めたという事実は法曹関係者なら知らない者はいないと聞いている。どうやら倉澤は、その伝手《つて》で訪ねてきたようだ。

淳太郎は藪下に頷きかけ、オートロックを解錠して五階まで上がってくるよう倉澤に告げた。そして三分と経たずにモニター越しにいた二人が招き入れられる。夫婦なのだろうが、とにかくやつれて二人とも顔色が優れない。ここ数年、笑ったことがないのではないかと思うほど、目に見えて表情筋が衰え口角が下がっていた。

倉澤は、到底事務所とは思えない空間に一瞬だけ驚きを示したが、すぐ伏し目がちになって深々とお辞儀をした。

「本当に突然ですみませんでした。昨日もお伺いしたんですが、留守のようでしたので」

「ホームページには電話番号とメールアドレスも載せていますし、連絡を入れてくだされば確実でしたね」

淳太郎がもっともな言葉を返すと、倉澤は苦しげに顔をしかめて咳払いをした。

「正直に言ってしまえば、電話だと断られるんじゃないかと思ったんです。どうしても最後まで話を聞いていただきたくて」

「そうですか。あまり恐縮しないでください。あちらへどうぞ」

淳太郎はそつなく二人をエスコートし、窓際にあるチョコレート色のソファへ促した。日常生活のほとんどにおいて、ぼうっとしてまったく気の利かない一花をあてにはせず、藪下は手早くお茶の準備をして応接スペースへ運んだ。

三人は代わる代わる倉澤と名刺を交換し、革張りのソファに腰を沈めた。向かいに座る倉澤夫妻の周りだけ、色褪《いろあ》せて見えるほど生彩がない。藪下は二人を見つめ、お茶をひと口飲んでから口火を切った。

「サイトにも記載している通り、うちは刑事事件の調査を専門にしています。一般的な探偵業ではありませんが、そのあたりはご理解いただいていますか？」

まずはここを確認する必要がある。倉澤夫妻が同時に身じろぎをすると、なめし革のソファがうめくような音を立てた。

「業務の内容については、ホームページを隅々まで確認しました。じゅうぶんに理解しています。それで、早速依頼のことですが……」

倉澤は先を急ぐように切り出し、深く息を吸い込んでからひと息に言った。

「実は、う、うちの娘が人を殺してしまったんです」

「人を殺した？」

藪下は思わず繰り返した。同時に淳太郎はノートパソコンのキーを打ち、録音しながら話を入力していく。苦しげに語った夫に続き、白髪混じりの髪を肩に垂らした妻も声を絞り出した。

「あ、あの子は殺されたんです……かわいそうに、し、死んでしまいました……」

語尾を詰まらせた妻は、きつく握りしめていたハンカチを目頭に押し当てた。急に襲ってきた嗚《お》咽《えつ》を必死に堪《こら》え、全身を強張《こわば》らせている。それを見た夫も感情があふれ出し、こぼれる寸前の涙を手の甲で無造作にこすった。

藪下は向かい側で静かに悲嘆する二人を観察し、できるだけ淡々と話を進めた。

「ええと、話を整理させてください。倉澤さんは娘さんが人を殺したと言い、奥さんは殺されたと言う。混乱なさっているようなので、まず、順を追って説明をお願いします」

倉澤は小刻みに頷き、再び目許をこすってから頰のこけた顔を上げた。

「三年半ほど前、二〇一七年の六月二十日のことです。娘夫婦は吉祥《きちじょう》寺にあるアパート暮らしだったんですが、そ、そこで血まみれで倒れている二人が発見されました」

淳太郎は素早く検索し、その事件の小さな記事を表示した。確かに、室内で男女二人が発見されたとある。

倉澤は何度も大きく息を吸い込み、なんとか気持ちを落ち着けてから口を開いた。

「娘は結衣子《ゆいこ》、当時二十九歳で、娘婿は鷲尾《わしお》真人《まさと》、三十一歳です。二人は二〇一五年に籍を入れて、事件当時は結婚三年目でした。一報を受けたとき、わたしは咄嗟に、娘夫婦が強盗の手にかかったんじゃないかと思ったんです」

「なぜです？」

「アパートにはオートロックがないし、今時物騒なんじゃないかと話したばかりだったので。でも、け、警察から二人は殺し合ったんだと聞かされて……」

「ちょっと待ってください。殺し合ったというのは、無理心中の意味ですか？」

藪下が話を遮ると、倉澤は唇を嚙みながらかぶりを振った。

「け、警察は、娘たちは殺し合ったと断言しました。ふ、二人とも死ぬまで争って相討ちになったんだと」

藪下は、両隣にいる淳太郎と一花に代わる代わる目を向けた。二人ともなんとも解せない面持ちで、倉澤の言葉の裏側を考えているようだった。

三年半前といえば、藪下はまだ麻布《あざぶ》署に勤務していた現職の警官だ。別の所轄だとはいえ、この手の特異な事件が起きればすぐ耳に入るはずだが、まったく記憶にはない。何より若い夫婦が殺し合ったとなればメディアが飛びつくはずで、瞬く間に報道は過熱するだろう。しかしその気配もなかったのなら、考えられることはひとつだった。

「個人的な質問をさせてください。もしかして、倉澤さんの親族か娘婿の親族に役人はいませんかね。それもかなり上の階級の役人です」

藪下が指摘するなり、倉澤夫妻はそろって頷いた。

「娘婿の鷲尾家は、何人もの官僚を出している家柄です。特に真人くんの母方の叔父は、現役の警察官僚ですよ」

「なるほど。それで報道規制と箝口令《かんこうれい》を敷いて、表に出る情報を最小限に抑えたわけですか」

そのあたり、かなり徹底したようだがよくある話ではある。藪下は話を戻した。

「それで、お二人がここを訪ねてこられたのは、娘さん夫婦の事件に納得がいっていないから。そういうことでよろしいですか」

倉澤は初めて真正面から目を合わせ、肯定を示すようにゆっくりと瞬きをした。

「娘夫婦は本当に仲がよかったんです。いや、それより何より、普通に暮らしている男女が死ぬまで争うなんてことがありますか？　激しい喧嘩《けんか》をしたのだとしても、仮に殴り合ったのだとしても、殺し合って二人とも死ぬなんてことがあり得ますか？」

「あるかないかで答えれば、あるでしょうね」

「そ、それは結果論でしょう！　警察が一丸となって何かを隠しているのでは？　わたしはずっとそれを疑っています。も、もしかして、娘婿の真人くんが結衣子を殺したのを隠すために事件をでっち上げているのかもしれない」

「娘婿も死亡していますよね」

藪下が事実を指摘すると、倉澤は膝に手を置いて身を乗り出した。

「結衣子を殺して自殺したのかもしれない！　そうだとすれば、鷲尾家は人殺しを出した家だという汚名がつきまとうことになる！　この先ずっとです！　親族の偉いさんたちは、それを理由に辞任に追い込まれてもおかしくはないでしょう！　権力を守るために、事実をねじ曲げているとわたしは思っています！」

倉澤が声を荒らげて持論を捲《まく》し立てたが、藪下はあくまでも静かに告げた。

「倉澤さん。義理の息子が娘さんを殺してから自殺したにしろ、相討ちで殺し合ったにしろ、殺していることには変わりありませんよ。この二つをくらべても、汚名のレベルにそれほどの違いがあるとは思えない。それに初動捜査や法医学的な見解をすべて白紙にして、犯罪そのものを歪曲《わいきょく》することはできない。たとえ警察でもです」

「な、なぜそんなことが言えるんです！」

「これでも元警官なんで、隠蔽《いんぺい》できるラインはわかっているつもりですよ。警察官僚が圧力をかけたとしても、複数の組織を巻き込んだ大掛かりなでっち上げは不可能です」

そうは言っても驚くべき事件なのは間違いなく、納得できないという倉澤夫妻の気持ちは痛いほどわかる。何気なく隣を見ると、一花は瞬きもせずにまっすぐ夫妻に目を向けていた。こんな顔をするのは相手の気配を深くまで探っているとき、そして興味をそそられているときだ。

すると倉澤は妻に目配せをし、使い古された革のショルダーバッグからクリアファイルを取り出した。中から二枚の写真を出してテーブルに置く。それは結婚式の写真で、白いバラやリボンで飾られたアーチを背に新郎新婦が笑っているところだった。娘夫婦らしい。藪下は写真を引き寄せ、幸せの絶頂にいる二人を見つめた。純白のウェディングドレスをまとった結衣子は、奥二重の涼しげな目許が父親によく似ている。小柄な体格は母親ゆずりだろうか。新郎に向けられた笑顔はぎこちなくも愛情に満ち、不安の影など微塵も見当たらなかった。

藪下はもう一枚の写真に目を落とした。夫の真人は見るからに優しげだ。痩せ型の長身で、妻との身長差は三十センチはありそうだった。この写真が撮られてから二年後に二人は殺し合うわけだが、どう考えても小柄な妻は不利だろう。真人が痩せていたとはいえ、本気で争えば男女の力の差は歴然のはずだった。

藪下は写真から目を上げ、倉澤に問うた。

「武道とか格闘技とか、娘さんがその道を極めていたなんてことは？」

「ないですよ。どちらかといえばおっとりして運動神経は鈍いほうで」

「娘さんの職業は？」

「看護師でした。三鷹《みたか》にある松泉《しょうせん》大学付属病院に勤めていました」

淳太郎は素早く検索をして地図上にピンを打った。

「わかりました。口に出すのも嫌だとは思いますが、この事件について、倉澤さんは警察からどういう説明を受けていますか」

その質問を待ちかまえていたらしい妻は、ぎゅっと手を握りしめて防御の姿勢を取った。倉澤は自身を落ち着けるように数秒だけ目を閉じ、覚悟を決めて口を開いた。

「事件当日の夜中、寝ていた結衣子を真人くんがバットで殴りつけたと聞いています。そのとき結衣子は、ナ、ナイフで応戦したと」

「ナイフで応戦？　急に寝込みを襲われたのに？」

「はい。部屋には血のついたサバイバルナイフが落ちていて、ゆ、結衣子の指紋が残されていたそうです」

藪下は素早く状況を分析した。バットで襲撃された妻がサバイバルナイフを手に抵抗したのなら、枕許や近くの棚など、手を伸ばせばすぐ取り出せる場所に武器を用意していたことになる。これはまるで、夫に襲われることを予測している者の行動だった。このためにサバイバルナイフを購入したとすれば防御というより強い殺意があり、バットで襲った真人も妻と同じように初めから殺す気だったとしか思えない。

「二人の直接的な死因は？」

藪下は、考えを巡らせながら立て続けに質問をした。倉澤は微《かす》かに震えている妻の手を握ってから、低い声を出した。

「結衣子は、頭蓋底《とうがいてい》骨折と脳挫傷で急性硬膜下血腫を引き起こしていました。事件から一度も目を覚まさないまま、二週間後に亡くなっています。真人くんは腹を刺されていて、発見されたときすでに死んでいたと聞きました」

「二人以外に、だれかが部屋にいた形跡は？」

「……なかったそうです」

「重度の麻薬中毒やアルコール依存だった線も疑われますが。幻覚や幻聴が出て、いき着くところまでいってしまった可能性です」

倉澤は激しく首を振って、どちらも反応は出なかったと早口で答えた。

シラフでここまでのことをしたのなら、まぎれもなく常軌を逸している。藪下は腕組みしてソファにもたれかかった。もちろん、第三者の犯行を見据えて捜査されたはずだが、夫婦の殺し合いを証明するような物証しか出なかったということだ。交友関係にも不審な点はなかったのだろう。

そのとき、写真を見つめながら涙をぬぐっていた妻が震える唇を開いた。

「あ、あの子の顔はひどいものでした。肩は骨折して顔じゅうに包帯やガーゼが当てられて血まみれで、面変わりしてしまって。バ、バットで頭を殴るなんて、人間のやることじゃない。あの子は、ゆ、結衣子は一度も目を開けずに逝《い》ってしまったんです。わたしがもっと気にかけていてあげたら、こんなことにはならなかったのかもしれない。ずっとひとりで悩んでいたかもしれないのに……」

妻は胸に手を当てながら顔を上げた。

「真人さんの持ち物から、離婚届が見つかったと刑事さんに聞きました。そ、それならなぜ殺す前に離婚してくれなかったのか。結衣子が嫌がったんだとしても、家から追い出せばよかったんです……そうすればあの子は今でも生きていたのに」

妻は両手で顔を覆い、押し殺したような声で泣いた。あまりの痛ましさに慰めようもない。藪下はしばらく口をつぐんでいたが、母親の苦しみに飲み込まれないうちに話を押し進めた。

「娘婿の鷲尾家ですが、この事件に関してなんと言っていましたか」

その言葉と同時に、倉澤が憤りをにじませたのがわかった。

「事件のあと、代理人だという弁護士がうちを訪ねてきて、すべての縁を切る手続きをしましたよ」

「今後一切のかかわりをもたないという念書を書いたわけですね」

「はい。先方は密葬で、いつ真人くんが荼毘《だび》に付されたのかもわからない。せめて焼香だけでもさせてほしいと何度か家へ行きましたが、帰ってくれと門前払いです。わたしが真人くんに不信感をもっているように、先方も結衣子を悪だと思っているんでしょう。事件以来向こうの親族とは一度も顔を合わせていません」

殺し合ったすえに相討ちという事件の性質上、心で相手方を責めながら沈黙する以外にはないと思われる。表立った非難をしても、それは自身に返ってくるだけだった。

どうしたものかと藪下たち三人が押し黙っているとき、倉澤はおもむろに一枚の書類を差し出してきた。

「事件の調査報酬には一千五百万円を用意しました。今のわたしが用意できるせいいっぱいの額です。これでなんとか依頼を受けていただけませんか？　今まで三回ほど探偵に調査を頼みましたが、驚くほど内容のないもので落胆しました」

藪下は受け取った書類に目を走らせ、テーブルに置いた。

「まあ、そのへんの探偵には荷が重すぎる案件ですよ。倉澤さんが警察に不信感をもっておられるのはわかります。でも、先ほど話したように事件の隠蔽とか改竄《かいざん》はできないと思ったほうがいい。我々が再調査をしても、警察と同じ結論にしか達しない可能性のほうが高い」

「そうかもしれません。でも、娘が何を思ってそんなことをしたのか。結婚してたったの二年で、なぜ殺し合うほど憎しみ合ったのか。納得できる答えが未だに見つからないんですよ。事件の三ヵ月ぐらい前には、結衣子は子どもがほしいと言っていたんです。女の子がいいって。なのに、二人はこんなに異常な死に方をした。その真相に一歩でも近づくことが、親の義務だと思っています」

憂色を浮かべる夫婦は、負の沼に頭の先までどっぷりと浸《つ》かっている。この先死ぬまで、自分たちが納得できる理由を求めて興信所を渡り歩くだろうと思われた。

3

淳太郎は丁寧にドリップしたコーヒーをテーブルに運び、今さっきまで倉澤夫妻が座っていたソファに腰を下ろした。芳醇《ほうじゅん》な香りが鼻孔をくすぐり、緊張の糸が少しずつ緩んでいく。藪下は胸いっぱいに湯気を吸い込み、マグカップに口をつけて濃い目のコーヒーを飲んだ。

「とんでもない依頼が舞い込みましたね」

淳太郎はノートパソコンを引き寄せ、キーを叩いて尖《とが》ったあごに手をやった。

「僕が作っている警察マニアデータベースですが、二〇一七年の六月二十日、三年半前ですね。この日の早朝五時半ごろ、井の頭公園近くのアパートに警察が詰めていたのが確認されています。捜査車両の数と、武蔵野《むさしの》署捜査課の警部補が確認されたことから、殺人事件発生との一報が入りました。おそらくこれが倉澤氏の娘夫婦の事件でしょう」

「あいかわらず、信じられん情報網だな。よくもまあ、武蔵野署の警部補まで把握してるもんだ」

「武蔵野署管轄にも何人ものマニアがいますので、初歩的なことですよ」

淳太郎はこともなげに答えた。

「第一発見者は新聞配達員らしいですね。二階建てアパートの角部屋のガラスが割れていたのを見て、強盗が入ったんじゃないかと通報したようです」

「で、警察が向かってみれば、夫婦が血まみれで倒れていたと」

「ええ。ただ、この情報を受け取った当時もへんだなとは思ったんですよ。続報がまったく入りませんでしたから。倉澤氏の話を聞いて納得しました。警察は隠密捜査に切り替えたわけですね」

淳太郎は喋《しゃべ》りながらデータベースをスクロールした。

「おそらく被疑者二名は死亡のまま書類送検、そして不起訴でしょう。この事件に関して、僕がもっている情報はたったこれだけです」

「おまえさんの情報網をもってしても、その程度までしか入り込めなかったってことが問題だ」

「ええ。それで、初めての依頼はどうしますか？　この事件は、チーム・トラッカーの門出にはふさわしい案件だと思いますが」

淳太郎がしらじらしく言った。

「どこがだよ。現役警察官僚の甥《おい》が絡んだ事件だぞ。内部情報は見込めないし、今さらほじくり返してんのが耳に入れば今度こそ俺らは潰されるな。公安から交付された探偵業届出証明書は無効、そして業務停止命令のうえに警察庁のサイトには嫌がらせでデカデカと個人名を晒《さら》される。今後二度と調査会社の許可は下りんだろう」

「四六時中、公安につきまとわれるかもしれませんね。彼らは、嫌がらせが仕事みたいなところがありますし」

藪下はうんざりして頭をかいた。

「だいたいここまで特殊な事件は、あらゆる方面から徹底的に調べられたはずだ。被疑者兼、被害者は警察官僚の身内。少しでも第三者の気配があれば見逃すわけがない。だが、夫婦の相討ちで捜査は幕引きになった。要はそれ以外の証拠が出なかったんだよ」

「問題は、なぜ夫婦は殺し合ったのか。この一点です」

「それこそ死人に口なしだ。調べようがない」

藪下は再びコーヒーに口をつけた。するとずっと黙っていた一花が、クマのキャラクターが描かれたマグカップをじっと見つめながら声を出した。

「結衣子さんは旦那さんに寝込みを襲われることがわかっていたんですね。だからサバイバルナイフを準備して、いつでも反撃できるようにした。ここまでは理にかなっています。わたしでもそうしますし」

「あのな、それはおまえさんが普通じゃないからだ。大抵の人間は旦那に殺されるかもしれないと思えば、警察に通報するなり実家へ逃げるなりするだろ。だれがナイフ片手に命がけで反撃しようと思うんだよ」

一花はさらにマグカップに目を凝らし、納得したとばかりに頷いた。

「確かにそうでした。ナイフでの反撃はリスクが大きすぎるので、寝室に罠《わな》を張ったほうが有利に事を進められますね。自分を囮《おとり》にした無双網《むそうあみ》で動きを封じる戦法がベストポジションを取れるかと思います」

藪下は目頭を押しながら、雄弁に語る一花を見た。これも場を和ませるジョークの練習かとも思ったが、黒目がちな瞳がぎらぎらと光って本気度をにじませている。

「なあ、ここには常識的な話ができるやつはいないのか。まったく、勢い余って非常識の塊みたいな会社を興しちまった」

「それも会社の個性ですよ。一花ちゃんは唯一無二の存在です。凡人とは異なる犯罪者の目線をもっていますからね。ナチュラルに悪意を語れる人材は我が社にとって重要です」

なぜかにやけている一花に、藪下はすかさず釘を刺した。

「今のは褒め言葉じゃない。嬉しそうにしてんな」

藪下は、淳太郎がプリントアウトした倉澤夫妻の調書を引き寄せた。

「倉澤の話を聞いたおまえさんの感想は？」

あらためて話を振ると、淳太郎はノートパソコン越しに目を合わせてきた。

「人が殺し合うのは、自分の命が脅かされているから。これがいちばんの理由でしょうね。戦争もそうですが、殺《や》らなければ殺られるという状況があればこそです。鷲尾結衣子と真人の夫婦も、この極限状態に陥っていた」

「そうだな。一方の殺意だけでは、相討ちなんて結果にはならない。問題は、相手が殺したいほど憎いから別れるという簡単な選択をすっ飛ばして、戦闘行為を繰り広げたってことだ。それもお互いに。寝ている嫁の頭にバットを振り下ろすなんてのは、尋常じゃないほどの憎しみだぞ」

結衣子が使った武器を見ても、倫理観が吹き飛んでいたことは明らかだ。夫婦そろって、確実に殺さなければならないという強い使命感すら仄見《ほのみ》える。

すると、手でマグカップを包み込んでいた一花が静かな声を出した。

「命がけの勝負というのは、お互いに同等の殺意をもたなければ始まりません。猟でもそうですが、逃げるか戦うか、一瞬でも迷ったほうから死にます。夫が寝ている妻の頭をバットで殴ったのが事の始まりなら、すでに夫側の負けは確定しています」

「なんで」

「一撃で仕留めなければ先手の意味がない。現に妻の結衣子さんは反撃して、意識不明ながら二週間は生きていた。わたしが感じるのは、夫よりも結衣子さんの迷いのない純粋な殺意です」

澄み切った瞳には表で舞い散るイチョウの葉が映り込み、吸い込まれてしまいそうなほどだった。美しいのではなく、背筋が寒くなるほどの妖《あや》しさがある。一花が過酷な狩猟で経験しているひとつひとつが、ふとしたときに言霊《ことだま》として発せられていく。経験に裏打ちされた言葉は何者も寄せつけないほど強い。こういうのを見るたび、この女にはかなわないと痛感させられるのだった。

そのとき、淳太郎がパソコンを閉じて笑顔を作った。

「『一撃で仕留めなければ先手の意味がない』。一花ちゃんはいつも心に残る言葉を使うなあ。製糖会社のほうの幹部役員会で発表させてもらおうかな」

腕を伸ばしてわざわざ一花と握手をした淳太郎は、ソファに姿勢よく座り直した。

「やはり、こういう特殊な事件こそ僕たちの守備範囲だと思いますね。倉澤氏がかき集めた高額な報酬が、浮気調査専門の名ばかり探偵に渡るのは見過ごせません」

結局、そういうことになる。藪下は苦味の増した冷めたコーヒーを飲み下し、淳太郎にあごをしゃくった。

「すぐ倉澤に電話して、娘の司法解剖鑑定書がどうなってんのか確認してくれ」

「了解ですよ」

にこやかに返答した淳太郎は、流れるような仕種で電話を耳に当てた。藪下は立ち上がり、レンガを積んだ壁際にある椅子に腰掛ける。そしてポケットからスマートフォンを出して登録番号を押すと、耳に当てた瞬間に回線がつながった。

「藪下係長、お久しぶりですね。ぜんぜん連絡がないんで心配してたんすよ。いよいよ公安か政府に拉致《らち》られたのかと思って」

元部下である三井翔太《みついしょうた》巡査部長は、出るより早く軽口を叩いた。電話の向こうでは、効果音や騒がしい音楽が大音量で流されている。

「仕事中じゃなさそうだな」

「今日は非番なんですよ。録《と》りためたアニメを一気に観《み》てるとこっす。もしかして呑《の》みの誘いですか？　いいですね。ここんとこ、ストレス溜まることばっかなんで」

勝手に話を進めている三井はテレビの音量を下げたようだった。一気に静寂が訪れる。

「悪いが呑みの誘いじゃない。ちょっと調べてほしいことがあってな」

「ああ、なんだ。仕事の話っすか。どうぞ」

三井はすぐに切り替え、ノートを開いているようなばさばさという音をさせた。

「三年半前、二〇一七年の六月二十日な。この日に吉祥寺で起きた殺しを知ってるか？」

「二〇一七年……」と三井は反芻《はんすう》した。

「俺は警官を辞めるごたごたの時期で記憶にないんだが、おまえさんなら何か耳に入ってないかと思ってな」

三井は考える間を取り、わりとすぐに返答をした。

「吉祥寺の殺しは記憶にないっすね」

やはり、三井が知らないということは徹底した箝口令が敷かれたらしい。元部下は幅広い人脈を駆使して情報を得ることが得意であり、三十三歳という若さながら藪下が現役時にはだれよりも信頼できる相棒だった。退職したあとも連絡を取り続けている唯一の人間で、藪下の事情もすべて知っている。

藪下は、夫婦で殺し合った事件を三井にざっと説明した。

「なんですかそれ。とんでもない事件が起きたもんですね。これを知らなかったなんて信じられませんよ」

「ああ。内々で処理したんだろう」

「了解しました。武蔵野署には知り合いがいるんで探ってみます」

三井はすぐに察してそう言った。

「もしかして、藪下係長の初仕事がこの再調査っすか？　また厄介な線を突いてきますね」

「係長はやめろ。事件自体は確かにややこしいが、おそらく今回は警察捜査をなぞるだけで終わる。とにかく、なんかわかったら連絡をくれ」

三井は、今度事務所を見学に行きますと言い残して通話を終了した。スマートフォンをポケットに突っ込みながら窓際のソファへ戻ると、淳太郎がパソコンのキーを叩きながら顔を上げた。

「電話の相手は三井巡査部長ですか？」

そう言うやいなや、一花がぴくりと反応した。

「三井巡査部長……」

急に目が据わり、腹が立っているのに笑っているような不気味な表情をした。

「なんなんだよ、気色の悪いやつだな」

「闘争心ですよ。三井巡査部長は、一花ちゃんのインスタにちょくちょくコメントしていますからね。しかも完全なる荒らしですよ。いつも不愉快な顔文字で煽《あお》っていますし、警官にあるまじき行為です」

いったいこいつらは陰で何をやっているのだろうか。いや、三井はいつの間に一花に接近したのか疑問だが、これも情報収集の一環だと思われる。まともな会話にならない一花との直接的な接触は避け、思わぬ方向から距離を詰める戦法か……。

淳太郎は意味ありげに一花を眺め、藪下に向き直った。

「どうやら、三井巡査部長も事件を知らなかったようですね」

「ああ、そうだ。そっちはどうなった？」

「倉澤氏は、娘の司法解剖鑑定書の開示を何度も求めていますが、警察側は拒否しているそうです。三年が経過した今でも、法医学的な情報は何も知らないままですよ」

藪下は腕組みしてソファにもたれかかった。

「まあ、遺族に解剖の内容まで開示するのは稀《まれ》だからな。捜査の過程もほとんど明かしてないだろうし、娘夫婦が殺し合った事実しか伝えてないはずだ」

「捜査本部が隠しているというより、言えることが極めて少ないのでは？」

「それもある。状況に割り切れなさを感じてはいただろうが、不審点も証拠もなければ捜査は打ち切りだ」

そこは藪下も納得していた。犯人が別にいる可能性はかなり洗ったはずだが、二人が殺し合ったように見せる偽装工作は不可能に近い。何かがあれば、現場の物証や司法解剖から簡単に炙《あぶ》り出されただろう。警察が下した結論は、何も出なかったことの証明でもあった。

「よし。どっちにしろ警察連中から当時の情報を搾り取るしかない。被疑者死亡で公判も存在しない今となっては、警察に倉澤の要求を拒否する大義名分はないからな。おまえさんとこの益田弁護士に頼めるか？」

「ええ、たった今メールしたところです」

あいかわらず手まわしがいい男だ。

「倉澤夫妻に接触して、裁判所に文書提出命令の申し立てをしてもらいますよ」

「こっちはなんとかなりそうだが、問題は娘婿のほうだな。鷲尾真人の遺族にも、解剖鑑定書の開示請求をしてもらう必要がある。二人の解剖所見からわかることも多いからな」

「それなんですが、今調べたところ、彼の母方の叔父は現在の警察庁長官ですよ」

藪下は思わず目を剝《む》いた。実質的な警察のトップではないか。

「それだけではなく、親族には元事務次官や統括官がいます。真人の祖父は元審議官ですし、まぎれもなく高級官僚一族ですね。これだけでも、かなり手こずりそうな気がします」

「手こずりそうも何も、事件について探りを入れようもんなら、こっちの動きが警察組織のトップまで筒抜けになる。隠しようがない。本当に潰されるかもな」

藪下は苦笑いを浮かべ、次の動きを紙に書き出していった。

4

翌日の土曜日。

狛江《こまえ》にある鷲尾真人の生家は、住宅街の一角を完全に独占していた。道路に沿って青々としたアラカシの生垣が続き、定規を当てたかのように一直線に刈り込まれている。垣根の下にある不揃《ふぞろ》いの積み石にはえもいわれぬ高級感があり、とても民家には見えなかった。まるで文化財級の郷土資料館といった趣がある。生垣の向こう側には添え竹を入れた枝ぶりのいい黒松がいくつも覗《のぞ》いており、この家を任された庭師の並々ならぬ技術が窺えた。

「とてもアポなしで入れるような家じゃない」

藪下は、陽灼《ひや》けした檜《ひのき》に「鷲尾」と墨書きされた仰々しい表札を見つめた。荒削りの石柱門の奥にある平屋の日本家屋は荘厳だ。モミジやハナミズキなどの庭木が色とりどりに紅葉して彩りを添えている。計算し尽くされた惚《ほ》れ惚《ぼ》れするような景観なのだが、屋敷の手前にある二階建てのファンシーな洋風家屋がすべての雰囲気をぶち壊している。おそらく敷地内に若夫婦の家を建てた……というところだろう。尖った屋根には素焼きのうろこ瓦が配され、白っぽいレンガの煙突までついている。キノコの置物が所々にあるのを見て、藪下はひどく残念な気持ちになった。

そのとき、後ろから単調な声が聞こえて藪下は振り返った。

「かわいい家ですね。童話の世界から抜け出したみたいで」

一花はおとぎの家を見上げ、まるで無垢《むく》な少女のように目をきらきらと潤ませている。彼女が目を輝かせている姿は、獲物に狙いを定めたとき以外には滅多に見せない。着ている洋服や持ち物からも想像はできるが、この手の甘ったるいものが好みらしい。

心底感銘を受けている一花の肩に腕をまわした淳太郎は、おもしろがって彼女を煽りはじめた。

「ああいう家は、本当の意味で一花ちゃんに似合うよね。森の中の一軒家で、自然を相手に暮らしてる姿が目に浮かぶよ。クッキーを焼いてリスやウサギと戯れたり、木いちごを摘んでジャムを作ったり」

その光景を想像したらしい一花の目がさらに熱を帯びた。藪下は、いつまでもくっついている二人を即座に引き離した。

「一花に似合うのは、マタギが住むようなほったて小屋だ。だいたい、クッキーを焼いてリスどもと戯れるような暮らしに満足できるわけないだろ」

反抗的な目を向けてきた一花に、藪下はあらためて視線を這《は》わせた。キャメル色のミニスカートにピンクのカーディガンを羽織り、ふわふわしたよくわからない素材のバッグを斜めがけしている。白い素足は膝小僧が丸出しで、寒くはないのだろうかと思う。どう考えても仕事をする格好ではなかった。

藪下は一花を見下ろしながら言った。

「うちの会社にも服装規定は必要かもしれんな。こうやって聞き込みをするのが業務の中心になるんだし、おまえさんの格好はあまりにも場違いだ。ＴＰＯに合わせてスーツかなんか着たらいいんじゃないか」

そう言ったとたんに藪下と相対した一花は、射抜くような目でまっすぐに見つめてきた。

「スーツを着てこそ社会人だとだれが決めたんですか？　なぜ日本中でスーツが正しい服装だと認識されているんですか？　黒幕はだれですか？　藪下さん、教えてください」

「いや、知らん。俺が言いたいのは、仕事は相手からの信用がすべてだってことだ。いい悪いは別にして、ほとんどの人間はまず見た目で判断する。おまえさんがいくら有能でも、そんなひらひらの格好では相手が心配になるだろ？」

「なぜ心配になるんですか」

一花は、目を合わせながらじりじりと詰め寄ってきた。

「仕事を任せられるかどうかだよ。無難にしてりゃ、話は事務的に進むし余計な詮索もされない。考えてみろ。婦警がみんなチャラついた格好だったら、市民は眉をひそめるだろ」

「僕は大歓迎ですけどね。女性警官の制服はあまりにも無味乾燥ですから。まあ、その禁欲的な姿の裏側にあるエロスこそ、希少価値の高いホンモノだとも言えますが」

藪下は軽口を挟んだ淳太郎を睨みつけた。この二人と喋っていると、ひょっとして自分のほうが間違っているのではないかとの錯覚に陥る。いや、本当に自分こそが時代に取り残された石頭なのだろうか。

追及の手を緩めずににじり寄ってくる一花とぶつかったとき、淳太郎が身振りを交えながら言葉を出した。

「起業して失敗する理由のひとつに、『会社が世間から認知されない』というものがあります。無難に仕事をしていれば、黙っていても依頼が舞い込み世の中に少しずつ認知されていく。そういう時代もありましたが、今はそうではありませんね」

「だからなんだよ」

「つまり、無難という選択肢には損はないけれどもほとんど得もない。逆にリスクを選べば損はあっても大きな得が転がり込む可能性がある。ビジネスにおいて、ここを見切る目は大事です。我が社の売りは意外性。この一点に尽きますよ」

藪下はため息をついた。

「一花の服装ひとつでそこまで発展すんのかよ」

「ええ。もし藪下さんに蝶《ちょう》ネクタイの着用を義務づけたら、モチベーションが上がらないでしょう？　それでは困るんですよ。自分の能力がいちばん発揮できる環境を作る。我が社のモットーは、客よりもまず自分を優先することです」

あいかわらず、この男は迷いを見せない。藪下は、晴れやかな顔をしている淳太郎をじっと見た。責任があるからこそ慎重を期す藪下と、枠組みを大きく外れながらも責任を遂行しようとする淳太郎。相容《あいい》れない関係だが納得する部分も少なくはなかった。淳太郎と一花と行動をすると、普段は考えないようなことが次から次へと湧いて出るのは確かだ。

「まあいい。人んちの前で経営方針を戦わせてもしょうがない。防犯カメラには俺らの間抜け面が記録されてるぞ」

藪下はジャケットのボタンをひとつ留め、門柱の脇にある防犯カメラを見やった。

「高確率で追い返されるだろうが行くしかない。アポを取ろうにも、倉澤から聞いた番号はつながらないからな」

藪下は二人に目配せして敷地内に入った。わざと砕いたような敷石が、奥の屋敷までゆるやかに蛇行しながら延びている。建物の裏手には茶室もあるようで、古びた茅門《かやもん》と露地《ろじ》が遠目に垣間《かいま》見えた。無造作に見える雑木と馴染《なじ》んで見事としか言いようがなく、まさに名誉と権力と金を手にした者だけに許された空間だろう。嫉妬心も起きないぐらいに圧倒され、藪下は格子の引き戸の脇にあるインターフォンを押した。しばらくして「はい」という女性の声に迎えられる。

「突然おじゃまして申し訳ありません。わたしはチーム・トラッカーという会社の者でして、鷲尾真人さんのご家族にお話をお伺いしたくて参りました。失礼は重々承知しておりますが、お会いいただけないでしょうか」

藪下は、もてる限りの語彙を駆使して馬鹿丁寧にへりくだった。が、インターフォン越しの女性は検討する素振りもなく答えを返してよこした。

「申し訳ありませんが、お話しすることはありません」

「少しだけでもかまわないんです。我々の仕事内容だけでも聞いていただきたいんですよ」

「すみませんが、お引き取りください」

感情のない声を出す女は取りつく島もない。藪下は通話を切られないようになんとか食い下がったが、女の守りは完璧《かんぺき》であり、事情を話したとしても情にほだされるようなことはないだろうと思われた。なにせ縁を切ったとはいえ、消沈している倉澤さえ無下に追い返すような連中だ。赤の他人、しかも飛び込みセールスのような輩《やから》と接点をもつようなことは間違ってもあるまい。

藪下が早々に諦めて次の作戦を考えあぐねていると、一花が音もなく前に出てインターフォンのカメラの前に立った。

「わたしたちは怪しい者ではありません。世間一般では怪しい部類に入るとは思いますが、事実、怪しい者ではありません。ですが、政府と警察には目をつけられています」

藪下は急いで一花の襟首を摑《つか》み、後ろへ追いやった。いったい何を言っているのだ。突然の出来事に顔を引きつらせながら振り返ると、一花は過剰な作り笑いを浮かべたままで固まっていた。口角を引き上げ、目をみひらいた恐ろしげな顔だ。人と接するときは、せめて笑顔を作れと言った。確かにそう言ったが、まだ人をおちょくったようなこの顔をよそゆきにしていたのか……。

藪下は黙っていろと低く告げて一花をねめつけた。そのとき、家の中からどかどかという騒々しい足音が聞こえたかと思えば、細かい細工の施された重厚な格子戸が勢いよく引かれた。カラシ色のセーターを着た恰幅《かっぷく》のいい老人が、まるで門番のように仁王立ちしている。七十代後半といったところだろう。見るからに不機嫌を極め、眉間には川の字に深いシワが刻まれていた。追い返そうという気迫しか伝わってこないが、鷲尾家の人間が姿を現したのは幸運というべきだろうか。

会釈をした藪下が名刺を取り出そうと手を動かした瞬間、老人の足許を黒い物体がすり抜けたのを見て息が止まりそうになった。低いうなりを上げるドーベルマンが、訪問者を警戒しながらあからさまに威嚇している。リードで繋《つな》がれてはいるが頼りないほど華奢《きゃしゃ》で、筋肉質の犬を抑える役には立ちそうにない。黒光りするドーベルマンは攻撃の指示を今かと待ちかまえ、主人を気にして何度も振り返っていた。

「だれだ、いったい」

老人は無感情に言い放ったが、今はそれどころではなかった。淳太郎が笑顔のまますっと後ろへ退き、藪下を楯《たて》にしたのを見て思わず舌打ちが漏れた。

「すみませんが犬をどけてもらえませんか。今にも襲いかかってきそうなんで」

「この犬は利口で、人を襲ったりはせん。だが主人の害になる人間だけは瞬時に嗅ぎ分ける。すでにあんたらを敵と認定しているよ」

「いや、飼い主の殺気を感じ取ってるだけでしょう」

藪下がそう言うやいなや、犬が牙を剝きながら跳び上がって細いリードがぴんと張った。これでは話にならない。藪下と淳太郎が慌てて犬との間合いを取ったとき、一花が無言のまま前に進み出て屈《かが》み、おもむろにドーベルマンの口許を鷲摑《わしづか》みした。いったいなんの真似《まね》だ？　あまりにも躊躇《ちゅうちょ》がなく自然で、藪下は止めようもなかった。犬は驚いて大暴れし、強制的に閉じられた歯の隙間からぞっとするような声を絞り出している。

「やめろ、怪我《けが》したいのか！」

藪下は一花の首根っこを摑もうとしたが、彼女はさらに上体を低くして、ドーベルマンに顔を近づけ真正面から目を合わせた。瞬きもせず、ひと言も声を発せず、ただただ吸い込まれそうなほど澄んだ瞳で犬を射すくめているだけだ。

　すると激しい抵抗を見せていたドーベルマンの脚が微かに震えはじめ、尻尾《しっぽ》を腹につくほど巻いて耳が完全に後ろへ倒れた。藪下から見ても、すさまじいほどの恐怖心に支配されているのがわかる。そして一花がマズルから手を離すと犬はおそるおそる彼女の顔を舐《な》め、その足許に伏せてしまった。鷲尾家の老人は何が起きたのかわからず、ただただあっけに取られている。一花は音もなく立ち上がって抑揚なく言った。

「冗談でも犬を人にけしかけないでください。彼らはスイッチが入れば容赦はしない。そうなれば飼い主が止めても耳には入りません。野生の獣と化して、ターゲットの息の根を確実に止めます。そうなれば、とどめを刺さなければなりません。こんな場所で、わたしに本気を出させないでください」

　一花は瞬く間に屈服させたドーベルマンを一瞥《いちべつ》し、驚愕《きょうがく》している老人から視線を外して藪下の隣に戻った。目の上で切りそろえられた厚ぼったい前髪を指で整え、ミニスカートの裾を丁寧に直すという洒落《しゃれ》っ気《け》を見せている。急に若い女らしい振る舞いをしはじめる一花に、三人の男たちは混乱してしばし黙り込んだ。が、伏せの姿勢を取り続けている犬だけは、一花の動向を真剣に窺っていた。

　彼女と出会ってから数え切れないほど思っていることだが、チャラチャラした見た目にはそぐわないとんでもない女だった。一花が怯《おび》えた場面を見たのは一度きりで、テロリストの危険なアジトとは知らずに踏み込んだときのみ。そのときですら怯えは一瞬のことで、すぐに場を掌握していた。

　藪下はひとまず咳払いをして場の空気を変え、ジャケットの内ポケットから名刺を取り出した。

「今日は突然お伺いして申し訳ありませんでした。わたしどもはこういう者です。失礼ですが、あなたは鷲尾真人さんのお祖父《じい》さまでいらっしゃいますか？」

完全に毒気を抜かれた老人は、否定も肯定もせず名刺を受け取った。確かこの男は元審議官だったか。老いても選ばれた人間だという自負が全身からにじみ出し、人を見下すことには慣れがある。老人は鼻先までずり下がっている金縁のメガネを外して名刺に目を落とし、「チーム・トラッカー、刑事事件専門調査会社……」とぼそぼそ読み上げた。

「実は、倉澤氏からの依頼で三年半前の事件を再調査しています。鷲尾真人さん、結衣子さん夫妻が殺し合った事件です」

まわりくどい説明をしてもしようがない。藪下が率直に事実を告げると、老人はゆっくりと顔を上げてメガネをかけ直した。

「倉澤はまだこんなことをやっているのか。数ヵ月前にも、倉澤に雇われたというむさ苦しい探偵だかが訪ねてきた。その前にもひとり来たな。倉澤は、この事件と一緒に心中するつもりらしい」

老人は苦々しい面持ちで先を続けた。

「それで、あんたらは倉澤の言い分を真に受けて調査とやらを進める気か？　うちに来た探偵も言ってたぞ。二人は殺し合ったのではない、真人が結衣子さんを殺して自殺した可能性もあるとな」

「可能性ならいくらでもありますが、警察捜査がそれを裏づけていない以上、調べても結論は変わらないでしょうね。倉澤氏がどう考えていようと、状況証拠がそろっているここまでの事件を隠蔽することは不可能です」

老人はいささか意外そうな顔で藪下を凝視し、再び名刺に目を落として皮肉めいた笑みをたたえた。

「刑事事件専門調査会社なんぞに需要があるとは思えんが、世の中には摩訶《まか》不思議な職業があったもんだ」

「そうですね。今のところ、日本ではうちでしかやっていない業種です。今日は折り入ってお願いしたいことがあってお伺いしたんです。ぜひ、鷲尾真人さんの司法解剖鑑定書を拝見させていただきたい」

「断る」

老人は間髪を容れずに撥《は》ねつけた。近い親戚に現役の警察庁長官がいるのだから、この男がさまざまな情報を目にしているのは間違いなかった。信じ難い事件を受け、孫の死因や死に際の状況をつぶさに把握しているだろう。

老人はメモとりに終始している淳太郎を見つめ、次にまっすぐ前を見据えている一花に目をやってから藪下に視線を戻した。

「いかにも寄せ集めで作ったベンチャー企業だな。いや、企業というより遊びの延長にしか見えん」

「こう見えても、我々は専門分野を極めた人間の集まりですよ。さっきの犬の件を見て、すでにおわかりになっているはずです。そのあたりにいる探偵とはまったく次元が違うとお考えください」

謙遜のない言葉を聞いて鼻白んだ老人をよそに、藪下は未だべったり伏せている犬へ目を向けた。この中での序列最上位を一花だと認識し、主人そっちのけで彼女の気配だけを追っている。

老人は、なおも三人を食い入るように見つめながら口を開いた。

「自信があるのは結構なことだが、この事件を探ったところで結論は同じだ。さっきあんたも言った通り」

「そうですね。我々は、なぜ二人が殺し合ったのかということを中心に調査します。結婚して二年しか経っていない夫婦が、殺し合うという凶行に走るには相当の理由があるはずなので」

「今さらそんなことを知ってなんになる。とんでもない事件を起こして、周りに多大な迷惑をかけてさっさと死んだ二人は愚か者だ。そして未だその現実を見ようとはせずに、都合のいい解釈にすがっている倉澤も愚か者だな。感情だけで動いている」

老人は見限るように吐き捨てた。この男は、孫の常軌を逸した死にざまを心の底から恥じているようだった。もちろん肉親を失った悲しみはあっただろうが、鷲尾家の体面を守るという使命感がはるかに上まわっている。年代的に、そして立場的に血筋と名誉を重んじる古い感覚の人間であり、ここを突破するのは容易なことではないと思われた。だれとでも打ち解けられる淳太郎をもってしても難しいだろう。

藪下は、汗がにじんでいる老人の大振りな顔を見ながら訴えた。

「鷲尾さん。ある日突然肉親を亡くせば、だれだって現実から目を背けたくなるのは当然だと思います。ましてや幸せになってほしいと嫁に出したひとり娘が、夫と相討ちで死んだという事実を受け入れろというほうに無理がある」

老人は表情を変えずにしばらく黙り、額の汗をぬぐって庭のほうへ目を細めた。

「孫の結婚には反対した。うまくいくわけがないと初めからわかっていたよ」

「なぜ？」

「育ちの違いだ。しがない中小企業に勤めるサラリーマンの父親と、パート勤めの母親に小さな借家で育てられた娘。かたや何不自由なく、幅広い見識と教養を浴びるようにして育った息子。これは差別的な意味ではない。育ちがあまりにも離れた者が一緒になれば、間違いなくお互い苦労する。初めは愛だ恋だと浮かれていても、必ず後悔するときがくるだろう。身についた階層というのは、上げることも下げることも難しい。だが、いくら諭しても真人は聞く耳をもたなかった」

老人は深いため息をついた。ふいに淳太郎を見やると、表情を変えずに淡々とメモをとっている。真人が格式のある家に反発していた様子と、淳太郎の奔放な生きざまがなんとなく重なって見えた。

藪下は、老人の口が軽くなっているうちに質問を続けた。

「二人はどこで知り合ったんでしょう」

「なんでも真人が車でもらい事故に遭ったとき、たまたまそこを通りがかった結衣子さんが手当てしたことが始まりだったと聞いている。骨折した脚を、適切に固定してくれた。彼女は看護師だからな。よくある話だ。弱っているとき、助けてくれた白衣の天使に惚れない男はいない」

老人は肉づきのいい顔をこすり、黙って突っ立っている一花に目を向けた。

「あなたが犬をあっという間に支配下に置いたから、ここまでのことを話した。あれほど静かに、訓練された犬を目だけで圧倒できる者はいないだろう。わたしは能力のある者を軽んじることはない。だが、ここまでだ。前にある孫の家を訪ねることも許可しない」

すると一花が口を開き、ずっと伏せていたドーベルマンが跳ねるように顔を上げた。

「解剖鑑定書の開示請求をしていただけませんか？　お願いします」

「さっきも断ると言ったはずだ。今後一切うちへの出入りは禁じるし、家の者への接触も許さない。次は即座に通報するからな。今さら決着した事件を蒸し返されるのは迷惑だ。もっとも、うちの親族が黙ってはいないだろう。あんたらが調査するのは勝手だが、わたしはそれを妨害させてもらう」

老人は堂々と宣言した。そして玄関戸をぴしゃりと閉めると、犬がどこか悲痛な声を上げた。

本当にここは切り崩せないかもしれないと藪下は思った。鷲尾家は本気であり、妨害をすると語った老人にもうそはないだろう。つまり真人の解剖記録を見ることは絶望的であり、権力を駆使した妨害を受けるのは間違いないはずだった。真人側の情報がシャットダウンされる。

鮮やかな紅葉がすばらしい庭を素通りしながら、藪下はどうしたものかと考えを巡らせた。そのとき、横に並んだ淳太郎が場違いなほど爽やかに笑った。

「幸先《さいさき》が悪いですね。半年後のチーム・トラッカーを予見しているようですよ」

「こんな依頼を受けたのが運の尽きだ」

「まあ、ここは僕に任せてください。ちょっと使えそうなアイディアが浮かびました」

そう言って藪下を追い越し、淳太郎は一花の肩に腕をまわして「ランチはイタリアンと和食、どっちにする？」と能天気に言った。

5

鷲尾家からの帰り道、三人は吉祥寺にある事件現場のアパートを訪ねることにした。社用車は淳太郎が徹底改造したキャンピングカーのシボレー。見るたびに色を塗り替えており、今度は今の季節に溶け込む弁柄色《ベンガラいろ》だ。この車に対する淳太郎のこだわりは異常なほどで、何度乗っても目を疑うばかりの内装だった。

藪下は、コーヒーに口をつけながら壁のモニターを凝視した。車にも五台のモニターが設置され、外を録画している二台には刻々と移り変わる町の様子が映し出されている。この近辺の立体地図とニュース記事のほかに、チャット形式でひっきりなしに会話が更新されている画面は忙《せわ》しない。これは事務所同様警察マニア界隈《かいわい》の情報網であり、いわばこの車が司令室となっていた。空き巣に盗撮に傷害に強盗に、都内で起きているあらゆる事件がリアルタイムで把握できる。

藪下は凝り固まった首をまわし、眠気を吹き飛ばすように顔を両手でこすった。この車は居心地がよすぎるのが難点だ。車の床には暗褐色の板が矢羽根模様に敷き詰められ、同じオーク材とおぼしき重厚な家具まで配置されている。乳白色の陶製の照明がろうそくの炎に似た柔らかな明かりを灯《とも》しており、突然の睡魔に襲われたことは一度や二度ではなかった。黒い革張りのソファといいジャカード織のカーテンといい、古い城の書斎をそのまま移築したような雰囲気だ。初めてこの車に乗った者は、決まって異空間に迷い込んだかのような呆《ほう》けた顔をする。

運動神経が飛び抜けて発達している一花の運転は危なげなく、マニュアル仕様の大型車を難なく切りまわしている。淳太郎と二人で酸味のあるコーヒーを飲み干したちょうどそのとき、運転席から「着きました」という一花の単調な声が聞こえた。

三人は井の頭公園にもほど近い、アパートやマンションが建ち並ぶ一角に降り立った。吉祥寺通りを一本入っただけで、車も人通りも極端に少なく時間の流れが緩やかだ。北からの乾いた風が埃《ほこり》を巻き上げながら吹き抜けていき、日陰に立っていた藪下は急に寒さを感じて震え上がった。十一月に入ったとたんに冬の匂いが濃くなり、日に日に陽射しが衰えていくさまが心悲しい。あれほど疎《うと》んでいた猛暑の記憶も薄れ、今では夏を恋しく思うのだから勝手なものだ。

藪下は目の前にある白いタイル張りの二階建ての建物を見上げた。結衣子と真人が二年前に殺し合ったアパートは、粗末な造りではなくマンションと言ってもいい外観だった。鉄筋造りで比較的新しく、出入り口には色とりどりの花がバランスよく寄せ植えされている。ここを管理している大家の趣味なのだろう。見るからに掃除が行き届いて清潔で、立地も申し分ないし吉祥寺というブランド力まである。しかし鷲尾真人のすばらしい生家とは雲泥の差であり、実家と決別しても結衣子との結婚を貫いた男の意志が窺えた。

「二階が全室空き、一階は二部屋だけが埋まってる」

藪下は見たままを口にした。八戸ある部屋のほとんどが空室らしく、六つのポストがビニールテープで塞《ふさ》がれていた。淳太郎はなめし革のトートバッグからタブレットを取り出し、倉澤から得た情報に素早く目を通した。

「二人が住んでいた部屋は二〇四号室です。倉澤氏が三年以上ずっと家賃を払い続けていて、室内は事件当時ほとんどそのままになっているそうですよ」

「合鍵は？」

「預かっています。２DKの間取りで家賃は十二万。これは吉祥寺の賃貸の相場ですが、ほかの部屋は現在十六万ほどです」

むしろ上げているということは、事件の影響がないということだろうか。藪下は二〇四号室の角部屋へ目をやった。西向きにブルーのカーテンがかかった出窓が設置されている。夫婦の揉《も》み合いであの場所のガラスが割れ、翌日の朝に新聞配達員が発見して通報したものと思われた。

「まず先に大家を訪ねる。近所だったよな？」

「はい。五軒隣の花壇がある家ですよ。倉澤氏が前もって電話しているはずなので、僕たちのことはわかっています」

淳太郎は通りの右側へ手を向けた。無機質なアパートなどが乱立する一角に、緑とカラフルな花々で彩られた小さな一軒家がある。三人は北風の通り道になっている市道を歩き、紫色のパンジーの鉢がかけられた門扉から中へ入った。古い二階建ての小さな家だが手入れが行き届いている印象で、何より庭造りの情熱が伝わってくるようだった。敷地は広くはないのだが、いたるところに花が植えられ目を癒してくれる。

藪下は鮮やかなオレンジ色のキンセンカの匂いにむせ返りながら、ポーチを上がって呼び鈴を押した。しばらく応答を待っていたのだが、それがないまま木目調の玄関ドアが開かれた。還暦を過ぎたぐらいの痩せた女が顔を出す。

「突然お伺いして申し訳ありません。我々はこういう者です」

差し出した名刺を受け取った女は、横目でちらりと見た程度で顔を上げた。

「倉澤さんから電話がありました。調査会社の方が行くことになると思うって」

「そうなんです。倉澤さんからの依頼で、三年半前の事件を調べているんですよ」

女は藪下を気の済むまで見分し、後ろに控えている二人にも同じような目を向けた。が、とたんに驚いたような面持ちであごを突き出し、淳太郎を不躾《ぶしつけ》なほど見つめながら早口で喋った。

「初対面の方に失礼だけど、あなた、大輪のアルチーナみたいな方ね。アルチーナっていうのは黒みがかった赤紫のバラで、半剣弁咲きの魅惑的な花なの。花びら一枚一枚がしなやかなベルベットみたいでね。優雅で繊細で美しくて、いつかお庭で咲かせたいと思っている品種なのよ」

藪下は、鼻を鳴らしたい衝動をなんとか堪えた。淳太郎の中身を知れば、間違っても繊細で美しいなどという言葉は吐けまい。きれいに整っているのは外側だけで、内側には毒性の高いよどんだ沼をいくつも所有しているような男だ。そして、片っ端からその沼に人を沈めてはたちまち心を捕えてしまう。

淳太郎は無邪気な笑みを浮かべて前に進み、熱のこもった目をしている女の手を取った。そして流れるような仕種で手の甲にキスするのを目の当たりにし、藪下の全身を鳥肌が駆け抜けた。

「きっとそのバラには病的な美しさがあるんでしょうね。花の名前はアルチーナ。ルネサンス期に発表された『狂えるオルランド』というイタリアの叙事詩に、アルチーナという名前の女性が出てきます。彼女は絶世の美女でもあり魔女でもある」

「へえ……なんだかすてきね」と大家は夢を見ているような顔でつぶやいた。

「奥さんが魅惑のアルチーナを咲かせている姿のほうが、数段すてきだと思いますよ。ぜひ、苗をプレゼントさせてください」

淳太郎はのぼせたように赤い顔をしている女と視線を絡め、さも名残惜しそうに手を離して後ろに下がった。

全身の鳥肌が引かないのは言うまでもないが、あいかわらず一瞬で相手の心を摑む術《すべ》だけはさすがだった。どれほど歯の浮くような言葉を吐いても、滑稽《こっけい》になるどころかその世界観に説得力をもたせることができる。古いイタリアの叙事詩など、薮下は生まれてこのかた見たことも聞いたこともないが、どうでもよさそうに思えるこの手の素養は財産だった。自分たちの仕事には、あらゆる方面の知識を寄せ集めなければ始まらない。

薮下は派手に咳払いをして、淳太郎を盗み見ている女の意識をむりやりこちらに呼び戻した。

「三年半前に起きた鷲尾夫妻の事件ですが、大家さんはこの事件をどの程度ご存じですか？」

女は薮下に目を戻し、今さっきの余韻を断ち切るように眉根を寄せた。

「いちばんに警察に聞かされたのは、部屋で契約者の鷲尾真人さんが亡くなったということですよ。その後、入院していた奥さんも亡くなったって」

「事件の内容は？」

それを言ったとたんに女は口をつぐんだ。チェックのネルシャツの袖をまくったり白髪混じりの短い髪に手をやったりしてから、勢いをつけたような裏返った声を出した。

「警察は、わ、若い夫婦が殺し合ったんだと言ってました。でもあとから、このことは口外しないでほしいとも言いにきましたね」とひと息に話し、彼女ははっとして口許に手を当てた。「どうしよう、うっかり今喋っちゃったけど、もしかしてこれが重大な問題になったりするのかしら……まさか逮捕されたりとか」

「大丈夫、問題はありません。ちなみに大家さんは、鷲尾夫妻と交流がありましたかね」

「交流というか、アパートのお掃除をしているとき、会えば挨拶《あいさつ》する程度のお付き合いでした。特に旦那さんのほうはいつもにこやかで、気遣いの言葉をかけてくれたこともありましたよ」

大家は思い出したように少しだけ憂いのある面持ちをした。

「本当にすばらしい好青年だった。エントランスのお花がいつもきれいですねって言ってくれたの。

季節ごとの楽しみだって」

「奥さんのほうは？」

その質問に対して彼女は少々言葉をにごした。

「きっと奥さんは人付き合いが苦手な方なんだと思います。笑顔がないというか、旦那さんとは対照的でね。でも、二人とも礼儀正しかったし、こ、殺し合ったなんて信じられない。もちろんこれは倉澤さんもおっしゃっていましたよ。本当にお気の毒。あれからずっと事件を調べているみたいで」

淳太郎は頷きながらメモをとっている。一花は微動だにせず、藪下の背後に突っ立ったまま耳を澄ましていた。

「大家さんは、事件後にずっと倉澤さんと連絡を取り合っているんですか？」

「いえ、取り合っているというほどでもないですよ。当時、娘さんが起こした事件のせいでアパート経営にも響くんじゃないかと気を揉んでいました。本当に申し訳ないって。賠償請求にも応じますとお詫《わ》びに来られてね」

「なるほど」

「でも、わたしも夫もそれは必要ないって断ったの。だって、倉澤さんだけが何度も謝罪に来られて気の毒になってしまってね。鷲尾さんの身内なんて、何ひと言もなくそれっきり。あまりにも非常識だしひどすぎますよ」

賠償請求を申し立てられれば当然支払いには応じただろうが、事件に関係のあることは徹底的に避けていたと思われる。大家は、薄雲がかかった空を見上げて深いため息をついた。

「正直なところ、あの事件から入居率が上がらなくて困ってるんですよ。あんなにひどい事件だったのに、ニュースではほとんど見なかったから少しほっとしたんです。でも、今はネットの時代でしょう？　調べれば事故物件だってすぐにわかっちゃうから」

「まあ、そうでしょうね。事件当時、あのアパートは満室だったんですか？」

「そうです。でも、二階は子どもがいる夫婦と女性だけだったから、事件だなんて怖いってすぐに引っ越してしまってね。一階も契約が切れた人が出ていってからは、ずっと空きなんですよ」

「でも家賃は上げているようですが」

藪下がすかさず指摘すると、大家は口角を下げて首を横に振った。

「あれは仲介の不動産屋のアドバイスね。家賃を下げれば問題がある部屋だと勘ぐられるから、むしろ上げたほうがいいって言われたんですよ。でもダメ。まったく、不動産投資なんてしなければよかった。不労所得で楽に暮らしていけるなんて口車に乗って、今ではこのありさまだもの」

「事件がなければそれも可能だったでしょうに」

「そうでもないと思うわ。家を貸すっていうのはいつ何が起きるかわからないし、一回でもこんなことがあれば価値が下がって終わり。考えてみれば、アパート経営ってかなりリスクが高いのよね。自分ではどうすることもできない部分だから」

彼女は困り果てているようだった。三年経っても入居率が上がらないということは、何かよからぬ噂が立っているのかもしれなかった。かわいそうだが、完全に負のサイクルに陥っている。

藪下は質問を変えた。

「大家さんから見て、鷲尾夫婦はどんな人間だと思われました？」

この問いには長く考える間を取り、彼女は細かいシワの寄った目許を忙しなくこすった。

「問題を起こしたこともないし、家賃を滞納したこともないし、どんなと言われても模範的な入居者だったとしか言えません。よく二人で出かけるところを見ましたよ。楽しそうに笑って。少なくとも、殺し合ったなんてそんなことは信じられない。この日本で殺し合いですよ？　何がどうなったらそんなことが起きるのか……」

大家は言葉を切り、いささか低い声を出した。

「もしかして鷲尾さんご夫婦は……こ、殺されたんじゃないかって夫ともたまに話すんです。犯人は証拠を消して逃げて、今もどこかでのうのうと生きているんじゃないかって」

これが世間一般の意見だろうと思う。いや、警察もそこはいちばんに疑ってかかったはずで、それでも夫婦による殺し合いの線でしか決着しなかった。

「過去に、おたくのアパートで何かトラブルが起きたことはありませんか。鷲尾さんだけではなく、ほかの住人同士や外部の人と揉めたとか」

藪下は周辺の出来事にも気を配ったが、大家は即座にかぶりを振った。

「うちのアパートは、ペットも可だし子どももいたから騒音なんかはあったと思います。それでも苦情がきたことはありませんね。みなさん常識的な方ばかりなんですよ。よく問題になるゴミ出しだってきちんとしていたし、思い当たることはありません」

藪下は大家のくすんだ顔を見つめた。彼女が何かを知りながら隠しているということはないだろうか。あるいは藪下たちを煙《けむ》に巻くための誘導だったり、口をつぐむことが大家にとって得になることだったり。一瞬のうちにめまぐるしく考えたが、事件は夫婦の殺し合いであり、それが大家の得になることなど思いつかなかった。しいて言うなら鷲尾家からの圧力だが、話を聞く限りではその形跡がない。

「わかりました。最後にもう一点だけ。事件当時、アパートに住んでいた住人の転居先を教えていただけませんかね」

藪下は無理を承知で聞いてみたが、答えはやはり教えられないというものだった。この様子だと倉澤にも漏らしてはいないだろう。当時を知る者を探すのは、骨が折れる作業になりそうだった。

6

それから三人は事件現場のアパートへ戻り、鷲尾夫妻が住んでいた部屋を調べることにした。蹴上げの低い階段を上って二階へ行くと、生活感のないクロス張りの廊下に茜色《あかねいろ》の西陽が射し込んでいた。横並び三つの部屋の電気メーターにはビニールに入った説明書がかけられており、綿埃ひとつ落ちていない清潔な空間がかえって不気味に映る。藪下はいちばん奥の部屋へ向かい、先ほどから電話で話し込んでいる淳太郎から鍵を受け取って鍵穴に挿し込んだ。

玄関の扉はまるで開くことを拒むような軋《きし》みを上げ、今すぐ油を差す必要がありそうだった。日々の生活がなされていないことが、この音を聞いただけでわかる。そしてレバー式のノブを一気に引いた瞬間、小さな人影が目に入って藪下はひっくり返りそうなほど驚いた。過剰なほどあごを引き、細く吊《つ》り上がった目が憎々しげにまっすぐ前を見据えている。

藪下は思わずノブから手を離してしまった。ドアがうめきながら閉まるまでの間、三和土《たたき》にいる痩せた女は彫像のように微動だにしない。藪下は額ににじんだ冷や汗を手の甲でぬぐった。

「……背丈は小さいが子どもじゃなかったよな」

すると背後にいた一花が久方ぶりに声を出した。

「ぬらりひょんの亜種では？　他人の家に上がり込む習性があると聞きますので」

「真面目に馬鹿なことを言ってんな。一花、ようやくおまえさんの出番だ。ただちに突入、援護する」

正体不明の面倒事を一花に丸投げしようとすると、彼女は「援護は足手まといになるので不要です」とぴしゃりと言ってから無造作にドアを開けた。

今さっきと寸分違《たが》わぬ場所に、まだ小柄な女が棒立ちになっている。藪下は薄暗い三和土に目を凝らした。女は百五十センチもないような華奢な体格で、重苦しい真っ黒い髪はひっつめだ。グレーのカーディガンに茶色のスカートを合わせた地味な格好が、化粧気のない顔をなおさらくすませている。藪下は、大人だか子どもだかわからないような不気味な女を見つめた。この敵意のある顔には見覚えがある。

そのとき、通話を終了した淳太郎が暢気《のんき》な調子で合流した。

「あれ、由美《ゆみ》さん。早かったですね。到着は夜になると思っていましたよ」

女は究極の仏頂面をたちまちほころばせ、馴《な》れ馴《な》れしくハグをする男を当然のように受け入れた。そうだ、この女は由美という名前だった。年齢は確か三十四だったか。藪下は、玄関先で抱き合っている二人を苦々しく見つめた。一年以上前にたった一度だけ会ったことがあるが、ホストに貢いで首がまわらなくなった彼女を淳太郎が歌舞伎町で拾い、能力を活《い》かした仕事で使っている。二人は見るからに奇妙な関係を構築させており、薄気味悪いながらもなかなか役に立つ仕事ぶりなのは否定できなかった。しかし、いかんせん淳太郎以外には心を許す気が女にはなく、そのうえなぜか藪下は出会った瞬間から敵愾心《てきがいしん》を抱かれていた。

腹立たしいほど長い抱擁を終わらせた淳太郎は、振り返って癖のある鳶色《とびいろ》の髪をかき上げた。

「お伝えするのをうっかり忘れていましたが、由美さんにはこの部屋にしばらく住んでもらおうと思っているんですよ」

「住んでもらう？　なんのためにだよ」

「住み込みで家の中を検分してもらおうかなと。生活してみて初めて何かの違和感に気づくこともあると思うんです。事件から三年半、そういう視点でこの部屋を見た人間はいないはずなので」

確かにそうとも言える。藪下は由美に目を向けた。夢見るようなまなざしで淳太郎を見つめていたが、藪下と目が合った瞬間に一切の表情がリセットされて無に戻った。すると隣に立っている一花が、由美に負けず劣らずの無表情かつ無感情な声を出した。

「この方が由美さんですか。前回、間接的には一緒に仕事をしましたが、実体を目視するのは初めてです」

「実体を目視っておまえ……」

藪下はあまりにも不適切な言葉に呆れ果てた。一花はまっすぐに由美を見据え、野生の勘を研ぎ澄ましにかかっている。人間関係に難がありすぎるこの二人が合うはずもなく、すでに不穏な空気が漂いはじめているのを見て藪下はうんざりした。

「まあ、とにかく中へ入りましょう。立ち話もなんですし」

淳太郎が由美の腰に手をまわして中へいざない、藪下と一花はそれに続いた。

家の中の空気はひんやりとして、カビのような錆《さび》のような腐葉土のような、なんとも形容し難い不快な臭いで満たされている。これは忘れたくても忘れられない臭いだ。藪下は革靴を脱ぎ、脇目も振らずにリビングへ行った。時間が経った殺人現場というのは、徹底的に掃除をしてもこんな臭気がこびりついて空気をよどませる。これでも由美が空気の入れ替えをしたらしく、正面の窓が開け放たれてブルーのカーテンが風になびいていた。

藪下は、十畳足らずのリビングに鋭い目を向けた。室内はフローリング敷きで、テレビの前にはチェック柄のラグに緑色のソファ、そして白木のローテーブルが置かれている。藪下は屈み、毛足のある厚手のラグに手を触れた。紺色のチェック柄と同化するように、どす黒い血があちこちにこびりついて固まっている。事件後に押収されたであろうこれは、一度も洗濯されてはいないようだった。

続けて藪下はローテーブルの脚に目を移した。天板との継ぎ目に血液が入り込み、滴った痕がはっきりと残されている。カーテンや液晶テレビ、白い天井にまで血液らしき飛沫《ひまつ》痕があり、鷲尾夫婦がこの場所で激しく争ったことがありありとわかった。

「倉澤は本当に事件現場を保存したのか。血も何もかもそのままだ」

藪下は信じられない思いで口にした。ひとり娘の死を受け入れられず、いつかは真相を暴いてやるという執念がすさまじい。淳太郎はタブレットを起動し、指でスクロールさせてから顔を上げた。

「倉澤氏は定期的に掃除には来ていますが、部屋に残された事件の痕跡には一切触れていないそうです。家具の配置や血痕も当時のままですね」

「指紋採取の粉も残ってるからな」

藪下は窓枠にある黒っぽいシミを見つめた。

「事件現場をそのままにしている遺族には何人も会ったことがあるが、それはホシが逃走して迷宮入りした事件の場合だけだ。決着がついたヤマでは見たことがない。いくら納得できないとはいえ、ここまでやるのは正気じゃない」

「ええ。実際、倉澤夫妻は精神的にかなり不安定だと思われます。娘の死の謎を解くことだけが、彼らの生きる目的になっていますので」

なんとも残酷な目的だ。たとえば真人が結衣子を殺して自殺したという結論が出たとしても、今の二人がその答えに満足するとは思えない。もっと別の真相が隠されているはずだと勘ぐり、自分たちが生きるための新しい動機を探すだろう。この状況は、少なからず自分にも当てはまると藪下は痛感していた。植物状態の母親を覚醒させるために金をかけ、あり得ないほどわずかな望みに賭けている。医学的には絶望的だと医師に断言されても、新たな手段を探して希望をつなぐことを繰り返す。現に周囲の疑問を押し切って母親の手術を決行し、「意識が戻った」という病院からの知らせを日々待ちわびていた。藪下には、倉澤夫妻の気持ちが痛いほどわかった。

三年半前に時が止まったような部屋で、藪下は気分を変えるよう大きく息を吸い込んだ。

「鷲尾真人の遺族が、事件後にここから何を持ち出したのかはわかるか？」

淳太郎を見やると、彼はタブレットに目を落とした。

「パソコンや仕事関係のものと、わずかな私物だけだそうです。夫婦が使っていた家財道具はそのままで、洋服も処分してくれと全部置いていったようなので」

「記憶から真人を抹消したいと言わんばかりだな」

藪下がため息混じりに吐き出したとき、一花がおもむろに膝をついてラグに染み込んだ血を凝視した。そのまま固まったようにしばらく動かず、やがてゆっくりと顔を上げて天井を見上げる。

「この出血の量は致命的で、本来なら立っていることすらできない状態です。でも、そんなことはかまわず動きまわっています」

「かまわず？」

「はい。興奮状態に陥っています。猟で獲物を仕留め損ねたとき、動物は最後の抵抗を見せて暴れまわります。とどめを刺すときが猟ではもっとも危険で、死人が出るのもこの場面がいちばん多い。全身の細胞が、目の前の敵を殺すことだけに動く。本能は極限状態に一気に目覚めるものです」

一花はすっと立ち上がった。そして、天井に走る血飛沫《ちしぶき》を目でたどる。

「死に際に闘争本能が覚醒したのは、おそらく重傷を負っていた真人さんです。この場所で結衣子さんに致命傷を与えた。バットで二回ほど頭を殴ったんでしょう」

「二回だって？」

「そうです。壁と天井についた血痕は、重なっていますが二往復。振り上げたときと振り下ろしたとき、血の飛び散り方を見ればなんのためらいもないことがわかります」

一花は、ツヤもなく真っ黒に見える大きな目を合わせてきた。藪下は反射的に身構え、あろうことか耐えられずに後ずさった。

「わたしなら、殺される前に確実に殺します。結衣子さんはきっと、夫の真人さんをどこか甘く見ていた。二人とも機会を窺いすぎた。お互いに相手の出方を見て次の一手を決めようとした。すべて死につながる無駄な行動です」

淳太郎はイニシャルを象《かたど》ったペンダントを忙しなく弄んでいたが、いつもの笑みを消し去った真顔で一花の言葉を書き留めた。

この女の語っていることに誇張はないだろう。猟で学び取った動物の本能の部分を真っ向から受け止めている。一花は犯罪者の目線をもっていると分析した淳太郎はいいところを突いており、おそらくあらゆる死や殺しについて本質に近い部分を見抜いていると思われる。それに、現場を見極める目は鑑識並みかそれ以上ではないだろうか。

藪下は無言のまま踵《きびす》を返し、リビングをひと通り検分してから結衣子の部屋へ足を踏み入れた。ベージュ色のカーペット敷きの室内は六畳強といったところだろう。窓際に置かれたベッドには花柄のカバーがかけられた布団があり、所々に真っ黒く血が染み込んでごわついていた。枕にいたっては血を吸い込んだ何か別の塊と化し、カーペットにも尋常ではないほどの血痕が残されている。

「倉澤の話からすれば、まずここで寝ていた結衣子がバットで襲われた。これもかなりの出血だな」

「そうですね」とひと言で返した淳太郎は、カーペットについた血染めの足跡を嫌悪感のにじむ面持ちで見つめた。

リビングへ向かう道筋に沿って、素足の跡と滴った血痕が続いている。藪下は籐《とう》製のタンスを開けて中をざっと確認し、同じ材質のドレッサーも素早く見ていった。使いかけの化粧品類が無造作に置かれ、期限の切れたヨガやエステのチケットなどがクリップでひとまとめにされていた。これといって特徴のない女の部屋を見る限り、結衣子がサバイバルナイフを片手に殺し合いを挑んだ姿が想像できない。部屋のドアに鍵がついているわけでもなく、悪意や殺意の痕跡が血痕以外には見当たらないのだ。

台所と風呂場に続いて移動した真人の部屋に乱れはなく、一滴の血も落ちてはいない。やはり、まず夫が妻の寝込みを襲ったという警察の見立ては正しいのだろう。

「こっちがセミダブルベッドってことは、もともと夫婦の寝室はここだったわけだ。で、いつかはわからんが寝床をわけた。ここまでで気づいたことは？」

淳太郎と一花に目を向けると、二人は同時に首を傾《かし》げた。

「夫婦のスマホとパソコンはかなり調べられたらしいですが、事件に直結しているようなものはなかったそうです。この家にもこれといった違和感はない。真人が離婚届を用意していたということは、もう夫婦関係は破綻《はたん》していたはずです。離婚を切り出された結衣子が激昂《げっこう》した線は考えていましたが、現場を見ても最初に危害を加えたのは夫ですしね」

「そうだな。口論になって思わず手を出したのとはわけが違う。もう寝込みを襲って殺すしかないと夫は決意した」

状況から想像できるのはそれだった。

「だが、そこまでの憎悪の痕跡がこの家にあるか？　昔、妻が夫を毒殺した事件を担当したことがある。家の中には憎しみの跡がはっきりと残されていた」

「気配ですか？」と一花が問うたが、藪下は首を横に振った。

「違う、物理的なもんだ。ひとつ屋根の下で別居してるみたいなもんで、旦那と妻の持ち物が過剰なぐらいわけられていた。要は、接点を極力減らす工夫がいたるところにあるんだな。だが、この家はどうだ」

藪下は周囲に目をやった。

「タオルにしても食器にしても、置き場所は同じでぞんざいに重ねられている。石鹼《せっけん》もシャンプーも歯みがき粉も共有。互いに殺そうとまで憎んでいる相手と、同じものを平気で使える神経がわからない」

「確かにそれはありますね」

淳太郎も同意した。

「真人は妻に離婚届を突きつけて家を出て行くでもなく、調停を申し立てたわけでもありません。話し合いの最中だったかどうかはわかりませんが、互いへの拒絶がこの部屋にはないですね」

結局、部屋を見てもほとんど何もわからないに等しく、結衣子の両親が欲している「なぜ二人は殺し合ったのか」という疑問の答えにはかすりもしない。事件当時このアパートに住んでいた者の現住所は調べようもないし、今後話を聞くことができるのは一階に住んでいる二組と結衣子の職場関係者ぐらいだった。特に真人方面へ切り込むのは至難の業だろう。友人知人は口止めされている可能性が高い。

まずは結衣子側から情報をかき集めるしかない。そう思ったとき、じっと何かを考えていた一花が音もなく真人の部屋を出て行った。藪下と淳太郎はクローゼットやタンス、机周りをざっと検分したが、目ぼしいものを何も見つけられずにリビングへ戻る。そのとき、一花と由美が窓際で睨み合っている姿が目に入ってぎょっとした。

「ああ、二人はもう打ち解けたんですね。女の子同士はすぐ仲良くなれるからいいなあ」

後ろから能天気な淳太郎の声が聞こえて藪下は振り返った。

「あれのどこが仲良く見えるんだよ。完全に摑みかかる寸前だろうが」

藪下は二人へ目を戻した。じりじりと間合いを詰めており、互いの反発心が火花となって見えるようだ。

「おい、現場を荒らすな。殴り合うなら表でやれ」

「藪下さん、せめて止めましょうよ」

朗らかな淳太郎は二人の間に割って入り、同時に腰へ手をまわした。

「二人ともどうしたの？　何か困ったことがあるなら相談にのるよ」

すると一花が由美を見据えたまま口を開いた。

「わたしにこの現場を譲ってください」

「どういうこと？」

「ここに寝泊まりして家の中を探ります。これはわたしの目線が必要です。彼女にはできません」

断言された由美の目がぎらりと光った。

「よくこんな血まみれの現場に寝泊まりしようと思えるな。おまえさんの度胸にはほとほと感心する」

藪下が首を横に振りながら言うと、一花が由美から藪下に視線を移した。

「わたしのなかにも藪下さんのなかにも血が流れています。生き物ならあたりまえのことなのに、なぜそこに度胸が必要なんですか」

「そういう意味で言ったわけじゃないが、おまえさんの常識は他人にとっての非常識ってのは覚えておいたほうがいいぞ」

「わかりました」と一花は素直に頷いた。淳太郎は両手に花の状態で少し考え、なぜか藪下を睨みはじめている由美を見下ろした。

「由美さんには、もうひとつ大事な仕事を頼もうかと思っていたところだから、今回はそっちにまわってもらおうかな。由美さん以外にはできないことだからね」

そう話すなり、由美は淳太郎を見上げて熱っぽく「任せてください」と即答した。ある種の能力があるとはいえ、なぜこんなややこしい女を使っているのか理解に苦しむ。が、一花も負けず劣らず厄介な女だということを考えてすぐに納得した。要するに、見飽きることのない才能の数々が面倒くささを凌駕《りょうが》している状態だろう。心労とともに、胸のすくような感動も届けてくれる稀有《けう》な存在ということだ。

それから淳太郎は由美に次なる仕事の説明をし、藪下と一花に刺すような視線を向けながら出ていく彼女を見送った。


二〇四号室の真下、一〇四号室には髭面《ひげづら》で痩せぎすの不健康そうな男が住んでいた。手垢《てあか》で曇ったメガネをしきりに指で押し上げ、つっかけを履いて外に出てから素早くドアを閉めている。どうやら何匹か犬を飼っているようで、家の中からやかましい鳴き声が漏れ聞こえていた。

藪下が名刺を渡すと、男は気だるそうにしばらく眺めてから顔を上げた。

「もしかして、この上の部屋の調査ですか？」

藪下と同年代と思われる男はかすれた声を出した。

「そうです。お休みのところ申し訳ありませんが、ご協力をお願いします」

「自宅で仕事をしてるんで、土日も祝日も関係ないですけどね」

男は皮肉めいた口調で喋り、三人の顔に視線を走らせた。そしてこれみよがしなため息を吐き出している。

「自分は何も知りませんよ。あのときは散々でした。警察署での事情聴取が何回もあったし、当然のように部屋の中も見せろと言われてね。おまけにＤＮＡまで採らせろときたもんだ。まあ、任意でしたが拒否すればへんな容疑をかけられそうなんで、しょうがなく警官の言う通りにしました」

「警察はなんて？」

「上で殺人事件があったから話を聞きたいってことです。上で争ってた声を聞かなかったかとか、不審人物を見なかったかとか、ガラスまで割れたのになんで気づかないんだとか。まるで僕に落度があると言わんばかりでね。まったく、横暴にもほどがある」

男はメガネを手荒に押し上げた。どうやら警察は、夫婦の殺し合いについてはひと言も触れずに捜査を進めていたようだ。解剖や科学捜査の結果が出るまで、この男は参考人のひとりに名を連ねていたものと思われる。

「ちなみに事件当日、夜中に何か音とか悲鳴を聞いてはいないと？」

「聞いたかもしれないですけど、まったく気には留めなかった。ここはペット可のアパートだから、ほとんどの部屋で何かしら飼ってたんじゃないかな。当時は小さい子どももいたし、そういう音に関しては寛容というか、お互いさまみたいな意識の人ばかりでね」

「なるほど。上の階に住んでいた鷲尾さん夫婦と面識はありましたか？」

「ほとんどないですよ。僕はソフトの開発をフリーでやってるんで、日中、外には滅多に出ないんです」

藪下はせっかちに話す男を見つめたが、何かを隠しているような様子はない。事件後もここに住んでいる理由については、引っ越すのが面倒だと端的に答えた。まあ、人が死のうが事件が起きようが、さほど興味を示さない人間はいる。引っ越した元住人の転居先も知らず、藪下はこの男からは何も出ないだろうと早々に判断した。

「ありがとうございました。何か思い出したことがあれば、お電話いただけると助かりますよ」

「これから方々をまわるんですか？」

そう質問した男は藪下の返事を聞くより早く家の中へ引っ込み、犬の脱走を阻むような中腰の体勢ですぐに姿を現した。

「ついでといってはなんですが、僕の恋人が行方不明なんで出先でこれを配っていただけませんか？」

「はい？　恋人が行方不明？」

藪下が驚いて繰り返すと、男は険しい顔つきで紙の束を差し出してきた。

「失踪してもう三年半も経っています。今も心配でたまらないんですよ。なんとかお願いします。どこかで生きていてくれさえすればいい」

緊迫した様子で語る男から紙束を受け取ると、そこには「迷い犬を捜してください」との文字が躍っていた。毛の長い白い犬の写真が何枚もレイアウトされている。これが恋人？　その点は聞き流すにしても、あまりのずうずうしさに藪下はチラシを突き返そうとした。しかし男は素早い身のこなしで家の中に入り、ひと呼吸の間もなく鍵をかけている。ドアについている投函口《とうかん》は中から封じられているらしく、チラシを入れようとしても裏蓋が微動だにしない。藪下は舌打ちをした。

「なんなんだよ、あいつは。信じられん厚かましさだな」

すると一花が手を伸ばしてチラシの束を受け取り、ぱらぱらとめくった。

「この量なら十五分で近所にポスティングできます。ちょっと行ってきますのでお待ちください」

「待て、その必要はない」

藪下は身を翻した一花の腕を咄嗟に掴んだ。

「『恋人』がそれほど心配なら、ついでに配っといてくださいなんて心境にはならないんだよ。おまえさんは言われるがままになんでも引き受けるな。親しい人間からの頼みでも、まずそれが正当なのかどうかを考える必要がある」

「そうだね。人の善意を利用する者は多い。そのあたりを見抜くのは難しいけど、一花ちゃんには断る勇気が必要だと思うよ。この件に限らずね」

淳太郎は一花の根本的な弱点を指摘した。過去に、マルチ商法に引っかかって大量に商品を買わされている彼女は、頼まれたことをほとんど断らない。どんな人間からの頼みであれ、どれほど不利な要求であれ、それが親愛の証《あかし》なのだと錯覚しているからだ。人から好かれたいという思いが先走り、人間関係において一花の防御反応はまったく働かない。これほど突出した能力をもちながらも、簡単に騙《だま》されるのはそのせいだった。

藪下は雲が厚くなってきた空を仰いで首をまわし、二軒隣の一〇二号室へ足を向けた。アパートの入居者は現在この二戸のみだ。

呼び鈴を押してかなりの時間が経ったとき、トイプードルらしき小型犬を抱いた大柄な男が顔を出した。肌寒い今時分に黒いランニング一枚で、人を威圧するような筋肉を惜しげもなく晒している。真っ黒に陽灼けし、棘《とげ》のように立たせた短い髪は金色に脱色されていた。短パンから伸びる脚の筋肉も見事だが、いかんせん人工的すぎる。実戦ではあまり役に立たない、見せるための体だった。

藪下は突然訪ねた旨を謝罪し、名刺を差し出した。しかし、男の腕にいる小型犬に激しく吠《ほ》えられてすぐに手を引っ込めた。

「すみません、この犬は僕以外の男性が嫌いなんですよ。女性ならば喜んで身を預けるんですけどね」

男は日本人離れした彫りの深い派手な顔を一花に向け、爽やかに見えなくもない笑顔を作った。淳太郎と同じくこの男も距離感がおかしい。藪下のすぐ前までにじり寄り、じんわりと体温が伝わるほどでぞっとする。たまらず一歩退くと、すぐ後ろに立っていた一花とぶつかった。

藪下はできる限り男から距離を取り、玄関脇に積まれている段ボールに名刺を載せた。ドアの脇にあるネームプレートへ目をやると、長谷部剛史《はせべたけし》とある。歳の頃は三十代の前半だろう。

「我々は三年半前の事件を調査しているんですよ。二〇四号室に住んでいた鷲尾夫妻についてです」

男は「ああ」と急に憂鬱な声を出し、眉骨の隆起した濃厚な顔を極端に曇らせた。「まったくひどい事件でしたよ。無理心中でしたっけ？　そんなことをするようには見えなかったけど」

長谷部の中には、夫婦で殺し合ったという認識がないらしい。

「鷲尾夫妻とは親しかったんですか？」

「まあ、親しいとまではいきませんがそこそこです。警察にも話しましたが、旦那さんのほうはうちのジムに通ってましたんで」

「ジム？」と繰り返すと、長谷部はサンダル履きの足を前に出して犬を撫《な》でまわした。

「僕は、中野の駅前にあるスポーツクラブでインストラクターをやっているんですよ。主にウェイトトレーニングの担当です。そこに鷲尾さんが通っていましたね」

これは初めての情報だった。淳太郎はタブレットですかさず検索し、クラブの名前を確認して場所に印をつけた。

「鷲尾さんのクラブ通いは長かったんですか」

「二年ぐらい通ってたかな。週末だけ来て、少し走って帰るみたいなライト層でした。ただ、あるとき急に目覚めましてね。熱心にチェストプレスをやっているのを見かけましたよ。ああ、大胸筋を鍛えるマシーンです。男はとりあえずここを鍛えると見栄えがしますから」

長谷部は胸を張るようにしてさらに間合いを詰め、藪下はうんざりして脇へ寄った。

「ええと、鷲尾さんが急に体を鍛えるようになった時期はわかりますか？」

「そうですね……。たぶん、あの事件が起きる半年ぐらい前かな。仕事の帰りにも寄るようになって、トレーニング計画も別のインストラクターと一緒に立てていたと思うので」

まさかとは思うが、妻との戦闘に備えて体を鍛えはじめていたのではあるまいな。右後ろにいる淳太郎へ目をやると、同じことを考えているような神妙な顔をしていた。

「鷲尾さんと何か個人的な話をしたことは？」

「それはないかなあ。会えば挨拶するぐらいの関係ですよ。でも、話しやすい人ではありました。物腰が柔らかくていつも笑顔でね。奥さんとは違って」

「奥さんは無愛想だったと」

「ああ、こんなこと言うのはあれですが、笑顔がない冷たい印象が強いので。もちろん挨拶はしますけど、人を寄せつけないオーラがありましたね。人見知りが激しいのかもしれません」

長谷部は、盛り上がった立派な筋肉に包まれた小型犬に頬を寄せた。大家も語っていたが、真人と結衣子は対照的な人物だったようだ。だれにでも朗らかな夫に対して周囲に壁を作っていた妻。家の中での二人の関係性もそうだったのだろうか。

藪下は二人の顔を思い浮かべながら、事件当日に何か気づいたことはないかと長谷部に問うた。しかし、すぐさま特別何もないという答えが返ってきた。まあ、都会のアパートやマンション住まいでは、特別親しくない限りは隣近所と言葉を交わすことなどほとんどないと言っていい。上の階の住人が事件に巻き込まれたとしても、藪下でも気づけるかどうかは疑問だった。

「事件後にアパートを越していった方々ですが、もし転居先を知っていたらぜひ教えていただきたいんですよ」

藪下はあまり期待せずに尋ねたが、案の定、わからないという思った通りの答えを返された。ざっと聞いた限りでも、鷲尾夫妻の深い交友関係がこの場所にはない。転居した住人と親密だった可能性もなくはないが、望み薄ではないかと思われた。

転居者をいかにして突き止めるかを模索しているとき、長谷部は急に抱えた犬を前に出して一花に近づいた。

「どうぞ、触ってもいいですよ。こいつはオスで、とにかく女性が大好きなんで大丈夫です。犬は好きですか？」

一花は怖いぐらい無表情のままぬいぐるみのようなトイプードルの頭を撫で、愉快そうに笑っている長谷部を凝視しながらその足を踏んづけた。

いったい何事だ？　藪下も淳太郎も、まったく意味がわからずあっけにとられた。しかし一花は何度も長谷部の足を力まかせに踏みつけ、「いや、ちょ、ちょっと！」とたたらを踏んで声を上げている男に執拗な攻撃を加えている。藪下は慌てて一花を引き剝がした。

「いきなり何やってんだよ。正気か？」

一花は藪下を見上げ、いつもと変わらぬ単調な声を出した。

「この人がスカートの中を盗撮していたので」

「なんだって？」

反射的に長谷部の足許を見た。男のサンダルのつま先あたりには、黒っぽいプラスチックの破片のようなものが転がっている。藪下は屈んでそれを拾い、長谷部の右足からむりやりサンダルを引き抜いた。その拍子に、ばらばらと細かく砕けた部品が落ちてくる。

「なんのつもりだ」

藪下は立ち上がって長谷部をねめつけた。男はあたふたして鼻の頭に汗をにじませ、陽灼けした黒い顔を強張らせている。

「い、いや、待ってくださいよ。なんなんですか、盗撮って」

「盗撮は盗撮の意味しかない。これはカメラの残骸だろ」

するとと淳太郎は地面に落ちている破片を拾い上げ、まじまじと見てからいつもの笑顔を消し去った。

「遠隔操作型の超小型カメラ。おそらく動体検知と暗視機能もありますね。破片に識別番号が残っているので、言い逃れはできませんよ」

「違いますよ！　これは留守の間に犬をウォッチするためのカメラです！」

「なんで犬用のカメラがサンダルに仕込まれてんだよ。妙に間合いを詰めてくると思えば、初めから盗撮する気だったのか？　ドアスコープから覗いて、女がいるのを確認してから仕込んだってわけか。ずいぶん手慣れたもんだ」

すると淳太郎が、今度は一変して恐ろしいほどの笑顔で手を差し出した。

「とりあえずスマートフォンを確認させてください。デバイスで操作しているでしょうからね。状況証拠がある以上、身の潔白を証明するならそれしか道はありません」

「あ、あんたにそんな権利はない」

「では、権限のある国家権力集団を呼びましょうか？」

二択を迫られた長谷部は肌寒いなかで汗を流し、ぎょろりとした大きな目をあちこちにさまよわせている。スマートフォンはもっていないいだの犬がいたずらしてサンダルの中に入れただのと言い訳をこねくりまわしていたが、藪下を始めとする三人のすごみに屈して短パンのポケットからスマートフォンを出した。急《せ》き立てられるようにロックを解除する。

即座に淳太郎が中身を確認すると、おびただしい数の盗撮画像や動画が保存されているのが目に入って舌打ちが漏れた。盗撮常習者であろう長谷部は、職場のスポーツクラブにもカメラを仕込んでいるようで、女子更衣室やプールなどが赤裸々に映し出されている。そのほか駅や繁華街などでも盗撮を繰り返しており、救いようのない下衆《げす》ぶりを晒していた。

「どうしようもない。このスポーツクラブは全国展開だったよな。従業員が職場にカメラを仕込んでいたとなれば、企業としての信用は失墜だぞ」

藪下は呆れ返った。淳太郎が追い打ちをかけるように先を続ける。

「企業側の謝罪会見、謝罪文書の公開、会員と株主への説明、賠償、被害届の提出、全店舗の設備点検とカメラの捜索、事後の報告は必至。退会者も続出するだろうし、株価もたいへんなことになるでしょう。企業としての体力がなければ、これだけでも倒産にまで追い込まれる案件ですね。もちろん、あなたに対する会社からの損害賠償請求はかなりのものになる。僕なら絶対に逃がしません」

長谷部の顔色は土気色に変わり、犬を抱きしめる腕が小刻みに震えはじめた。そしてようやく観念し、裏返った声で言った。

「も、申し訳ありませんでした。お願いします。通報だけは勘弁してください。金輪際、こんなことはしません。誓います。じ、自分でもなぜこんなことをしたのかわからないんですよ。ほんの出来心なんです」

「うそもたいがいにしろ。常習どころかコレクターの域だろ。ここでおまえを見逃すとでも思ってんのか」

藪下はジャケットのポケットからスマートフォンを出し、懇願している長谷部を冷ややかに見ながら一一〇を押そうとした。そのとき、淳太郎がスクロールしている長谷部のスマートフォンが目に入ってはっとした。

「ちょっと待った。今、名前のついたフォルダがなかったか？」

藪下は淳太郎からスマートフォンを受け取り、画面に指を滑らせて確認した。「結衣子」と名前のつけられたフォルダを見つけ、急いで開いて中身に目を走らせる。それは死んだ鷲尾結衣子を盗撮したもので、アパートのエントランスから階段を上る一部始終が下から収められているものだ。外出先で撮影したと思われるものも保存されていた。

「なるほど。顔見知りの女はフォルダに名前をつけて保存しているわけだな」

「合理的でとてもわかりやすいですね」

一花が感心したようにとんちんかんなことを言った。

「まったくどうしようもない。おまえをののしる言葉も思い浮かばんな」

「す、すみません。データは全部消去します」

長谷部の言葉はすべてうそだと思っていいが、この男を警察に突き出せば、保存された映像は二度と手に入らなくなる。藪下は高速で頭を働かせた。今の時点で生前の結衣子の情報はなんであれ重要だ。それが盗撮映像だったとしても、中身にはすべて目を通したほうがいいと思えた。

藪下は鬱陶しい涙を見せはじめた長谷部を見据えた。

「よし、わかった。警察に突き出さない代わりに、すべての盗撮映像と画像をコピーさせろ」

「え？　それでチャラにしていただけるんですか？」

「これは保険だ。おまえがデータをひとつ残らずコピーさせれば、俺は盗撮を見なかったことにする。ほかに保存してあるものも全部だ。ただし、ひとつでも隠せばどうなるかわかってるよな」

長谷部はぱっと笑顔を作って承諾し、何度も頭を下げて感謝の意まで表した。この男を一切信じていないし自分はそれほど甘くはない。が、今はもっともらしい取り引きを持ちかけてこの男から情報を搾り取ることに決めた。

第二章

episode 2
時間の動き出した部屋

1

病院の匂いを嗅ぐと未だに切迫感が煽られる。朝は元気だった父親の変わり果てた自殺体と対面したとき、そして急に倒れた母親の手術を待っていた長い時間は、この不快な匂いに苛《さいな》まれていた。消毒薬と調理室から漂う病院食特有の匂いが入り混じり、そこにあらゆる病巣の陰鬱《いんうつ》な気配がまとわりついている。藪下にとって病院は健康を取り戻す場所ではなく、死へ直結する道だと刷り込まれていた。

休日の昨日は小雨混じりの悪天候だったが、週の初めは空気の澄んだ気持ちのいい秋晴れだ。藪下は病室の窓を細く開け、ひんやりとした風を病室に送り込む。替えたばかりの花瓶の花を、母親の枕許に飾った。

「リンドウはこれが最後だって花屋に言われたよ。こまめに水切りすればかなりもつらしい」

鮮やかなブルーの花が母親のガラス玉のような瞳に映り込んでいるが、まるで焦点が合っておらず虚《うつ》ろだった。瞬きを繰り返しているさまには意思があるように見える。しかし母は何ひとつ認知してはおらず、ただ目を開けているだけの器と成り果てている。もちろん、今喋っているのが息子だともわからず、自分がだれなのかも理解できていない。

藪下はため息をつきそうになったが、慌ててそれを飲み込んだ。遷延性《せんえんせい》意識障害、いわゆる植物状態だとはいえ、当人の前で負の感情を見せるべきではないと思っている。深層ではその気配を必ず感じ取っていると信じたいからだ。

「外はずいぶん寒くなってきたよ。紅葉は今が盛りだな。この病院の周りも見事だぞ。ケヤキとモミジ、窓からも見えるだろ？」

藪下は窓から吹き込む土臭い風を吸い込んだ。母の真っ白になった髪にも風が当たり、わずかに目を細めている。布団の上掛けを肩口まで引き上げ、乱れた白髪を手櫛《てぐし》で直した。

三年半ほど前にくも膜下出血で倒れた母親は、そのときからすべての意識を手放した。自発呼吸や体温調節、かろうじて食事を飲み込むなど生命維持に必要な機能は生きている。しかし大脳の動きは失われ、意味のある言葉を発することはおろか意思の疎通もできなくなった。医師によれば、意識の回復は絶望的なのだそうだ。

藪下は一層小さくしぼんでしまったような母親を見つめた。目は落ち窪《くぼ》んで生気がなく、六十八という年齢以上にシワだらけだ。苦労の連続だった人生の最後に、こんな仕打ちはなかった。なぜもっと目を配れなかったのかと自分を責めることを繰り返しているが、あまりにも感傷的かつ不毛だということはわかっている。

顔をこすり上げたとき、ノックに続いて年配の看護師が入ってきた。

「ああ、藪下さん。いらしてたんですね」

「お世話さまです。点滴ですか？」

「ええ。血圧も測りますね」

看護師はきはきと喋り、母の腕にカフを巻きつけた。手際よく手動で計測を始め、数値を手の甲に書き取っている。そして骨張った肘の裏の血管を素早く探り、一発で点滴の針を刺し込んだ。

「容体は安定していますよ。今日も気分がよさそうですね」

「刺激のほうはどうです？」

藪下が問うと、看護師は母の胸許を開いて体内に埋め込んだ装置と縫合痕を確認した。

「刺激と反応については先生にお聞きください。装置は問題なく動作していますので」

看護師はまたいつもの言葉を返してきた。つまり、電気刺激によって母になんらかの変化は現れていないということだ。過度な期待は禁物だとわかっていても、病院を訪れるたびに落胆することを繰り返していた。

「そういえば、昨日の夕方に階段を駆け下りている上園さんをお見かけしましたよ。いつも思いますけど、不思議な子ですよね。知らないうちにいて知らないうちにいなくなっている。この病棟には看護師が大勢いるのに、だれも出入りを見た者がいないんだから」

「おそらく、みんな見てはいるけど記憶を素通りさせてるんだな。彼女は気配を消す天才なんで」

「確かにそうですね。それに移動がびっくりするほど速いんですよ。今売店で見かけたと思ったら、次の瞬間には病室にいたりして」

藪下は笑った。

「確かに神出鬼没です。いつの間にか背後を取られるんで怖いんですよ」

看護師は「何か特別な訓練をしてるのかしら」と生真面目に言った。

意識のない母親の爪にマニキュアを塗るのは一花だけだ。色が変わっていれば、またここに彼女が訪れたことを示している。藪下は、上掛けから覗く母の指先へ目をやった。今は牡丹《ぼたん》のような赤紫色だ。藪下には何も告げず、一花は母親に対して見舞いとは少し異なる独特の行動をとっていた。

せかせかと看護師が出ていったドアをしばらく眺め、藪下は重い腰を上げて帰り支度をしはじめた。

今年に入ってから、母親には脊髄《せきずい》後索電気刺激療法を施している。皮下に受信機とリード線を埋め込み、二番目の頸椎《けいつい》の後索に電気による刺激を加えるものだ。植物状態からの覚醒を目的としているものの、有効例よりも無効例が上まわっているのが現状だった。ほとんどの場合、外傷由来で年齢が若く、脳の血流が一定値以上の者に効果が現れるのだという。もっとも、そのなかですら覚醒した者は少ないのだから、母に反応が出る確率は相当低いのはわかっている。これは最後の賭けだ。たとえ会話が不可能でも、感情の宿る目をもう一度だけ見たかった。

藪下はタオルなどの洗濯物を袋に無造作に突っ込み、風が吹き込んでいる窓を閉めた。

「じゃあな。また明日の朝に来る」

あいかわらず白い天井を見つめている母にそう告げ、荷物を抱えて病室を後にした。

保険適用外のこの治療で、すでに六百万以上が消えている。高額の報奨金を手にしたとはいえ、これを続ければ湯水のごとく金は消えてなくなるだろう。母親に意識があれば、こんなことはもうやめるべきだと言うのは目に見えているが、自分はとても諦めきれなかった。自己満足でかえって母親を苦しめているとも思っている。しかし昔から往生際の悪い性格で、歳を経るごとにその傾向は強くなるばかりだ。

藪下は深呼吸をして頭を切り替え、外に駐《と》めておいた黒のワンボックスに荷物を放り込んだ。練馬の外れにあるこの病院から代々木上原の事務所まで、およそ三十分というところだろうか。サイドブレーキを下ろしてアクセルを踏み込み、混みはじめている都道をひたすら走った。時折り都道を外れて渋滞を回避し、ほとんど予定通りの時間に代々木上原の駅を通過する。そして住宅密集地へ入ると、見るからに著名な建築デザイナーが手がけたとおぼしき凝った建物が見えてきた。砂色の外壁には赤く色づいたツタが這い、各部屋の窓や玄関ドアはすべて形や色が異なっている。画一的な住宅街ではひときわ異彩を放ち、現代美術館か何かと見まごうばかりだった。

藪下はロックを解除して地下駐車場に車を滑り込ませ、ジャケットを羽織りながらエレベーターで五階へ上がった。時刻は午前八時四十分。エレベーターが開いて外に出ると、中庭にある何本かの巨大なイチョウが今日も黄色い葉を雨のように降らせていた。池やベンチや広い芝生まであり、外からは一切見えないプライベートな園庭になっている。

憩いの場には違いないが、都心の一等地に無駄な空間を造ったものだ。藪下は固定資産税だの維持費だのを勝手に心配しながら廊下を進み、「TEAM TRACKER」のプレートがある黒いドアを開けた。すでに一花が来ているだろう。三人の出社時間は特に決まってはおらず、仕事の状況を見ながら早朝から深夜までと幅広い。しかし彼女の朝はめっぽう早く、どんなときでもいちばんに顔を見せていた。

まぶしいほどの朝日が射《さ》し込む事務所に入るなり、奥のソファで見知らぬ男が一花に覆いかぶさっているのが見えて藪下は目を剝いた。彼女は死に物狂いで抵抗し、男を殴りつけているではないか。

「だれだおまえは！　離れろ！」

藪下は怒鳴り声を上げ、テーブルをまわり込んで一花のもとへ走った。そのとき男の横顔が垣間見え、状況が把握できずに息を呑んだ。元部下の三井ではないか！

「三井！　おまえは何やってんだ！　イカれたのかよ！」

元部下の肩を摑んで一花から力まかせに引き離すと、小柄な三井は盛大にひっくり返って板張りの床を数メートルほど滑っていった。そして小作りな丸顔を上げる。

「ああ、藪下係長。おはようございます」

「おはようじゃねえだろ！　何朝っぱらから女を襲ってんだ！」

「いや、どう見ても自分が一方的にボコられてたじゃないですか」

三井は暢気に腰をさすりながら立ち上がった。

百六十センチそこそこしかない小柄な男は、いつものように二重の大きな目を光らせている。色白も手伝ってとても三十三歳には見えず、グレーのパーカーを引っかけている姿はまるでそこいらの大学生だった。このなりでは三井を刑事だと思う者はいないだろう。一見するとのらりくらりとした今どきの若者だが、その童顔の下には鋭い観察眼を隠しもっている。しかし、男は明らかに血迷っていた。

返答によってはぶん殴る。藪下はそう決めて頭ひとつぶん以上は小さい三井にすごんだ。すると一花が厚ぼったい前髪を指先で整えながら言った。

「クマと遭遇したときの対処法を教えていました。今後のためにぜひレクチャーしてほしいと頼まれたものですから」

「は?」

「誤解があるようなので現状の説明をします。三井巡査部長は襲いかかるツキノワグマの役で、わたしは突然クマに出くわした人間という設定です。実戦形式で指導していました。わたしが襲われていたのは事実ですが、これは合意のうえの行為です。藪下さんが考えているようなことではありません」

いったいこいつらは朝から何をやっているのか。額ににじんだ汗をぬぐったと同時に、藪下は眉間のシワが一層深くなるのを感じた。一花はかまわず淡々と先を続けた。

「冬眠明けは別ですが、クマは基本的に立ち上がって爪で攻撃してきます。鉤爪《かぎづめ》の長さは五センチ以上。この被害を最小限に食い止めることが大事です」

「どう考えても丸腰ではムリっしょ」

三井が間の手を入れるなり、一花は藪下の元部下に向き直った。

「いいですか?　猟銃を持っているからといってクマと対等にはなれません。銃と勘と経験がすべてそろって、ようやく優位に立てるか立てないかというところです」

「じゃあ、そもそも訓練は無駄じゃないっすか」

「無駄ではありません。どんな状況であれ自然界では諦めた者から死にます。クマの攻撃範囲に入ってしまった以上、闘うしか道はない。今、あなたは身をもってわかったはずです」

「自分は今クマ役なんで、ヒトに襲いかかれば腹とあごに思い切り拳を叩き込まれることだけは学習しましたわ」

元部下は腹を押さえて不服そうな声を出した。

「あまり知られてはいませんが、ツキノワは痛い思いをすればほとんどが怯《ひる》みます。犬なんかとは違って、そこで戦意喪失して逃げていく個体が多い。これは何人ものベテランハンターから聞いている情報です。ツキノワグマがヒトを食べる目的で襲うことは稀なので、致命傷さえ回避できれば生き残る確率は低くはない」

「ヒグマは？」

三井は、一花を真正面からじっと見つめながら問うた。クマに襲われたときの対処法など、素人が聞いたところで実践は難しいことぐらいこの男は百も承知だ。おおかた一花のフィールドで好きに語らせ、彼女の内面を推し量っているといったところだろうか。いずれにせよ、三井がここまで絡むのは何かが気になっているからだと思われる。過去に出会ったことがないタイプの女に、持ち前の好奇心が刺激されているらしい。恋愛感情とは別のものだ。

一花は三井の視線を受け止めながら、聞き慣れた一本調子の声を出した。

「ヒグマの場合も基本は同じです。ただ、生存率は一気に一桁まで下がります」

「上園さんは出くわしたことがあるんですかね」

その質問にぴくりと反応した彼女は、わずかに体を固くした。

「二十歳のときに出くわしました。わたしはクマとの距離が十五メートルもあれば逃げきれますが、それ以内なら闘う覚悟を決めなければなりません。わたしが遭ったのはオスの成獣で、体長はおよそ二メートル。おそらく四百キロはあったでしょう。接近戦では勝ち目がありません」

「とんでもない修羅場だな。もちろん、銃は持ってたんだろ？」

藪下は思わず口を挟んだ。

「散弾銃は持っていましたが、ヒグマの場合、一発で急所を仕留めなければ高確率で返り討ちに遭う。そもそも、散弾ではヒグマと勝負にはなりません。ライフルでも撃ち損じれば終わりですから」

「じゃあ、じいさんが仕留めたのか」

藪下は孫を凄腕《すごうで》ハンターとして仕込んだ祖父を想像したが、一花はゆっくり首を横に振った。

「そのときわたしはひとりで、助けを呼べる状態ではなかった。ヒグマと一対一で殺し合いをするしかなかった。走って逃げても数十秒後には追いつかれることがわかっていました。だからわたしは、咄嗟に木に登って上から狙撃したんです。全弾を撃って、弱ったところを鉈《なた》で決着をつけました。木に登る判断が数秒でも遅ければ、たぶんわたしは死んでいた。ヒグマの習性にしたがって、何日もかけて生きたまま少しずつ喰《く》われたはず。殺すか殺されるかの闘いは想像を絶するほど残酷です。だから、結衣子さんと真人さんの最期は想像できます」

藪下は、血まみれの一花がヒグマの骸《むくろ》の傍に突っ立っている姿を思い浮かべて薄ら寒くなった。その当時は自分の境遇を呪ったのか、それとも生きる喜びを嚙み締めたのかはわからない。しかし、極限での命のやり取りが一花を完成させたことだけは確実だろう。二十歳で巨大なヒグマを仕留めた女は、髪を巻いて化粧をし、今のところうまく都会にまぎれている。早く結婚して過去と決別したいというのが彼女の願いだが、果たしてそこに落ち着けるのかは甚だ疑問だった。三井は何も言わずに一花を見据えており、これ以上ないほど目を輝かせているのを藪下は見逃さなかった。

するといつの間にか出社していた淳太郎が自然な流れで一花にハグをし、振り返りざまに三井を片手で抱き寄せながら耳許で言った。

「三井巡査部長、お久しぶりですね。我が社への訪問、歓迎しますよ」

突然のことに、三井は童顔を引きつらせながら男を振りほどいた。だれに対しても距離感が圧倒的におかしいが、海外では男同士でもこの手の挨拶をするものなのだろうか。今度はこちらに向けて手を広げたのを見て、藪下は手をひと振りして追い払った。

「三井巡査部長は当直明けですよね。お疲れさまです。上司の生野《いくの》警部補は潔癖だからたいへんでしょう。部下にもアルコール除菌を義務づけているほどですし」

「なんでそんなことまで知ってるんですか……」

情報通という意味で二人は似ているとも言えるが、さすがの三井も警察内部の動きを知られていることに驚きを隠せない。淳太郎はにこやかに皆を見まわし、いいことを思いついたとばかりに手を打ち鳴らした。

「これからみんなでグランピングにでも行きませんか？　今日は文句なしの秋晴れだし、野外で藪下さんの作る料理を食べてみたいですしね。こんな日は仕事なんてしてる場合じゃないですよ」

「週の頭から仕事を放棄すんな。だいたいなんだよ、グランピングって」

「豪華なキャンプの意味、いわゆる造語ですよ。本来の土臭いアウトドアとは違って、何不自由のない洗練された空間と自然を融合させるわけです。アウトドア嫌いの女の子もやみつきになりますしね。ベルテントやデコレーションライトもそろっていますので、忘れられない最高の夜をお約束しますよ」

いつの間にか女とそんなことまでやっていたとは、つくづく計り知れない男だった。そもそもこの面子でキャンプなんぞをしても楽しいわけがないだろう。藪下はテントにこもっている四人を思い浮かべて辟易《へきえき》した。しかし一花はぼうっと宙を眺めながらにやけ、明らかに興味をそそられたような間抜けな顔をしている。淳太郎は彼女の肩に腕をまわし、ことさら熱心に勧誘した。

「こんなところでクマの対処法をレクチャーするより、木が繁《しげ》る大自然のなかで教えたほうが臨場感があるんじゃない？」

たちまち一花はすっと真顔に戻し、三井に目を向けて唐突な質問をした。

「五十メートルは何秒で走れますか？」

「へ？　五十メートル？　もう十年以上もタイムなんて測ってないからなあ。たぶん七秒の後半ぐらいだと思うけど」

「話になりません」

一花はかぶせ気味に断言した。

「六秒台の前半でなければ、クマから逃げることも闘うこともできない。自然のなかで訓練したいのなら、まず脚力と瞬発力を鍛えてから出直してください」

「いや出直すって、そこまでして訓練はしたくないけどね。だいたい七秒台ならそこそこいいタイムっしょ。自分はどうなの？　女子で六秒台なんて稀なわけだし」

「わたしは平均すると六秒五です」

三井は口を閉じてよろめいた。すかさずスマートフォンで検索している淳太郎は、半ば驚いたような声を出す。

「そのタイムなら日本記録を狙えるじゃない……」

「高校のとき、先生からも同じことを言われましたし、陸上部からもしつこく勧誘を受けました。でも、整備された直線を速く走ることに何か意味があるんでしょうか。わたしにはわかりません。障害物だらけで足場の悪い山林でも同じように走れなければ、その訓練は無駄です」

藪下は思わず苦笑いを漏らした。十代からこの感覚なのだとすれば、同年代とうまくやれていたわけがない。一花の性格からしていじめられることはまずないだろうが、子どものころから孤立していたのが目に浮かぶようだった。共感を得られない本物の個性というのは、いくつになっても疎外の対象になる。一花が同性の友だちを欲している様子を見るにつけ、藪下はなんともやるせない気持ちになっていた。

「ともかく仕事だ。俺らに遊んでる余裕なんてないんでな。で、おまえさんは当直明けに何しに来たんだ。クマ対策を聞きにきたわけじゃないだろ？」

藪下は、パーカーのポケットに両手を突っ込んでいる三井に目をやった。元部下はにやりと笑い、ソファに置かれた黒いリュックサックから手帳を取り出した。

「今お三方が追っている事件ですが、当時武蔵野署にいた鑑識に話が聞けました。ものすごく後ろ向きでしたけど」

「よく聞き出せたな。おそらく当時は徹底した箝口令が敷かれたはずだし、今も禁句になってるんじゃないか」

「ええ。今さらなんでそんなことを聞くんだって警戒してましたけど、ぽつぽつと教えてくれました」

三井は迷彩柄の手帳を開いた。

「早朝にあった住居侵入の入電で、吉祥寺駅前交番の警官が向かいました。でも玄関には鍵がかかっていて呼び鈴にも応答がなかったため、隣の家からベランダ伝いに二〇四号室へ行ったそうです。そして、カーテンの隙間から中を覗くと、夫婦が血まみれで倒れていた」

淳太郎はテーブルに置いてあるノートパソコンを起《た》ち上げ、三井の言葉をメモしていった。

「当初、強殺で帳場が立ったんですが、その時点ですでに箝口令が敷かれたそうです。ガイ者のひとりが警察官僚の甥だとわかったんで、かなりピリピリしたムードだったそうですよ」

「そうだろうな。特捜本部が立ってもおかしくはない」

「そこですよ。初動と剖検の結果、夫婦のほかに関与した者がいないと判明したんで現場は大騒ぎっす。夫婦が殺し合ったなんて前代未聞ですから」

「そのうえ夫の真人は官僚一族だし、そりゃあさっさと事件を闇に葬りたいだろう」

三井は小刻みに頷いた。

「とにかく夫婦で殺し合ったという事実に納得できない捜査員は多数いたようで、第三者がかかわった線は徹底的に洗われました。そのうえで送検されてますから、何者かが絡んでいる可能性はゼロに近いと思います」

「動機はわかってるのか?」

藪下は腕組みしながら問うたが、三井は難しい面持ちで首をひねった。

「夫妻が別れたがっていたことは確実らしいですが、それが直接的な動機かと言われると疑問すね。お互いに殺さなければならない理由がほかにあったような気がします。たとえば浮気とか」

「その節はあったのか?」

「いえ、そのあたりはかなり捜査されましたが第三者の気配は皆無だったそうですよ」

当時も動機までたどり着いた捜査員がひとりもいなかったのだから、警察と同じ線をたどっても望み薄ということになる。

「金の動きは?」

藪下の問いに三井は手帳を閉じた。

「二人の貯金は微々たるもんだったようです。安い医療保険にしか入ってなかったし、夫婦が死んで金が転がり込んだ人間はいない。これは両方の親族ともに」

そう言って三井はリュックサックを肩にかけた。

「それと、話は変わりますがこっちがいちばん重要です。国際指名手配犯の松浦冴子。この女の情報は未だに皆無だそうですよ。これだけ網を張ってんのにタレコミひとつない。病気で治療を受けている線も追っていますが、こっちも今んとこ空振りらしいです」

おそらく、今は息を潜めて地下にもぐっているだろう。間違いなく背乗《はいの》りはしているはずだった。

「じゃあ、そういうことなんで。幸運を祈りますよ」

「別に真犯人を暴こうってわけじゃない。まあ、今回の件はそれがなくても運頼みかもしれんが」

手を挙げて出て行こうとする三井の背中に、一花が声をかけた。

「わたしのインスタにコメントだらけでコメントしないでください」

「ああ、業者のコメントだらけであまりにも気の毒だったんでね。じゃあこれからは絶賛コメだけにしますわ。それなら少しはカッコつくでしょ？」

肩越しに振り返ってにっと笑った三井は、勢いよくドアを開けて出て行った。藪下はあらためて、こいつらは何をやっているのだろうかと思った。

2

一花は運転席に乗り込み、エンジンをかけて「首都高三号線のルートで向かいます」とだれにともなく言った。もはや当然のようにハンドルを握る彼女は、シボレーの運転が気に入っているらしい。マニュアル操作にも危なげがなく、端々に走りのセンスのよさが感じられた。女の運転は危なっかしいと藪下は頭から決めつけていたが、一花はその手の偏見を見事に打ち砕いてくれる存在だった。

三井が帰って数十分後、三人は目的地へ急いでいた。なんでも元ホスト狂いの由美からメールが入ったらしい。

「なんで狛江くんだりの公園に向かってんだ？」

藪下は革張りのソファにもたれながら言った。今すぐに出る必要があると淳太郎に急き立てられて車に乗ったが、詳しい説明はまだされていない。男はタブレットをタップしながら少々お待ちくださいとつぶやき、壁に埋め込まれているモニターのひとつを切り替えた。画面には、幼児が描いたような下手な絵でありながら、妙なリアリティを醸し出す不気味な似顔絵が表示されている。

「何回見てもぞっとするような絵だな。これもあの女が描いたんだろ？」

「ええ。由美さんらしいアバンギャルドな作風ですよ。どうやら写真が撮れない状況だったようですね」

長い髪をポニーテールに束ねた女が豪快に描かれ、口が裂けそうなほど満面の笑みを浮かべている。切れ長の目許にはホクロがあり、広い額が輝いていた。

「だれなんだ、この女は」

「真人の兄の嫁ですよ」

藪下の頭には疑問符が浮かんだ。淳太郎は先を続ける。

「先日、鷲尾家に行ったとき、手前にある兄夫婦の家にブルーのシートがかかったものがあったんですよ。ＢＭＷとマクラーレンのロゴ入りでしたね」

「だから？」

「僕も姉夫婦に子どもができたときにプレゼントしたんですが、鷲尾家の若夫婦宅にあったのはマクラーレンとＢＭＷがコラボしたベビーカーです。つまり、小さい子どもがいるんですよ。僕は由美さんに兄嫁を尾行するように頼んでいます」

淳太郎はタブレットから顔を上げて藪下に微笑みかけた。

「鷲尾家の人間は、どうやっても僕たちには情報を提供しないでしょう。あのとき、僕でも攻略は難しいと実感しましたからね」

「確かに、あのじいさんに対しておまえさんは妙に消極的だったな。いつもならずうずうしく絡んでいくだろうに」

「ああいう原理主義的なタイプには根まわしが必要なんですよ。初対面で打ち解けるのはほぼ無理ですが、時間さえかければ攻略は可能です。まあ、今はもっと効率的な方法を見つけたので彼に時間は割きませんが」

淳太郎はにべもなく言った。行動の裏に緻密な計算があるのは今に始まったことではないが、先々を読む力は不本意ながら突出しているだろうと思う。それを考えると、経験から現場や人を洞察して場を取り仕切る藪下と、情報と計算で答えを導こうとする淳太郎、そして常人とは視点が異なる一花という三人はうまいことバランスが取れていた。扱いづらい点においてもほかを寄せつけないが。

藪下は話を戻した。

「おまえさんが目をつけたのは兄嫁とその子ども。そこからどう突破するつもりだ?」

「鷲尾家は何よりも面子を重んじる一族です。でも、兄嫁の立場ならどうか。義理の弟夫婦が凄惨な死を遂げても、一族を守るために口をつぐむでしょうか」

「なかなかいい目のつけどころだとは思うが、一族の恥なら兄嫁にとっても恥だろう。あたりまえだが平穏な暮らしに波風が立つのは嫌なはずだ。一族のためというより子どものためにな」

「もっともな意見ですね。でも、僕なら比較的簡単に切り崩せます」

「たいした自信だ」

藪下が半ば呆れると、淳太郎は臆面もなく言い放った。

「僕のように地位も名誉も知性も容姿も経済力にも恵まれた男は、女性の心に入り込むことが容易です。いい悪いの問題とは関係なくね。藪下さんが認めたくない気持ちも理解できますが、揺るぎのない事実として早急に受け入れるべきですよ」

「俺はいつかおまえをぶん殴ると思うぞ」

藪下は苛《いら》つきながら笑みを浮かべたが、淳太郎はかまわず先を続けた。

「由美さんいわく、平日の午前中に、兄嫁は自宅から十五分の場所にある公園へ通っているそうです。小さい子どもがいれば、母親の行動はほぼパターン化されますからね」

「兄嫁は専業主婦か……」と藪下はすぐさま頭を巡らせた。「確かに鷲尾のじいさんなら、小さい子どものいる女が働くことには否定的だろう。もちろん、保育園に預けるなんてのも体裁が悪い。専業主婦を望むのは必然だな」

「その通りです。小さい子どもは外遊びが日課ですから、母親はおのずと毎日外へ出ることになる。午前中の公園はいいものですよ。初々しい若妻たちが朝日の下で天女のように戯れていますから」

細長い脚を組んだ淳太郎の戯言《たわごと》を完全に無視し、藪下は疑問を口にした。

「しかし、由美に尾行を依頼したのは一昨日《おととい》だろ？　なんで平日の予定まで把握できたんだよ」

「出がけに義母が、『毎日公園になんか行かなくてもいいんじゃない？』と兄嫁に言っていたらしいので、そこから推測したんでしょう。広い庭もあるんだし、わざわざ外へ出かけなくても……と言わんばかりだったと由美さんがメールに書いています。公園通いは兄嫁にとっても息抜きになっているはずです。義母のひと言は、日ごろから息子夫婦に干渉している様子が窺えますので」

ということは、兄嫁は義実家に対して不満をもっているかもしれない。ここが突破口になる可能性があるという思いが藪下のなかで大きくなった。こういうちょっとしたわだかまりが隙となり、人の口を軽くさせることは経験上わかっているからだ。

それから三十分ほどで狛江の駅前を通過した。一花はナビにしたがって住宅街を迷いなく走り、やがて目的地に到着した旨の音声が流れた。藪下は、ジャカード織のカーテンをわずかに開けて公園へ目を向けた。周囲に植えられたソメイヨシノの葉が真っ赤に色づき、地面には色とりどりの落ち葉が敷き詰められて天然の絨毯《じゅうたん》と化している。奥には遊具もあるらしく、小さい子どもたちのはしゃいだ声が蒼穹に響きわたっていた。

入り口には車止めの柵があり、その前に何台ものベビーカーが横づけされている。藪下はポケットから単眼鏡を出して右目に当て、入り口付近に視線を走らせた。一台一台見るまでもなく、すぐタイヤにＢＭＷのエンブレムがついたベビーカーが目に留まる。

「おまえさんが言った通りのベビーカーがあるな。マクラーレンのロゴ入りベルトにＢＭＷのエンブレム。兄嫁は今もまだ公園の中か?」

藪下が外へ目をやりながら問うと、淳太郎はタブレットを操作しているようでくぐもった声を出した。

「現在は奥の広場にいます。由美さんが離れた場所からウォッチしていますよ」

「よし。じゃあ行くか」

そう言ってソファから立ち上がりかけたとき、淳太郎が手で制してきた。

「スーツ姿の藪下さんは、さすがに午前中の公園にはそぐわないですね。下手すれば不審者情報に人相風体が登録されます」

「そう思います。不本意ですがそれが現実だと思います。でも、不審者情報に載ったところで別に害はないのでは?」

運転席から後部へ移動してきた一花が単調な声を出した。

「害のありなし以前の問題だろ。不審者マップに登録された挙げ句に、情報が都民に共有されるんだぞ」

「その心配自体が無用では？　もうすでに各地で登録共有されているのでは？」

「やかましい」

藪下は、異常なほど食い下がってくる一花を黙らせた。すると淳太郎は奥の棚から、いかにも値の張りそうな紺色のウィンドブレーカーを出してきた。

「とりあえずジャケットを脱いでこれを羽織ってください。少しはましになりますので」

何につけ腹の立つ連中だ。が、確かに母親と子どもしかいない公園に藪下のような無骨な男が場違いなのはわかっている。刑事時代はそんなことを考えたこともなかったが、確かな肩書きがないというのはなんとも不便だった。

藪下はのろのろとジャケットを脱いでウィンドブレーカーを羽織り、一花はチェックのミニスカートにジージャンを引っかけた。細身のジーンズに黒いパーカーを着ただけの淳太郎は今日も憎らしいほど完璧だ。藪下がこの格好をしたら胡散臭い中年男にしかならないが、長めの髪を緩く束ねたこの男にはにじみ出すような品がある。歴然たる差を痛感しながら車の外に出ると、濃厚な土の匂いが鼻腔《びこう》を刺激した。

藪下は二人に目配せし、車止めを避けて公園内に入った。地面を覆っている落ち葉がクッションとなり、足許がふわふわとして頼りない。幼児が枯葉を撒《ま》き上げている姿が絵画的で、意味もなく感傷的な気分になった。秋という季節は昔から好きではない。警官だった父親がみずから命を絶つ数週間前に、家族で紅葉まっただなかの高尾山へ行ったことを思い出す。そのときすでに、死ぬことを決意していたのだろうか。藪下はいらぬことを考えた。人質を救うために誘拐犯の三人を射殺した父は、そのときから自死への道を歩き出すしかなかった。撃ち殺した犯人のうち二人が未成年だったのだから。

冷たさを感じる空気を吸い込み、予告もなく蘇《よみがえ》った苦い記憶を再び封じた。今に集中しながら歩を進め、モミジが浮いている池を横目に舗装された道を進む。奥には恐竜か何かを象った遊具が見え、子どもたちがきゃあきゃあと甲高い声を上げながらじゃれ合っていた。周りには母親たちが談笑しながら固まっている。

藪下は素早く目を走らせた。思いのほか人が多くて見つけるのに苦労するかと思ったが、真人の兄嫁らしき女は聞くまでもなくすぐに見つかった。驚くほど由美が描いた人相そのままで、絵から感じ取れた雰囲気も合致している。目許にホクロがあり、背中まである長い髪をポニーテールに結って秀でた広い額には太陽が反射しててかてかと光っている。顔でいちばん特徴的なのは大きな口だ。きれいな歯並びを見せて笑っている姿は自信に満ちあふれており、彼女を取り囲んでいる女たち五人が一目置いている存在だということが手に取るようにわかった。

それにしても、内輪で固まっている女の中へ入っていくのは難易度が高い。理由をつけてこちらへ呼び出せないかと考えているとき、淳太郎がなんのためらいもなく女たちのほうへ歩き出したのを見て藪下は目をみひらいた。いつもの柔らかな笑みを浮かべ、まるで以前からの顔見知りだったかのように堂々と輪の中へ入っていく。

淳太郎といえども無理がある。相手はひとりではなく複数で、しかも子どもを連れた主婦だ。いくら見た目がいいとはいえ、六人同時に懐柔するなどできるわけがなかった。

藪下は、淳太郎のあとを追おうとしている一花の腕を素早く摑んだ。不満げな顔を向けてくるが、彼女が加われば余計に話がややこしくなることだけは確かだった。

見知らぬ男の乱入で会話の止まった女たちに、淳太郎はひときわ華やかに笑いかけた。

「こんにちは。この公園は紅葉がすばらしいですね。思わず車を駐めて入ってきてしまいましたよ。

ただし、みなさんの美しさには勝てませんけどね」

最悪だ。どうやっても異常者の言動でしかない。女たちはぽかんとして顔を見合わせ、案の定、突如現れた男に警戒心をあらわにしている。しかし、逃げ出したくなるような雰囲気など気にも留めず、淳太郎は一歩前に出て兄嫁に右手を差し出した。

「鷲尾隆明《たかあき》さんの奥さまでいらっしゃいますよね？　玲奈《れな》さん、またお会いできて光栄です。その節はどうもありがとうございました」

「え?」と小首を傾げた女だったが、差し出された手をわけもわからず握っていた。

「もしかしてそうじゃないかなと思ったんですよ。偶然ですね、僕は桐生です。もう覚えていらっしゃらないかもしれないなあ。あのときのパーティーからずいぶん時間が経っているから」

「ああ、いえ、ええと、桐生さんですよね。覚えてますよ、本当に偶然ですね」

淳太郎は「よかった」と胸に手を当て、いかにもほっとしたような無邪気な顔を作って女たちの心を揺さぶった。

形勢を覆す見事なはったりと言っていいだろう。藪下は、アメリカ社交界仕込みの手管に素直に感心した。政財界ともつながっている鷲尾家の嫁として、面識があると申し出た者を無下にはできまい。淳太郎が質問を許さない無言の圧を発しているために、にこやかで姿のいい男を一瞬で要人だと受け入れたようだった。

すると玲奈の隣にいる背の高い女が、淳太郎の顔をまじまじと見ながら口を開いた。

「間違っていたらごめんなさい。もしかして、桐生製糖株式会社の桐生さんですか？　専務取締役の」

「ええ、そうです。失礼ですが、どこかでお会いしていましたか」

「いえ、少し前にネットでお見かけしたんです。業績を上げている日本企業を紹介する記事でした。あの、とてもすてきなお写真でした」

わずかに顔を赤らめた女の手を、淳太郎は当然のように握った。

「あの記事を見てくださったんですね、ありがとう。これでもう、僕はあなたのことを忘れませんので」

熱っぽく視線を絡ませている男を見て、藪下は身震いが起きた。人妻でもまるで躊躇がなく、片っ端から取り込んでいくさまには恐れ入る。何気なく隣を見れば、一花が熱心にメモをとっている姿が目に入った。「知らない人には、パーティーで会ったことにすれば会話がスムーズに！」と走り書きされている。藪下はため息をついた。

「ああいう芸当は俺らには難易度が高すぎる。そもそも、パーティーなんかに出たことあるのかよ」

「お見合いパーティーには何度か」

ジャンルが違いすぎるだろう。藪下は再び嘆息を漏らした。

「ああいう言動には場数が必要だ。やつは否定されたときの答えも山ほど用意してるだろうが、俺ならひとつ突っ込まれただけでぐだぐだになって終わる。なんせ同時に何人も相手にするんだからな。癪《しゃく》に障るが、あれは口先だけの問題じゃなくてバックグラウンドがなければ通用しない」

「そうかもしれませんが、わたしもいつかはあのレベルに達するつもりです。なにしろ淳太郎さんの弟子はわたしひとりだけですから」

一花がぼそりと言い、藪下はとりあえず「まあ……がんばれ」と返しておいた。

淳太郎と主婦たちの会話は盛り上がりを見せ、もうここへ何をしに来たのかわからないありさまになっている。

「なんだか、一度きりでお別れするのは寂しいな。今度みなさんでランチに行きませんか？　もちろん、お子さんも一緒にね。家族で入れるいい店を知っているんですよ」

「わあ、いいですね！　いつもこの公園ばっかりでマンネリ化しちゃってて！」

小太りで血色のよい主婦が早速食いついている。

「じゃあ、窓口は玲奈さんにお願いします。みなさんのご都合はあとで聞かせてくださいね」

そう言った淳太郎は、自然な流れで鷲尾玲奈だけを連れ出した。この男が詐欺師でなくて本当によかったと思う。藪下はこちらにやってきた玲奈にできる限り和やかな顔で会釈をし、きょとんとしている彼女に名刺を手渡した。

「突然で申し訳ありません。わたしはこういう者です」

玲奈はじっと名刺を凝視し、「刑事事件専門……」とつぶやいた。

「実は、三年半前に亡くなった鷲尾真人さんと結衣子さんのお話を聞かせていただきたいんですよ」

すると彼女の顔色がさっと変わり、すぐさま淳太郎に向き直った。

「ちょっと待ってください。さっき桐生製糖株式会社と言っていたのはうそなの？」

「本当ですよ。調査会社も起ち上げているので二足のわらじなんですが」

玲奈は意志の強そうな切れ長の目を合わせ、そして藪下を見てから一花にも視線をくれた。三十代の半ばだろう。白い顔にはそばかすが散り、すっきりと澄んだきれいな瞳をしている。ジョギングをするようなスポーティな格好をしており、派手な色のそれが個性的な顔立ちとよく合っていた。

「一度お宅へお伺いしたんですが、取りつく島もない感じでね」

藪下が口を開くなり、彼女は細く息を吐き出した。

「義祖父ですね。義母から話は聞いています。結衣子さんのご両親が事件の再調査を依頼したとか」

「そうです。彼らは亡くなった娘のすべてを知りたがっている。なぜあんな死に方をしたのか、原因はなんなのか、本当に二人は殺し合ったのか」

藪下の率直な言葉に、玲奈の顔が曇った。

「警察は、倉澤氏に満足な説明をしていない。鷲尾家も門前払いで、あの事件以来一度も会っていないそうですね」

「事件の性質上、それも仕方がないとわたしは思います。むしろ、お互いのために交流を絶ったほうが幸せです」

「そうでしょうか。いささか一方的だとは思いませんか？　鷲尾家には警察捜査の全容を知る伝手があるが、倉澤家にはない。何も教えないのは裏があるからだと勘ぐるのは当然の流れです。おそらく今は、鷲尾家総出で我々を妨害しようとしているはずです。不都合を揉み消すために」

「ちょっと待ってください」

じっと聞いていた玲奈が、もう黙ってはいられないと顔を撥ね上げた。

「まさかあなた方は、あの事件の真相を鷲尾家が隠蔽しているとお考えなんですか？　そんなことあり得ません。親戚に警察関係者がいるのは事実ですが、だからといって法を曲げるようなことをするわけがない。いえ、できないでしょう」

玲奈は藪下の目をまっすぐ射抜いてきた。案の定、食いつきがいい。こういう不条理が許せないタイプの人間は、間違った意見を正さなければ気が済まない。誤解されたままではいられないのだ。ゆえに、鷲尾家のやり方にも疑問をもっているのは間違いないだろうと思われた。

藪下は先を続けた。

「あなたは亡くなった結衣子さんとは親しかったんですか？　鷲尾家の嫁同士、立場は近いと思いますが」

そのとき、遊具のほうから女児がたどたどしく走ってくるのが見えた。玲奈の娘らしく、母親譲りの色白だ。女児は母親の足許にまとわりついた。

「ママ、あっちであそぼう！」

「ああ、ごめんね。もうちょっと待ってくれる？　ママ、大事なお話してるの。また涼《りょう》ちゃんと遊んだら？」

「やだ！　すなばでおやまつくる！」

三歳ぐらいだろうか。母親の手をもってぐるぐるとまわり、ひとときもじっとしてはいない。これでは話ができないと淳太郎を見やったとき、背後にいた一花がすっと前に出て屈んだ。

「わたしは、砂場の山を作るのはうまいですよ。ママよりもうまい。たぶん、このなかでいちばんだと思います」

一花は女児の目をじっと見据え、いつもの仏頂面のまま喋った。まさか、犬を服従させた手を子どもにも使っているのではあるまいな。藪下は慌てたが、じっと目を合わせていた女児が口を開いた。

「おっきい？」

「ふたつ？」

「おっきい」

「二つ」

二人の間で暗号のような単語のやり取りがなされ、ピンク色のつなぎを着ている女児は母親を見上げた。

「ママ、このおねえちゃんとつくる！　おっきいって！」

女児はきんきんと響く声を上げ、一花を従えて砂場へ歩き出した。不安そうにしている母親を見て、淳太郎はタブレットにメモをしながら笑いかけた。

「大丈夫ですよ。彼女は遊ぶと同時にお子さんのボディガードも兼ねますから」

藪下はいつもの心配性が湧き上がって胸を騒がせたが、とりあえず子どものほうは一花に任せることにした。

「ええと、話を戻します。あなたは結衣子さんと親しかったですかね」

娘を目で追っていた玲奈は、藪下に向き直って小刻みに頷いた。

「正直、気を許せる人ではありました。でも、すみません。わたしが何かを喋ると、夫や家に迷惑がかかるので。この件に関して、何も語らないことが暗黙の了解になっているんです」

「それは承知してます。あなたにご迷惑がかかるようなことはしません。知っていることを教えていただけませんか。我々は客観的に事件を見たいだけなんですよ」

玲奈は再び娘のほうへ視線を向けてから少し考え、やがて重い口を開いた。

「鷲尾家に嫁いで、結衣ちゃんはいろいろと嫌なことがあったと思うんですよ。義祖父も義父母もかなり難しい人だし、何よりも体面を気にするから。でも、彼女は幸せだったと思います」

「どの点においてです？」

「真人さんと結衣ちゃんは、お互いに大好きで結婚した。あれほど周りに反対されたのに、真人さんは鷲尾家と縁を切ってでも一緒になると言い切りましたからね。現に、なんの援助も受けないで倹《つま》しく暮らしていました。義母は、それを見てかわいそうだっていつも嘆いていましたよ。厄介な嫁に捕まってしまったって」

玲奈は足許に目を落とした。

「結衣ちゃんは口下手だけど優しい人でした。わたしはたまにメールのやり取りをしていたんですよ。まあ、愚痴の言い合いっこですね」

「それは亡くなる直前まで？」

いいえ、と玲奈は首を横に振った。

「二人があんなことになる半年ぐらい前から、ちょっと様子がおかしいなと思っていました。メールの返信も遅かったりこなくなったり、会ったときも人相が変わったというか、以前の彼女ではなかったです。ちょっと説明がしづらいんですが、何かを喋っていても上の空なのに、急に目が鋭くなったりすることがあって」

「結衣子さんから何か聞いていませんか？」

「何も。わたしはあの事件からずっと考えていました。メールも読み返して、彼女が話した言葉をひとつひとつ思い返していた。でも、真人さんを悪く言ったことは一度もないし、悩んでいるようでもなかった」

玲奈は落ち葉を踏みしめているオレンジ色のスニーカーを見つめ、やがて顔を上げた。

「もしかして、鷲尾家が嫌になったのかもしれません」

「それについて何か言っていたとか」

「そうじゃないんですが、お盆のお墓参りとか年始の挨拶にも来なくなったんです。これは亡くなる前の年からですね。うちはお正月とかお盆とか、節目節目に親戚が集まるんですよ。毎年の恒例行事ですが、二人とも姿を見せませんでした」

「それは揉めそうですね」

藪下が言うと、玲奈は困ったような笑みを浮かべた。

「義父母も義祖父も、体裁が悪いとかんかんでした。おおかた結衣ちゃんがそそのかしたんだろうって。おかしいですよね。何かあると、問答無用で嫁のせいになるんですから」

「いかにもしきたりに則った名門の家という感じですよ。ちなみに真人さんについては何か気になったことはありますか」

「わたしはあまり接点がなかったのでわかりません。でも夫は、人を傷つけたり争ったりできるような人間じゃないとは言っていました。優しくておおらかで、男女ともに友だちも多かったと思います。もし結衣ちゃんと憎しみ合うようなことがあったとしても、まさか殺し合うなんてするはずがない」

そう言った玲奈は、眉間にうっすらとシワを寄せた。

「でも、事実そうしたんですよね。信じられないけど、それを裏づける証拠しか出なかったと夫から聞きました」

やはり警察が何かを隠しているのではなく、事件には夫婦が殺し合ったという結論しか存在しないようだ。タブレットでメモをとっている淳太郎を眺め、藪下は少し考えてから質問をした。

「二人が住んでいたアパートから引き揚げた真人さんの荷物ですが、そこに何かおかしなものはありませんでしたか？」

「おかしなもの……」と玲奈は繰り返し、すぐに顔を上げた。「わたしが聞いている限りではないと思います。離婚届ぐらいですね」

「ああ、それは聞いていますよ。真人さんが離婚したがっていたようで」

玲奈は顔にまとわりつく後れ毛を耳にかけ、わずかに首を傾げた。

「離婚したがっていたのは結衣ちゃんのほうですよ。真人さんの荷物にあった離婚届は、結衣ちゃんが書いたものだと思います。二人の署名はどちらも同じ筆跡でしたから。真人さんはびっくりするほど字が下手な人だったので、すぐ違うとわかりました」

これは初めての情報だった。淳太郎は片手で器用にタブレットを操作し、玲奈の言葉を素早く記録した。

「真人さんの筆跡じゃないのは確かですか？」

「ええ。それは警察の方も承知しています。離婚を迫っていたのは妻のほうだったと聞きました」

では、離婚を切り出されて激昂したのは真人のほうだったのだろうか。初めに襲ったのは夫なのだが、だとすれば真人による無理心中の線も浮かび上がる。

「真人さんが、役所に離婚届不受理申出をしていたかどうかわかりますか。勝手に離婚届を出されて処理されないための措置ですが」

「それは聞いていません」

玲奈は即答し、藪下はしばらく考え込んだ。真人による無理心中説は、少なくとも妻が戦闘に備えていた節があるのだから状況的に筋が通らない。結衣子が夫の殺意を察知したのだとしても、逃げずに闘う道を選ぶ理由には見当がつかなかった。これはやはり、二人はいかにして死亡したのかを見なければ前には進めないようだった。

藪下は、次の質問を待って神妙な面持ちをしている玲奈と目を合わせた。

「ひとつお願いしたいことがあります。真人さんに関する司法解剖鑑定書なんですが、裁判所に開示の申し立てをしていただけませんか」

「……解剖？」

「そうです。鷲尾家の面々は警察庁長官伝いに情報を得ているとは思いますが、鑑定書そのものを見ないと結局は何もわからないままです。なんとか旦那さんに頼んでいただけないでしょうか。いや、無理を承知でお願いしたい」

藪下は言い切った。今この女を切り崩せなければ、おそらく鷲尾真人の鑑定書は永久に手に入らないのは間違いない。淳太郎は玲奈に目を据え、承諾を促すように微笑みかけている。藪下は、目を泳がせながら逃げ腰になっている彼女に訴えた。

「あなたは鷲尾家のやり方に疑問をもっていますよね。結衣子さんだけならまだしも、彼女のご両親も馬鹿にするような言動が常態化していませんか？　おそらく親族の集まりでは語り草だったでしょう。育ちの悪い女と結婚なんかするからこのざまだと。あなたも同じ嫁の立場なら、両親を悪く言われる苦痛はわかるはずですけどね」

藪下の勝手な推測だが、当たらずと雖《いえど》も遠からずなのはわかっている。そして、この女が鷲尾家の嫁という呪縛に苦しめられているのも察しがついていた。

わずかに涙ぐんだ玲奈は唇を噛んで過去を回想しているようだったが、急に顔を上げ、飛行機雲が横切る空を仰いで深呼吸をした。

「今あなたがおっしゃったことは、鷲尾家に嫉妬する人たちの噂話と同じレベルです」

「そうですか」

「それにわたしは家柄のよさだけで嫁入りした女ですから、結衣ちゃんと同列に語るのがそもそもの間違いですよ。育ちにしろ経歴にしろ、わたしは非の打ちどころがない完璧な女です。二人が起こした事件は、鷲尾の汚点にしかなりません」

なかなかの手厳しさだが嫌いではない。この女の心の奥底にある葛藤が透けて見えるからだ。強い言葉を一気に吐き出した玲奈は、どこか吹っ切れたような顔をしていた。また深呼吸をし、今度はいくぶん表情を和らげた。

「わたしは結衣ちゃんが妬《ねた》ましかった。家にまつわる重圧とか責任とか、そういうものをすべて放棄して自由に生きているように見えました。でも、わたしの愚痴を何時間でも聞いてくれた。もともと口数が少ないから励ましの言葉なんてなかったけど、わたしが本音を言える唯一の人間だったと今は思っています」

玲奈はこぼれ落ちそうな涙をぬぐい、清々《すがすが》しささえ感じるまっすぐな笑みを浮かべた。

それにしても結衣子という女の生きざまに触れるたび、藪下のなかで一花と重なってしようがなかった。人付き合いが苦手で表情が乏しく、何を考えているのかわからないと不気味がられるのは常だが、根はだれよりも純粋で寂しがりだ。が、ひとたび箍《たが》が外れたとき、どういう行動に出るのかわからない怖さもある。

「解剖鑑定書の件は夫に相談してみます」

突然の玲奈の言葉に驚き、藪下は「本当ですか」と顔を見つめた。

「鷲尾家を継ぐ者として、世間体ばかりを気にする生き方にはいい加減疲れているんですよ。いえ、世間体を気にするというより、それを第一に考える人たちを尊重せざるを得ない生き方ですね。娘には、そんな窮屈な世界から飛び立ってほしいと思っています」

藪下と淳太郎は、潔さを見せる玲奈に会釈をして礼を述べた。実にいい女だった。鷲尾家のしきたりに染まっているであろう夫を説得できるのは彼女しかいない。あとはそこが突破できるように祈るしかなかった。

話を終えて恐竜の遊具の裏へまわると、あり得ないものが目に入って藪下はぎくりとした。円形の砂場の中央に子どもらが大勢集まっている。彼らの背丈よりも大きな砂山が二つ並んでおり、その間には川が流れて水路が砂場にいく筋も作られていた。そして、子どもらの遊び道具とおぼしき動物の模型が川に沿っていくつも置かれている。

「山で川のそばを歩いていると、クマに出くわすことがあります。クマはかわいいぬいぐるみとかアニメにもなっていますが、実はとても恐ろしくて残忍な動物です。あなた方子どもは、ほんの数秒で倒されます」

いったい三、四歳の幼児を相手に何をやっているのだ。一花はクマの模型と戦隊ヒーローの人形を闘わせる素振りをし、勝負に敗れたらしいヒーローを川に流した。とたんに子どもたちは大笑いして飛び跳ねてはしゃぎ、「つぎはうしのばん！」と声を上げながら順番待ちの列ができている動物の模型を取り上げた。

「この闘いは条件によって勝負が決まります。クマがまだ大人ではなかったら、あるいはお腹《なか》がすいて力が出なかったら、体の大きな牛は体当たりで勝てるかもしれません」

淡々と語りながらクマの模型に牛を激突させ、今度はクマを川に流した。再び子どもらの大爆笑を誘い、次なる勝ち抜き戦の相手をエントリーしようとしている。藪下は周りを素早く見まわし、しゃがんでいる一花の腕を引っ張った。

「子どもになんつう遊びを教えてるんだよ。母親に見つかったらどうする気だ」

「弱肉強食の初歩を教えていました。ただこれは素手での戦闘なので、現実は武器を手にした人間がトップに立ちますが」

「厳密な話をすんな。とにかくもう行くぞ」

一花が頷いて帰る旨を子どもたちに告げると、一斉にブーイングが上がった。

「イカちゃんまだあそぼう！　あとからおじさんがおむかえにくればいいじゃん！」

「まだたたかいはおわってないよ！　つぎはうしとペリカンだよ！」

「おじさん、まだあそんでいいでしょ！　まだごはんのじかんじゃないよ！　イカちゃんまだかえんなくていいでしょ！」

イカちゃんとして完全に子どもの心を摑んでいる……。一花は非難の矢面に立たされている藪下を横目に、屈んで子どもらと目線を合わせた。

「今日は仕事があるので帰らなければなりません。またいつか会えたら、闘いの続きをやりましょう。それまでに、あなた方はナンバーワンを決めておいてください」

子どもたちは納得できないようだったが、根気よく話しているうちに「わかった」と頷いた。去り際も子どもたちが一花にまとわりつき、なかなか解放してはもらえない。するとその様子を写真に収めた淳太郎がしみじみと言った。

「まるでハーメルンの笛吹き男ですね。お母さんたちはおしゃべりに夢中で、『イカちゃん』がこのまま彼らを連れ去っても当分は気づかないでしょうから」

藪下は苦笑いをし、あいかわらず無表情のまま子どもに手を振っている一花を感慨深く眺めた。

3

鷲尾真人が生前に勤めていた会社は市ヶ谷にあった。周りは大学や私立中学などの教育施設が固まり、緑が多く都会の騒々しさとは無縁の街だ。そんな閑静な文教地区にあるのが、流声社《りゅうせいしゃ》という聞いたこともない小さな出版社だった。いかにも古そうな五階建て雑居ビルの三階にあり、まるで活気の類が感じられない。エレベーターもないようで、薄暗い折り返し階段がエントランスの奥に垣間見えた。

「名門の鷲尾家で何不自由なく育って、一流大学を出た男が勤めるような会社ではないな。見た目からの想像だが」

藪下は、キャンピングカーのカーテンをわずかに開けてビルを見上げた。日が暮れてますます風が強くなってきたようで、街路樹のアオギリが茶色くなった葉をひっきりなしに落としている。かれこれ小一時間は張り込んでいるのだが、これといった動きはなかった。

あくびを嚙み殺しながらビルの入り口に目を向けているとき、向かいでタブレットを操作している淳太郎が指を動かしながら口を開いた。

「ホームページの会社案内沿革によれば、流声社という出版社の従業員は八人。創業は一九五三年なので比較的古いですね。アートと写真系が専門の出版社です。わりとマニアックな書籍が多いので、コアなファン層に支えられているんでしょう。ほかは学校教材です」

「いずれにせよ鷲尾一族で真人は異端だな。長男は敷かれたレールの上を素直に進んで官僚の道へ入り、次男は自分のやりたい職業を選んだ。結婚についてもそうだろう。鷲尾家にふさわしい出自の嫁と、まったくそこからは遠い嫁。真人が鷲尾家から自立したがっていたのが目に見える」

「ええ。地位や権力には魅力を感じないタイプだったんでしょうね」

あるいは地位や権力の負の部分を見てきたからこそ、それらとは無縁の世界で生きてみたいと考えたのかもしれない。鷲尾家にとって、真人は失敗作だったというのが先日会った祖父からも伝わってくるものがあり、事件もろともなかったことにしたいというのが本心ではないかと思われる。

藪下は、ジャケットの袖を上げて傷だらけの腕時計に目を落とした。時刻は夕方の六時半。出版社の窓だけがひときわ煌々《こうこう》と明かりを放ち、周りはすでに仕事を切り上げたのか消灯している。真人の会社関係者からの聞き取りは必至だ。なにせ古くからの友人にまでたどり着く術がなく、自分たちがわかっているのは倉澤から教えられた勤務先のみ。日常生活で真人との接点があった人間は貴重だった。

はす向かいに腰かけている一花はスマートフォンを凝視し、女を盗撮したデータを黙々と検分している。空き時間ができれば熱心にこれを続け、時折りメモをとりながら集中していた。

事件の起きたアパートに住む盗撮常習犯の長谷部には、三人の目の前でデータの一切をコピーさせていた。それは思っていたより莫大《ばくだい》な量で、何年も前から犯罪行為に勤《いそ》しんでいたさまが窺えた。とにかく手分けしてデータに目を通そうとしていたのだが、一花からの申し出ですべて彼女に任せる運びになっている。真人と結衣子が殺し合った血の痕が残る部屋に泊まり込み、夜な夜な盗撮データを見ている様子を想像すると、一花の両親に申し訳ない気持ちにしかならない。しかし、一花の得意分野でもあるのは間違いなかった。猟で培った並外れた集中力と獲物に対する嗅覚は、自分と向き合うような作業でことさら発揮されるのはわかっている。

「定時は過ぎていますから、社員は帰るなり夕食を買いにいくなりするはずですね。このまま待っていればいずれは出てくるでしょう。僕はコーヒーを淹《い》れ直します。マフィンもあたためますか?」

淳太郎が気の長いことを言ったとき、外灯に照らされたエントランスから出てくる三人の男が目に入った。三十代とおぼしき者が二人と、藪下よりも歳上であろうひとりだ。

「ようやっとだ。きっとあれだな」

藪下は淳太郎と一花に声をかけ、シボレーから降りて三人のあとを追った。思った以上に風が強く、体感温度は十度もないのではないだろうか。藪下はジャケットの前をかき合わせて小走りし、談笑しながら歩く男たちの背後から声をかけた。

「突然すみません、流声社の方でしょうか」

三人は一斉に振り返った。それぞれがひと癖あるメガネをかけて髭を生やしており、いかにもアートに通じているような小洒落た個性を振りまいている。藪下はジャケットの内ポケットから名刺を出して、中央に立つ男に渡した。

「わたしはこういう者です。実は鷲尾真人さんについて調べているんですが」

前置きなくそう切り出すなり、いちばん年かさの男がメガネを押し上げながら警戒をにじませた。そして急に当たり障りのない笑みを作る。

「すみませんが、わたしはよくわからないんですよ」

「ええと、流声社の方ですよね？」

「そうですが、うちは出入りが激しいんです。それに周りには気を配る余裕がない者ばかりなので」

わけのわからない理屈で煙に巻こうとしているようだが、藪下はぴんときていた。両側の若手二人は名刺を見たとたんにそわそわとしている。

「もしかして、鷲尾真人さんの親族から連絡がありましたか？　調査の人間が行くかもしれないが、それには何も答えてくれるなと」

三人はそろって顔を強張らせた。図星だろう。鷲尾家は宣言通りに手をまわしたらしく、藪下たちが現れたら知らせてくれとも託《ことづ》けている可能性が高かった。真人の情報が漏れた場合、どこから漏洩《ろうえい》したのかを確実に摑むための網を張ったというわけだ。

藪下はふうっと息を吐き出し、できるだけ穏やかに言った。

「わたしたちは不審な者ではありません。それにこれは依頼を受けた正当な調査なので、あなた方が何かをお話しになっても名誉毀損《きそん》などには当たりませんよ。もちろん、情報の提供元は絶対に漏らしませんし」

この言葉にも目に見える反応をし、三人は互いに顔を見合わせている。鷲尾家は喋るなと言っただけではなく、軽い脅しも織り交ぜているのは想像がつく。真人の情報をシャットダウンするためなら、相手の弱みを握って支配するぐらいのことはやりそうだ。

藪下は、ドーベルマンをけしかけてきた太った老人を思い出していた。初めに鷲尾家を訪ねたことは失敗だったかもしれないと歯嚙みしたが、あれがあったからこそ兄嫁である玲奈とつながることができたし、鷲尾家の厳格さに触れて周囲の気配を察することもできた。しかし、これから行く先々へ手がまわされていると思うだけで疲労が上乗せされた気分になった。

「ご迷惑はおかけしませんので、なんとかお話しいただけないですか」

藪下は説得を試みたが、三人は知らぬ存ぜぬを通してさっさと踵を返そうとしている。鷲尾家は軽い脅しではなく、小さな出版社を潰すぐらいのことを平然と示唆したのかもしれない。

これは取り入るのに途方もない時間がかかる。藪下は舌打ちが漏れそうだった。作戦を練って出直すしかないと思ったとき、後ろでタブレットを操っていた淳太郎がいつもの屈託のない声を出した。

「今さっき、御社が刊行している書籍をネットで見させていただきました。相当濃いラインナップですね。やっぱり、ホンモノを扱う出版社はひと味違います」

三人の編集者は一瞬だけ反応して振り返ったが、軽く会釈をしてそそくさと立ち去ろうとした。するとと淳太郎は、三人の背中に向けてさらに言葉を投げかけた。

「今年刊行した画集のなかに、アルフレッド・ウォリスのものがありましたね。うちにも彼の作品があるので、よろしければ見にいらっしゃいませんか。おそらく、一度も印刷物として世に出たことはないと思います」

そう言うやいなや年かさの男がぴたりと足を止め、たちまち身を翻し舞い戻ってきた。

「それは本当ですか？　ウォリスをお持ちというのは」

「ええ。制作年は不明ですが、板に描かれたペンザンスの港と帆船アピタ号です」

「ペンザンスとアピタ！　それは見たことがないですね！　本物ですか！」

「間違いなく」

「いや、それはすごいことだ！　いったいどこで入手されたんですか！」

男はずり下がるメガネもかまわず、今にも淳太郎に抱きつきそうな勢いだ。興奮して咳き込み、答えを急かすように紅潮した顔をまっすぐ淳太郎に向けた。

「カリフォルニアに住んでいたとき、ガレージセールで偶然に見つけたんですよ。本当に驚きました。ガラクタに埋もれていましたからね。素朴な筆使いと大胆な構図がすばらしくて一目惚れしてしまったんですよ」

「そうです、そうです！　彼は日本ではあまり知られていませんが、現代の美術が失ったなんともいえない切なさや人間味、心に訴えかける力があります。七十になってから絵を描きはじめた異色の画家で、イギリス美術界に衝撃を与えましたからね。わたしは、彼の作品を追い続けているんですよ。実にすばらしい、心を揺さぶる作品をひとりでも多くの人に届けなければならない。わたしの使命です。それを、あなたが所有しているなんて！　しかも歴史に埋もれていた作品かもしれない！」

男は息をつく間もなく早口で捲し立て、たびたび咳き込んでいる。よほど入れ込んでいる画家らしく、目の色が完全に変わっていた。淳太郎は興奮を極めている編集者にうんうんと頷きかけ、小難しい絵画の講釈や並々ならぬ情熱を最後まで口を挟まずに聞いた。

「ウォリスの作品ですが、今はスコットランドのケルビングローブ美術館に貸し出しているんですよ。十二月の頭には戻ってきますので、ご連絡を差し上げます」

「ありがとうございます！　いやあ、こんなところでウォリスに出会えるなんて幸運だ！　本当にありがとう！」

「喜んでいただけて僕も嬉しいですよ。ところで先ほどの話なんですが、鷲尾真人さんの件です。どういう方でしたか？」

絶妙のタイミングで淳太郎が話を振ると、男は興奮冷めやらぬまま口を開きかけた。

「彼は非常に目の利く若者で……」

そこまでを話したとき、若手の二人が慌てて止めに入った。上司らしき男ははっと我に返り、顔をしかめて苦しげに言葉を吐き出した。

「あのですね、本当に心苦しいのですが、お話しすることはできないんですよ。ご遺族の方のご意向なので、わたしどもはそれを尊重したいと思っています」

「そうですか。あなたの立場も理解できますが、とても残念ですよ」

淳太郎がひどく落胆したように肩を落とすと、年かさの男はおろおろとした。

「鷲尾くんのことをお話しできないとなると、ウォリスの件も白紙になってしまいますか？　当然そうですよね……」

男は涙を呑むような面持ちで、淳太郎をちらちらと窺っている。なるほど、ここで絵画をエサに交換条件を出すつもりか。藪下は容赦のない駆け引きに舌を巻いたが、淳太郎はあっさりと予測を裏切ってきた。

「いいえ、芸術と仕事を混同するつもりはありません。ウォリスの取材はぜひ御社にお願いしますよ。この画家を本当に理解している者の手で世に知らしめていただきたいので」

男はぱっと顔を輝かせ、繰り返し礼を述べるのと同時に何度も謝った。頭を下げながら去っていく三人を目で追いつつ藪下は口を開いた。

「甘い男だな。向こうが欲しがってるもんを切り札にしないでどうするよ」

淳太郎は、風になびく髪をかき上げてにこりと笑った。

「あの人はもう手の内ですよ。彼のような計算のない人間に駆け引きは必要ない。求めているものをすべて与えてやれば、みずから話すことを選択します。むしろ交換条件を出した時点で終わりでしょう」

「それもおまえさん独自の計算式に当てはめた結果か」

「いいえ、そうするまでもないわかりやすい人でした。彼は無邪気なまでにまっすぐな道徳観念の持ち主ですから」

そう断言した淳太郎を見まわした。あいかわらず根拠のない決めつけだが、このあたりを大きく外したことはない。藪下は刺すような北風に身震いしながら言った。

「まあ、いっとき泳がせるのはいいことだ。向こうも頭を整理できる。ちなみに、なんとかウォリスとかいう画家の絵を持ってるってのははったりか？」

淳太郎は車に手を向け、三人はキャンピングカーに乗り込んだ。

「アルフレッド・ウォリスの作品の多くは僕が所有しています。未発表作も含めてね」

本当にこの男は計り知れない。藪下はすでに運転席に収まっている一花に向け、「事務所へ戻ってくれ」と告げた。

翌日は結衣子の勤務先である三鷹の松泉大学付属病院を訪れた。結衣子側には鷲尾家の手も及ばないだろうし、夫婦の暮らしぶりがわずかでも見えてくるはずだった。しかし職場の人間は不必要にそっけなく、彼女については何も知らないと口をそろえるばかり。まさかここにも鷲尾家が関与したのかと忌々《いまいま》しく思ったが、話を聞く限りそうではないようだった。

藪下はシボレーのソファにもたれ、手慣れた様子でステアリングを切る一花を眺めた。渋滞を避け、裏通りを細かく折れながら進んでいる。淳太郎は警察マニアから送られてきた雑多な情報をまとめており、車内のモニターとパソコンを鋭い視線で往復していた。

「結衣子は職場で孤立していたようだな」

藪下はだれにともなく言った。同期だという看護師や上司からも話を聞いたが、結衣子は自分の周りに壁を作り、人を寄せつけないようなところがあったらしい。個人的な話は一切せず、仲のよい人間はひとりも作らないという徹底ぶりだ。忘年会や送別会といった集まりに顔を出したこともなく、同僚からはチームワークを乱していたとの言葉まで飛び出している。死んだ者を悪く言わない風土が日本にはあるはずだが、職場の人間からは結衣子の死を悼《いた》む言葉さえほとんどなかったように思う。

「仕事面では取り立てて無能ではなかったようだが、人間関係が終わってる。個人的に親しい者もないし、雑談をするようなこともほとんどなかった。信じられんな。二十九ですでに二回も転職しているのは、そのあたりの問題だろう」

藪下は聞き込んだ内容を反芻しながら口に出した。淳太郎はパソコンから顔を上げ、長い脚を組んで喘息の薬を吸入して水を飲んだ。

「看護師には知り合いが何人もいますが、彼女らは本当に激務です。だからこそチームで負担を分散して乗り切るわけですよ。まあ、気の強い子が多いのは事実ですし、いざこざもよく起きると聞いています。でも、だれかしらは必ずフォローにまわる。これだけだれもかばう者がいない環境というのはちょっとすごいですね」

「ああ。要するに仲間内からは嫌われてたんだろ。おそらく、その原因を作っていたのも結衣子当人だな」

藪下は資料をまとめたファイルから結衣子の写真を引き抜いた。ウェディングドレスを着て微笑む彼女はとても幸せそうだ。しかし、真人の屈託のなさとは違い、結衣子は笑っていてもどこか影があるような気がした。当初も気になったがぎこちないのだ。奥二重の目には妙に冷めた風情があり、自分の結婚式だというのにどこか他人事《ひとごと》のような無関心ささえ仄見える。こういう複雑なまなざしには馴染みがあった。一花によく似ている。

「だれとでもうまくやれそうな夫とは正反対の性格だ。ここまで対極だと、結婚生活の想像がつかない」

「笑ったところを見たことがないと師長が言っていましたし、なんだか切ないですね。心を許したはずの夫ともこの結末ですから」

淳太郎も結衣子と一花を重ねているようで、運転席のほうを見てからすぐに視線を戻した。

「式の写真を見て、鷲尾家にしては結婚式が質素だなとは思っていたんですよ。明らかに親族しか写っていないですからね。やっと理由がわかりました。おそらく結衣子には招待できるような友人がいなかった。だから夫の真人も身内だけの式にしたんだと思います」

淳太郎は写真を手に取り、じっと見つめている。そうは言っても、子どものころからの友人ひとりぐらいはいるのではないだろうか。それともすべてを切り捨てて二十九年間を生きてきたのか。

藪下は少し考え、スマートフォンの登録番号を押して耳に当てた。二回のコールでつながり、しゃがれた声が聞こえてくる。

「藪下です、こんにちは。倉澤さん、結衣子さんについていくつかお聞きしたいことがあるんですよ」

倉澤は咳払いをして「なんでしょう……」と不安げに語尾を小さくした。

「結衣子さんに親しい友人はいましたかね」

「いなかったと思います」

「ひとりも？」

あまりの即答に藪下が念を押すと、倉澤はまた咳払いをした。

「昔からひとりで家にいることが多くて、人見知りの激しい内向的な子でした。あの事件があってから、わたしは娘の交友関係を調べようと思ったんです。何かを友だちに相談していたかもしれないと思ったものですから。でも、そういう人間が見つけられなくて」

「倉澤さんは、結衣子さんの交友関係をどうやって調べましたか」

「卒業アルバムを人から借りてひとりひとり当たったんですよ」

「アルバムを借りて？」

藪下は思わず聞き返した。違和感のある返答ばかりだ。倉澤の口が急に重くなったが、何かに踏ん切りをつけるような間を取ってから話しはじめた。

「実は、卒業アルバムの類はすべて結衣子が処分してしまったらしいんです。小学校から高校まで、学校にかかわるものすべてがなくなっていました」

「何か嫌な思い出があったということですかね」

「……そうかもしれません。クラスで孤立しているという話は、担任の先生から何度も聞いたことがありました。いじめに遭っているというより、自分からだれとも喋らないしかかわらない。わたしも妻も心配していましたが、学校へは休まず行っていたので様子を見ようということになったんです。でも、今になって思えばもっと早く対処するべきだったのかもしれません。事を軽く見ていました」

倉澤は自身を責めるような口調になっていた。結衣子が亡くなってからも、同級生の弔問がなかったという言葉がことのほか重かった。

幼少期からの性質が事件を招いたわけではないが、まったくの無関係ではないだろう。結衣子は長い間人とのかかわりを避け、職場でも同じような状況に身を置いていた。その光景が鮮明に思い浮かぶだけに、なんともいたたまれない話だった。彼女がどう考えていたのかはわからないが、好意的だったのは今のところ兄嫁である玲奈のみ。しかし、そんな結衣子に真人は惚れ込んだ。鷲尾家を捨ててもいいと思えるほどの女だったのは間違いないだろうが、最悪の最期を迎えている。

藪下は消沈している倉澤に礼を言って通話を終了し、知り得た結衣子の情報を頭の中につけ加えた。

4

それから三人は吉祥寺のアパートへ向かった。事件のあった部屋で寝泊まりをしている一花が、鍵を挿し込んでなんの表情もないまま入っていく。その後ろに続いてリビングへ向かうと、部屋じゅうに赤丸のシールが貼りつけられているのを見て藪下は足を止めた。壁や天井や床にまで、おびただしい数がちりばめられている。よくよく見ればそのシールにはひとつひとつ番号が振られ、結衣子の部屋のほうまでずっと続いていた。

「なんだこれは」

藪下と淳太郎はぐるりと部屋を見まわした。まるでプラネタリウムのようなありさまだ。一花はそっけなく天井を見やり、男二人に視線を戻した。

「できる限り血痕を可視化しました。血のついた順番を割り出しています」

「どうやってだよ」

思わず藪下の口を突いて出た。まるで鑑識捜査のようだが、専用の薬品や機材もない状態で確信に満ちているところが末恐ろしい。一花は白木のテーブルに置かれていたノートを取り上げ、開いて藪下に向けてきた。そこには部屋の見取り図があり、無数の点が線でつながれているさまが書かれている。淳太郎は生真面目な面持ちで覗き込んだ。

「わたしは猟に出たとき、血の痕を追うことがあります。仕掛けた罠を抜けて負傷した動物、あるいは動物同士で争って怪我をした痕跡です。わたしは地面や草についた血の色から、それがついただいたいの時間を把握します」

「言い切るからには実績があるってことだよな」

もはや彼女に関して驚きは日常だ。藪下が頭をかきながら問うと、一花は大きくひとつ頷いた。

「自然の中にある血痕は、鮮やかでひとつひとつが浮かび上がって見えます。でも、部屋の中では同じようにいきませんでした。おそらく、目から入る情報量の多さが頭を混乱させるんだと思います」

「でも、ここまでは割り出せたんだよね。本当に一花ちゃんは予測の上をいくなあ」

淳太郎は感心しきりでイニシャル型のペンダントに手をやり、縦横無尽に線が引かれたノートを見据えている。一花も書き込んだ動線をちらりと見て、再び口を開いた。

「警察の説明通り、事の始まりは結衣子さんが寝ていた寝室です。彼女のベッドの脚についていた血がいちばん古い。新しいのはこの場所です」

一花は紺色をしたチェック柄のラグを見下ろした。血痕はほぼ同化して見えないし、すべてがどす黒くて色味に違いがあるとは思えない。しかし一花はわずかな違いを感覚的に捉えているようだった。

「ほかの部屋も見てまわりましたが、結衣子さんの部屋とリビング以外に血は一滴も見つかりませんでした。彼女のご両親が警察から説明された内容と照らし合わせると、当時の捜査はまあまあの精度だったということがわかります」

「清々しいほどの上から目線だな」

藪下は苦笑したが、一花は飄々《ひょうひょう》とした態度を変えなかった。

「まあまあというのは褒め言葉ではありません。ここを捜索した警察は、自然界ならば命取りになるような凡ミスをしています」

「凡ミス？」

「はい。わたしは昨日の夜、こんなものを見つけました」

一花はスウェットを長くしたようなワンピースのポケットに手を入れ、小さなビニール袋に入った何かを差し出してきた。藪下と淳太郎は、それを見た瞬間にそろって動きを止めた。

「カメラか」

「そうです。ピンホールカメラ。あそこにある時計に仕込まれていました」

一花は対面式キッチンのほうを指差した。白木のカウンターの上に、スパイスの瓶や置物などがごちゃごちゃと固まっている。その中に、フクロウの腹に文字盤のある小さな卓上時計が置かれていた。

藪下はすぐさま時計を取り上げ、じっと目を凝らす。文字盤には問題はないようだが、フクロウの黒い目の中央には穴が開いている。言われなければ気づかないほど小さい穴だった。

一花はソファの前から動かずに先を続けた。

「その時計は貯金箱にもなっていて、中は空洞なんです。小型カメラを仕込むのは簡単ですね」

「おまえさんは、なんでここにカメラがあるとわかった?」

藪下は時計を検分しながらくぐもった声を出した。警察の捜査は甘いものではなく、隅々まで徹底して調べられるものだ。指紋ひとつ、毛髪の一本ですら見落とすことはないわけで、見た目の違和感があるのなら捜査員が見逃すわけはなかった。

淳太郎は無言で時計を撮影しているが驚きを隠せていない。一花は、あいかわらずぼうっと突っ立ったままで口を開いた。

「フクロウの向きがへんだなと思ったので」

「向き?　へんってどこが」

「正面ではなく、まるでソファのほうをじっと見ているような配置でした。時計ならテレビの脇にもあるので、時刻の確認のためにこちらへ向けたわけではない。だから気になっていました。フクロウの視線は不自然で理にかなっていません」

淡々と語る一花に藪下は目を向けた。いかにも彼女ならではの視点であり、おかしな点が「視線」だけなら警察は気にも留めないだろうと思われる。指紋採取のために作業しても、小さな貯金箱の中身、しかも目の届かない奥のほうまで確認してはいないだろう。一花がこの場所に泊まり込んでから四日目。すでに警察が見逃した奇妙な物証を見つけたということだ。

すると淳太郎がタブレットを起ち上げ、倉澤から聞き込んだ内容に素早く目を通した。

「小型カメラの意味は二つ考えられるでしょうね。夫が妻を監視していたのか、それとも妻が夫を探っていたのか」

「どっちでもない」

掌の中にある小さなカメラを見ながら藪下は言った。

「二人のパソコンとスマホは事件当時に相当調べられている。真人と結衣子のどちらかがカメラで監視していたとすれば、その記録が残っていたはずだ」

「確かにそうですね……」

「たとえば真人のパソコンから出てきた証拠の監視動画を、警察組織が隠蔽した線はあり得なくもない。でもまあ、これもないだろうな。映像があれば当然カメラは回収したはずだし、鷲尾側がブツをそのままにしていくとは考えにくい。となれば一花が見つけたこれは、事件後初めて見つかったもんだと思っていい」

では、だれがカメラを仕掛けたのか。頭に浮かぶのはひとりしかいない。

「一階に住む盗撮野郎の仕業かもしれんな」

藪下は、あいかわらず上の空のように見える一花に問うた。

「盗撮マニアの長谷部から回収した映像データ。あれはどこまで確認した？」

「まだ四分の一程度ですが、この部屋と思われる映像は見つかっていません」

藪下は腕組みをし、ぽつぽつとあごに残る剃り残したひげを親指で触った。長谷部が部屋に侵入してカメラを仕掛けたのだとすれば、当然、夫婦が殺し合った一部始終を見ていることになる。しかし、あの男からは凄惨な殺人を目の当たりにしたような緊迫感も恐怖心も感じられない。

しばらく考え、藪下は顔を上げた。

「この家にあるカメラはこれ一個だけとは限らんな。ひょっとして、ほかにもまだあるんじゃないだろうか」

「そういうことならお任せください」

淳太郎がおもむろにスマートフォンを出し、番号を押して耳に当てた。それからきっかり三十五分後、ずんぐりとした四角い顔の男が現れた。脂の浮いた顔がてかてかと光り、猪首《いくび》に食い込むようなワイシャツの襟がひどく窮屈そうだ。男はジャケットの内ポケットから名刺を出して、流れるような仕種で藪下に手渡してきた。青葉《あおば》メディカルの間島智也《まじまともや》とある。医療機器メーカーの営業がなんの用だと淳太郎に目をくれたとき、間島はおもむろに藪下の手を取って力強く握ってきた。

「藪下浩平警部、お目にかかれて光栄です！　いやあ、夢みたいだな！　以前、遠くから拝見したことはあるんですが、こうやって触れ合えるなんて最高です！　映像記録ではない質量をもった現物ですからね！　体温もあるんだから興奮が止まりませんよ……ああ、駄目だ、泣きそうです」

藪下はすぐさま汗ばんだ男の手を振り払い、無言のまま再び淳太郎を振り返った。いつもの愛嬌《あいきょう》を振り撒き、タブレットに何かを打ち込んでいる。盗聴、盗撮機器を捜索する人間が来るという予から待っていたのに、この男には淳太郎に近い不愉快さがあった。もうずいぶん前からわかっていたことだが、警察マニアというのは、この手の鬱陶しい人間しかいないというのを再確認した。

淳太郎はタブレットから顔を上げ、ようやっと口を開いた。

「こちらは間島智也さん。僕の警察マニア仲間で中央線界隈を中心に活動しているんですよ。いつもクオリティの高い情報を発信してくれるので、マニアの間でも一目置かれている存在です」

「いやいや、桐生さんにそんなこと言われると照れますね。あなたがいなければ、僕の発信した情報に光が当たることなんてありません。本当に、桐生さんの統率力のおかげで我々は他の追随を許しませんよ。見てください、東海、関西地区のていたらくは目を覆うものがありますから」

男は象のようなつぶらな瞳を輝かせ、いかにも営業職らしい謙遜を織り交ぜながら力説している。そもそも警察マニアなど社会には必要のない連中なのだし、ていたらくもへったくれもないだろう。しかも東京のみならず、日本全国にはびこっているのかと思うだけで藪下の眉間のシワは深くなった。

すると間島は急に顔を曇らせ、藪下の顔を不遠慮に見まわした。

「藪下警部が退職されたと聞かされたときは、本当にショックでした。我々の間では、ノンキャリアから初めての警視総監が誕生するだろうと噂されていたんです。あなたは日本初の快挙を成し遂げるべき稀有な人材だった。総監賞を受けられたときの殺人事件は、僕も熱心に追跡していたので感慨深くてね。今でもあの日を思い出して切なくなるんです」

「ああそう」と藪下はあまりの煩わしさにため息をついた。「まさかそれを言うためにに来たわけじゃないでしょう」

淳太郎と一花だけでも胃もたれを起こしそうなほどだというのに、そのうえこんなやつまで相手にはしていられない。すると間島は屈んで大振りのナイロンバッグのファスナーを開け、硬質ケースの中からトランシーバーのようなものを取り出した。おもむろにアンテナを伸ばし、その横に細いケーブルのようなものを取りつける。

「それが盗聴、盗撮機材の発見器か？」

生真面目な面持ちでライトの点灯を確認している間島に問うと、男は不敵な笑みを浮かべて頷いた。

「これは市販のものですが、ちょっといじって精度を上げています。もともと僕は、警察無線の傍受を専門にしていましてね。昔は実にいい時代でした。ちょっとしたアルゴリズム解析で警官のやり取りが筒抜けでしたから」

「完全なる犯罪者だ」

藪下はうんざりして吐き捨てた。

「今はデジタル化されてしまって、しかも警察はしょっちゅう周波数を変えるでしょう？　僕は生きがいを失いましたが、情報収集能力を桐生さんが買ってくださってね。現在は電波に頼らずこの目と耳で警察との一体感を味わっているわけです」

「いいからさっさとやってくれるか」

思い出話が熱を帯びはじめた間島を藪下は一蹴した。まったく、情報を集めて何をするわけでもないというのが薄気味悪いし理解に苦しむ。淳太郎と組んだことで警察マニアに触れる機会は増えたが、一度たりとも共感したことはなかった。

間島は紺色のジャケットを脱いでワイシャツの第一ボタンを外し、ケーブルを持って天井へ向けた。

「この部屋に入った瞬間、ひとつは目視だけで場所がわかりました」

男がそう言ったとたんに、赤いランプが点滅して甲高い電子音が鳴り響いた。上に向けられている探知機のほうへ視線をやるも、そこには丸い籐の傘がついた照明が天井からぶら下がっているだけだった。

「こういうのは知識がなければわからないでしょうね。普通に電化製品としても使えますから」

間島は伸び上がって照明へ手をやり、難なくグローランプを外した。

「ちょっと待った。まさかそれが盗撮器なのか？　どっからどう見てもグロー管だろ」

藪下は驚いて小さな点灯管を見つめた。

「これはグローランプを偽装したカメラですよ。常に電気が供給されているので、半永久的に盗撮が可能。こういう照明器具寄生型のものは厄介ですね。真上からの映像がクリアに撮れますから」

「ということは、今外されるまでこっちの会話も筒抜けだったわけだな」

「そうです。無線式で電波の受信範囲は三十メートル強といったところでしょう。スクランブル化されていますので、受信元の特定は不可能です」

ふいに何者かの視線を感じたような気がして、藪下は周囲へ何度も目を走らせた。まだ真人か結衣子が仕掛けた線は消えてはいないが、そうだとしてもあまりにも執拗だ。そのとき、姿を消していた一花が戻ってきて二個のグローランプを差し出した。

「これも同じものですよね。結衣子さんと真人さんの寝室の蛍光灯についていました」

間島の探知機が激しく反応している。二人の部屋にもあったのなら、やはり鷲尾夫婦以外の第三者の仕業なのか？　めまぐるしく頭を回転させている最中にも、間島が次々とカメラを発見していった。

「エアコンに取り付けられていたこれは、超薄型のカメラですね」

見た目は名刺サイズのカードで、近くで見ても盗撮器だとは到底わからない。薄型のカメラを手に取った淳太郎は、くるくると指先で弄んで顔を上げた。

「父がゴルフ場のロッカーで暗証番号を盗まれたことがあったんですよ。そのせいでクレジットカードの被害に遭ってね。ちょうどこれと同じようなカメラがロッカーにつけられていました」

「そうですね。このカード型は暗証番号を盗むために使われることが多いです。見えるところにあっても、だれも気にも留めないという特徴があるのでね」

藪下はむっつりと腕組みをした。グローランプ型が三つとコンセント型がひとつ、そしてカード型と一花が見つけたフクロウの時計。六個もの盗撮器が家のあちこちに仕掛けられていたことになる。

間島は血痕も気にせずに部屋を動きまわってさらに盗撮機材を捜索したが、これ以外は見つからなかった。ナイロンバッグに探知機をしまい、ジャケットを着直している。藪下は男にあからさまな質問をした。

「これを仕掛けたやつの犯人像は？」

間島はジャケットの襟を整えてから藪下に向き直った。

「ずぶの素人。そのひと言に尽きますね。さっきも言いましたが、これらの盗撮器の電波到達距離はせいぜい三十メートルです。しかも障害物に弱い。映像電波は情報量が多いので高周波を使うことになります。２４００Ｍｈｚなんかだと直進性が強いので、障害物があるとまわり込めずにかなりの部分が遮断されるんですよ」

「家の中でなら受信には問題ないと」

藪下が念を押すと、間島は離れ気味の小さい目を細めて微笑んだ。

「問題ありません。あとは家のすぐ前とか窓が面した道路なんかも大丈夫でしょう。小型カメラは言うほど撮影可能域が広くはありませんから、それを補うためにいくつも仕掛けたんでしょうね」

そうまでして監視したかったということか。夫婦のいずれかが仕掛けたと考えるべきなのだろうが、警察が押収したパソコンやスマートフォンにはデータが残されていない。消去されたデータ類も復元されているだろうから、二人のうちいずれかが監視していた事実はなかったのだろうと思われる。ただし、鷲尾家の圧力で隠蔽された可能性は依然として残されていた。

間島はナイロンバッグを担ぎ上げ、三人に向けて一礼した。

「今日は貴重な体験をどうもありがとうございました。『チーム・トラッカー』のご活躍には心から期待しています。警察も現場検証時に、盗聴、盗撮器の捜索をデフォルトにすべきですね。すべてのシステムを最新に保たなくては、これからの犯罪には立ち向かえません。日本はそのあたりがまだ甘い」

男はそう言い残し、これから武蔵境の病院を営業でまわる旨をつぶやきながら出ていった。藪下は、警察マニアというものをまた頭の中で書き換えた。

5

翌日は文句なしの晴天だった。昨夜に吹き荒れた北風のせいか空気が澄んで冬の匂いが増し、今年もあとわずかであることを否応《いやおう》なく自覚させられる。藪下は着古したステンカラーコートを脱ぎながら階段を駆け上がり、二階の奥にある部屋を目指した。昨日に引き続き、今日も鷲尾夫婦の部屋を検分する必要がある。レバー式のドアノブを引くと、案の定、鍵がかけられておらずに舌打ちが漏れた。一花にはこういうところがある。警戒心が強いわりに抜けが多く、特に日常生活におけるミスが目につくのだ。一度集中状態に切り替われば恐ろしいまでの鋭さを発揮するものの、それ以外はいったい何を考えているのかがわからない。

また藪下が指導役を買って出るしかないのだろうか。朝から複雑な心境でドアを開けて中に入ろうとしたが、今度は三和土の真ん中に段ボール箱が置かれていてまた舌打ちした。

「なんでこんな出入り口に置きっ放しなんだよ。邪魔だ」

ため息混じりに箱をまたいだ瞬間、何かを踏んづけた感触と同時に破裂音が耳をつんざいた。とたんに足首に紐らしきものが巻きついてぎゅっと締まり、藪下はつんのめりそうになりながら下駄箱に手をついた。一瞬の出来事だったが理解も一瞬だ。藪下は薄暗い玄関で怒鳴り声を張り上げた。

「一花！　おまえ、こんなとこに罠を仕掛けんな！　いったい何考えてんだ！　さっさとこれを外せ！」

暴れるほどワイヤーがきつく締まり、右足首がますますがっちりと固定されていく。長いこと玄関でわめき散らしていると、ようやくリビングから一花がのそりと現れた。寝癖だらけの髪は綿菓子のように広がり、蒼白く見える顔はひどくぼやけている。明らかに起き抜けの風体で、いつにも増してぼうっと立ち尽くしていた。

「……何かあったんですか……なぜ怒っているんですか？」

「寝ぼけてんな！　早く罠を外せ！」

一花はさらにしばらく突っ立っていたが、やがて緩慢な動作でこちらへやってきた。そのとき、タイミングを見計らったようにドアが開いて淳太郎が後ろからぶつかってくる。

「ちょっと藪下さん。こんな狭い玄関で何やってるんですか。え？　まさかとは思いますが罠にかかったんですか？」

ひどく迷惑そうな顔をしている淳太郎を睨みつけ、藪下は一花がもたもたと罠を外すのを痺《しび》れを切らしながら待った。まったく、なんでこうもまともに一日が始められないのか。苛々《いらいら》しながら奥のリビングへ大股で向かうと、窓際にカーキ色の寝袋が投げ出されているのが目に入った。

「一花ちゃん、シュラフで寝てるの？」

藪下の後ろについてきた淳太郎が目を丸くした。

「ばたばたしてたから、まったく気づかなかったよ。ごめんね、すぐベッドを用意するよ。シュラフなんかで寝たら疲れが取れないから」

後ろから現れた一花は、冴えない顔色で首を横に振った。

「これでじゅうぶんです。もう慣れていますし、疲れも残りません」

一花は玄関から回収した罠一式を戸口に置いて、藪下と目を合わせた。

「すみません。起きたら解除しようと思っていたんです。藪下さんがこんなに早く来るとは思いませんでした」

「解除も何も、なんで鍵をかけてないんだよ。罠を仕掛けるよりまず鍵をかけるのが先だろうが」

着いた早々前のめりで説教を始める自分もどうかと思う。傷だらけの腕時計に目をやると、午前八時十分を指している。朝っぱらからどっと疲れて目頭を押していると、一花がひどい寝癖のついた髪を撫でつけながら言った。

「玄関はあえて施錠しませんでした。一階に住む長谷部という人がカメラを仕掛けた犯人かもしれませんし、今確実に捕らえないと被害者が増える一方だと思ったものですから」

「あのな。わざわざ悪党を挑発して罠にかけるなんてことはやめておけ。意味のないリスクを背負うな。いつも言ってるが、人は動物と違って本能では動かない」

「でも、事実、藪下さんは罠にかかりました」

「あんな場所にあればかかるに決まってんだろ。そういうことを言ってるんじゃない」

「今後、物をまたぐという行動は、よくよく考えてからおこなったほうがいいと思います。特に下り坂で障害物をまたぐ場合は、細心の注意を払わなければならないことを覚えておいてください。わたしが獲物を狙うときは、全体重が片足にかかるその状況に勝負をかけています」

藪下はがりがりと頭を掻きむしった。話が飛躍しすぎてついていくだけで疲弊する。この手のやり取りになると、一花は意固地になって一歩も引かないし藪下の腹立たしさが倍増するのは常だった。素直に人の言うことを聞かないかわいげのないやつだ。

深呼吸をしてなんとか苛立ちを抑えているとき、淳太郎が睨み合う二人の間に割って入った。

「とりあえず一花ちゃんは身支度を整えてきたら？　髪がすごいことになってるから」

そう言って洗面所へ促した淳太郎は藪下に笑いかけた。

「藪下さんと一花ちゃんの関係性には興味深いものがありますね。どれほど反発し合っても根底では信頼関係が結ばれていますから」

「いい感じにまとめんな。初歩的な一般常識を叩き込んでるだけだ。俺は常識知らずがいちばん嫌いなんでな」

「でも、常識的になった一花ちゃんを想像してみてくださいよ。ただのかわいらしい女の子になってしまうでしょう？」

上等じゃないか。藪下は思わず鼻を鳴らした。ちょっとやそっとではまともになりようがないからこそ、常に危険を呼び込むような生き方だけは変えるべきだと思っている。まとまった金を手にしたことで今年は猟には出ていないようだが、単独で何日も山へ入ることには恐怖心ぐらいもってもらわないと困るのだ。そうでなければ、いつかは最悪の結果を招く。これは、一花と出会って以来いつも頭をかすめている確信だった。

淳太郎は、無造作に放り出されている寝袋をせっせと丸めはじめた。そこへ髪をひとつにまとめた一花が戻ってくる。化粧はしておらず、色褪せたデニムに白っぽいパーカーという味気ない格好だ。しかし、彼女がもつ硬質な魅力が際立っていた。先ほどまでのぼんやりした雰囲気をかき消しており、いつも以上に好戦的な瞳が朝日を受けてきらきらと光っている。

「今日は寝坊したわけか。いつもは意味もなく六時前から起きてるだろ」

藪下は血痕が残るラグを迂回し、布張りのソファに腰を下ろした。淳太郎は台所から木の丸椅子をもってきてはす向かいに腰掛け、一花は血のついていない場所にぺたんと座った。

「今日は寝たのが三時をまわってしまったので、うっかり寝過ごしてしまいました」

そう言いながらローテーブルにあるノートパソコンを引き寄せ、すぐに起ち上げた。

「盗撮の動画データを確認していたんですが、妙なものを見つけたんです」

一花はタッチパッドに指を滑らせ、忙しなくパソコンを操作している。そしておもむろにモニターを藪下たちのほうへ向けて再生ボタンを押した。

それはどこかの室内で、髪の長い女がベッドに寝転んでスマートフォンを弄んでいるところだった。額に入れられた写真や絵とおぼしきものが壁に並び、棚の上にも写真立てがずらりと並んでいる。この手の小物が好きなようで、部屋は明るく飾り立てられていた。

「二十代ぐらいの女だな」

藪下は映像を見ながら言った。水色のふわふわしたパジャマ姿で、カメラの存在などまるで気づかずにくつろいでいる。時折りスマートフォンを見て笑い転げ、手脚をばたばたと動かしていた。

「なんというか、気の毒な子ですね。プライバシーが筒抜けですよ」

さすがの淳太郎も心の底から同情している様子が窺える。

「長谷部はだれかの部屋にもカメラを仕掛けてるわけだな」

藪下がモニターを見たまま口を開くと、一花がひとつだけ頷いた。

「ほかにも部屋で盗撮されたものが数多くあったんですが、それは盗撮仲間からもらったとかネットでダウンロードしたとか、そういう種類のものだと思うんです。現に、いくつかは同じ動画がポルノサイトにも上がっていました」

淡々と喋る一花を見やり、藪下は無言のまま先を促した。

「でも、この女性は違う。『月子《つきこ》』というフォルダに分けられていて、長谷部という人の知り合いなのは確実です。そして、ここを見てください」

一花はモニターを覗き込んで、部屋の天井付近を指差した。

「この部屋は、天井の際《きわ》と、そこから数十センチ下の部分に細い木の板が渡されています。額縁とか飾りが多いのでわかりづらいですが、このあたりです」

藪下と淳太郎は、一花の言う箇所に顔を近づけた。確かに、白いクロス張りの壁には二本の茶色い線が走っているように見える。

「これがどうかしたのか?」

藪下が問うと、一花がふうっと息を吐き出して今度は三人が今いる部屋を指差した。何気なくそちらへ顔を向け、藪下は思わずむせ返った。動画と同じ位置に木材が嵌《は》め込まれている。

「ちょっと待った。まさか、映像はこのアパートのもんか!」

「そうです。よく見ると、ちょうど結衣子さんの寝室と同じ間取りでした。何号室かはわかりませんが、今も内部にカメラが仕掛けられている。そして、それをやったのは長谷部という人で間違いありません」

「となると、鷲尾家にカメラを仕込んだのも長谷部かもしれませんね」

淳太郎がタブレットに記録しながら口を開いたが、一花はわずかに首を傾げた。

「少なくとも、『結衣子』と名前がつけられたフォルダに室内の映像はありませんでした。まだすべてを調べたわけではないのでなんとも言えませんが、見たところ顔見知りと思われる女性はすべてフォルダで振り分けられています。なので、この部屋の映像はない可能性が高い」

「消した可能性もあるだろうな」

藪下は腕組みをした。

「なんせ殺しの動画だ。そんなもんは一刻も早く始末したかったとも考えられる。事件後は警察の出入りがあったせいでカメラを回収できなくなった。やつが今も住み続けてる理由は、カメラの有無を確認するためかもしれん。もし今も残っていれば、発見されて殺しの容疑をかけられかねんからな」

そうは言ってもここは三年以上無人だったわけで、回収する機会ならいくらでもあったはずだ。何より、一刻も早く引っ越そうと考えるのが一般的な犯罪者の思考だろう。

一花は再びパソコンを操作し、抜き出して保存したらしい新たな動画ファイルを開いた。すぐに、ざわざわとした大勢の話し声が耳に入り込む。

「これはスポーツクラブのフォルダに入っていたものです。ロッカールームで結衣子さんの姿が捉えられていました」

映像は目のやり場に困るほど鮮明だ。結衣子はバスタオルを体に巻いただけのあられもない姿で、別の女と喋っている。プライバシーの何もかもが剝ぎ取られた映像は実に不愉快で、その卑劣さだけが浮き彫りになっていた。隠しカメラを警戒する者などひとりもおらず、ロッカールームのあちこちで女たちが無防備に着替えている。

「かなり細かく確認しましたが、この動画はネットには上げられていませんでした」

「そうだとしても、仲間内でまわしている可能性が高いからね」

珍しく淳太郎は、眉間にうっすらとシワを寄せている。藪下は生前の結衣子に視点を固定していたが、喋っている女がこちらを向いた瞬間に息を呑んだ。

「これは、さっき部屋で盗撮されてた女だな。月子とか言ったか？」

「そうです。二人は顔見知りで、同じクラブに通っていた。しかも、そこそこ仲がよかったと思うんです」

確かに、結衣子は自然な笑みを見せている。時として月子の肩や腕に触れては楽しげに笑い、方々で聞いている印象とはまるで異なる雰囲気を出していた。

「職場では笑ったところを見たことがないと言われていたが、これは完全に心を許してる顔だな」

「はい。とても楽しそうですね。二人は友だちだったのかもしれません」

「だとすれば、だれも知らない結衣子の一面を知ってるかもしれんな。同じアパートだったわけだし警察はもちろん聴取してるだろう。ぜひとも会って話を聞きたい」

藪下は腕時計を見てから立ち上がった。

「まだ出勤前だ。盗撮魔に追い込みをかけるぞ」

それから三人は階段を駆け下り、一〇二号室の呼び鈴を押した。中では犬の忙しない鳴き声が聞こえているが、長谷部は一向に姿を現さない。おおかたドアスコープから表を覗き、物騒な気配を振りまいている三人に恐れをなしているのだろうと思われる。藪下は玄関ドアを容赦無く叩き、呼び鈴を連打しながら「長谷部さん！」と声を張り上げた。それをしばらく続けたとき、ようやく鍵のまわる音がして男が顔を覗かせた。

「な、何か用ですか？」

長谷部は肌に吸いつくようなTシャツを着て、今日もすばらしい筋肉を惜しげもなく披露している。しかし数日前に見せていた傲慢な笑みはなく、三人の訪問者を過度に警戒していた。

「月子というのはだれですか？」

前置きのない質問に、長谷部は喉仏を上下させた。

「おたくの動画コレクションの中にあった『月子』というフォルダ。これはこのアパートの部屋の中を盗撮したものだったが、何号室のものです？」

声を荒らげないようにするには、かなりの自制心が必要だった。長谷部は開けたドアの隙間から体の半分を出し、言葉を探してひっきりなしに目を動かしている。藪下はこの期におよんで言い逃れる算段をしている男から目を離さず、腹立ちまぎれににやりと笑った。

「難しい質問ではないはずだが」

「あ、ええと、月子さんというのは一〇一号室に住んでいた方です」

「なるほど。あんたは、鷲尾の部屋にもカメラを仕掛けたよな。しかも複数」

「え？　いや、それはしていませんよ！　というか、家に入ったこともありませんから！」

この男の言葉はひとつも信用していない。

「じゃあ、一〇一号室に話を戻す。こっちには侵入したんだよな」

「し、侵入というか、たまたまベランダの鍵が開いていたんです」

「それを侵入って言うんだよ」

「いや、ちょっと意味合いが違うんです……」

長谷部はもごもごと語尾をにごした。

「小早川《こばやかわ》月子さんは、僕に料理を届けてくれたことがあったんですよ。作り過ぎてしまったから、おすそわけだと言って。なので、ぼ、僕に気があるんだと思いました」

「だから？　それと侵入してカメラを仕込むことになんの関係がある？」

「よ、要するに、いずれは交際するかもしれないので、前もって彼女を知っておきたかったんですよ。おかしな癖があるかもしれないし、実は男を渡り歩く淫乱かもしれない。人間性がわかれば時間を無駄にすることもないと思いました。も、もちろん、今はとんでもないことをしてしまったと反省しています」

「本当におまえはいい加減にしろよ」

藪下は一歩踏み出し、鼻の頭に汗の浮いた長谷部のくどい顔を見据えた。

「おまえは仲間内で盗撮動画をまわしてるよな」

当然のようにカマをかけると、男の顔色が目に見えて悪くなった。

「ただの盗撮だけでもどうしようもないのに、家にまで侵入してカメラを仕掛けるとは情状酌量の余地もない。しかもばかばかしい言い訳をこねくりまわしてる時点で、反省もへったくれもないだろ」

これみよがしにため息をついた淳太郎に長谷部はびくりと反応したが、無表情で見つめ続けている一花の顔はまったく見られないでいる。この男を今すぐ警察に突き出したい気持ちが極限まで膨らんでいるが、まだその時ではなかった。使い道がある以上は泳がせる。

藪下は苦労して怒りを飲み込み、とにかく落ち着くよう自身に言い聞かせた。

「一〇一号室の元住人、小早川月子の転居先は？」

「いや、それは本当に知りません。ほかの住人と同じで、あの事件の直後に引っ越していきました」

「彼女はおまえが勤めるクラブの会員だよな」

藪下がかぶせるように言うと、長谷部は小刻みに頷いた。

「じゃあ、彼女がクラブに来たらすぐに教えろ」

そう言いながら手帳を引き出し、電話番号を書き殴った紙を男に押しつけた。会員情報をもってこさせたほうが早いのだが、こういう輩は違法取引を持ちかければ逆手に取ってこちらの口を封じる切り札にしかねない。舐めてかからないほうがいい小賢《こざか》しい相手だった。

「いいか？　見かけたらすぐ電話するんだ。時間は問わない」

「わかりました。でも、ええと、小早川さんに会って何をするつもりですか？　この件を彼女に暴露するとか……」

「それはおまえ次第だ。それともうひとつ。盗撮仲間の情報を全部よこせ」

確定情報とばかりに言い切ったが、長谷部は抵抗するでもなく数人のメールアドレスやＳＮＳのアカウントをすぐに差し出した。自分が助かるためなら、ほかの連中はあっさりと売り渡すところが実にこの男らしい。

「間違っても証拠隠滅を呼びかけるなよ。理由はわかってると思うが」

今はろくでなしどもを束でマークする必要がある。まったく、余計な手間隙《てまひま》が増えただけで金にもならない仕事だ。しかし、長谷部の盗撮データから得られた情報は貴重だった。結衣子と無邪気に笑い合える友人に行き着いたのだから。

おもねるような顔つきの男をひと睨みして踵を返そうとしたとき、ドアの隙間からぬいぐるみのような小さなトイプードルが飛び出してきた。キャンキャンと吠えながら藪下の足許にまとわりつく小型犬を、長谷部は腕を伸ばして素早く捕らえている。が、その拍子に玄関ドアが全開になって、下駄箱の上に重ねられていた紙が風で飛ばされて散乱した。見れば、「迷い犬」と赤い文字で書かれている。

藪下は紙を拾い上げた。日付はおよそ四年前、失踪した犬を捜してくださいと写真つきで細かく説明されている。確か、一〇四号室の住人が飼っていたペットも三年半ほど前に行方不明になっていたはずだ。

「これは？」

藪下は茶色い犬を抱え込んでいる長谷部に問うた。

「ああ、こいつの前に飼っていたペットで、急にいなくなってしまったんですよ」

「室内犬なのに？」

藪下はチラシの写真に目を走らせた。オスのチワワらしく、暑苦しいほど服を着せられている。

長谷部は写真を一瞥してわずかに眉尻を下げた。

「おそらく、家の出入りのときに抜け出したんだと思います。この犬もそうなんですが、知らないうちに外へ出ていたことがあるんですよ。出勤のときは慌ただしいので、きっと気づかないうちに抜け出してそのままになってしまったんでしょう。当時は貼り紙をしてずいぶん捜し歩いたんですが、結局見つかりませんでした。一〇三号室に住んでいた方も、インコがいなくなったと聞いたことがありますよ」

飼っているペットがいなくなること自体、別に特殊なことではなくありふれている。ペット捜しの職業があるぐらいだ。しかし事件のあったアパートで、立て続けに動物が失踪していることには何か別の意味があるのだろうか。藪下はさまざまな理由を考えてみたが、これといった答えを見つけられないまま鷲尾夫婦の部屋へ引き返した。

第三章

episode3

殺しの境界線

1

盗撮犯の長谷部から電話がかかってきたのは、約束をさせた日の午後三時過ぎだった。十分ほど前に月子がクラブを訪れたのだという。

三人はすぐさまシボレーに乗り込み、中野にあるスポーツクラブへ急いだ。三十分もかからずに到着し、地下駐車場から施設への階段を上がる。すると正面ゲートにはショートパンツにランニング姿の長谷部が待ちかまえており、藪下たち三人を見るなり小走りで駆け寄ってきた。

「彼女は今、ホットヨガのスタジオに入っています。三時十五分から四十分間の回なので、五十五分に終了となりますよ」

藪下は腕時計に目を落とした。そろそろ終わる時刻だ。

「ヨガの後はシャワーを浴びたり身支度をして出てくるので、しばらくここで待っていてください。僕が合図しますので」

長谷部はいかにもスポーツマンらしい爽やかな笑みを浮かべて手を挙げたが、普段やっていることは外道そのものだ。約束を果たしてもう許されたような顔をしている男は颯爽《さっそう》と奥へ引っ込み、三人は自動改札のような出入り口の脇で待機した。

「彼がクラブ内に仕掛けたカメラを回収したかどうかは疑わしいですね」

淳太郎は、平日の真昼間からトレーニングに勤しむ面々を眺めながら口を開いた。窓際にはウォーキングマシンがずらりと並び、みな機械的に黙々と脚を動かしている。まるで何かの実験動物のようだと藪下は思った。

「ロッカールームとプール、そしてバスルームの三ヵ所。おそらく彼は、しばらく大人しくしていれば嵐は過ぎ去ると考えているはずですよ」

「その通りだと思います。わたしは明日にも中へ入って確認してきます。映像を見ているので、カメラがあるだいたいの位置は把握していますから」

一花は強いまなざしで先を続けた。

「それに藪下さん。さっきはなぜ盗撮犯をもっと追及しなかったんですか。あの人は、鷲尾夫婦の部屋にもカメラを仕掛けている可能性が高いです」

一花がゲートのほうを窺いつつ、納得のいかない口ぶりで藪下を振り返った。朝からずっとそれを考えていたようだ。

「わたしは、あの人を見逃すことには初めから反対です。情けをかけても、また同じことを繰り返す人特有の目をしていました。捕らえた密猟者が涙を流してもうしないと誓うときと同じ目です。ほとぼりがさめたころにまた動き出す。つまりわたしたちは舐められています」

「そうだな」

藪下は、無表情ながらも憤っている一花を見下ろした。

「俺は使えるものならなんでも使う。やつにはまだ使い道がありそうなんでな。それが終わったらおまえさんの好きにしていいぞ。犯罪者仲間もまとめてくれてやる」

「わかりました」

即答した一花はそのときを鮮明に想像したようで、舌舐めずりしている獣のような面持ちをした。長谷部の盗撮データに日夜目を通しているのは彼女であり、その卑劣なやり口には我慢がならないのだろうと思う。盗撮動画がポルノサイトなどウェブ上に上げられていないかどうかをひとつひとつ検証しており、一花の執拗ともいえる追い込みはこの手の仕事にも発揮されているようだった。

「一花ちゃん。好きにしていいとは言っても、くれぐれも物理的に始末しないようにね」

淳太郎が愉快そうに軽口を叩いたとき、奥のほうが騒がしくなってタオルを首にかけた女たちがわらわらと姿を見せはじめた。ホットヨガとやらが終わったらしく、さまざまな年齢層の会員が入り乱れて大移動をしている。

腕時計を睨みながらさらに十五分ほど待っていたとき、長谷部がゲート脇の壁に貼りついて合図を送ってきた。右奥の階段を下りてきた小柄な女をしきりに指差している。藪下は素早く目をやった。

ベージュ色のトレンチコートを羽織り、癖のある栗色の長い髪を肩に下ろしている。丸みを帯びた顔では垂れ気味の大きな目が存在を主張し、嫌味のないとても愛らしい顔立ちをしている女だった。これが小早川月子らしい。彼女がスポーツクラブを出るのを待って、藪下は廊下で声をかけた。

「すみません、小早川月子さんですか？」

すると女は「わっ」と素っ頓狂な声を張り上げ、つんのめるようにして急停止した。振り返って藪下の顔をまじまじと覗き込んでくる。

「え？　何？　びっくりした！　どちらさまですか？　もしかしてナンパとか？　ああ、後ろに女の子もいるから違うかな。というより、なんでわたしの名前を知ってるんですか？　もしかして警察の方……でもないみたいだし」

矢継ぎ早に捲し立てた月子は急にけらけらと笑いはじめ、パネル張りの廊下に高めの声が反響した。

「ああ、ごめんなさい。喋っててなんだかおかしくなっちゃって」

彼女はますます笑いの尾を引き、しまいには通りがかった迷惑顔の老人を見て盛大に噴き出している。

藪下は淳太郎と顔を見合わせた。いったいこの忙しない女はなんなのだろうか。無防備というかなんというか、初対面なのにやけに馴れ馴れしく、人に対する壁や緊張感がまるでない。月子は「ああどうしよう、止まらない」と言ってさらに笑い、にじんだ涙をぬぐいながら顔を上げた。

「初めて会うのにすみません。決してあなた方を笑ったんじゃないんですよ。過去にあったいろんなおもしろいことを一気に思い出しちゃって」

本当にわけがわからない女だった。すると淳太郎が音もなく前に出て、少しだけ屈んで月子の幼顔を覗き込んだ。

「過去にあったおもしろいことを、ぜひ僕にも聞かせてくれませんか？　できれば静かな場所で詳しく話してもらいたいな。二人きりでね」

藪下は不届きな男をすぐさま後ろへ追いやり、いささか体を強張らせている月子におもねるような笑みを向けた。そしてジャケットの内ポケットから名刺を取り出し、百六十センチもなさそうな女に手渡した。月子は波打つ髪を後ろへ払い、興味を隠さずに名刺をじっと見つめている。

「突然ですみません。実は、鷲尾結衣子さんのことでお話をお伺いしたいんですよ」

「え？　鷲尾さん……」

そう繰り返した月子の瞳は、不意打ちをくらったような驚きで満たされた。やがて唇を噛み締め、目をしばたたいてなんとか気持ちを立て直そうとしているのがわかる。しかしどうやっても涙があふれるのを止められず、「すみません」と口を押さえたと同時に頬を伝って地面に落ちていった。

通行人が泣いている女を訝《いぶか》しげに見ているのに気づき、藪下は彼女の腕を取って脇に寄せた。

「地下に車を駐めているので、そこでお話を聞かせていただけませんか」

月子は洟《はな》をすすり上げながら頷き、四人はエレベーターで地下一階へ降りた。シボレーに乗り込んでも常軌を逸した内装に驚くでもなく、手を握り締めて涙を止めようと苦心している。よほど結衣子との仲がよかったと見えるが、剝き出しの情を前にしてなぜか藪下は安堵《あんど》が込み上げた。結衣子の死に涙してくれる者がいたことに、思いがけなく救われている自分がいる。

月子は抱え込んでいたキャンバス地のトートバッグからハンカチを取り出そうとしたが、バッグを取り落として中身を派手にぶちまけた。弁当箱やらボールペンやらメガネやら、ごちゃごちゃした小物が床に散乱する。慌てて拾おうとしてテーブルに額をぶつけ、ソファに座り直そうとして今度は膝を強打していた。あまりにも騒々しく不注意な女で、しんみりと泣いていた今さっきがうそのようだ。何度も頭を下げて謝った月子は、自身の失態に顔を赤くしていた。

淳太郎は「大丈夫？」と親しげな笑顔のまま四つの紅茶を用意し、テーブルの中央に工芸品のようなチョコレートを盛った皿を置いた。一花は客に勧めるでもなく、いちばん最初に堂々と手を伸ばして口へ運んでいる。今この場所には、ことごとくおかしな人間しかいないらしい。

藪下は湯気の立つ紅茶に口をつけて気を取り直し、向かい側に座る月子に目を向けた。

「最初に我々のことを説明させてください。先ほども話しましたが、鷲尾さん夫妻が亡くなった事件を調査しています。結衣子さんのご両親からの依頼ですよ」

「そうですか、ご両親からの……」と月子はうつむきがちに喋った。

「小早川さんは、結衣子さんと親しかったんでしょうか」

率直な問いに、月子はしばらく考え込んだ。眉根を寄せた難しい表情で、琥珀色《こはくいろ》の紅茶を食い入るように見つめている。それがあまりにも長かったものだから、藪下は再び声をかけた。

「大丈夫ですか？」

「ええ、はい。大丈夫です。鷲尾さんとわたしの関係を考えちゃって」

月子はいただきますとつぶやいて紅茶をひと口飲み、受け皿に戻して顔を上げた。

「わたしは友だちになりたいと思っていました。鷲尾さんとは、クラブで偶然に会ったんです。彼女もホットヨガの講座を受けていたので。同じアパートに住んでいる方なのは知っていたんですが、挨拶ぐらいしかしたことがない関係でした」

月子はまた紅茶に口をつけ、ノートパソコンを開いて記録している淳太郎を流し見た。

「いつ会っても表情が暗くてつらそうな感じだったので、もしかして悩みがあるのかなと思ったんです。へんに聞こえるかもしれませんが、わたし自身がネガティブな人間なので、いつも楽しいことを考えるように心がけているんですよ」

「そのようですね」

藪下は相槌《あいづち》を打った。

「自分でもおせっかいなのはわかっているんですが、つらそうな人を見ると気になってしょうがないんです。自分に重ねてしまうから。鷲尾さんとは年齢も近そうだし、同じ場所に住んで同じクラブに通っている。直感的に趣味が合うんじゃないかと思いました」

「では、あなたのほうから声をかけたんですか」

「そうです。でもすごく警戒されましたね」

月子は情けない笑みを浮かべた。

「笑顔で話しかければ警戒心を解いてもらえると思っていたし、今までもそうやって敵を作らないように生きてきました。でも、鷲尾さんからはかなり鬱陶しがられましたね。迷惑だってはっきり言われましたから」

「失礼ですが、小早川さんはおいくつですか？」

「今年で二十九です」

長谷部の盗撮映像を見ているせいか、この女がとても近く感じる。部屋にいくつもの写真や絵を飾って愛《め》で、好きなものだけを寄せ集めたような空間を作っていた。スマートフォンを片手に無邪気に笑い転げていた様子は、楽しいことを考えるように心がけているという言葉に通じている。素の月子と目の前にいる月子は何も変わらず、自分をよく見せようという計算のなさが窺えた。

「話が飛んですみません。その後、結衣子さんとは親しくなれたんですか」

藪下が質問を再開すると、彼女は首を傾げたままの体勢で声を出した。

「たぶん、わたしがしつこかったからだと思うんですが、少しずつ話してくれるようにはなりました。いえ、わたしが一方的に喋っていた……が正しいかもしれない。きっと、呆れてあしらっていたのかもしれませんね」

そうではないはずだ。藪下は感傷にひたっている彼女の顔を見た。クラブの更衣室で盗撮された結衣子の表情からは、負の感情などひとつも見当たらなかった。純粋に月子との会話を楽しんでいたのは間違いないと思われる。

「結衣子さんは、あなたに何か相談しませんでしたか？」

頃合いを見計らい、藪下はそこへ切り込んだ。月子は膝の上で手を組み合わせ、大きく息を吸い込んだ。

「相談ではないんですが、人を好きな気持ちは数日で尽きてなくなると言った言葉が印象に残ってるんです。自分にはそもそも、人を好きになるスキルがないって」

「スキルね。ずいぶん冷めた言いまわしだな」

「そうですね。彼女は、だれかをめいっぱい好きになってみたかったんじゃないかな。なんとなく、自分を抑えているように見えました。ああ、これはわたしが勝手に思っただけなので参考にはなりませんね」

「いや、外れてはいないと思いますよ。ちなみに、旦那さんについて何か言っていませんでしたか」

月子は首を横に振り、波打つ髪を後ろへ払った。

「これは警察の方にもお話ししたんですが、旦那さんについては何も聞いていません。だれかについて話すこと自体がありませんでした。ほとんどわたしが喋って、それについて話すという感じで。でも、幸せそうなご夫婦でしたよ。まさか無理心中するなんて本当に信じられなくて……」

月子は苦しげに目をさまよわせた。どうやら警察は、二人が無理心中したという名目で聞き込みをおこなっていたようだ。まあ、当初は本当に心中か事件に巻き込まれた線を考えていたことだろう。

結局、ここからも有力な何かが出てきそうな気配はなかった。結衣子にとって月子は話しやすい存在であったことは間違いないが、一歩踏み込んだ関係になるにはまだまだ時間が必要だったのだ。現に、結衣子のスマートフォンには月子のメールアドレスはおろか電話番号の登録もなかったのだし、親密になる前に逝ってしまったということになる。

「結衣子さんの夫、真人さんと話したことは？」

「ええ、あります。とてもフレンドリーな方でした。話題が豊富というか、わたしが話しやすい状況を自然に作ってくれるんですね。余裕があって大人だなと感じていたからこそ、二人が亡くなったと聞いたときは驚いたんです」

結衣子はともかく、真人を知る人間からは到底信じられないという驚きの声が大半だ。鷲尾夫妻の周りから聞こえてくる情報はどれも上辺《うわべ》だけで、核心への道のりはまだまだ遠いと感じる。いや、スタート地点からほとんど進んでもいないのが現状だった。ここにきて、藪下は自分の経験則を疑いはじめている。夫婦が殺し合ったという事実以外に見えてくるものがないのは、見えるべき事実が何も存在しないだけとも考えられるからだ。

「たとえば鷲尾夫妻がだれかに恨みを買っていたとか、普通ではない雰囲気を見せることがあったとか、何かを警戒する素振りを見せていたとか。このあたりについてはどう思いますかね。気配でも勘でもなんでもいいんですが」

漠然とした質問にもほどがある。月子は藪下の言葉に真剣に耳を傾け、何か事件を暗示するようなことがなかったかどうかを黙って回想している。うなだれたり目を閉じたり、手で顔を覆ったりして思い巡らせていたようだったが、やがて大きくかぶりを振った。

「すみません、よくわかりません。鷲尾さんの言葉は確かに鋭くて個性的でしたが、旦那さんを悪く言ったことはなかった。亡くなる一週間前にクラブで会ったときも、いつもと変わらないように見えたんです」

「そのときも雑談をしたんですか」

「はい。駅前にできたカフェの話をしたのは覚えています」

「カフェね。そうですか」

藪下は落胆をどうにかごまかして笑顔を作った。

ここへ来る前に結衣子の盗撮データにざっと目を通したが、アパートへの出入りとゴミ出し、そしてスポーツクラブでの様子しかなかった。夫と争っている決定的瞬間などもなく、月子が言うように死亡する一週間前までクラブに通っている。どう考えても、互いを殺そうと計画していた者の挙動ではない。事件について、ここまで何もわからないという事態は藪下にとって初めてかもしれなかった。

するとソファの上で身じろぎをした月子が、藪下を窺いながら口を開いた。

「あの、決して野次馬根性で聞くわけではないんですが、鷲尾さんご夫婦は無理心中されたんですよね?」

彼女はぬるくなった紅茶に口をつけて、忙しく瞬きをした。

「藪下さんが犯人を捜しているような質問をするので、ちょっと気になってしまって」

「まあ、いろんな角度からの調査を依頼されているのでね」

そう言ったとたんに月子ははっとして下を向き、馬鹿な質問をしたとでもいうように口をぎゅっと結んだ。

「すみません、そうですよね。ご両親にしてみれば、何か事件に巻き込まれたんじゃないかと考えてしまうのも当然ですよね。本当にすみませんでした。軽率なことを聞いてしまって」

「いや、もっともな質問なので大丈夫です。ちなみに、小早川さんが吉祥寺のアパートを引っ越されたのは、やっぱり事件の影響ですか」

彼女はひと呼吸の間もなく頷いた。しかしどこか踏ん切りの悪い様子が見て取れ、そわそわと終始手を動かしている。

「もしかして、理由は別にありますかね」

藪下が食い下がると、月子はバツの悪そうな笑みを見せた。

「もちろん、鷲尾さんが亡くなったことはショックでした。でも、それ以前から引っ越しは決まっていたんです。職場の近くに安くていい物件を見つけたので」

「そうですか」と頷いて言葉を切った。本当の理由は別にあるはずだ。彼女が何かを隠したがっているのは、その仕種や表情を見ても明らかだった。月子に発言の主導権をもたせて黙っていると、沈黙が気詰まりになった彼女は思い切るようにして口を開いた。

「この際なのでもう言ってしまいます。実は、隣に住む方につきまとわれて困っていたというのが引っ越しの主な理由なんです」

「隣？　長谷部ですか？」

その名前を出したとたんに、月子は驚いて大きな目を一層みひらいた。

「そう、長谷部さん。ただ、わたしにも原因があるんです。友人が遊びにくる予定だったので夕食をたくさん作ったことがあったんですが、急用で流れてしまって料理だけが残ってしまった。なので、一階の方々に少しずつおすそわけしたんです」

「なるほど。で、隣の男が勘違いしたと」

「そうらしいんですが、思わせぶりな行動だと友人から言われました。おすそわけなんて実家にいるときはよくやっていたので深く考えませんでしたが、そもそもその感覚が都会では非常識なんですね。長谷部さんも嫌な気持ちになったと思うんです。彼はわたしが通っているクラブに勤めているし、気まずいはずなので……」

「あなたは一切気に病む必要はないですが、何気ない行為を恋愛感情だと思い込む輩もいる。そういう男に限って無駄に行動力があるのでね。気をつけるに越したことはないですよ」

「クラブですが、別の支店へ移ろうと思ったんです。でも、好きなインストラクターの先生が中野店に常勤だったので長谷部さんに会わないように気をつけていました」

藪下は長谷部のくどい顔を思い出してまたもや苛ついた。勝手な解釈で思い上がり、挙げ句の果てには部屋にカメラを仕込んだ下衆な犯罪者だ。ふいに一花を見ると、すべてを暴露したくてたまらないとばかりにうずうずしているではないか。藪下は喋るなよと目で念を押し、月子に視線を戻した。

「突然訪ねてきたのに、いろいろと話してくださって感謝しますよ。本当にありがとうございました」

藪下が会釈をすると月子も慌てて頭を下げ、紅茶をごちそうさまでしたと言って唐突に立ち上がった。拍子にまた膝小僧をぶつけている。じゅうぶんに落ち着きはあるのだが、いかんせんおっちょこちょいが目に余る女だった。

「もしかして月子さんは急いでます？　よかったらお送りしましょうか？　それにしても、すてきな名前ですよね。どこか詩的で儚《はかな》げで」

　立ち上がった淳太郎はいつもの調子で当然のように手を取ったが、彼女はさりげなく手をほどいて身を縮めた。この男に対してやんわりとでも拒絶を示した女を、一花以外には見たことがない。藪下はにわかに気分がよくなった。

　当たり障りのない笑みを浮かべた月子は、淳太郎に向けてお辞儀をした。

「お気持ちだけいただきます。今日は早番だったので、これから家に帰るだけなんですよ」

　そう言いながら、彼女は何を思ったのかはす向かいに座る一花の頬を指で突っついた。月子以外の三人の頭に疑問符が浮かんだが、一花は真顔のまま頬を突かせたままになっている。月子はしばらく触ってから二重まぶたの目を輝かせた。

「お肌がとてもきれいですね。どういうお手入れをしているんですか?」

「洗っています」

　一花は質問の意味とは異なるであろう答えを淡々と返している。

「洗ってるんですか、そうですか」

　月子は歌うように節をつけてトートバッグに手を突っ込み、中身を引っかきまわしてから黒いエナメルの財布を取り出した。中から紙幣ほどの大きさをした紙を数枚抜いて差し出した。

「これ、よければ使ってください。わたしは荻窪《おぎくぼ》の駅前にあるエステで働いているんですよ。無料チケットは一枚しか渡しちゃいけない決まりなんだけど、特別です。どうぞ」

「特別」と一花は一本調子に言って受け取った。

「わたしをご指名いただければまたチケットをあげちゃいます。毎月店から無茶なノルマを課せられてるので、クリアするためにもぜひ来店してください。わたしだけ新規のお客さまがなかなか取れなくて困ってるんですよ。お願いします」

彼女は勤務先の事情をさらりと暴露し、深々とお辞儀をしてから出ていった。結衣子の部屋で見かけたエステのチケットは、月子が渡したものらしい。一花は花模様のチケットをじっと見つめ、今までにないほど心が躍っているような表情をした。

2

十一月十二日の木曜日。

午前十時前に出勤するなり、すでにコーヒーの用意を済ませていた淳太郎が藪下と一花を窓際のテーブルに誘った。いつもはおのおのが好き勝手な場所で作業しているのだが、何か報告したいことがあるようだ。一花は紺色のミニワンピースの上に赤いカーディガンを引っかけているのだが、袖を通していないためにたびたび床に落とし、再び肩にかけては落ちないようにぎこちなく歩いてくる。巻かれた茶色の髪は緩くまとめられ、いかにも流行の奴隷と化した若い女の見た目だった。服装の良し悪《あ》しはさっぱりわからないが、どこか土臭い雰囲気があるのは出会った当初から変わっていない。

一花はカーディガンが落ちないように肩をそびやかしながら椅子を引いたが、それを見ている藪下まで無意識に力が入ってしまうありさまだった。

「いい加減に袖を通せよ。見てるこっちまで肩が凝る」

慎重にゆっくりと腰かけている一花にたまらず言った。毎日洒落込んでくるのはかまわないが、いかんせん今日は無理をしすぎている。しかし、素直なようでいて反抗心が底知れない一花は、案の定すぐさま屁理屈《へりくつ》で応戦してきた。

「丸の内女子のように、カーディガンを肩にかけるのが長年の夢でした」

「ああそうかい。夢が叶《かな》ってよかったな。その馬鹿げた格好でもテロリストのばあさんに勝てるなら好きにしろ」

一花はぴくりと動きを止め、拍子抜けするほどあっさりと袖を通した。

「テロリストといえば、ちょっと思ったことがあるんです」

ボタンを留めながらやけに神妙な顔をした。

「事件のあった吉祥寺のアパートで、ペットが次々に行方不明になっている件です。もしかしてあれは、松浦冴子が関係しているのでは？」

「いや、あれは松浦の手口じゃない」と藪下は即答した。「やつならペットを奪って飼い主を始末するぐらいのことは平気でやるだろう。あんな中途半端なことはしないし、そもそもペットを飼ってる人間をターゲットにしはじめたらきりがない」

「そうですね」

淳太郎は同意しながらコーヒーの入った三つのマグカップをテーブルに置いた。

「極端な動物愛護思想で人の命は軽んじている。動物が絡んでいる件は、なんであれ嫌でも彼女を思い出します。今どこで何をやっているのかはわかりませんが、僕は最近、頻繁に後ろを振り返るんですよ。彼女がすぐ背後に立っているような気がして」

心底ぞっとするようなことを言うやつだ。しかし、その衝動はだれよりもわかった。

昨年、松浦冴子は違法に飼われていた野生動物を解放するためだけに小さな町をひとつ焼き払っている。動物のためなら、人は何人殺してもかまわないという徹底的に歪《ゆが》んだ危険思想の持ち主だった。すんでのところで取り逃がしたときから、藪下たち三人はいずれ対決のときがくるのだろうと覚悟を決めていた。

「まったく、あの女が確保されるか死ぬまで俺らに安息はない。で、何か話があったのか？」

「ええ。彼から連絡がありましてね」

淳太郎は非の打ちどころがない優雅な所作で、マグカップのコーヒーに口をつけた。

「流声社の村上《むらかみ》氏ですよ」

「村上？　おまえさんがもってる絵に入れ込んでたやつか」

藪下は、真人が生前に勤めていた零細出版社を思い浮かべた。癖のあるメガネに口髭を生やしたベテランの風情がある編集者は、みずから連絡をしてきたらしい。淳太郎はノートパソコンを開いてモニターに目を走らせた。

「彼のような生真面目でピュアな人物は、なんの見返りもなく恩恵を受けることに罪悪感をもっていますからね。ウォリスの絵画を取材させてもらうなら、相手の要求をできる限り呑まなければ申し訳ないと気に病むのは自然な流れです。僕がほしいのは鷲尾真人の情報だけなので、取引の成立は難しいことではありません」

「読み通りってわけか。あそこで駆け引きに出れば、すべてを失ったと」

このあたり、恐ろしいほどの機転だとあらためて思う。常に対象の数歩先までを読み、自分に有利な状況を相手側から提示させる。藪下が今ここにいるのもこの男の術中にはまったからであり、敵にまわせば果てしなく面倒な相手だった。

淳太郎はモニターに目を据えながら先を続けた。

「真人があの会社に入社したのは、本人の強い希望だったようです。要は飛び込みですよ。新人を募集していなかった会社側は何度も断りましたが、最後は熱意に根負けした格好です」

「ある意味、世間知らずでわがままなお坊ちゃんだな。普通の人間は、一般企業にそんな弟子入りみたいなことをしようとは思わない」

「その通りです。何不自由なく、肯定されて育った彼は根拠のない自信にあふれていた。鷲尾家から飛び出したことが唯一の反抗だったんでしょう。自分では大きな冒険をしたつもりでも、実際はたいしたことではない。結衣子との結婚も、鷲尾家からの反対があったからこそ燃え上がった面が大きいと思います。つまり、真人はありのままの自分を受け入れてほしいという子どもじみた人間ですね」

必要以上に辛辣《しんらつ》だ。するとコーヒーにミルクと砂糖を入れてかき混ぜていた一花が顔を上げた。

「淳太郎さんもとても恵まれた人生を送っているはずですが、別に子どもじみてはないと思います。違いはなんでしょう」

彼女特有の予告のない指摘に、淳太郎は思わずイニシャル型のペンダントに手をやって戸惑った。

幼いころ誘拐事件に巻き込まれ、人質になった病弱な淳太郎は喘息の発作で死にかけていた。そこへ踏み込んだのが警官だった藪下の父親だ。父は幼い子どもの目の前で、誘拐犯の三人を躊躇なく射殺した。この凄惨な起点がなければ淳太郎の今があったかどうかは疑わしいし、住む世界の違う藪下と出会うこともなかっただろう。まっすぐに敷かれていたはずのレールが、自分の意思とは無関係に切り替わってしまったのだ。幼かったぶん、その影響が計り知れないものとなって彼の人生に降りかかっているのは間違いない。同情をするつもりはないが、少なくはない共感はあった。この男とは、死んだ父親を介してつながっている。

淳太郎は困ったような笑みを浮かべながら言った。

「僕も一花ちゃんぐらい強い芯がほしかったよ。結局最後は自分に甘いから」

窓から差し込む太陽に目を細め、淳太郎は立ち上がってウッドブラインドを下ろした。咳払いをひとつしてから話を戻す。

「真人の仕事は、主に洋書の翻訳です。英語が堪能《たんのう》だったようなので、海外への取材などにも同行したようですね。明るく温厚な人柄で人間関係は良好。ただ村上氏いわく、秘密主義なところがあったようです。なんせ、結婚したことも一年も経ってから知らされたそうなので」

「そこは別に秘密にすることでもないな」

「そうなんですよ。私生活についてはほとんど話さなかったようです。事件のあったあとに、初めて名家の出だと知ったということなので」

淳太郎はメモらしきページをスクロールした。

「事件が起きる半月ほど前、真人は村上氏と二人で地方へ出張したそうですが、そのとき、ただならぬ気配があったと話していました」

「ただならぬ気配？」

「ええ。人生をやり直せるとしたら、村上さんならどれだけの代償を払えますか……といきなり質問してきたそうですよ」

代償？　椅子にもたれて藪下は腕組みをした。

「だれかのためにすべてを捨てられるか。倫理を飛び越える決断ができるか。間違っていると頭ではわかっていても、止められないほどの激情に翻弄されたことがあるか。これらも真人の言葉で、怖くなるほど真剣だったようです」

「出張中、いきなり上司にするような話じゃないな」

「ええ。村上氏は、直感的に夫婦間に問題があるのではと思ったそうです。真人が浮気をしていて、その相手以外は見えなくなっているような口ぶりだったそうなのでね」

淳太郎は淡々と先を続けた。

「村上氏は思い切って浮気しているのかと問うたそうなんですが、真人はそういう次元の話ではないと言っていたそうです。そして、とにかく代償が必要なんだと何度も繰り返すのを見て、ちょっと背筋が寒くなったと」

「たしかに意味不明で不気味だ。真人に通院歴はなかったよな？」

「そのあたりの情報はないですが、村上氏は精神の病を心配していたようですね。明るく爽やかだった青年が、ドロドロした情念のようなものを見せるようになっていった。仮に浮気相手に本気になってしまったんだとしても、入れ込みようが尋常ではなく異様に映ったとこぼしていました」

このときすでに、結衣子を殺そうと考えていたのだろうか。そして妻のほうも、夫の殺意を察して備えていた。藪下はぬるくなって酸味の増したコーヒーに口をつけた。

「人生をやり直すってのが結衣子と離婚して浮気相手と一緒になることを指すんだとすれば、代償の意味がわからん。慰謝料を代償とは言わんだろうし」

「村上氏にこれを話したときには、もう何かを決意していたんでしょうね。そのうえで、代償の計算に入っていた。倫理を飛び越える決断をしていたと思われます」

「あるいは、意思とは関係なく代償を払わざるを得ない状況だったのか」

なんらかの代償が妻を殺すことだとして、そこへ行き着く出発点が謎だ。だれかを殺したくなるほどの憎しみは、もちろん代償とは言わない。

「何か宗教的な意味合いなのかとも思ったんですが、家にはそういった気配もないですからね。とにかく真人に不穏な影があったことは間違いありません」

淳太郎はノートパソコンから顔を上げた。一花はちびちびとコーヒーを飲みながら話に耳を傾けていたが、マグカップを置いて口を開いた。

「今の話を自分に置き換えて考えてみました。たとえばわたしの人生をリセットして好きに生きられるとします。ハンターをやめて東京で恋人を見つけてたくさんの友だちができて、毎日オシャレしてきれいなインスタを投稿して、いろんな人に話しかけて仲間が日に日に増えていく。これは、今のわたしにひとつもないことです」

「なんだか切ないな、おい」

それを当人が自覚しているのがなお悲しい。藪下は苦笑いを浮かべた。

「ただ、今わたしが言ったことは努力でも手に入るので、代償を払ってまでほしいかと考えると割に合わない気がします。代償が何かにもよりますが、犠牲にするものが大きければ大きいほど見返りも大きくなる。わたしなら、まったくの別人格に生まれ変われるぐらいの非現実的なことがない限り犠牲は払いません。これは殺人が代償の場合です」

一花は抑揚なく一気に喋った。逆にいかなる代償を払ってでも手に入れたいものがあれば、条件はクリアできるというわけだ。自分の場合なら、さしずめ植物状態の母の覚醒だろう。それが手に入るならばある程度のことをやってもいいが、人を殺すという犠牲は当然ながら論外だ。ただ、このあたりは切迫具合や個人の倫理観に左右される。たとえ十万の金でも人を殺す人間はいるわけだが、真人や結衣子はこれには当たらないだろうということだ。鷲尾家は官僚一族で、その地位を脅かすような愚行をなさないよう徹底的に躾《しつ》けられているのは間違いない。一方で結衣子は人の命を救う看護師であり、身についている道徳観念を踏み越えるには相当の理由がいるはずだった。

「真人の話はますます頭が混乱しただけだ」

「そうですね。上司である村上氏に話したのは思いがけなくでしょうから、友人に打ち明けるようなこともなかったと思います。もし詳細を語っていたのなら当然警察は捜査しているでしょうし、今のところは浮気相手の存在も不明ですからね」

淳太郎はノートパソコンをぱたんと閉じた。

「村上氏はくれぐれも内密にとのことでしたよ。鷲尾家は、流声社が刊行している書籍の版権を停止することを匂わせたようです。方々へ手をまわせばできなくもないですからね。そこまでやらないまでも、訴訟ぐらいなら起こしかねません」

「口止めするほどの情報なんかほとんどないだろうに、七面倒な連中だ。とにかく事件自体を闇に葬りたいんだろう。うっかり人目に触れて今さら騒がれたら大事だからな」

「僕たちへの警戒心はかなりのものだと思いますよ。当然ですが、すでに身元も調査されてルワンダ政府から一億円を受け取った三人組だとわかっているはずですからね。彼らからすれば明確な敵です」

本当に厄介すぎる。心の中でため息をついたとき、テーブルの上に出されていた淳太郎のスマートフォンが着信音を鳴らした。耳に当ててひと言ふた言喋ったと同時に、今度は室内に呼び鈴の音が響き渡った。淳太郎は立ち上がってすぐさまオートロックを解除し、そのまま出入り口から男を連れて戻ってくる。久しぶりに見た顔に、藪下は立ち上がって会釈をした。

「ご無沙汰しています。その節はどうも」

桐生製糖株式会社の顧問弁護士である益田総一《そういち》は、フェルトの中折れハットを脱いで綿毛のような白髪頭を下げた。

「こちらこそご無沙汰しております。チーム・トラッカーはなかなか順調な滑り出しのようですね」

堂々と皮肉を口にし、カシミアらしきワインレッドのストールを外している。体に合ったダークグレーのコートはあつらえだろう。いつのときも上質なもので身を包み、にこやかさを崩さない反面、目の奥は感情の見えなさで冷え冷えとしている。益田はコートやストールをハンガーにかけ、藪下の向かい側に音もなく腰かけた。

「上園さんもお久しぶりです。どうですか、今年の山の具合は」

「今年は夏が暑かったせいで実りは多いはずでしたが、台風の直撃で資源は枯渇気味です。こういう年は、動物が里に下りてきて被害が激増する。クマの冬眠時期もかなりズレ込むかもしれません」

「そうですか。本当に、このところの異常気象は困ったものですね」

益田は自然な流れで一花と会話し、金縁のメガネを押し上げて人のよさそうな笑みを浮かべた。すべてを見通しているような目のこの男は、淳太郎が全幅の信頼を置く人間だ。親兄弟よりも密な関係性を築いているのではないだろうか。益田はいつのときも淳太郎を全力で補佐し、仕事の範囲を超えた要求ですら二つ返事で引き受ける。女たらしの御曹司とのかかわりを、心の底から楽しんでいると言っていいかもしれない。

淳太郎はコーヒーをもうひとつ用意し、益田の前に置いた。

「益田さん、こないだのカレンダー、愛美《まなみ》ちゃんは喜んでくれました？」

するとたちまち相好を崩し、益田は大きく頷いた。

「娘は本当に喜んでいましたよ。ありがとうございました。なにせ娘は淳太郎さんの大ファンなのでね」

「それはよかった。来年もいくつか企画しているので、また意見を聞かせてもらいたいな」

淳太郎はなめし革のトートバッグを引き寄せ、中からＢ４サイズほどの何かを出して藪下のほうへ滑らせた。

「お渡しするのを忘れていました。来年のカレンダーなのでぜひ使ってください。一花ちゃんもどうぞ」

藪下はカレンダーだというそれを引き寄せたが、すぐ顔を引きつらせることになった。

「なんなんだよ、これは……」

背筋がぞくりとし、全身を鳥肌が駆け抜けていく。純白のバラの花束を抱え、ヨーロッパのどこかであろう石畳の街を歩いている淳太郎の姿が写し出されている。おそるおそる一枚をめくると、海辺で夕陽《ゆうひ》を背景に犬と佇《たたず》んでいる写真が現れた。シャツをはだけてベッドに寝そべっているものやメガネをかけた笑顔のアップ、クリスマスツリーを前にシャンパングラスを傾けているものまである。

「株主優待、長期保有特典のひとつです。女性はもとより男性からの要望も多くてね。今後もグッズを増やしていこうと思っていますよ。藪下さん、ぜひ寝室にかけてください」

「断る」

あまりのナルシストぶりに辟易し、藪下はカレンダーを一花のほうへ押しやった。こんなどうしようもないものをほしがる人間がいるのかと疑ったが、この男はメリットにならないことを冗談でもやらないのはわかっている。一花は獲物を追い詰めるような真剣なまなざしで一枚一枚を吟味し、何かを確信したように小さく頷いてから口を開いた。

「淳太郎さん、カレンダーをあと二、三部ほどいただけますか？　余っているなら、ぜひわたしに譲ってください」

迷いのない言葉を聞いて藪下は瞬時にぴんときた。この女はカレンダーを売って金に換える気だ。ぎらぎらと目が輝き、すでに頭の中ではめまぐるしく金勘定をしている様子が見て取れる。本当にここは、世の中の常識が通用しない場所だった。藪下が疲労を感じて顔をこすり上げたとき、弁護士の益田が革のブリーフケースから大判の茶封筒を出してテーブルに置いた。

「今日はご要望のものをお持ちしました。鷲尾結衣子さんの司法解剖鑑定書の写しです」

「早かったですね。法医学教室がよく承諾したもんだ」

藪下は身を乗り出した。

「被疑者死亡で不起訴処分になっている事件ですから、今後も公判がおこなわれることはありません。裁判所に文書提出命令の申し立てをしたあと、鑑定人の医師に対して審尋手続がありました。その結果、文書提出命令の決定がくだされたというわけです」

益田は順を追って説明した。

「司法解剖の情報開示に関しては、明確なガイドラインがありません。ただ、刑事訴訟法の四十七条ないしは百九十六条があるために、開示しない選択が取られることがほとんどなんですよ」

「四十七条……それは公判前の開示についての法ですよね。捜査の妨げにならないようにと要請している。あくまでも原則としてです」

藪下が記憶を手繰りながら口にすると、益田は頷いた。

「要するに、法医学教室側は責任を取りたくないというわけです。どの部分が捜査の妨害に当たるのかがわからない以上、開示しないほうが得策ですからね。そもそも書類の開示については、捜査か司法サイドが主体となって決定すべきものですから、医師の責任のもとで開示しろというのはおかしな話だと思います」

確かにそうとも言えるが、警察が開示を渋るのもわからないではない。刑事事件の関係書類が民事事件として裁判所に提出されるようなことがあると、だれでも閲覧して謄写することが可能になってしまうからだ。もし被疑者が別にいた場合は、証拠隠滅されることが目に見えているしプライバシーの問題もある。今後、倉澤夫妻が鷲尾家を相手取って訴訟を起こす可能性もないとはいえず、そうなれば間違いなく解剖の記録は流出すると思われる。

テーブルの天板を見つめて考えていると、まるで藪下の頭の中を読んだように益田はつけ加えた。

「倉澤氏は、鷲尾家を訴えるつもりはないとおっしゃっていましたよ」

「それは『今のところは』です。娘の鑑定書を見れば、冷静でいられなくなるのは目に見えている」

「そうですが、藪下さんはこの事件に関して夫婦以外の被疑者がいるとお考えですか？」

益田の核心を突いた質問に、藪下は即答することができなかった。未だに自信をもって言えることが何ひとつとしてないからだ。益田は圧をかけるように藪下を見つめていたが、返事に窮しているのを察して話を戻した。

「今回の場合、申し立てをおこなったのは被害者の両親なので、プライバシー侵害の程度は皆無です。しかも、被害者でもあり被疑者でもあるのに加えて結審している以上、捜査上の秘密保持の要請に反するとは言えない。これが東京地裁の決定です。医師がこの決定に抗告する理由もないですから、スムーズな運びとなったわけです」

事件から時間が経っているのも決定には影響しているだろう。あとは鷲尾真人の鑑定書が手に入れば言うことはない。そう思った藪下の考えをまたもや読み、益田はブリーフケースからもう一通の茶封筒を出してテーブルに置いた。

「鷲尾真人さんの鑑定書もすでに入手しました」

「いや、なんでそれを益田さんが持ってるんです？」

藪下が驚いて顔を上げると、益田は金縁のメガネを上げて薄い笑みを見せた。

「真人さんの兄の代理人弁護士とは旧知の仲でして、単に受け渡しを託されたというわけです。もちろん、裁判所に申し立てをおこなったのは真人さんの兄ですよ」

「ということは、嫁の玲奈が夫を説得したのか」

益田の隣に腰かけている淳太郎は、藪下と目を合わせて微笑んだ。あの公園で真人の兄嫁に会ったあとも、この男が連絡を取っていたのは知っている。夫を納得させるための知恵を授けていたのは間違いないだろう。益田は二通の封筒を並べて藪下のほうへ滑らせた。

「鷲尾真人の鑑定書をチーム・トラッカーが所持していることは、どうか内密にお願いします。兄が裁判所へ申し立てをしたのも極秘なので、親族はだれも知りません。チーム・トラッカーの面々あるいは兄夫婦が漏らさない限り、この件は闇の中にありますので」

益田は念を押すように藪下と一花を順繰りに見やり、コーヒーを一気に飲み干した。

「実にいい豆ですね。エスメラルダ農園のゲイシャですか」

そう言って立ち上がり、コートとストールを片手に小柄な弁護士は静かに出ていった。

3

藪下は空になった四つのカップをすぐさま運んで洗い、再び窓際のテーブルへ舞い戻った。先ほどよりも薄暗く感じてブラインドを上げると、まぶしいほど射していた陽が陰り、空には灰色の雲が広がりはじめていた。中庭にある巨大なイチョウはあいかわらず黄色の葉を散らし、都心であることを忘れる幻想的な空間を演出している。藪下は、元いた場所に腰を下ろしてテーブルの上で手を組み合わせた。

「真人と結衣子が実際にどんな死に方をしたのか、この記録を見ればすべてがわかる。もちろん解剖の写真もあるが、おまえさんは大丈夫か？」

先ほどから大判の茶封筒を見据えている一花に問うと、彼女は小さく頷いた。

「問題ありません」

「よし。そっちは？」

「ええ、すでに覚悟は決めています」

淳太郎は吸入器を出してダイヤルを合わせ、大きく吸い込んでからわずかに咳き込んだ。ペットボトルの水を飲んで頷きかけてくる。

藪下はまず結衣子の資料が入った封筒を手に取り、中からクリアファイルを引き抜いた。同時にプリントアウトされた生々しい写真が目に飛び込んできたが、藪下は無言のまま番号の振られたそれを順番に並べていった。続いて真人の解剖写真をテーブルの反対側から順に置いていく。

こういう凄惨な画像を目の当たりにするのは警官を辞めてから久しかった。藪下は、不穏な赤のグラデーションで埋め尽くされたテーブルをざっと見まわした。二人に残された数々の暴力の痕跡は想像を絶する。一花は表情を微塵も動かさずにかぶりつくような姿勢を見せていたが、淳太郎はいささか及び腰になっているようだった。イニシャルを象ったペンダントに触れていたかと思えば、再び吸入器を口へ運んでいる。が、一瞬でも目を背けなかったことに決意のほどが窺えた。普通の人間は、あまりの痛ましさに正視することすら難しいだろう。

藪下は、クリップでまとめられた結衣子の解剖所見を取り上げた。

「まずは結衣子。薬物やアルコール、化学物質はすべて陰性だ」

続けて真人の毒薬物反応に素早く目を通す。

「同じく真人もすべて陰性。二人は完全なるシラフで死ぬまで争ったことが決定だな」

「夫婦は相手を殺さなければ自分が死ぬ状況だったわけですね。だったとしても、明らかに体格差のある小柄な結衣子が夫に向かっていったことが信じられません」

次々と明かされる事実を前に、常に冷静な淳太郎も驚きを禁じ得ない。藪下も、二人は酒ぐらい呷《あお》っていたのではないかと予測していたが見事にハズレだ。

「俺の経験から言えば、妻が夫を殺す手口は毒物を使うか寝込みを襲うかの二択になる。まともに考える頭があれば、返り討ちの可能性が高い真っ向勝負は選ばない」

「夫婦は正常な精神状態ではなかったということですね。当然ですが」

「まあな。特に結衣子は完全に恐怖心が吹っ飛んでる」

藪下は一枚の写真を取り上げ、淡々と事実のみが綴《つづ》られている報告書と照らし合わせた。倉澤が警察から聞かされていたように、まず寝ていた結衣子がバットで殴られたことが始まりだと思っていいだろう。血液の凝固状態や組織の裂傷などから、解剖医は真人と結衣子それぞれが負った外傷の順番を推測している。

「結衣子は、負傷した翌朝に発見されてから二週間は生きていた。その間に手当てを受けているからまだきれいな死に顔だ」

「いや、それがかえって見るに耐えないひどい状況を作っていますよ。これは倉澤夫妻は見ないほうがいい。特に不安定な母親からは絶対に遠ざけなければならない記録です」

淳太郎は首を横に振りながら深いため息を漏らした。

結衣子は怪我の手当てのために長かった髪はすべて剃《そ》られ、痛々しい縫合の痕が頭部全体に広がっていた。顔に残された痣《あざ》はどれも黄味がかり、蒼白《あおじろ》い肌の上で厭《いや》らしいまでの存在感を放っている。まるで打ち捨てられた壊れたマネキンのようで、込み上げる嫌悪感が半端ではない。

ウェディングドレス姿でぎこちなく笑っていた結衣子の顔を頭から追い払い、藪下は外表検査時の接写を指差した。

「結衣子はまず、右側頭部を強打されている。ここだな」

耳の上あたりには黒い糸で縫合された裂傷があり、治りかけの痣が星雲のようにぼんやりと広がっている。すると一花がおもむろにスマートフォンを出し、画像を表示してテーブルの上に置いた。

「この傷は、結衣子さんの寝室で負ったものですね。ベッドで壁側を向いて寝ていたときにバットで殴られたと思われます」

一花は結衣子が負傷した状況を推測した。淳太郎はすかさずタブレットを起ち上げ、鷲尾夫婦の部屋の間取りをざっと手書きし、結衣子の寝室部分に番号を振った。藪下は夫婦二人の報告書を交互に確認しながら負傷の経緯を追っていったが、ふいにあることに気づいてはっとした。

「いや、待てよ。負傷の順番が曖昧《あいまい》だな」

報告書を目の前にかざして、細かい活字に素早く目を動かした。

「解剖医はこう書いている。『被害者男性の左脇腹に幅三十八ミリ、深さ百ミリの両刃の刃物による刺傷。傷は上行結腸《じょうこう》まで到達し、腸骨の上部に八ミリのひびが入っている。損傷した辺縁動脈と出血の状態を鑑み、被害者男性が初めに受けた外傷だと考えられる』」

藪下の言葉にじっと耳を傾けていた淳太郎と一花だったが、これが何を意味するのかいまひとつ理解できないようだった。

藪下は並べられた写真のなかから一枚を選んで取り上げた。血まみれの真人の脇腹には、厚さが五ミリはありそうな刺し傷が赤黒く口を開けている。夫婦二人の死亡時刻にはかなりの差があるため、警察がおこなった現場検証の詳細がわからない以上、事の経緯は二人に残された傷から想像するしかない。しかし藪下は、ずっと頭の隅で燻《くすぶ》っていた疑問のひとつが解明された気持ちだった。

「なるほどな。今まで倉澤の話だけで決めつけていたが、おそらく先手を打ったのは真人じゃなくて結衣子のほうだ」

「結衣子？　解剖の所見は、真人が負った傷のなかで最初に受けたのが脇腹の刺し傷だと述べているに過ぎないと思いますが」

淳太郎があごに手を当てながら指摘したが、藪下は結衣子の側頭部の写真をとんとんと指で叩いた。

「結衣子が殴打された側頭部。耳の後ろにある出っ張ったこの骨は乳様突起っていうんだが、ここはいわゆる人間の急所だ。破壊されると運動機能が麻痺《まひ》する」

「ちょっと待ってください。結衣子はその後も動いていますよね」

「ああ。俺はずっと腑に落ちなかったんだが、結衣子が寝込みを襲われて頭を殴られたんだとすれば、すぐ反撃なんかできるわけがないんだよ。サバイバルナイフを手許に置いていたとしても無理だろう。卒倒しなかったとしても、衝撃で脳震盪《のうしんとう》を起こしてしばらく身動きはできないはずだ」

藪下は結衣子の解剖記録に目を走らせた。

「結衣子が右側頭部に受けた傷は、裂傷程度で骨折するほどではなかった。一花も言ったよな。一撃で仕留めなければ先手を打つ意味がないと」

「そうです。やっと状況が飲み込めました」

彼女はにわかに目を輝かせた。

「寝込みを襲いにきた真人さんを、寝たふりをして待ちかまえていた結衣子さんが先に攻撃したんですね？　バットを振りかぶってがらあきになっている夫の脇腹にサバイバルナイフを突き立てた」

「俺はそうだと思う。真人は結衣子をベッドで殺すつもりだったが、先手を打たれてそれができなかった。結衣子の寝室にあった大量の血痕。あれは真人のものだろう」

言っている自分も驚くばかりだが、そう考えればすべての辻褄《つじつま》が合う。一花はスマートフォンを取り上げて事件現場のリビングを表示した。チェックのラグが敷かれたソファのあたりには、おびただしい血痕が残されている。

「結衣子の右肩、鎖骨は粉砕骨折している」

体にメスを入れられ、白い骨を晒している結衣子の肩口の写真を藪下は指し示した。骨折の場所には矢印形の紙がいくつも置かれている。

「これは解剖医も書いている通り、バットで殴られて骨が砕けたもんだ。頭を殴るはずが、腹を刺された衝撃で狙いが定まらなかったんだな」

「肩に当たるのと同時に頭に当たったので、衝撃が分散されて結衣子さんは致命傷にはならなかったんですね。納得しました」

一花が淡々と口にした。

「逆に真人はこれだけでも致命傷だろう。刺し傷が内臓に達してる」

淳太郎は心なしか顔色がすぐれなかったが、タブレットを取り上げて間取り図に二人の動線を加えていった。

「まとめるとこういうことですよね。腹を刺された真人はバットで結衣子を殴りつけはしたが、とどめを刺すことなくリビングへ移動した。寝室のカーペットについていた血染めの足跡は真人のもの。そのままテレビ前のソファまでいき、出血のひどさにうずくまったのかもしれない」

「そういうことになる。頭を殴られた結衣子は致命傷ではないとはいえ、すぐに動けるような状態ではなかったはずだ。真人がとどめを刺さなかったのは、怯んだわけではなくしっかりとした手応えを感じたからだな。肩を粉砕させるぐらいのダメージを与えているわけだから、結衣子は死んだと思ったとしてもおかしくはない」

おそらく、肩を粉砕させるほどの打撃を、頭に対してのものだと錯覚したのではないだろうか。自身も刺されて大量出血しているわけで、痛みや焦りで冷静な判断はできなかったものと思われる。

そして、ここからが最終局面だった。藪下は鈍く光る銀色の解剖台に横たわる真人の写真に目を据えた。腹から脇にかけての刺創が幾筋も走り、真っ黒く固まった土くれのような血液が広範囲にこびりついている。激しい殺意が迸《ほとばし》った傷痕だということが、ひと目見ただけでわかった。早く死んでくれと思いながら繰り返し刺したときの焦燥が、亡霊のようにいくつもの傷に宿っている。過去に数々の殺人現場で味わった激情の残滓《ざんし》とも言える何かが、この写真からも確実にあふれ出していた。

藪下は真人の解剖記録を手に取り、ページをめくって目を走らせた。

「真人の刺し傷は全部で十四ヵ所」

「十四ヵ所……」

淳太郎は前髪をかき上げて眉根を寄せた。

「背中から右脇腹にかけて三ヵ所、そして腹の中心部に六ヵ所。そのほかは、手や腕に残された防御創だ」

「防御創ということは、真人はろくに反撃ができないほど追い込まれていたと」

「ああ。要はめった刺しだな。防御創以外の全部が内臓に達する深いもので、腹部大動脈の損傷による出血性ショックが真人の死因だ」

「そしてその死に際に、真人さんも結衣子さんに致命傷を与えた。解剖の写真では、頭蓋骨が完全に陥没して脳を破壊していますね」

一花が一枚の写真に目をやり、いつもとほとんど変わらない口調で先を続けた。

「真人さんは、結衣子さんがベッドですでに死んだと思った。移動したリビングではまず傷の止血を試みたのか、あるいは勝利を嚙み締めていたのか。その油断した一瞬を結衣子さんは見逃さなかった」

「ああ。背中から脇腹にかけての刺し傷がそれだろう。まずは後ろから容赦なく襲ったわけだ」

このあたりは結衣子の本気度がはるかに上だ。しかし以前に一花が語っていたように、真人は最期に迷いのない殺意を見せている。結衣子の左側頭部を手加減なしに殴り飛ばした。これは、即死してもおかしくはないほどの打撃だったはずだ。現に砕けた頭蓋骨には復元したような手術がほどこされ、骨はいくつもの金具で留めつけられている。

藪下は、一花がじっと見つめ続けている写真に目を移した。ストライカーノコギリでお椀状に切断された頭蓋骨を外されている結衣子は、いたるところに骨の破片が刺さった痕が残り、黒っぽい血腫のできた脳を無影灯の下で剝き出しにしていた。まるで作り物のようで現実味が薄いぶん、胸くその悪さが倍増していると言っていい。

淳太郎は今日三度目になる吸入をしようとしたが、さすがに多用しすぎだと我に返ったようでポケットにしまった。藪下は広々とした高い天井を見上げ、これからどうしたものかと考えた。

こんなむごたらしいものを倉澤は見るべきではないが、説得できる自信が藪下にはなかった。娘に起きたすべてを知りたいという親の強い思いには逆らえないだろう。裁判所が開示を許可したのも、身内のみが閲覧するという前提だ。しかし、倉澤がこれを見れば鷲尾家をさらに憎悪して犯罪行為に走るかもしれない。結衣子も真人をさんざん傷つけているのだが、娘婿憎さで正常な判断が下せなくなるのではないかと危惧《きぐ》している。

「まいったな……」

藪下はだれにともなくつぶやいた。鷲尾家が倉澤と一切の関係を絶ったのは結果として正解だ。互いに一生涯顔を合わせず、密《ひそ》かに恨みを抱いたまま生きていくほうが賢明だからだ。が、一方で、倉澤にはすべての真実を知る義務があるとも思っている……。

答えが出ないまま悶々《もんもん》と考えあぐねていると、淳太郎はタブレットを操作しながらフロアの奥へ歩きはじめた。備えつけのコピー機が吐き出す紙を取り上げ、再び戻ってくる。出力したのは先ほどから淳太郎がメモしていた事件現場の間取り図であり、鑑定書から見えてきた夫婦の動線が可視化されたものだった。

「事件当日の二人の行動を推測すると、結衣子は真人が殺しにくることを確実にわかっていたことになりますね」

淳太郎は緩く束ねた長い髪を後ろへ払い、解剖の写真へ一瞥をくれた。

「まるでそのときを待っていたかのようですよ」

「実際、待っていたんだと思います」

一花が間を置かずに口を開いた。

「罠猟と同じことです。自分よりも大きな獲物を仕留めようと思ったら、強力な武器が必要になります。ですがそれをもってしても、少しでもタイミングを誤れば簡単に立場が逆転してしまう。罠は成功の確率こそ高くはありませんが、かかれば確実に優位に立てます。結衣子さんは、ずっとその一瞬だけを待っていた。力が弱いからこそ、罠を張ってそこに賭けていたんだと思います」

ハンターとしての自分と結衣子を重ねているのがわかる。確かに夫を殺そうと思ったとき、体格差の問題はいちばんに考えるし力では負けるのも承知していたはずだ。寝込みを襲ったり不意打ちを狙うのではなく、結衣子は相手が罠にかかるのを手ぐすね引いて待っていた。この状況下で冷静かつ恐ろしい女だと藪下は思った。

「解剖所見を見ると、真人が初めに仕掛けたのは間違いないだろうと思う。動機は妻から離婚届を突きつけられて激昂したから。この線ならまだ納得もできたが、結衣子は夫が殺しにくるのを待ちかまえて返り討ちを狙ってるからな。こうなるともう意味不明だ」

藪下はどうやっても筋の通らない事実を口にした。殺意を抱かれて怯えるどころか、それを利用して迎え討とうなどと考えるだろうか。訓練された兵士でもあるまいし、結衣子の戦闘意識が無駄に高すぎる。

すると、突っ立ったまま身じろぎもしなかった一花が、急にぴくりとして顔を上げた。

「藪下さんは前に、妻が夫を毒殺した事件の話をしてくれましたよね。憎しみ合っていた夫婦の痕跡は、家のいたるところに残っていると。食器やタオルをわけるとか、徹底的に物を共有しないようになると」

「ああ、そうだな。それがどうした」

「鷲尾夫婦の部屋には、お互いに憎しみ合っていたような形跡がひとつも見えなかった。もしかしてそれは、憎しみ合ってはいなかったからじゃないですか？」

藪下と淳太郎は、無言のまま一花の言葉の意味を考えた。彼女はテーブルの上にある痛ましい写真に目を走らせ、再び男二人と目を合わせた。

「この事件がおかしいのは、殺し合うことを二人が完全に受け入れていた部分です。でも、殺し合いを予測して決意していたのは結衣子さんだけなのでは？」

「どういうことだ？」

「夫の真人さんは、結衣子さんに殺意を抱かれていることを知らなかったんじゃないかということです」

一花は確信に満ちた面持ちをした。

「部屋に夫婦がいがみ合った形跡がないのは、それまで普通に暮らしていたからだと思います。真人さんはなんらかの理由で妻を殺そうと決めていましたが、まさか結衣子さんも同じだとは夢にも思わなかった。だから、武器で反撃されることにまで頭がまわらなかったように思えます」

「一花ちゃんの説だと、状況のおかしさが少しだけ緩和されるかもしれないね」

淳太郎はタブレットでメモを続けながら言った。

確かに、妻に殺意をもたれていることを真人が知らなければ、寝込みを襲うだけで楽にすべてが終わると思っていただろう。まさか、サバイバルナイフで致命傷を負う羽目になるとは予想だにしなかったはずだ。この一瞬だけを狙い、殺意を押し隠して平穏をよそおいながら暮らしていたとすれば、結衣子は相当の策士かつ冷酷であることは間違いなかった。しかし、逃げずに夫を仕留めなければならない理由がわからない。藪下は腕組みしてしばらく考え込んだが、結衣子が家を出なかった理由がひとつも思い浮かばなかった。

「おまえさんは今、結衣子のスマホを調べてたよな？」

藪下が淳太郎に問うと、タブレットを置いて顔を上げた。

「ええ。自分でざっと確認したあと、知り合いの復元屋へ送って削除されているデータの有無を見てもらっていますよ。でも、今のところは何も出ていない。メールやＳＮＳなんかは警察も徹底的に洗ったでしょうから、ほとんど期待はできませんけどね」

「結衣子に男がいた形跡もなかったってことだろうな……」

「そうですね。とりあえず、遡《さかのぼ》れるところまでネットの閲覧履歴を復元してもらいます」

調べれば調べるほど、闇が濃くなって道筋が見えなくなる事件だ。殺し合いをしたのはまぎれもなく事実だとしても、その行動原理がわからない。

「真人が会社の人間に語った『代償』って言葉も引っかかるし、二人に何が起きていたのかがまったく摑めんな」

「確実なのは、結衣子が離婚したがっていたことだけかもしれません」

そうなのだが、今となってはそれにも別の意味があるのではないかと勘ぐりたくなっている。そして、部屋じゅうに監視カメラを仕込んだのは夫婦のいずれかである可能性が高い。だとすれば、いったいそのデータはどこへ消えたのだろうか。

藪下はテーブルの上に散乱している司法解剖の写真をかき集めてまとめ、それぞれの封筒に突っ込んだ。

4

とにかく核心に迫る情報が足りない。真人と結衣子の人間性については断片的にわかりつつあったが、これほどの事件を起こした背景にはまだまだ信じ難い事実が隠されていると確信している。

藪下は午後いちばんに倉澤に電話を入れ、結衣子の同級生から話を聞きたい旨を率直に伝えた。

学生時代から孤立していて友人と呼べる人間がいなかったにしろ、近所に顔見知りぐらいはいたはずだ。個人的な付き合いはなくとも、何気ない行動や噂などを見聞きしている可能性はなくはない。

藪下たち三人は、結衣子の実家がある西高島平へ移動した。倉澤によれば、駅の近くで同級生がパン屋を開いているのだという。結衣子とは小学生時代から何度も同じクラスになり、同じ高校に進学して幼少期には一、二度だが家に遊びにきたこともあるようだ。親しい友だちとはいえない仲らしいが、子どものころからの結衣子を知る人物には違いない。

一花は非常に駐車しづらい奥まったコインパーキングに難なくシボレーを入れ、三人はひどく殺風景な駅前に降り立った。東京とは思えないほど閑散とし、商店や飲食店もまばらで活気というものがない。しかし近くには市場があるようで、大型トラックが埃を巻き上げながらひっきりなしに出入りしているのが目についた。

「結衣子さんはここで育ったんですね」

一花は珍しく感慨深げな面持ちをしたが、荒川から吹き込む強風に煽られ、緩くまとめられた髪はもはやめちゃくちゃだ。なんとかいい感じに形状を保とうと躍起になっていたものの、途中からはどうでもよくなったらしく乱れるがままになっている。

「見わたす限り、民家はほとんどないようですが」

「荒川の河川敷のほうには住宅が少ない。倉澤の家は駅の反対側だ」

藪下は、轟音《ごうおん》を上げるトラックに負けないように声を張った。

「倉澤氏に教えてもらった同級生がいるパン屋も駅の向こうですよ」

淳太郎は地図を表示しながら進行方向を指差した。粉塵《ふんじん》と砂埃を避けるべく、チェック柄のマフラーを巻いて口許を塞いでいる。すぐ高架下を抜けて反対側へ出ると、一変して人通りのある生活道路が現れた。スーパーやコンビニ、パチンコ屋などが細々《こまごま》しく密集し、その奥にはいくつものマンションが覗いている。商店街といえるほどの規模ではないのだが、過度なところがなくこぢんまりとまとまったちょうどよさのある町だった。

住人たちはみな冬の装いだ。時折り薄日が射す程度で気温が上がらず、まだ二時過ぎだというのに日暮れ間近の気温しかない。藪下はジャケットの前を合わせて風の侵入を防ぎ、ナビを使っている淳太郎の後ろについて歩いた。それから四、五分進んだところで立ち止まる。

マンションや古そうなアパートが建ち並ぶ住宅街の一角に、ログハウスのような見た目のとても小さなパン屋が突然現れた。辺りにはパンを焼いている香ばしい匂いが漂い、寒空の下でもほっとするようなあたたかみがある。どうやっても読めないフランス語らしき店名が掲げられ、店先にあるウッドデッキには一組のテーブルと椅子がセットされていた。くすんだ町並みには到底なじまない洒落た外観だが、なんだろうと人目を引くことは間違いない。

「さっきホームページを確認しましたが、前川歩美《まえかわあゆみ》さんという三十二歳の女性がひとりで経営をしています。オープンして約一年半のまだ新しい店ですね」

淳太郎は店を写真に収めながら説明した。藪下は、早くもクリスマスツリーが飾られている店の中を覗き込んだ。奥の厨房《ちゆうぼう》で作業しているエプロン姿の女のほかに人の姿はない。

「アポなしだが今なら大丈夫だろう」

電飾が瞬くクリスマスツリーに心奪われている一花を促し、藪下は素朴な木枠の扉を開けた。ドアの角にはカウベルのようなものがつけられており、派手に音を鳴らしてぎょっとする。店の中は思ったよりも狭く、おそらく畳四枚分もないだろう。商品も棚に陳列されている数種類のみで、いかにもひとりで切り盛りしている風情だった。パンの内容は装飾のない古典的な見た目のものばかりだが、材料にはこだわりがあるのか驚くほど強気な値段が提示されている。

ひょろりと背の高い女は会釈をし、手を洗ってから急ぎ足でやってきた。

「お待たせしました、いらっしゃいませ」

細面《ほそおもて》の顔に化粧気はなく、頬にはそばかすが散って少年のように体が薄い。身長は百七十はあるだろうか。潔いショートカットの頭にデニム地のキャップをかぶり、同じ素材のエプロンを着けて微笑んでいる。飾り気がなく実に自然体で、パン職人の風格がそこはかとなく漂っていた。

藪下はジャケットの内ポケットから名刺を出した。

「お仕事中に申し訳ありません。我々はこういうものでして」

差し出した名刺を受け取った歩美は、離れ気味の丸い目でひとしきり見つめた。そして藪下の後方に立っている華やかな淳太郎に視線を移し、取り返しがつかないほど髪がもつれて広がっている一花に目を留めた。一花はいつもの貼りつけたような過剰な笑みを浮かべているのだが、歩美はまったく気にする素振りもなかった。

「実は少しお話をお伺いしたいんです。鷲尾結衣子さんのことで。ああ、旧姓は倉澤結衣子さんです」

その名前を出すなり、彼女の顔色が変わったのがわかった。どうやら歩美は、結衣子が死んだことを知っているらしい。

「結衣子さんのご両親からあなたのことを伺いました。小学校から高校まで同じ学校へ通っていたようですね。家に遊びに行ったこともあるとか」

「ああ、それは昔の話です。小学校に上がったばかりのとき、集団下校があったんですよ。家が同じ方向の子と一緒に帰るんですけど、その班に倉澤さんがいましたね」

「それで仲よくなったと」

藪下が問うと、歩美はわずかに首を傾げて再び名刺に目を落とした。

「特別仲がよかったということではないですね。たまたま帰り道が一緒で、まだクラスにも馴染めていない子ども同士が何度か遊んだ。よくある話だと思います」

歩美は滑舌よく答えた。遠まわしな会話はしない、はっきりとした性格らしい。彼女はさらに言葉をつけ加えた。

「わたしはクラスに仲よしと呼べる子ができて、その子と遊ぶことが増えたので倉澤さんとはそれっきりになりました。もちろん挨拶ぐらいはしていましたけど、個人的な話もしたことがないクラスメイトのひとりです」

「なるほど。前川さんは、我々が訪ねてきた理由を察しているようですね」

藪下が水を向けると、歩美は考える間もなくすぐに返してきた。

「いいえ、何も察してはいません。ただ、倉澤さんが亡くなった話なら聞いています。その件でいらしたんですか？」

「ええ、そうです。ちなみに、彼女が亡くなった話はだれから聞きました？」

「同窓会で噂になっていたので」

歩美はわずかに顔を曇らせた。

「去年、三十一歳になる年に中学の同窓会が開かれたんです。地元に残ってるっていう理由でわたしは幹事をやらされたんですけど、そのとき倉澤さんには案内を出さないほうがいいと同級生から言われたんですよ。亡くなったらしいからって」

彼女は、タブレットでメモをとっている淳太郎を見るともなしに見ながら先を続けた。

「無理心中だと聞きました。ネットニュースにはそう載ってるって。初めはデマだと思ったんですが、地元の葬儀屋に勤めている同級生が間違いないと言っていましたね。倉澤さんの実家で密葬の手伝いをしたのが、同級生の勤める葬儀屋だったらしいので」

地元というのは、この手の情報漏洩が防げない。これは都会も田舎も関係なく、古くからの住人は情報を共有してこそコミュニティに属する権利を得ているようなところがあるからだ。おそらく、同級生の間で結衣子の死は完全に娯楽として消費されたのだろう。特別親しくもない単なる顔見知りの訃報《ふほう》、しかも若くして無理心中をしたらしいとなれば話題性は抜群だった。

歩美は、肘の上までまくり上げていたTシャツの袖を引っ張って戻した。

「同窓会ではみんなその話をしていましたよ。茶化したりする子たちもいて、さすがにどうなのとは思いました。もしかして、そういう名誉毀損のようなことを調べてるんですか？　葬儀屋の守秘義務違反もありそうですね。刑事事件専門の調査員という職種を初めて見たので正直不安です」

「葬儀屋の守秘義務違反にすぐ着目するあたり、その同級生は遺族から口止めされていた事実も同窓会でぺらぺら喋っていたということですよね」

藪下の切り返しに、歩美は初めて口ごもって目を泳がせた。

「刑事事件専門調査員というのは、その字の通りです。名誉毀損や守秘義務違反を調べているわけではありませんのでご安心ください」

「じゃあ、いったいどういうご用件なんでしょう。わたしは、知らない人間が訪ねてきたら詐欺師だと思うようにしてるんです。最近の手口は巧妙ですから油断なりませんね。警察官でもすぐには信用しないようにしていますから」

歩美は臆することなくきっぱりと言い切り、藪下は思わず噴き出しそうになった。若くして自分の店をもち日々維持に努め、すべてをひとりでやりくりしている彼女は肝が据わっている。商売で培ったのであろう用心深さが板についている印象だった。

藪下は探るようなまわりくどい聴取をやめることにした。彼女は真正面から当たれば同じ程度の熱量を返してくる人間だと思われるからだ。

「我々は詐欺師ではありませんし、この件でだれかを訴えるつもりもありません。結衣子さん夫婦が亡くなった経緯を調査しているんですよ」

「亡くなった経緯……ですか」

「そうです。この事件は三年半前に発生して、すでに警察捜査は終了しています。ですが、遺族にとっての苦しみは一生終わらないわけですよ」

藪下の言葉で、依頼主は結衣子の両親だということを歩美はすぐに察したようだった。悲しみとも不安ともつかない、なんとも複雑な表情をしている。

「率直なところ、結衣子さんはどんな人間でしたか？」

藪下は本題に進めた。質問には即答してきた歩美だったが、この件に関してはしばらく考え込んだ。緑色に塗られたカウンターで手を組み合わせ、何かを逡巡《しゅんじゅん》しているのか指をしきりに動かしている。みな口をつぐんで外を吹き抜ける風の音しか聞こえなくなったとき、歩美はようやく目を合わせて口を開いた。

「わたしが感じていたことを話せば、ご両親はもっと悲しまれるかもしれません。でも、当たり障りのないことを言っても、やっぱり悲しまれると思うんです。だから、正直なところをお話しします」

「そうしていただけると助かりますよ」

歩美は大きく息を吸い込んだ。

「倉澤さんは学校生活の十二年間、ずっと孤立していました。たぶん、友だちができたことは一度もないと思います。とにかく付き合いにくい人でしたから」

「具体的には？」

「束縛です」と歩美は即答した。「わたしは小学校に入学した当時に何度か遊びましたが、とにかく束縛がきつくてたいへんだった記憶しかないですね。『わたし以外の子とは話をしないで』とか『毎日手紙を書いてきて』とか、自分だけを見ていてほしいタイプだったと思います」

「それは息が詰まる」

「ええ。家に遊びに行ったときに、倉澤さんのお母さんがとにかく大喜びして、なんでもない日なのにホールのケーキを買ってきて出してくれたんです。普通ではない歓迎ぶりだったので、子どもながらにちょっと怖かった思い出がありますね」

歩美はいささか申し訳なさそうに眉尻を下げた。

結衣子が初めて友だちを家につれてきた喜びで、母親は舞い上がってしまったのだろうか。まだ小学校に上がったばかりの娘を心配する気持ちもわかるが、幼い歩美に恐怖心を抱かせるほどそれは過剰だった。おそらく、そうならざるを得ないほど結衣子には心配や不安の種があったということだ。

歩美は淡々と先を続けた。

「わたしが倉澤さんから離れてほかの友だちと遊びはじめたとき、彼女はいろんなものをわたしにプレゼントしてくれました。当時流行《はや》っていたぬいぐるみなんかもあったから、きっとお母さんが持たせたのかなと思ったんです。今になって思えば、離れていく友だちをつなぎ留める手段ですね」

「それはずっと続いたんですか？」

「いいえ、ある日を境にぴたりとなくなりました……ああ、なんだかいたたまれないです。その当時のわたしは残酷で、倉澤さんに嫌いだと伝えたんですよ。もう遊ばないから話しかけないでって。ひどいことをしてしまいました」

歩美は眉根を寄せて苦しげに言った。

「まあ、子どもにはよくあることですよ。無邪気で残酷。そういうのを繰り返しながら学んでいくんでしょうし」

「そうですが、倉澤さんはその後もわたしにしたようなことをほかの子にもしていました。だから、クラスメイトに知れ渡って嫌われはじめたんです」

「結衣子さんはいじめられていたと聞きましたが」

藪下の言葉に、歩美はすぐ身を強張らせた。

「……確かに、無視されたり仲間はずれにされたりしていました。そのことで、お母さんが何度も学校に来て担任に相談しているのも見ましたし」

「いじめはずっと続いたんですか？」

「はい。中学でも無視はあったと思います。わたしはなんとなく責任を感じてしまって、悪口を言っている男子を思わず怒鳴ったことがあったんですけど、そのあと、倉澤さんに余計なことをするなと言われましたね。ウザいって」

出会う人間のほとんどが語っていたことだが、結衣子は幼少期から一貫して人間関係に難がありすぎる。思いを伝えるのが下手なくせに執着心が人一倍強く、しかも察することができないために嫌われるまで暴走してしまう。このあたりは持って生まれた資質と思われ、どこか一花を彷彿《ほうふつ》とさせるから心苦しい限りだった。ふいに振り返って一花を見たが、あいかわらず過度な笑みを浮かべたまままっすぐ前を向いていた。

「その後、いじめはエスカレートしましたか」

藪下は質問を続けたが、歩美はすぐ首を横に振った。

「わたしの知る限り、ずっと同じような感じだったと思います。あからさまな無視というより、みんな初めからいないものとして扱った。これでもじゅうぶんひどいですけど」

「前川さんが知る限りで、彼女の友だちはひとりもいなかったんでしょうかね」

歩美はため息混じりにつぶやいた。

「いなかったと思います。十代は周りの目を気にする年頃で、みんなから嫌われている子と一緒にいるのがバレたら怖いですからね。本当に狭い世界で生きていたんだなとしみじみ思いますが、今もそれほど変わっていないのかもしれません。嫌ですね、人間って」

淳太郎は頷きながら彼女の言葉を流れるように打ち込んでいた。

ここで得られた情報は、想像の範囲を超えるものではなかった。しかし、歩美の言葉を通して見えてくる結衣子に妙な攻撃性を感じるのは思い違いだろうか。学校ではだれとも喋らず、楽しげにしているクラスメイトをどんな気持ちで見ていたのかはわからない。が、藪下には、悲しみや孤独感よりも憎しみを抱いていたのではないかと思えてしようがなかった。

藪下は、個人的かつ話しづらい過去を打ち明けてくれた歩美に礼を述べた。そして後ろを振り返って引き上げ時を示したとき、神妙な面持ちをした彼女が思い切るように口を開いた。

「あの、もうひとつだけ余計なことを言ってもいいですか？」

「余計なこと？」

藪下が聞き返すと、歩美は怖いぐらい真剣な顔を上げた。

「倉澤さんが無理心中したと聞かされたとき、わたしはある人の顔がすぐに思い浮かんだんです。彼女が不幸な亡くなり方をしたのは、その人にも原因があるのは間違いないと思っているので」

「詳しくお願いしますよ」

藪下は、拳をぎゅっと握り締めている歩美の様子を窺いながら促した。

「それは彼女のお母さんなんです」

意外な人物の登場に、背後で淳太郎がタップする指をぴたりと止めたのがわかった。

「とにかく過干渉で、娘のことになると我を忘れてしまうんです。小学校二年生のとき、クラスにいきなり怒鳴り込んできたことがありました。それに校門で待ち構えていて、『結衣子をいじめてるのはだれだ！』って質問攻めにされたこともありましたね」

「まあ、やり方はどうあれ、娘がいじめられていたのは事実なんでね。母親としたらいてもたってもいられなかったんでしょう」

藪下は肩透かしをくって惰性的に返したが、歩美はかぶっているキャップがズレるほど激しくかぶりを振った。

「うまく説明できないんですが、そういうことじゃないんです。今でいう毒親というものですよ。彼女がわたしにプレゼントを渡しにきたときも、お母さんが物陰から見張っていたし、手紙なんかもお母さんが推敲《すいこう》していたんじゃないかな。とにかく倉澤さんの行く先々にお母さんが先まわりしていて、自由がなかったんじゃないかなと思うんです」

藪下は淳太郎と顔を見合わせた。過干渉なのは学校で孤立していた結衣子を心配するがゆえにだろうし、母親と対面したときも際立ったおかしさは感じなかった。しかし歩美はカウンターから身を乗り出し、矢継ぎ早に言葉を繰り出した。

「倉澤さんのお母さんは、うちの店の前を何度も通るんですよ。通るときは日に何度も。店には絶対に入ろうとしないのに、外からじっとわたしを見るんです。それがすごく怖くてたまらない。もしかして、ずっとわたしを恨んでいたのかもしれない。娘が亡くなって、ますますわたしを許せなくなっているんじゃないかと思うんです」

「それは考えすぎだと思いますが、あなたは結衣子さんの同級生ですからね。元気にしている姿を見て娘と重ねているのかもしれません」

「違う！　あれは監視ですよ！　わたしにしているのと同じように、娘のこともずっと監視していたんです！」

歩美は急に興奮してむせ返り、顔を真っ赤にしながら続けた。

「こんなことはだれにも話せません。たとえ話しても、わたしの頭がおかしいと思われるだけなのもわかってる。でも、あの人は何かを知っていると思う。目的があるから、うちの店の前を通っているんです！　以前に、お父さんもきて娘の話をしてくれといわれました！　すべてを隠さずに話してって！　わたしは何も知らないのに、あのお母さんが吹き込んでるに決まってる！」

「わかりました。ちょっと落ち着いて」

藪下は激情に駆られている歩美の顔を覗き込んだ。目には涙が浮かんで息は上がり、恐怖に取り憑《つ》かれているのは偽りではなさそうだ。

「ともかく、それとなく先方には話を聞いてみますよ」

「何かあったら電話してもいいですか？」

歩美は唐突に話を変えた。

「それは別にかまいませんが、自分たちはなんの役にも立てないと思いますね。本当に身の危険を感じるなら警察に相談するほうが早い」

「それは問題外です。もしあなたが警察官だったら、今の話を聞いてまともに取り合いますか？　同じ町に住んでいるなら、うちの店の前を通りがかってもおかしくはない。たまたま目が合うことだってあるんだから」

すでにじゅうぶんわかっているではないか。歩美は胸に手を当てて深呼吸をし、藪下たち三人を順繰りに見て探るように言った。

「あなた方は倉澤さんに雇われたんでしょう？　わたしを調べてくれって依頼されたんですよね？」

「それは誤解ですよ。さっきも話した通り、結衣子さんの同級生だから訪ねてきただけです」

「信じられない。前にも探偵だという人がうちを訪ねてきて、昔の話を根掘り葉掘り聞こうとしていました。たぶんあれも倉澤さんのご両親が雇った人だと思います」

それは間違いないだろう。倉澤に娘の死の真相を探ってほしいと依頼され、自分たちと同じように同級生を訪ねたと思われる。しかし、だとすればずいぶん目端《めはし》が利く探偵ではあった。夫婦が殺し合った事件を洗い、そのうえ付き合いの薄い同級生まで調べようと思ったのならたいしたものだ。

「ちなみに、店の前を倉澤夫人が通るようになったのはいつからですかね」

藪下が質問すると、歩美は語尾にかぶせるようにして答えた。

「店をオープンしてすぐですよ。毎日毎日覗きに来ていました」

「わかりました。とにかく、身辺には注意して何かがあれば電話してください。お話を聞かせていただいてありがとうございました」

不安に襲われている歩美と目を合わせ、三人は小さなパン屋を後にした。

5

それから三人は倉澤の家へ向かった。パン屋からもほど近く、歩いて十分もかからない場所だ。古くも新しくもない住宅が密集している町はどこか閑散としており、狭い都道のあちこちには枯れ葉が吹き溜まっている。

藪下は袖口を上げて腕時計に目を落とした。午後三時四十分。薄日が射していた空は今や分厚い雲に覆われ、北からの風がますます強くなっている。一花は髪や服がどうなろうとかまわず風の中を勇ましく突き進んでいたが、淳太郎はマフラーを幾重にも巻いてコートの前をかき合わせていた。手袋まで着ける念の入れようだ。

「今日はやけにおとなしいな。解剖の写真がこたえたのか?」

藪下が横に目を向けると、淳太郎は薄い笑みを浮かべた。

「もちろん、少なくはないダメージを受けていますよ。調査するにあたって鷲尾夫婦の内面にも触れていますし、まったくの他人として処理することが難しいのでね」

「おまわりでも病むやつは多い。要は被害者に取り込まれちまうんだな。調査で見聞きした苦しみを自分のものとして考えるようになったら要注意だ。距離を間違えてる」

「肝に銘じます」

淳太郎は一花の後ろ姿を見ながら神妙に言った。

「で、パン屋の女店主に絡まなかったのも気持ちの問題か？」

「いいえ。彼女は僕のような男を嫌悪しているのが手に取るようにわかりましたので」

「なんだよ、僕のような男ってのは」

「すべてをもっている男ですよ。まさしく僕のような」

重ねて言った淳太郎をうんざりして見やった。

「苦労して今の地位を築いた女性に多いんですが、見た目のいい男女を敬遠する傾向にある。なんの苦労もせずに、見た目だけで世渡りしている無能だという先入観をもってしまいがちですからね。まあ、このタイプには泥臭さを見せることが有効です。高確率でギャップには弱いはずですから」

藪下は淳太郎をじっと見ると、何も言わずに歩を進めた。軽口を叩けるうちはまだ大丈夫だろう。この男は感情の引き際を心得ている。むしろ注意すべきなのは一花のほうで、当人も知らぬうちに許容を超えているという事態を藪下は懸念していた。

鈍色《にびいろ》の空の下をさらに進み、倉澤の表札がかけられた家に到着した。借家だと聞いている家屋は二階建てのごく一般的な外観で、玄関先に植えられているヒイラギは可憐《かれん》な白い花を咲かせていた。むっとするほど甘い匂いを放っている。

アルミ製の門扉を開けて玄関脇の呼び鈴を押すと、すぐにドアが開かれて倉澤夫人が顔を出した。地味な焦げ茶色のセーターを着て、毛羽立った黒いスカートを穿《は》いている。

「こんにちは。遅くなってしまって申し訳ありません」

「いえ、かまいません。どうぞ中へ」

夫人は急ぐように三人を家の中へ引き入れ、出入り口のすぐ脇にある客間へ手を向けた。しかし藪下はまず結衣子を参らせてほしいと告げ、薄暗い廊下の奥にある仏間へ足を踏み入れた。

四畳半ほどの和室にはあふれんばかりに花が供えられ、仏壇の存在がかき消されているほどだった。ほとんどが仏花ではなく今どきの切り花で、色とりどりのそれは開店祝いと見まごうばかりである。

藪下は水揚げの悪そうなダリアの挿してある花瓶を脇に避《よ》け、遺影の結衣子と目を合わせた。戴帽式の写真らしい。キャンドルを持った彼女はナースキャップを着け、初々しさを漂わせながらまっすぐ前を見据えている。凜とした美しさのある写真からは、夫と殺し合う運命など想像のしようもない。仏壇の脇には「麻生《あそう》みどり」と記名された香典袋が一枚だけ置かれていた。

藪下はろうそくに火を灯して線香を立て、鈴《りん》を鳴らして合掌した。続けて淳太郎と一花も焼香し、三人は客間に通された。

家の中はしんと静まり返り、外で咲くヒイラギの匂いがここまで侵入している。藪下は木目調のテーブルをまわり込んで奥へ座った。淳太郎と一花も腰を下ろそうとしたとき、倉澤夫人が茶器を載せたお盆を持ってせかせかと入ってきた。

「奥さん、おかまいなく」

彼女は終始急き立てられているように動き、見ているこちらまで慌ただしい気持ちになる。三人にお茶を出してようやく向かい側に落ち着いたが、今度は期待に満ちた視線に晒される羽目になった。

「結衣子さんの件はまだ調査中です。現在、周囲の聞き込みをおこなっていますので」

藪下の言葉に、彼女はわずかながら落胆をにじませた。白髪混じりの髪を耳にかけ、苦悩に飲み込まれた顔には幾筋もの深いシワが刻まれている。倉澤夫人は膝の上に手を置き、咳払いをしてからかすれた声を出した。

「主人は仕事で出ているんです。必要でしたら電話して戻ってきてもらいますが」

「それには及びません。今さっき、前川歩美さんが経営するパン屋をまわってきたんですよ」

「そうですか。それで、何かわかりましたか？」

彼女は正座している足を動かしてテーブルににじり寄り、いささか前のめりになった。

「わかったというより、主に結衣子さんの昔のことについて話を聞いただけです。お電話でもお話ししましたが、結衣子さんの情報が極端に少ないんですよ」

「ま、前川さんはなんと言っていましたか？」

微妙に話が嚙み合わない。藪下は引きつったように瞬きを繰り返している彼女を見つめ、歩美から聞いた内容を反芻しながら質問をした。

「奥さんは、前川さんを何か問題視されていますか？」

彼女は蒼白くくすんだ顔を傾げ、少しの間を置いた。

「問題視なんて、そんなことはありませんよ。前川さんは結衣子の同級生で、六歳のときに三度ほど家に遊びにきてくれたことがありました。当時娘はとても喜んでいましたね。あのときのことは今でもはっきりと覚えています。結衣子はブルーのワンピース、前川さんは黄色のショートパンツを穿いていてね。二人ともかわいらしくて、何枚も写真を撮ったんですよ。楽しそうに笑って……」

夫人は憑かれたように早口で話した。もはや藪下の質問など頭にはなく、幸せな思い出を詳細に伝えてくる。藪下は痛々しく微笑む母親の話を最後まで黙って聞き、頃合いを見て話を変えた。

「ちなみに、前川さんの店へ行かれたことはありますかね」

「それがまだないんです。スーパーへ行く途中にあるので入ってみたいと思うんですが、なんとなく躊躇してしまってね。今ふうのかわいらしいお店だし、こんなおばさんが入るのも場違いなんじゃないかと感じてしまって」

倉澤夫人は細い声で話した。藪下はじゅうぶんすぎるほど様子を窺ったが、何かを隠しているような素振りは見当たらなかった。いや、何を話していても常に娘に気を取られているようで、挙動不審が板についてしまっている。とはいえ、やはり歩美の勘ぐりすぎだろうと思う。あの店は駅やスーパーへの通り道にあり、倉澤夫人が日常的に行き来するのはおかしなことではない。

藪下は本題に入るために気持ちを落ち着け、抹茶入りと思われるきれいな色の緑茶に口をつけた。

「どうしてもひとつお聞きしたいことがあるんです。結衣子さんの攻撃性の部分なんですが、過去に友人知人に怪我を負わせるような問題を起こしたことはありますか?」

「攻撃性?」と倉澤夫人はうつろな表情で繰り返した。

「こんなことをお聞きして申し訳ありませんが、お答え願えますか。小柄な結衣子さんが、夫に向かっていった動機の部分があまりにも見えないんですよ。だれにも助けを求めず、武器を手に命がけで争う状況は理解の範囲を超えています」

彼女は乾いた顔に骨張った手をやり、ひどく疲れたような面持ちをした。

「あの子が人を傷つけたことはありません。傷つけられたことなら数え切れないほどあったでしょうけど」

夫人は苦しげに先を続けた。

「結衣子は昔から内向的で、大声を出すようなこともありませんでした。攻撃性なんてなかったと思いますよ。嫌なことがあっても、じっと耐えている姿しか見たことがない。藪下さんがおっしゃるように、武器を持って争ったなんて今でも信じられなくて……」

「ええ。我々もそのあたりは信じ難いのが正直なところです。でも、事実結衣子さんはそれをやっている」

「ま、真人さんがけしかけたんでは？」

「そうだとしても、殺し合いにまで発展するのは異常なんですよ。娘さんは正当防衛で真人さんを刺したのではなく、明確な殺意をもって夫を刺しています」

倉澤夫人はぶるっと体を震わせ、自身を抱きしめるように両腕を交差させた。

「真人さんの荷物の中から見つかった離婚届ですが、これは結衣子さんが書いたもののようです」

「え？　結衣子が？」

彼女は充血した目を大きくみひらいた。

「夫の筆跡でないのはわかっていますし、離婚したがっていたのは結衣子さんのほうだったと我々は見ています」

「でも、結衣子は子どもが欲しいと言っていたんですよ？　それも亡くなる数ヵ月ほど前にです。わ、別れたいと思っているのに、そんなことを言うでしょうか」

夫人はテーブルの天板をじっと見つめていたが、急にはっとして頰のこけた顔を上げた。

「もしかして、真人さんが浮気していた？　それを知った結衣子が絶望して離婚届を渡したのかもしれない」

「ええ、それもあるかもしれません。ただ、調べた限りでは男女のもつれのような証拠は出ていないんですよ。そもそも、警察がそのあたりをかなり調べたのは間違いないでしょうから、別の原因があったと見て間違いないと思います」

初めて聞かされる事実に混乱し、倉澤夫人は押し黙った。

普段は口数が少なくておとなしくても、一旦火がつくと手に負えなくなる人間は確かに存在する。しかし、同級生の歩美もそのあたりに触れていないのだから、結衣子はそういうタイプではないということだ。だれもが口をそろえて言う内向的で人間関係の苦手な女が、命を懸けて夫と真正面から闘いめった刺しにして殺した。

そのとき、ずっと黙っていた一花が突然口を開いた。

「すみません。結衣子さんは今まで、だれかに騙されたことはありませんか？」

「騙されたこと、ですか」

「はい。何かを買わされたり、だれかにお金を渡してしまったり」

すると倉澤夫人は、明らかに思い当たる節があるという顔をした。

「あの子がまだ看護学校に通っていたとき、知り合いからブレスレットのようなものをいくつも買っていました。なんでも、パワーストーンが使われていて願いが叶うんだと言っていたと思います。高いものだったしわたしはインチキだから返しなさいと言ったんですが、結衣子はその人を信じていろんなものを買っていました」

夫人は毛玉のついたセーターの袖口を触りながらほかにもなかったかと考え、あっと声を出して一花と目を合わせた。

「そういえば、お金を貸してそのままになっているものもあったと思います。詳しく言いたがらなかったんですが、困っている人に二十万ほど貸したと聞いたことがあるので。お金のほうは、ほかにもいろいろあったはずです」

「そうですか。わかりました」

一花はそれだけを言い、無表情のままお茶に口をつけた。彼女が何を考えているのかがわかる。おそらく聞き込みをして結衣子の人となりがわかるにつれ、自分との類似点に気づきはじめているのだろう。猟に関しては他の追随を許さない女だが、そんな一花でも簡単に騙されておかしなものを大量に買わされた過去がある。結衣子が似たような性質だとすれば、確かに他人の悪意に対して鈍感だというのは考えられた。もしかして、それと今回の事件は関係しているのだろうか……。藪下は頭を回転させたが、あまりに途方もなく結びつけることはできなかった。

それから藪下は頼み込んで結衣子の部屋を見せてもらったが、腹立たしいほどなんの閃《ひらめ》きも訪れなかった。持ち物は少なく、日記か何かを書き留めていたような形跡もない。結局、地元を訪ねて得られたものといえば、パン屋の歩美が語っていた幼少期のいたたまれない思い出話だけ。事件の異常さだけが際立ち、この期に及んで何に着目すべきなのかもわからないありさまだった。当時の捜査本部と同じ道を通っているのが想像できるだけに、藪下は歯がゆさだけが募っていた。

「帰りは運転を代わるぞ」

シボレーに乗り込みながら、当然のように運転席へ向かう一花に声をかけた。しかし彼女はシートベルトを締めてそっけなく言った。

「大丈夫です。運転は任せてください」

もちろん、一花になら安心してまかせられる。淳太郎もなんの異論もないようで、彼女の後ろから腕をまわして何かの戯言を囁いて戻ってきた。そしてコーヒーメーカーに豆を入れてけたたましく挽《ひ》きはじめる。

「結衣子に関する話はどれも切ないものがありますね」

淳太郎はシンクにもたれながらしみじみと言った。

「特に子どものころの話は胸が痛くなりましたよ。だれよりも友だちを求めていたのに、接し方の問題でみんなが離れていく。そうなってしまうのも仕方のない部分はありますが、親以外の理解者がいないという状況はきついです」

「自分ではどうすることもできなかっただろうからな。そもそも何が悪いのかがわかってない」

藪下は運転席のほうへ目をやった。一花はナビを検索し、事務所までの最短ルートを割り出すことに集中している。淳太郎はコーヒーメーカーに水を注ぎ、ドリップのスイッチを入れた。

「夫の真人は唯一の理解者だったはずです。というより、二人の結婚は完璧な利害の一致と言ってもいいかもしれません」

「利害の一致？」

「ええ。真人は周囲の反対を押し切って結衣子との結婚を貫き、鷲尾家から飛び出した。結衣子にしてみれば、自分のためにすべてを捨ててくれる人だと思ったはずです。唯一の理解者を得て、彼女は真人のために尽くした」

「なるほどな。結衣子の性格上、尽くすというより執着したはずだ。無意識に相手をつなぎ留めるための行動を取っていたかもしれん」

淳太郎は頷き、しばらく待ってから出来上がったコーヒーを三つのマグカップに注いだ。ひとつを一花のもとへ運び、二つをテーブルに置いて腰を下ろした。すると一花が滑らかに車を発進させ、バックミラーを覗き込みながら単調な声を出した。

「首都高が事故で大渋滞しているので、下の道を行きます」

藪下は「任せる」と言って湯気の立つコーヒーに口をつけた。苦味と酸味のバランスがちょうどいい。淳太郎はタブレットを起ち上げてパン屋で聞き込んだ内容に目を通し、しばらく考え込んでから顔を上げた。

「真人と結衣子はお互いに錯覚していたと思います。相手を愛しているから結婚したんではなく、結果的に自分の欲求を満たすための手段になっていた。こういう場合、長くはもちません。一気に冷めて嫌悪するようになる。そんな人を何人も見ていますよ」

「だとしても、殺し合うほど嫌悪はしない。現に結衣子は離婚届を書いてるんだしな」

「そこなんですよ。この二人については、途中までなら推測できるんです。でも、その先は僕の計算式にまったく当てはまらない。こんなケースは初めてです」

そもそも、夫婦が殺し合いにいたる方程式などないだろう。このあたりで意識的に頭を切り替えておかないと、堂々巡りしている道から抜け出せなくなりそうだった。

藪下は革張りのソファにもたれ、ジャカード織のカーテンを少しだけ開いて外へ目を向けた。まだ六時前だがすっかり日も暮れ、いつの間にか霧雨が舞いはじめている。そのせいで街灯がぼんやりとにじんで寒々しさを加速させていた。川越《かわごえ》街道は順調に車が流れ、練馬駐屯地の前には何台ものジープが横づけされている。次々と移り変わる景色を眺めていたとき、一花が運転しながらくぐもった声を出した。

「淳太郎さん。今、環七にネズミ捕りはいますか？」

淳太郎はすぐさま壁に取りつけられたモニターに地図を表示し、警察マニアから寄せられている情報を確認した。

「中野の丸山陸橋付近に白バイがいるね」

「この辺りにオービスは？」

「環七は六ヵ所あって、一番近いのは高円寺南四丁目だよ」

淳太郎は暗記しているようにすらすらと答えている。一花は脇道に入ると羽沢《はざわ》二丁目の交差点を右折して環七に入り、ガソリンスタンドの手前で赤信号に捕まった。常に交通ルールを守って運転している一花だが、警察を警戒する別の理由でもあるのだろうか。帰宅の時間帯なのに道は珍しく空《す》いており、片側二車線の道路がずっと先のほうまで見通せる。引いたサイドブレーキを握り締めている一花は、ちらりと後ろを振り返って抑揚なく言った。

「二人とも、今すぐどこかに摑まってください」

藪下が訝る顔をしたとき、一花はギアを一速に入れておもむろにエンジンをふかし始めた。いったい何事だ？　うなるような音と振動が体に伝わり、藪下は思わず腰を浮かしかけた。

「おい、なんで回転数を上げてんだよ。車の調子が悪いのか？」

「黙っておとなしく座っていてください」

怖いほど静かにそう返した一花は、信号が青に変わった瞬間、サイドブレーキを下ろして急激にクラッチをつないだ。とたんに後輪が空まわりする音が耳をつんざき、車はゼロヨンレースのごとく急スタートを切る。藪下は逆らえないほどの加速によって体がソファに押しつけられた。

「おい！　いったい何やってんだ！　ここは公道だぞ！」

淳太郎は目をみひらいて体を強張らせ、床に固定されている椅子に必死にしがみついていた。一花は瞬く間にギアを上げて百キロ以上のスピードに到達し、中央分離帯すれすれにまで車体を寄せている。車の軌道から一花が何をしようとしているのかがわかり、藪下は焦ってかすれた声を張り上げた。

「まさか中央分離帯の隙間からUターンするつもりか！　やめろ！　このスピードで突っ込んだら柵に激突して大破するぞ！」

その瞬間、まっすぐ前を見据えている一花はブレーキを踏み込んだ。車はつんのめるように減速して藪下は吹っ飛ばされそうになったが、その間も彼女はステアリングを切り続け、手荒にギアをローに入れてサイドブレーキを引き上げている。そして再びアクセルを踏み込むと、後輪が空転しながらシボレーはスピンしはじめた。

もう声も出せなかった。車は滑るように向きを変え、窓の外に見える景色がコマ送りのように移り変わっていく。白い煙を上げた車体が中央分離帯の切れ目に突っ込んだとき、藪下は死を覚悟して息を止めた。接触ぎりぎりのところでなんとかすり抜けたが、冷や汗が目に入ってまともに息が吸えなくなった。一花はサイドブレーキを使って車の向きを冷静に調整し、そのまま環七を走り抜けて脇道へ入る。街灯の少ない住宅街を頻繁に折れながら進み、奥まった空き地でようやく停止した。藪下は腰砕けになりながらも立ち上がり、一目散に運転席へいって一花の頭をひっぱたいた。

「この馬鹿！　おまえは死ぬ気なのか！」

一花は頭をさすりながらシートベルトを外し、怒り心頭の藪下を見上げた。

「すみません。コーヒーをこぼしてしまいました」

あまりにも見当違いすぎる言葉に、藪下の怒りは頂点に達した。

「コーヒーなんざどうだっていいんだよ！　おまえはなんでそう予告もなしに動くんだ！　しかも善悪の区別がないどころか命の危険をまったく顧みない！　外は雨なんだぞ！　偶然対向車が来なかったからよかったものの、他人を巻き込んだ大惨事に発展したかもしれないだろうが！」

「進行方向三百メートル以内に車はいませんでしたし、対向車の波が完全に途切れたことも目視しました。それに、雨で路面が濡れていたほうがタイヤとの摩擦が少なくなってスムーズに動けますので」

「やかましい！　夕方の環七で本気のドリフトを仕掛ける馬鹿がどの世界にいるんだよ！　しかも大型のキャンピングカーでだぞ！　俺は今回ばっかりは許さんからな！　おまえはもう田舎に帰れ！　さっさと車を降りろ！」

「まあまあ、藪下さん。ご立腹でしょうが少し落ち着いて」

淳太郎はよろめきながら立ち上がり、ポケットから取り出した喘息の薬を吸い込んだ。ペットボトルの水を飲んで乱れた前髪をかき上げる。

「一花ちゃん、今のはさすがに危険すぎるよ。操作を少しでも誤れば車は完全に制御不能になる。ただ、驚くほど見事なドライビングテクニックだね。交通警察隊に配属されていれば、間違いなく伝説になっていたと思う」

「そうやっておかしな勘違いをさせんな！　悪いものは悪いとぶん殴ってでも教える必要があるんだよ！」

「もうすでにぶん殴ったじゃないですか。四十三歳の男が二十四歳の女の子を力いっぱいね」

淳太郎は若干非難するように言い、すでに意固地になりはじめている一花に問うた。

「どうして急にあんなことをしたの？　きみは何をするときも遊び半分で行動するような人間じゃない」

「何者かがわたしたちを尾行していたからです」

尾行？　言葉の意味を一瞬だけ考え、藪下は淳太郎と顔を見合わせた。

「仕事の依頼を受けた日から今日まで、車を出したときは欠かさずつけられています。シルバーグレーのクラウンで、必ず別の車を一台か二台、間に挟んでいました」

「見間違いじゃないの？」

「いいえ。じゅうぶんすぎるほど確認には時間をかけたので間違いありません」

神妙な面持ちをしている淳太郎は奥へ取って返し、タブレットを操作して車内にあるモニターのひとつをドライブレコーダーの映像に切り替えた。録画されているものを巻き戻して、後部の映像を表示する。

「確かにシルバーのクラウンがいますね」

一時停止した映像を拡大し、続けて昨日の映像を呼び出した。中野にあるスポーツクラブへ向かう道すがら、やはり後方に同じクラウンがつけている。その前も、そしてその前の日もシルバーグレーの車体が確認できた。

「だれだこいつは」

藪下は拡大された映像に目を凝らした。前の車が邪魔なうえにフロントガラスの反射で運転手がよく見えない。しかし、映像を少しずつ動かしながら確認しているとき、淳太郎がはっとしてモニターを凝視した。

「これは捜査車両ですね。ここを見てください」

淳太郎は、モニターに映し出された車両のフロントグリルあたりを指差した。

「フォグランプに偽装した赤色灯があります。それにバックミラーが上下二段になっているのがかろうじてわかります」

確かに、助手席からも後ろを確認するためにバックミラーを二枚装備している捜査車両は多い。フォグランプの件もその通りだ。しかし、今さら警察が自分たちを徹底してマークすることはないだろう。いくらなんでも執拗すぎる。

すると淳太郎がモニターを見ながら口を開いた。

「鷲尾家の働きかけで警察が動いたんでは？」

「いや、おまわりもそれほど暇じゃない。四六時中尾行をつけるためには、最低でも六人は必要になる。朝から晩まで毎日欠かさずだからな。この先ずっと続けるためには、もう俺ら専任のチームが必要になるほどだぞ」

「確かに大事にしすぎている感はあります。でも、警察にとってこの事件を調べられるとまずいことがあるという解釈もできますが」

藪下は少しだけ考えたが、結局は首を横に振った。

「いつも言っているように、ここまでの重大事件で何かを隠し通すことは警察でもできない。というより、探られると不都合なことがあるなら尾行なんて悠長なことはやらんだろう。難癖をつけて、探偵業の許可を剝奪して合法的に潰せばいいだけの話だ」

「言われてみればそうですね。尾行するよりも、堂々と権力を行使しそうではあります」

淳太郎は映像をコマ送りしながらつぶやき、ある場面を画像として保存した。

「とりあえず、マニア仲間に聞いてみます」

「聞いてみますって、その写真は運転手の顔下半分が反射で見えないんだぞ。いくらマニアでもこいつがだれかはわからんだろ」

「まあ、試しにですよ。警察マニアのポテンシャルが試されるよい場面でもありますので」

にやりと笑った淳太郎は、メーリングリストから次々とアドレスを選び出し、画像を添付したメールを一斉送信した。尾行云々《うんぬん》については、もう自分たちにやれることはない。藪下は床に投げ出されて割れたマグカップを拾い集め、ビニールにまとめてからコーヒーが飛び散った箇所をせっせと拭いてまわった。一花は何か手伝おうとうろうろしていたが、結局はやることが見つけられずに立ち尽くしている。そのとき、メールの着信音が鳴って三人は反射的にモニターを振り返った。

「まさか、本当に特定したやつがいるんじゃないだろうな」

淳太郎は素早くタブレットで情報に目を通し、ふふっと声を出して笑った。

「そのまさかですよ。この写真の人物は、外事第三課の大神博之《おおがみひろゆき》警部補だそうです。年齢は四十五歳」

「よりにもよってハムかよ」

「ハム?」と一花が繰り返すと、淳太郎がすかさず説明をした。

「警視庁公安部のことね。『公』をハムと呼ぶことで侮蔑を表しているんだよ。ほとんどの場合、刑事と公安は水と油の関係だから」

藪下は淳太郎に手をひと振りした。

「だいたい、その情報は本当にあてになるのか? まだメールしてから五分も経ってないんだぞ」

「そうですが、根拠となる画像も添付されていますよ」

淳太郎は、先ほどメールで送信したドライブレコーダーの画像をモニターに映し出した。その隣には、望遠カメラで撮ったとおぼしき鮮明な写真が表示される。頭頂部が禿《は》げ上がった黒縁メガネをかけた男が、辺りを窺いながら車に乗り込もうとしている場面だ。マニア仲間から送られてきた画像は透過させた二枚を重ねており、メガネのフレームの形が完全に一致しているものだった。

「目許とメガネ、それに輪郭の一部が合致ですよ。これは公安の大神氏で間違いないでしょう」

「いったいおまえらの集まりはなんなんだよ。盗撮ストーカー特定集団か？　こんな鮮明な写真は常につけまわしてなければ撮れないだろ」

「それも活動の一貫ですからね。将来的にデータベース化するために、警察関係者の顔写真をこつこつと集めている最中です」

もはや意味がわからない。警察というものにそれほどの情熱を傾けられるのなら、自分が警官の道へ入ればいいだけの話だ。しかし警察マニアの連中は傍観者に徹し、この手の不毛な作業に日夜血道を上げている。どれほど警官に疎まれようともかまわないという、混じり気のない倒錯者たちだった。

「とにかく僕が率いるサークルの中には、反社会的な思想の人間はひとりもいませんのでご安心ください。純粋に警察が好きで好きでたまらない、子どものように無邪気な目をした人たちの集まりなんですよ」

「物は言いようだな」

藪下は嫌悪のあまり眉根を寄せた。

「それにしても、僕たちに尾行をつけたのが公安ということは、やはり鷲尾家が絡んでいると見ていいんじゃないですか」

「いや、それとは無関係だ。公安三課は国際テロリストを捜査する部署だからな。連中が追ってんのは逃亡中の女テロリスト、松浦冴子だろう」

藪下は舌打ちが止められなかった。いかにも公安が考えそうなことである。

「連中は一般市民を囮にしようと決めたんだ。いずれ松浦冴子が動き出したとき、真っ先に俺らを仕留めにくるはずだと踏んでいる。あるいは、あのばあさんをこっちが捜し当てるのを待ってる可能性もあるだろう。要は、未だに潜伏先の情報がまったく摑めてないってことだ」

「なるほど。ただ、松浦冴子が僕たちを狙うはずだと推測したことについては、そこそこ評価してもいいんじゃないですか。彼女の執拗性をある程度理解してプロファイリングをしたということですからね」

藪下は忌々しげに口を開いた。

「凶悪なテロリストから市民を守るどころか囮にするような連中だぞ。しかも囮が死ぬような状況に陥っても、ばあさんの確保を最優先にするのが目に見えるな。ハムは市民を守らない。国家を守るための組織だ」

「その前にわたしたちが身柄を確保して、いち早くお金に換えてしまえばいいと思います。松浦冴子に懸けられている報奨金は五億。わたしは本気で狙っています」

金勘定に情熱を燃やす一花が目の色を変えて口を挟んだ。しかし、言葉を続けようとして言いよどみ、藪下と淳太郎へ視線を送っていたかと思えば、今度はひどくバツが悪そうにして頭を下げた。

「先ほどはすみませんでした。次にドリフトするときには事前にお伝えします」

「次はない。二度と公道でドリフトなんてするな」

「わかりました。また尾行されたときはどうすればいいですか？」

「ほっとけ」

一花はまた口をつぐみ、一層ひどくもつれている髪に手をやった。

「さっきはネズミ捕りやオービスを警戒しながら行動しましたが、結果として公安の目の前で重大な交通違反を犯してしまいました。今から出頭したほうがいいでしょうか」

一花は表情こそまったく変わらないが、内心はひどく慌てているのがわかった。公安が今回の件で逮捕状を請求することはないと思われる。数日どころか一日で尾行を見破られ、挙げ句二十四の女にしてやられたヘマをみずから晒すことになるからだ。内偵のプロとしてお粗末すぎる。しかし、それを一花に告げて安心させるつもりはなかった。あり得ない危険行為を徹底的に反省させる必要がある。

藪下は判決を待ちわびるような一花を見ながら言った。

「出頭する必要はないが、連中が逮捕状を持って押しかけてきたら自分でしでかしたことの責任は取ってもらう。俺はおまえさんを助けるつもりはない」

「わかりました」

潔く即答はしたものの、どこかしゅんとして見える一花はそのへんの女と変わらない。淳太郎は彼女の肩に腕をまわし、藪下の気持ちを察したのか助け舟を出さずにむしろ追い打ちをかけた。

「警察では心象が大事だからね。反抗しないで素直に反省を口にするんだよ。そうすればすぐに出てこられるから」

一花はひとつだけ頷き、無表情のまま運転席へ戻っていった。

第四章

episode 4

リンクする二人の女

1

藪下は車の窓を開けて車内の空気を入れ替えようとしたが、じめじめとしたぬるい風が吹き込んできてすぐに窓を閉めた。今日は朝から鬱陶しい曇天が広がっており、気温と湿度がことのほか高くて季節がひと月以上も逆戻りしたような陽気だった。排気ガスとべたついた空気が混じり合い、不快なことこのうえない。

自宅から吉祥寺の事件現場へ向かう道すがら、藪下はバックミラーに映る後方の車列にたびたび目をやっていた。ここまで尾行の形跡はない。今の段階で公安が藪下単独のマークをつけるとは思えないが、いずれ一花にはつける可能性が高いだろうと踏んでいた。車を持たず、セキュリティの甘い賃貸アパートに住む彼女はテロリストが楽に始末できるターゲットであり、まず非力な者から狙うと考えるのは順当だった。これは藪下にとって願ったり叶ったりで、自分の目が届かないときに公安が張りついているのは多少の安心材料にもなる。ただ、一花が尾行にたちまち気づくだろうということが問題で、放っておけと言っても聞かずにまきにかかるのは目に見えていた。

「厄介だな……」

藪下はぼそりとつぶやいた。テロリストの松浦が確保されるまで一花を親元へ返しておきたいのはやまやまだが、これは自分が安心したいだけの身勝手な考えであることもわかっている。彼女は危険をじゅうぶんに理解し、すでに覚悟を決めているのだ。若いから、女だからという枠に一花をはめることをそろそろやめるべきだとは思っている。が、いかんせん危なっかしさばかりが目につき、心配性による堂々巡りは今日も尽きないのだった。

自分の思考に飽き飽きしながらステアリングを切ったとき、井の頭公園駅を過ぎたあたりで、極端にうつむきながら歩く妙な女の姿が目に入った。ベージュ色のトレンチコートを羽織り、うねりのある長い髪が風になびいて揺れている。通り過ぎざまに何気なくサイドミラーへ目をやると、見覚えのある顔でいささかスピードを緩めた。一昨日に結衣子の話を聞いたエステティシャンの小早川月子だったが、それよりも、その顔を見て藪下は思わずハザードを出して路肩に車を停めた。

右目のあたりにははっきりとした紫色の痣があり、口許にも血がにじんだ痕がある。月子は人目をはばかるようにして歩道を小走りし、吉祥寺駅のほうへ向かっていた。

藪下は、車の脇を通り過ぎる女の姿を目で追った。あれは明らかに殴られた傷だ。心なしか脚も引きずっているように見える。藪下はしばらく彼女の後ろ姿を見つめていたが、大きく息を吸い込んでからハザードを解除した。暴力を受けたにしろ自分が首を突っ込むことではなく、月子が警察なり役所なりに相談すればいいことだ。それでなくとも今は調査が滞っており、一度会った程度の他人にかまっていられる余裕はない。

ウィンカーを出してサイドブレーキを下ろしたとき、月子はちょっとした段差にけつまずいて持っていたバッグを落とした。その拍子に中身が豪快に飛び出し、慌てて小物を拾い集めている。前回も見た光景だったが、あまりにそそっかしすぎるだろう。藪下は小さく舌打ちして顔をこすり上げ、再びサイドブレーキを引いてから車を降りた。

「小早川さん?」

後ろから声をかけると、月子は目に見えるほどびくりと肩を震わせて振り返った。右目を囲むような痣が蒼白い顔のなかでひときわ目立ち、あどけない雰囲気の丸顔もあって痛々しさが半端ではない。月子は咄嗟に髪の毛を前に寄せて傷を隠し、おどおどと目を泳がせてぎこちない笑みを浮かべた。

「ああ、ええと、藪下さん……でしたよね。お、おはようございます。偶然ですね」

声は裏返ってかすれ、早く立ち去りたいと言わんばかりにじりじりと歩きはじめている。そのうえ笑ってごまかそうとして、不自然に口許を引きつらせながら会釈をした。

「それじゃあ、ちょっと急ぐので失礼します」

彼女は何度もお辞儀をして身を翻そうとしたが、藪下は停めてある黒のワンボックスに手を向けて月子に言った。

「送りますよ。仕事場は荻窪でしたよね」

「い、いえ、とんでもない！　お気遣いだけいただきます、すみません」

「いいから乗って。捻挫だの打ち身だのは、あとから症状が悪化します。まずはきちんと冷やして無理をしないことですよ」

月子は眉尻を下げたいたたまれない面持ちで周囲を見まわし、目許を隠しながら後ずさっている。そしてまた段差につまずいてひっくり返りそうになり、バッグを振りまわしてたたらを踏んだ。日常的にこの調子なら生傷が絶えないだろうと思う。藪下は車へ取って返し、助手席のドアを開けた。

「どうぞ。こないだお話を聞かせていただいたお礼だと思ってください。他意はありませんので」

彼女は足許に目を落として少しだけ考え、やがて何度も頭を下げてから助手席に乗り込んだ。藪下は運転席に戻ってシートベルトを締めた。

「荻窪の駅前でいいですかね」

「はい、すみません。ありがとうございます。お言葉に甘えます」

藪下は車を出してすぐにUターンし、三鷹台駅まで戻って立教通りへ入り、北へ向かった。月子は助手席で縮こまり、癖のある髪で顔の痣を隠そうと躍起になっている。藪下はハンドルを握りながら一応提案することにした。

「被害届を出すならこのまま警察署へ向かいますよ」

「え？」

月子は運転席を見やり、慌てて膝の上に目を落とした。

「この顔の痣を言ってるんでしたら、藪下さんの勘違いですよ。これはちょっとぶつかっただけです。わたしはいつも注意が足りなくて、こういう馬鹿みたいな怪我が多いので……」

「そうですか。殴られた傷とぶつかった傷の区別はつくつもりですが、こういうことは無理強いできませんからね。ただ、女の顔を痣ができるほど殴るような男は、さっさと警察に突き出して離れることを勧めます。エスカレートすることはあっても、暴力が治まることはないんでね」

余計な世話だが、かかわってしまった以上はこのまま素知らぬふりもできない。月子は助手席で身じろぎを繰り返し、どう答えていいのかわからなくなっている。藪下はしばらく走って右折し、井の頭通りを進んだ。そのまま直進して赤信号で停まったとき、月子はおそるおそるといった具合に声を出した。

「あの、つかぬことをお伺いしますが、藪下さんは元警察官なんですか？」

意外な質問に藪下は助手席へ目を向けた。月子はあいかわらずうつむいており、その体勢のまま先を続けた。

「昨日の閉店間際に、上園さんが来店してくださったんです」

「早速ただ券を使ったわけか」

藪下は脱力して笑った。公道でドリフトを仕掛けてこっぴどく説教され、憂さ晴らしで店へ向かったというところだろうか。信号が青に変わってアクセルを踏み込んだとき、月子は真剣な調子で言葉を出した。

「わたしは上園さんが来てくれて嬉しかった。前にもお話ししましたが、うちはノルマがきつくてわたしはいつも最下位なんですよ。でも昨日は上園さんのおかげでなんとかなったんです」

「ノルマとはいっても、一花は金にならない客だと思うが」

「いえ、いいんです。上園さんに満足していただければそれで。客単価を上げるためにはコースチケットを買っていただく必要があるんですが、なんというかそういう営業が苦手なんですよ。いつもタイミングが摑めなくて」

「そんな感じですね」

藪下が言うと、月子は少しだけ笑った。

「昨日、上園さんから聞きました。藪下さんは元刑事で、本当は警視庁トップの警視総監になるはずだったって」

藪下は思わずむせ返った。いったい無関係の人間に何を喋っているのだ。この手の戯言を一花に吹き込んでいる淳太郎の顔が頭に浮かび、藪下は苛々した。

「本気にしないでください。警官だったのは事実ですが、総監云々はデタラメですから」

「そうなんですか？　上園さんは真剣でしたけど」

月子はわずかに首を傾げた。

「それに三人で会社を興しているそうですね。上園さんはハンターの資格をもっていて、狙った獲物は逃さないと言っていました。とても怖い口調で」

「ああ、そういう物騒なことをすぐ口にする女でもあるんで、気にしないでもらえるとありがたいですよ」

余計なことをべらべらと喋ったらしいが、少々意外でもあった。一花は自分が狩猟免許取得者だということを語りたがらない。それに藪下のことまで話したということは、少なからず月子に心を許しているはずだ。のんびりとして嫌味のない彼女の雰囲気は、一花の口をも軽くさせるのかもしれなかった。

月子は髪を触りながら、運転する藪下をちらちらと見た。

「あの、もうひとつだけ教えていただきたいんですが、たとえば暴力を振るわれたと警察に被害を訴えた場合、相手はすぐに逮捕されますか？　すみません、急にこんなことを質問して」

「かまいませんよ。その場合、いきなりの逮捕はないですね。相手を出頭させて事情聴取をします。あなたはきちんと被害届を出して、医師の診断書を取る。まずは被害を立証する証拠を集めることですよ」

「それをすれば相手は刑務所に入りますか？」

藪下は、助手席でぎゅっと手を握り締めている月子を見やった。

「実際のところ、たとえ起訴されても執行猶予がつくでしょうね。言ってしまえば、相手は今まで通りの日常生活を続けられます」

「そ、それじゃあ、被害届を出してもしょうがないですよね？　相手は罪には問われないし、わたしにとってのメリットは何もない」

「もちろん、相手は傷害や暴行で罪には問われます。あなたはあなたで自分のできることをやるしかない。接近禁止命令、電話等禁止命令、親族等への接近禁止命令、同居しているなら退去命令の申し立て。警察がやれることは限られている。あなたが自分で自分を守るために、警察と自治体を使う必要があるんです」

ＤＶやストーカーは新法も施行されているが、よほどのことがない限りまず警察は様子を見ようとする。これは警察からの警告でほとんどの場合が収束へ向かうからであり、深刻化する事案を見極めるためでもあった。だからこそ当人はあらゆる手段を講じて相手を遠ざけることが第一で、闘う姿勢が必要だ。

月子はじっと手許に目を落として黙り込んだが、気持ちを落ち着けるように大きく息を吸い込んだ。

「こないだ、鷲尾結衣子さんについてお話しできなかったことがあるんです」

急に話を変えた月子は、運転席のほうへ目を向けた。

「実は、わたしが鷲尾さんと初めて話をしたのは病院なんですよ。彼女が勤めていた三鷹の松泉大学付属病院です」

「小早川さんが診察を受けたと」

「はい。以前も今と同じようなことがあって病院へ行ったんです。そこの外来で対応してくれたのが鷲尾さんでした」

藪下は交差点を左折し、混みはじめている環八通りへ入った。

「そのときわたしは、治療だけしてもらって診断書は請求しませんでした。精算して帰ろうとしたときに、鷲尾さんが追いかけてきたんです。藪下さんが今おっしゃったように、診断書を取って被害届を出したほうがいいって」

「わざわざそれを言いにきたわけですか」

「そうなんです。わたしは同じアパートに住んでいる方だとすぐに気づいたんですが、彼女は気づいていませんでした。看護師として患者に助言してくれたんですね。ＤＶシェルターや助けてくれる機関を教えてくれました」

彼女は言葉を切り、また深呼吸をしている。何か言いづらいことがあるようで、口を開きかけてはつぐみ、それを何度か繰り返してからようやく声を発した。

「わたしのせいで、事件の全容が曖昧になってしまったのかもしれない」

「どういうことです？」

藪下は車線を変更しながら問うた。

「あの事件が起きたとき、わたしは警察から話を聞かれました。鷲尾結衣子さんから何か聞いていないかと。わたしは彼女が重体だとそこで初めて知って、ショックで頭がまわらなくなったんです。事件があった当日にも鷲尾さんはお店に来てくださっていて、普通にお話ししていたんです。なのに、む、無理心中なんてそんなこと信じられなくて」

「当日に店へ？　そのときの様子は？」

藪下はすぐさま質問をした。これは初めて聞く話だった。

「当直明けだと言っていました。仕事終わりにその足で来店されたんです。鷲尾さんはいつもと変わりなく見えました。ただ、ＤＶ関係の話をしていて……」

「ＤＶ関係？　小早川さんの？」

「いえ、あの、鷲尾さん自身のです」

月子は苦しげに顔をしかめ、言葉を続けた。

「彼女は旦那さんから暴力を受けていると、そのとき初めて話したんです」

藪下は思わず横を見た。

「ちょっと待った。その話を警察にはしましたか」

「そ、それが、言いそびれてしまって……。いえ、鷲尾さんはわたしを思って自分のことも打ち明けてくれたので、言ってはいけないような気になってしまいました」

「いや、それは話さないと」

「すみません」と月子は頭《こうべ》を垂れた。「それからずっとそのことを考えていて、あれは無理心中ではなくて、もしかして、だ、旦那さんからの暴力がきっかけで亡くなったのかもしれないと思いはじめたら怖くて」

それは間違いとも言えない。藪下は混んでいる荻窪駅前を通り過ぎ、商店の前に車を停めてサイドブレーキを上げた。見るからに萎縮している月子に向き直る。

「結衣子さんは夫からの暴力についてどう言っていましたか」

「……結婚してすぐに暴力は始まったと言っていました。表向きは優しくて紳士的で優秀な人で通っていましたが、実は冷淡で身勝手で、残酷なほど他人の痛みを知らないと」

真人については、周囲の印象は一貫して同じだった。穏やかでみなに好かれる好青年。しかし陰で暴力を振るっていたのなら、結衣子が離婚したがっていたのも頷けるし、殺さなければ殺されると追い詰められた心理状態に陥ることもあったのかもしれない。月子がこの事実を警察に話さなかったことで、捜査が混迷したのは間違いないだろう。なにせだれも動機の部分がわかっていない。

「結衣子さんが最後にあなたの店を訪れたとき、ほかに何を言いました？」

藪下は完全に落ち着きをなくした月子を見つめた。彼女は手の甲に涙を落とし、慌てて目許を袖でぬぐった。

「鷲尾さんは、わ、わたしのようになっては駄目だと言っていました。相手に期待して、いつかは変わってくれると思うのは無駄だって」

月子は唇を噛んで必死に涙を堪えていた。

今までの聞き込みで見えてきた結衣子の人間性を考えれば、たいして親しくもない者に夫婦の内情を話すとは思えない。しかし一花もそうだったように、月子にはすべてを打ち明けてもいいと思わせる包容力があるということなのだろう。そして、結衣子は決意していたからこそ話してしまった部分も大きいのではないか。もう夫を殺すしかないと。

藪下は素直にそう考えたが、どうしても一点だけ腑《ふ》に落ちないことがある。最初に攻撃を仕掛けたのは真人だということだ。過去にＤＶが関連した事件をいくつか捜査した経験上、何かに激昂して過剰暴力に発展し、相手を殺してしまうという感情的なものがほとんどだった。しかし真人は結衣子の寝込みを襲っている。冷静に殺そうと計画して実行した手口は、単純に見てもＤＶの性質からは外れている気がした。

すると肩を縮めて緊張していた月子が、藪下に窺うような視線を向けた。

「あの、今からでも警察に話したほうがいいでしょうか。こんな重大なことをわたしが黙っていたせいで、彼女のご両親は今でも事件に疑問を抱いて苦しんでいるんだと思います」

事件の再調査を知ったときから、責任の重さを痛感しているらしい。藪下はそれについては否定も肯定もせず、事実だけを月子に伝えた。

「警察に話すのは自由ですが、この事件はすでに決着がついています。あなたが知っている情報を警察が受け取っても、事件の結末は何も変わらないと思いますよ」

「そうですか……」

「それよりも、今はまず自分のことを考えたほうがいい。さっきも言った通り、問題を先送りしてもなんの解決にもならないのでね。現に小早川さんの生活は、結衣子さんが亡くなったときから何も変わっていないのではないですか」

月子はずばりと指摘され、所在なげに視線をさまよわせた。そして再びおずおずと口を開いた。

「あの、もうひとつだけ聞いてもいいですか」

藪下はどうぞ、と目だけで合図した。

「桐生さんというのはどういう方でしょう」

突然の質問に、藪下はなるほどなと思った。先日は淳太郎を過剰に避けているように見えたが、実のところは興味があったらしい。藪下は少し考えてから答えた。

「どういう人間かを説明するのが難しい男ですよ。人から聞くより、あなたが当人と話して判断したほうが早いと思いますね」

「難しい人、ですか」と口のなかでつぶやき、月子は「今日は本当にありがとうございました」と深く頭を下げ、車を降りて駅のほうへ消えていった。

2

吉祥寺のアパートに着いたのは、月子を荻窪で降ろしてから三十分後だった。すでに淳太郎は到着しており、かつて殺し合いがおこなわれた部屋で一花とコーヒーを飲んでいる。未だこの部屋への抵抗は隠し切れていないが、できる限り感情を封じようと腐心しているさまが窺えた。

「悪い、遅れた」

荷物を戸口に置いてソファに腰を下ろすと、淳太郎はこんな空気がよどんだ場所でも洗練された所作で立ち上がり、藪下のコーヒーを運んできた。一花はあいかわらず無表情で、いつにも増してぼうっとして心ここにあらずのように見える。熱いコーヒーに口をつけてひと息ついたとき、淳太郎はいつもの華のある笑みを浮かべた。

「藪下さん、今度ぜひ彼女を紹介してくださいね」

藪下は眉根を寄せ、わけのわからないことを語っている男の顔を見まわした。淳太郎は鳶色の髪を緩く束ねて女のようにピンで留めているのだが、品位を損なうことなくさまになっているのが実に解せない。男は答えを待っているようだったが、無視してコーヒーを飲む藪下になおも問うてきた。

「今朝まで一緒だったんですよね？　香織《かおり》さんと」

藪下はコーヒーを噴き出しそうになり、慌ててカップをテーブルに置いた。

「いったい何言ってんだよ」

「何って、今朝は藪下さんから女性の気配を感じたもので、てっきり竹内《たけうち》香織さんだと思ったんですよ。もしかして別の女性でしたか？」

「いや、なんでおまえが香織を知ってるんだって話をしてるんだ」

藪下は驚きとともに不気味さが込み上げた。

まだ母親を自宅で看《み》ていたころ、巡回型介護サービスで家に出入りしていたのが介護士の香織だ。手術のために母を病院へ移したことで関係も終了するはずだったが、互いに妙な離れがたさがあり、今ではたまに会う仲になっている。もちろん淳太郎には話したこともないし、ましてや気取られるようなこともしていない。まさかこの男は、マニア仲間を使って自分をつけているのではあるまいな。

苛立ちを押し殺しながらそこまでを一気に考えたが、はっとしてすぐさま一花へ顔を向けた。そういえば一花を自宅で預かったとき、彼女はたまたまやってきた香織に会っているではないか。情報漏洩元はこの女か……。藪下は悪びれもしない風情の一花を目で威嚇し、盛大にため息をついた。

「香織と会ってたんじゃない。今朝、偶然に小早川月子に会ったんだよ」

「ああ、月子さんでしたか」

淳太郎はたちまち興味を失ったように爽やかな笑顔を引き揚げた。

「結衣子についての追加情報をもらった。結衣子は真人から日常的に暴力を受けていたみたいだな」

藪下は月子からの情報を順を追って話していった。月子もＤＶの被害に遭っていること、結衣子はそれについて助言をしていたこと、二人の間には思っていた以上の信頼関係があったらしいこと、そして結衣子は夫殺害を決意していた節があったことだ。淳太郎はタブレットを起ち上げてメモをとりながら耳を傾け、一花はぼんやりと宙を見つめていた。

「度重なるＤＶに耐え切れなくなった結衣子は、真人に離婚届を突きつけた。だが夫は離婚を拒否した。だから妻は夫を殺すしかないと決意した……というわけだ。まあ短絡的だが、精神的に追い詰められていたと考えれば筋は通せる」

「確かに結衣子側の筋はかろうじて通ります。でも、真人のほうはどうでしょう。離婚を切り出されて怒り狂い、激情のまま殺してしまったというならわかります。でも真人は、あえて妻の寝込みを襲っていますからね。この行動が致命的におかしいわけではないんですが、ちょっと収まりが悪い気がします」

淳太郎は藪下と同じ箇所で引っかかっているようだ。

「そこなんだよ。ただ、夜中に仕事から帰った真人が、部屋に置かれていた離婚届を見て頭に血が上った。こんな線もなくはない」

ふいに一花を見やったが、まったく話を聞いていないような腑抜けた面持ちをしている。「おい」と声をかけたが無反応な一花の顔の前で、藪下はひとつだけ手を叩いた。彼女はようやくのろのろとこちらを向き、わずかに首を傾けた。

「何か？」

「何かじゃない。おまえさんは人の話を聞いてんのか」

「聞いていませんでした」

当然のように人の苛立ちを煽ってくる女をひと睨みし、藪下は再度月子の件を語った。仕事に関して一花の集中力は凄《すさ》まじいものがあるが、このところどうも様子がおかしいと感じる。いつもの気の抜けた風情とは違い、何かを思いつめているように見えなくもなかった。

彼女は藪下の話に耳を傾け、今度は頷きながら意見を口にした。

「結衣子さんは、離婚届を使って真人さんを罠に嵌めたのでは？　夫が寝込みを襲うような状況を作り上げて、布団の中で息を潜めて待っていた」

「俺だったら、わざわざ煽るようなことはしない。結衣子が殺す決意をしていたなら、そもそも離婚を切り出す意味がないんだよ。寝込みを襲ってケリをつけるだけでいいんだからな」

結局、夫婦の行動にはそれぞれおかしな点が散見している。ある意味二人だけの世界に入り込んでいたものと思われるが、我に返る瞬間がなかったというのが信じ難い。

藪下はぬるくなったコーヒーを飲み下し、神妙な面持ちをしている淳太郎に言った。

「それで、結衣子のスマホについてわかったことがあったんだろ？」

「ええ。昨日の夜にメールした通りです。過去二年ぶんのネット閲覧履歴が復元できたとの連絡が入ったもので」

淳太郎はタブレットを操作してメールソフトを起ち上げ、添付ファイルを開いてテーブルの中央に置いた。箇条書きの文字列が隙間なく並んでいる。

「これはおそらく警察も確認している情報だと思います。これといっておかしなものではないんですが、結衣子は事件の半年ほど前から離婚について頻繁に検索していますよ」

藪下は細かい文字に難儀しながらインターネットの履歴に目を走らせた。協議離婚や離婚調停、弁護士への依頼、離婚準備、慰謝料など検索した言葉が並んでいる。藪下は履歴の日時を確認して顔を上げた。

「結衣子が両親に子どもがほしいと言っていたのはいつだ？」

「事件の三ヵ月前です」

一花が即答する。

「それだと食い違いがあるな。ネットで離婚を検索しはじめたのは半年前だ。このころから真人と別れたがっていたのに、親には子どもがほしいと言っている」

「そうなんですよ。親を安心させるために言ったのかとも考えたんですが、少し事情が違います。ここを見てください」

淳太郎は画面をスクロールして日付が若い閲覧履歴を表示した。そこに現れた見慣れない言葉に藪下は目を細めた。

「精子バンク？」

その言葉の下には、英語のサイト名がいくつも続いている。

「結衣子は事件のひと月前から精子バンクについて調べています。イギリスとアメリカ、そしてデンマークにある精子バンクには何度もアクセスしていますね」

「鷲尾夫婦が不妊治療をしていた情報はなかったよな」

「ええ。治療をしていれば確実に何かが残されているはずですからね。投薬や排卵スケジュール等を管理するのは必至でしょう。でも倉澤氏からの情報では、遺品のなかにそういったものはありません」

「ということは、結衣子は精子バンクを利用してひとりで子どもを産むつもりだったのか？」

藪下は剃り残したあごひげに触りながら言うと、淳太郎も頷いた。

「ほかに相手がいて、そっちとの子どもを望んでいた可能性もあり得ます」

「不倫ってわけか……。真人もほかに女がいるような言動があったし、二人して浮気していた可能性が浮上。しかし、スマホには不審な電話番号なりメールアドレスなりはなかったんだよな」

「ないですね。結衣子のアドレス帳に登録されていたのは、数人の仕事関係者と兄嫁の玲奈、それに両親と真人だけです。このあたりも調べてもらいましたが、削除した形跡はなかったそうですよ。電話の履歴も同じです」

「第三者の影はひとつもなしか……」

このあたりは警察も調べ抜いて何も出なかった部分だ。結衣子に浮気相手がいないとなれば、暴力を振るう夫に嫌気がさして、もう結婚はこりごりだと思っていた線が浮かび上がる。そしてひとりで出産し、子どもとともに生きていこうとしていた？　しかし、そうまで考えていたなら、なおさら夫との離婚を成立させて新たな一歩を踏み出しそうなものだ。ＤＶの証拠があれば離婚は容易《たやす》いだろうし、真人を殺せば自由になれるなどと考えるほど結衣子は愚かではないはずだった。

それにしても、これほどすべてが嚙み合わない事件を藪下は経験したことがない。調べれば調べるほど不可解な事実が上乗せされ、着地点が遠のいていくだけだ。藪下が悶々としていると、淳太郎が口を開いた。

「僕の知り合いにも、精子バンクで子どもを授かった女性がいます。アメリカ人ですが、彼女は結婚するつもりはないと語っていましたね。ただし、日本の場合はまだ法整備ができてない。産科婦人科学会は精子の売買に否定的な見解を示していますし」

「親権の問題か。それにゆくゆくは子どもが自分の出自を知りたがる」

「ええ。だれしも自分のアイデンティティを知る権利がありますが、日本にはガイドラインがありません。ただ、だからといって精子バンクを違法にすれば闇取引のようなものがさらに横行するようになるでしょうね」

藪下は苦笑いを浮かべた。

「なんというか奇妙なもんだな。ネットでショッピングカートに他人の精子を入れるわけだろ？人種や目の色、身長だの頭脳だの、ほしい遺伝情報を的確にピックアップするわけだ」

「項目には喫煙や飲酒歴、家族の病歴なんかもありますよ。写真を公開している男性もいますし、一度にたくさん注文すれば割引が適用されます」

「もう時代についていけん」

藪下が首を横に振ると、一花がひときわ抑揚のない声を出した。

「最強の遺伝子を残すことは、すべての生き物に組み込まれた原始の本能です。ネットを使った精子の売買は、ある意味人類の進化形態だとも思えますが」

「子作りが合理化されて強者だらけになった世界には、なんのおもしろ味も感じない。いや、強者の中で新たな弱者が生まれるだけだろうし、結局は今と何も変わらんな」

藪下はタブレットのネット閲覧履歴に目を戻した。

「このネット履歴から見えてくるのは、結衣子が真人との離婚を考えていたことと、精子バンクを利用したいと思っていたこと。この二つだけか」

「大きくはそうです。精子バンクのほうは、実際に注文までいった形跡はありません。これらは今回の事件と無関係ではないですが、何かが劇的に進展するような情報ではないですよ」

淳太郎はタブレットを引き寄せ、ファイルを閉じて別の画面を開いた。

「もうひとつ、アプリケーションの起動履歴もついでに調べてもらいました。これによれば、別のブラウザを使っていた形跡もありませんね。結衣子はＳＮＳのアカウントももっていませんでしたし、頻繁に起ち上げていたのは既存のブラウザとメール、ゲーム、それにフィットネス関係のアプリだけです」

「個人情報の結晶みたいなスマホですらこの程度しか出ないとはな。もう、ここしか望みはないと思ってたのにことごとく空振りだ」

藪下はお手上げだとソファにもたれかかった。

もはや調査の手段は尽きているに等しく、いくら掘り下げようとも警察捜査をしのぐほどのものなど何も出ない。しいていうなら部屋に仕掛けられていた監視カメラだが、これも結衣子か真人か、あるいは盗撮魔の長谷部の仕業であることが濃厚だった。詰まるところ、倉澤夫妻が切望する事件の真相などはどこにも存在しないのだろう。当初は藪下も隠された何かがあるのではと疑っていたが、今の状況を見る限りは極めて望み薄だった。

「俺らにやれることは、淡々と事実の報告書を作って依頼人に渡すだけだ」

「ええ。そして倉澤氏は、次なる探偵に調査を依頼する。これを延々と繰り返すことになりそうですね」

無駄だからやめろという忠告には聞く耳をもたないだろうし、藪下にはもうどうすることもできない。初仕事がこれでは先が思いやられるというものだ。さまざまな負の感情があふれはじめたとき、藪下のズボンのポケットで着信音が鳴った。スマートフォンを引き抜いて画面を見ると、登録されていない電話番号が表示されている。通話ボタンを押して耳に当てると、すぐ焦ったような女の声が聞こえてきた。

「あの、すみません。チーム・トラッカーの藪下さんの電話で間違いないですか？」

「そうですが、どちらさまですか」

電話の向こう側では動きまわる衣擦れの音が続き、すぐ押し殺したような女の声がした。

「わたしは『ブーランジェリー・ミニョン』の前川です」

「ブーランジェリー……なんですって？」

わけがわからず聞き返すと、女はじれったそうに咳払いをした。

「前川です、西高島平でパン屋を経営している前川歩美です」

藪下はようやく頷き、スピーカーモードにしてスマートフォンをテーブルに置いた。長身で中性的だった風体を思い浮かべ、藪下は言葉を継いだ。

「その節はどうも。どうかしましたか？」

「また来たんです、倉澤結衣子さんのお母さん。今日はもう二回も店の前を通って、中をじっと見ていったんですよ」

「ああ、その件なら先方に聞いてみました。倉澤さんはあなたの店に興味をもっているようなんですが、なかなか入りづらいとおっしゃっていましたよ。店がかわいらしすぎるから、自分は場違いなんじゃないかと気を揉んでね」

藪下の言葉が終わるやいなや、歩美は勢いよく捲し立ててきた。

「違います！　そういうんじゃないんですよ！　わたしを睨みつけて、店先に五分ぐらい突っ立ってるんですから！」

「ええと。いっそのこと、前川さんから声をかけてみてはどうですかね」

「そんなことできません！」

歩美は藪下の言葉を遮るように声を張った。

「怖くて声なんてかけられませんよ！　とにかく見てもらえればわかります！　今から動画を送るので見ていただけませんか？」

「動画？　いや、それを送ってこられてもなんともしようがないですよ」

「いただいた名刺のアドレスに送ります！　絶対に見てください！」

歩美は早口でそう言って一方的に電話を切ってしまった。

「なんなんだよ、勝手なやつだな」

藪下はスマートフォンを終了して頭を掻いた。すると今度は淳太郎のタブレットが音を鳴らしてメールの着信を知らせている。すぐに起ち上げて添付ファイルを開くと、手ブレと雑音のひどい動画が再生された。店の中から撮影したらしい動画には、窓の外が捉えられている。そこには白髪交じりの髪をひっつめたやつれた女がはっきりと映っていた。倉澤夫人だ。静止画かと思うほど身動きひとつせず、窓ガラスに顔がつきそうなほど近くでじっとカメラのほうを見据えている。こっそり店を覗くとか通りすがりに見やるのではなく、堂々と通りに仁王立ちして歩美に焦点を合わせているのがわかった。

「ちょっと待ってください。これはまずくないですかね」

淳太郎は動画を見ながら口を開いた。「怖い」とか「気持ち悪い」、「いったいなんなの」という歩美の怯えた声が入っていることが、なおさら不気味さを加速させている。彼女が電話で語ったように倉澤夫人は五分ほどで立ち去り、「もう嫌だ……」という泣きべそをかいた声で動画は終了した。

「パン屋の勘違いじゃなかったわけか。どう見ても、店に入りたいけど躊躇しているような様子ではない。まるで威嚇だ」

藪下は再び動画を再生し、クマが浮いて充血した目をかっとみひらいている倉澤夫人を見つめた。明らかに敵意をもって行動している。

「これを毎日やられたらたまらないですね。営業妨害にもなります」

「しかし、結衣子の母親と喋った限りでは、パン屋に恨みをもっているような素振りはなかった。だがこれは、憎しみ以外の何物でもないぞ」

藪下はため息をついた。

「遺族が歪んだ方向へ突っ走ってるな」

「このままでは歩美さんも精神的に追い詰められますね。倉澤夫人は周りが見えなくなっているでしょうから」

「こういう問題は通報しても解決はしない。むしろエスカレートする可能性もあるし、厄介極まりないぞ。まったく、仕事とは無関係のところでごたごたが起きすぎだろ」

この問題を仲裁してやる筋合いはないのだが、結衣子の母親と自分の母が重なるからたちが悪い。娘の死を受け入れられない哀れな母親を見るのは忍びなかった。

藪下はスマートフォンを取り上げ、倉澤の電話番号を押した。耳に当ててしばらく待っていると、かすれたような低い声が聞こえてくる。

「お仕事中にすみません。藪下です」

「ああ、お世話さまです。先日は家までご足労いただいたそうで、どうもありがとうございました。それで、何かわかりましたか?」

倉澤は期待感を隠さずに言った。

「実は、奥さんのことでちょっとご相談したいんですよ。今、話してもかまいませんか?」

「はあ、妻が何か」

異常な事態を伝えるのは、まったくもって気が重い。藪下はパン屋の件をざっと説明し、歩美がひどく怖がっていることも脚色なしに伝えた。夫はさぞかし驚くだろうと思っていたのだが、妻の行動を把握していたようで藪下は拍子抜けした。むしろ「それが何か?」と言わんばかりの落ち着きぶりだ。藪下は、またスピーカーモードにしてスマートフォンをテーブルに置いた。

「奥さんが毎日何度もパン屋へ通っていることをご存じだったんですか?」

「はい。前川さんは娘と交流があった同級生なので」

「いや、店に入るでもなく話をするわけでもない。ただ外に立ってずっと見ているのは普通ではありませんよ。先方にすれば恐怖でしかありません」

「それはわかっています」

倉澤は、ことのほか軽い調子で答えた。

「前川さんは結衣子の死についていろいろと知っているはずなので、我々はありのままを話してほしいだけなんですよ。わたしも店には何度か伺ったんですが、結衣子とは高校以来会っていないの一点張りで話にはなりませんでした」

「娘さんの死について、前川さんがいろいろと知っているとは？」

藪下は間髪を容れずに問うた。倉澤はあまりにも自然体であり、違和感を覚えずにはいられない。電話越しの男は場所を変えたらしく、周りのざわつきがなくなった。

「あの事件があってから数週間後に、わざわざ連絡をくださった方がいたんです。娘の知り合いで、わりと深い話もしていたということでした。現に、娘の子ども時代のことをよく知っておられたので、うそではないと思ったんです」

「それはだれです？」

藪下が淳太郎に目配せをすると、彼は小さく頷き夕ブレットでメモをとりはじめた。倉澤は痰《たん》を切るように何度も咳払いをし、知り合いの名前を口にした。

「麻生みどりさんという方です」

「麻生……」とつぶやき、藪下はスマートフォンをじっと見つめた。どこかで見た覚えのある名前だ。頭を必死に巡らせているとき、急に記憶が呼び起こされた。確か倉澤家の仏壇の脇に、麻生みどり名義の香典袋が載せられていたはずだ。

「その麻生さんという方が、パン屋の前川さんの名前を出したと」

「はい。娘から、前川さんの話を何度も聞いていたらしいんです。あまり言いたがらなかったんですが、どうやら前川さんは真人くんにちょっかいを出していたようですね。それで娘が怒っていたと」

結衣子の仕事関係者や接点のあった者は洗い出したつもりだったが、まだ個人的な話をする仲の人間がいたのか。真人と歩美の間に何かがあったことが事実なら、事件の動機になってもおかしくはない。藪下は苦々しい思いで倉澤を問い質《ただ》した。

「なぜ最初に話してくださらなかったんです？　それはかなり重要ですよ」

「ああ、すみません。でも前川さんから話を聞くのは自分たちでもできることだし、彼女とは面識もあるのでお伝えしなかったんですよ。藪下さんたちには、わたしたちにはできない部分を調べていただきたかったものですから」

そうは言っても、痴情のもつれが事件の根幹にあるかもしれないということを、この夫婦はわかっていないのだろうか。藪下はいささかうんざりしながら話を進めた。

「その麻生さんですが、連絡先をご存じですか？」

「それがわからないんです。彼女は何度か自宅を訪ねてきてくださったんですが、お互いに気を使うだろうから連絡先は知らないままにしようと言ってね。でも、月命日の二十日には必ずお電話をくださいますよ。妻はどれほど救われているかわかりません」

連絡先すら教えないまま、月命日には必ず電話をする？　思慮深いというより不自然だ。それに遺族への気遣いがあるのだとしても、倉澤夫人は本当に救われているだろうか。連日娘の同級生が経営するパン屋へ通い、異常な行動を取り続けている。真相究明のためなら、相手を不必要に追い詰めてもかまわないと決意しているようにも思えた。

「その麻生さんというのは、どこで結衣子さんと知り合ったんでしょう」

藪下が質問を続けると、倉澤はすぐに答えを返してきた。

「病院関係者だそうですよ。今は職場を移ったそうですが、娘にはいろいろ助けられたと話していました」

結衣子が勤めていた病院関係者には、親しくしていた者はひとりもおらずに彼女は孤立していたのがわかっている。となると看護師ではなく、医師や技師、それに病院へ出入りしていた業者かパートなども考えられた。

「わかりました。次、麻生さんと話すようなときは、必ず連絡先を聞いてください。ちなみに、何歳ぐらいの女性ですか？」

「たぶん、三十五、六じゃないかな。結衣子よりも年上です。メガネをかけていて髪の短い優しそうな方ですよ」

藪下は相槌を打ち、若干厳しい口調に変えた。

「パン屋の前川さんですが、この件は我々に任せていただきたい。今のままでは、通報されて警察沙汰になるのが目に見えています」

「警察？　なぜですか？　妻は前川さんに話を聞きたいと言っているだけですよ？」

この男は、妻の歩美に対する執拗な行動を知らないようだ。藪下は有無を言わさぬ調子で言った。

「ともかく、前川さんについては我々が話をします。店には行かないよう、奥さんにもお伝えください」

よくわかっておらずに戸惑っている倉澤に念を押し、藪下は通話を終了した。

3

土日の休みは自宅の掃除や洗濯と、母親が入院する病院への行き来で瞬く間に過ぎ去った。体を休める暇はほとんどなかったが、昔から忙しく動いていたほうが調子がいい。来週からはほぼ報告書の作成に終始することになるだろうし、この依頼も終盤にさしかかっていることを実感していた。あとは麻生みどりという女から話を聞くことと、パン屋の歩美と真人の関係を探ること。今までの調査結果にこの二つを加えれば、事件の全体像が何かしら見えてくるはずだった。が、こういう肝心なときに限って予想外の問題が持ち上がる。しかも、仕事とはまったく関係のない厄介事だ。

十一月十六日の月曜日は、日本じゅうが寒波に見舞われていた。東京でも山間部では初雪がちらつき、今年いちばんの寒さを記録している。藪下はステンカラーコートの前を合わせながら代々木上原のマンションへ駆け込み、エレベーターで五階へ上がって事務所のドアを開けた。すでに淳太郎が来ているようで、中はほっとするような暖かさで満たされている。コートをハンガーにかけて奥へいくと、あいかわらず見栄えのする男が窓際のテーブルでノートパソコンのキーを叩いていた。イチョウの葉が舞い散る庭を背景に、憂いを含んだ表情が実に叙情的だ。これで黙っていれば文句はないのだが。

「今日は寒いな」

藪下はサーバーからコーヒーを注ぎながら声をかけると、淳太郎は顔を上げてにこりとした。

「おはようございます。明日はもっと冷え込むようですよ。つい最近まで猛暑でうんざりしていたのがうそのようですね」

「まったくだな。で、そっちにも一花から連絡がいったか？」

淳太郎は髪をかき上げながら苦笑いを浮かべた。

「昨日の夜遅くに電話がありました。藪下さんにかなり絞られたと言っていましたよ」

「あたりまえだろ。なんの前触れもなく『一週間ぐらい休みます』なんてよく言えたもんだ。しかも理由は『考えたいことがあるから』だぞ？　こんなのが認められる会社がどこの世界にあるんだよ」

「前日の夜に一週間の休暇を申し出るとは、やっぱり一花ちゃんはただ者ではないですね」

「ただの非常識だ」

淳太郎はテーブルに手をついて立ち上がり、壁にもたれてコーヒーを飲む藪下のほうへ歩いてきた。

「まあ、たぶんあれですよ。ここのところ、藪下さんが鬼のように怒りすぎたんじゃないですか。ああ見えても一花ちゃんはまだ二十四の女の子ですからね。一般的な新入社員なら、パワハラを訴えて二、三日で出社拒否になるレベルです」

「理不尽に怒鳴り散らしてるわけでもあるまいし、どこがパワハラだよ。あんな危険行為を野放しにできるわけないだろ」

「藪下さんの言いたいこともわかりますが、今回は一花ちゃんも相当こたえたのかもしれないということです。でも、厳しさのなかにある藪下さんの優しさは、僕がいちばんよく理解していますのでご安心ください」

そう言いながら、肩に手をまわそうとする淳太郎を藪下は振り払った。

「ただ、ここ最近、一花ちゃんの様子が少しへんだなとは思っていたんですよ。ぼうっとしているというより、何かを思い詰めているようなことがたびたびあったので」

確かにそういう場面はあった。結衣子と一花には重なる部分も多いということもあり、事件について深く思うところがあったのかもしれない。しかし、だからといって、仕事途中で長期休暇がほしいと悪びれもせず言ってのける感覚は理解不能だ。

「ともかく、一花には事務所に顔を出すように言ってある。夜更けの電話一本で長期休暇を取らせるほど俺は甘くないんでな」

「まずは一花ちゃんの話を聞くことですよ。くれぐれも怒鳴らずに、冷静にお願いします」

淳太郎が藪下に釘を刺したとき、インターフォンのチャイムが鳴った。件《くだん》の一花だろうが、なぜいつものようにさっさと上がってこないのか。拗《す》ねている一花の顔を思い浮かべて苛々とオートロックのモニターを表示すると、いきなり老人の顔のアップが現れてぎょっとした。

藪下は咄嗟に腕時計に目を落とした。午前十時前。運送屋でもないようだし、会社を訪ねてきた依頼人という風体でもない。黒い登山用らしき大振りのザックを背負って、ツィードのハンチング帽を目深にかぶっている。まるで行商人のような出《い》で立ちだが、飛び込みのセールスか何かだろうか。

カメラを睨むように黙っている老人に、藪下は警戒しながら声をかけた。

「どちらさまでしょうか」

「上園という者だが」

上園？　まさか一花の身内か？　藪下が思わず後ろを振り返ると、淳太郎は心なしかたじろぐような面持ちをしていた。

「一花さんの身内の方ですか？」

「そうだ」

藪下は五階へどうぞと言ってすみやかにオートロックを解錠し、一花の祖父であろう老人の到着を待った。まさか、一花は実家から祖父が訪ねてくることを知って雲隠れしたのではあるまいな。彼女が唯一かなわないと思っている人間であり、人並み外れた凄腕ハンターに育てた人物でもある。藪下がめまぐるしく考えているとき、玄関ドアが開いて素っ頓狂な声が室内に響き渡った。

「なんやここ！　めっちゃ広いしオシャレやん！　ぜんぜん事務所には見えへんな！　映画で観たマンハッタンのマンションみたいや！　なあ、じいちゃんもそう思うやろ？　一花がゆうてた通り、すごいとこやんな！」

両手に紙袋をいくつもぶら下げた女は忙しなく事務所を見まわし、関西弁で感嘆の声を上げ続けている。まさかとは思うが、これは一花の母親なのか……。藪下は、陽に灼けたけばけばしい女をあっけにとられて見つめた。藪下と同年代だろうか。金髪になるほど脱色された髪が豊かに波打ち、耳にはおびただしいピアスが着けられている。白いダウンコートの下から覗くのは、フィルムのように脚に貼りついた穴あきデニムだ。一花の両親は北海道で酪農の仕事をしていると聞いていたが、そういう素朴さとは無縁の派手な見た目だった。

藪下は混乱した。極端に口数が少なく、摑みどころがない一花との共通点がひとつも見当たらない。底抜けに明るい母親はつま先の尖ったブーツを鳴らしながら歩き、藪下の前にきて深々とお辞儀をした。

「はじめまして。一花の母です。突然お邪魔してすみません。いつも娘がお世話になってます」

「ああ、いや、こちらこそお世話になっていまして……」

「あなたがビジネスパートナーの藪下さんやね？」

途切れなく喋りかけてくる彼女に答えようとしたが、はなから喋らせない勢いで先を続けた。

「藪下さんは警察のトップだったすごい人だと一花から聞いていますよ。イメージ通りで感動やわ！　警視庁トップの方と実際に話ができるなんてな！」

「警察トップはうそですから」

藪下がなすすべもなく気圧《けお》されていると、母親は両手に抱えた紙袋をすべて手渡してきた。

「これお土産です。とりあえず目についたものを買ってきたんよ。北海道のお土産はクオリティが高いから、まあハズレはないと思うんやけど」

無邪気に土産物の説明をしようとしているとき、淳太郎がしなやかに彼女の手を取って会釈をした。

「お会いできて光栄です。僕は桐生淳太郎と申します。一花さんには助けられてばかりなんですよ」

「あなたが淳太郎さんやね！」

母親はアイラインの引かれた大きな目を輝かせた。

「写真よりも百倍イケメンやわ！　一花が淳太郎さんは師匠だってゆうてたんです。思い通りに人を動かせるエキスパートやって！」

まったく褒め言葉になっていない。いったい一花は、自分たちのことを親にどう説明しているのだろうか。

「今日こちらにいらっしゃったんですか」

さすがの淳太郎も苦笑しながら問うと、母親は大きく頷いた。

「昨日、紋別空港から飛行機に乗ったんです。千葉と東京にいる親戚と友だちのところに寄ってきたんよ。ところで、一花はまだ出社してないんですか？　もう就業時間やね」

母親は室内を見まわし、階段の上の中二階で目を止めた。

「昨日の朝からなんべん電話してもつながらんし、ＬＩＮＥの既読もつかないんよ。あの子はそういうのが苦手で、すぐほったらかしにするからな」

やはり、二人が訪ねてくるのを知って姿をくらまし、藪下と淳太郎に押しつける算段なのか。一花のすかした顔が浮かんでこの野郎と思っているとき、淳太郎は窓際のソファに手を向けて二人を促した。

「とにかくあちらへどうぞ。お疲れになったでしょう」

藪下は奥へ引っ込んで急いでお茶の用意をし、土産でもらった北海道の茶菓子を鉢に盛った。お盆に載せて素早く給仕をする。一花の祖父は無言のまま登山用のザックを下ろし、中から大量の野菜や乳製品、発泡スチロールのケースに入った魚介類を取り出してテーブルに置いている。そしてグレーのコートを脱いでハンチング帽を取った。

右の耳がない。老人は硬そうな短髪の白髪を撫でつけ、にこりともせずにソファに腰を下ろした。赤銅色の肌にはひび割れのような深いシワが走り、欠損した右耳からあごにかけては、えぐれた深い傷が残されている。唇の端が引きつっているのも、縫合の影響なのだろう。小柄だが体幹が安定した屈強な体つきをしており、ひと目見ただけでこの男にはかなわないと藪下は悟った。八十間近と思われるが老いの気配すらもなく、何より隙が一切見当たらないのだ。ただそこにいるだけで、怖いぐらいの存在感を放つ男だった。

藪下はあらためて祖父に挨拶をした。たじろぐほどの眼光の強さが一花によく似ている。猟を生《なり》業《わい》にして命がけの勝負を続けている男は、藪下と淳太郎に一瞥をくれてから低い声を出した。

「一花は？」

静かすぎる物腰が、かえって緊張感を掻き立てる。藪下は向かい側に腰かけて率直に言った。

「実は、昨日の夜に一週間ほど休みたいと電話があったんです。急で驚いたんですが、何か考えたいことがあるようで」

すると一花の母親が、出されたクッキーを食べながらため息をついた。

「社会人として失格やね。前日に長期休暇を申し出るなんて、常識知らずもいいとこやんな。うちなんて今回の休みとるのに、二ヵ月も前から根まわししとったんよ。ホンマにすみません。うちの育て方が悪くて」

母親は首を横に振りながらお茶を飲んだ。おおらかに育てたのは伝わってくるのだが、いかんせんこの母親と笑い合っている一花の姿が想像できない。淳太郎はタブレットでメールをチェックし、顔を上げて口を開いた。

「彼女からまだメールは入っていませんね。ちなみにお母さんは北海道の出身ではないんですか？　関西弁ですけど」

「うちは三重の出身なんですよ。大学のときに北海道旅行して、そこで旦那と出会って卒業と同時に結婚したんです。まあ、ぶっちゃけ若気の至りやね。冬は地獄の寒さで仕事はキツいし、しかも同居したとたんに年寄りの介護があるしで、なんかのバツゲームかと思ったわ。よく今まで別れなかったと思うんや。なあ、じいちゃん」

母親はあけすけにそう言い、隣に座る無表情の老人に盛大な笑顔を向けている。彼女はだれとでも打ち解ける才能があると思われた。以前に一花も語っていたが、この母親は一花の曾祖父と祖母の二人を介護し看取っている。尋常ではないほど過酷だったことは言うまでもないものの、持ち前の明るさで負の要素を弾き飛ばしていたのだろう。家族を明るく照らし続ける母と、常に生きづらさと格闘している娘。実に対照的だった。

母親は手の中にある茶碗を茶托《ちゃたく》に置き、菓子に伸ばしかけた手を止めた。

「もしかして一花は、ご迷惑ばかりかけてるんやないですか？　三人で会社を興すゆう話を聞いて、うちは心配しとったんです。責任をもって仕事をしなさいゆうたんですけど、猟以外をまったく知らん気の利かない娘なんで」

「迷惑はないのでご心配なく。能力は未知数ですが、彼女に助けられることも多いですし、何より信頼できない者と仕事をすることはできないのでね」

藪下は端的に話したが、母親の不安は消えないようだった。

「そう言っていただけるのはホンマにありがたいです。ただ、一花が仕事してる姿が想像できないんやな。今日のことにしたって、このまま会社に戻ってこないなんてことがあったらどうしようかと思って」

「それはないでしょう。ああ見えて責任感はだれよりも強いですから」

するとお茶に口をつけた一花の祖父が、場の空気を変えるような低い声を出した。左手の甲にも、かなりの深手だと思われる古傷があるのが目に入った。

「一花に男ができたか？」

唐突なうえに個人的すぎる質問だが、淳太郎はあっさりと返した。

「それはありません。そのあたり、僕が二十四時間体制で見守っていますので」

堂々と言うことではないような気がする。祖父は淳太郎を射抜くように見据え、じゅうぶんに探ってから縫合痕で引きつった口を開いた。

「じゃあ、友人ができたか」

「友人はわかりませんが、だれかと特別親しくしている様子はありませんでしたよ。ＳＮＳで交流しているのは、とある巡査部長だけですし」

老人は茶碗を取ってお茶を飲み干し、ふうっとひと息ついた。

「こういうことには覚えがあるから、ちと心配になってな」

「やだ、じいちゃん。考えすぎやろ。あの子ももう二十四だし、昔のままやないんよ」

「昔のままじゃないからこそ、かえって厄介なんだ」

一花の祖父は母親を見やり、かつて右耳のあった場所を触った。

「一花は、人のために行動したときに暴走する。目の前のことに入り込んで周りが見えなくなるんだな。あんた方二人も、それはよくわかっていると思う。いや、わかっていて一緒に仕事をしていると思いたい」

老人は藪下と淳太郎に交互に目を向けた。

「昔から突拍子もないことをやらかす子どもだった。猟で獲物に向かうときは怖くなるほど冷静だが、それ以外が壊滅的だ。特に人間関係については問題が多い」

母親も頷き、茶色く色の抜けた眉をひそめた。

「人のために一生懸命なんよ。本当にかわいそうになるぐらいにな。ただ、そのやり方がおかしすぎてみんなついていかれへんのやわ。昔、一緒に遊んでくれる子が男の子にいじめられたんやけど、それを助けるために罠を張り巡らしてな」

「罠ですか」

「そう、罠。学校の裏山におびき出して、男の子らを恐怖のどん底に突き落としたんや」

嘆くように語る母親に代わり、祖父が説明をした。

「括《くく》り罠だの引っかけ罠だのを見よう見まねで作ってな。夕方になっても学校から帰ってこないから親と教師が捜しにいったら、半分宙吊りになって泣きわめく子どもらが見つかった。一花が木の枝とロープだけで跳ね上げ式の罠を張ったんだ。捜しにいった教師も罠にかかって大事になった」

藪下は苦笑した。いかにもやりそうではあるが、手加減のない子どもの行動は危険極まりないと想像ができる。

「ホンマにどうしようかと思ったんよ。一花つれて謝りにいっても、わたしは悪くないって聞かへんねん。強情だし、そんときのあの子は友だちを守ることだけしか頭になかったからな。結局、そういうことが何回もあるもんだから、友だちのほうが怖がって離れていってしもたわ」

「一花と付き合うと問題が絶えない。それの繰り返しだ。大事な人を守りたい、助けたい。その気持ちだけで後先を考えられなくなる」

「悪気がないだけにすごくかわいそうやけど、あの子が本気になったときは何かしらの被害が出るから、子どもんときは目が離せんかったわ。スクールカウンセラーが付き添ったりしてな。とにかく予測がつかへんのよ」

身内の苦労が忍ばれるが、一花も距離感がわからず同じように苦しんでいるのは間違いない。今追っている事件の結衣子にも通じるところがあり、余計にいたたまれない話だった。しかし、被害に遭ったほうにしてみれば笑いごとでは済まされないし、何をするにも一花の行動は過剰すぎるのだ。いつも思っていることだが、どうやって彼女に理解させればいいのかが悩みどころだった。

藪下は心配で頭がいっぱいになっているであろう母親を見つめた。さまざまな不安はあっても一花を思うからこそ東京へ送り出したのだろうし、それは祖父も同じはずだった。猟の世界でならいかんなく能力を発揮できていた孫を、目の届かない場所へ置くのは相当の覚悟があったということだ。母親は娘を理解してやってほしいという願いがすべてだが、祖父のほうは藪下と淳太郎に裏がないかどうかを終始探っている。それをわかったうえで、藪下はお世辞抜きの話をした。

「一花さんにはそういう難しい面も確かにありますが、逆手に取れば今の仕事に活かせることも多いと実感しています。ただ、非常に危なっかしいのも事実なので、そのあたりは仕事として厳しく接しようと思っていますよ。もしかして、彼女が逃げ出すほど厳しいかもしれません」

「逃げ出すようなら引き止めないでいただきたい」

すぐさまそう返してきた祖父に、藪下は了解した旨を伝えた。もともと、去りたいという者を引き止めようとは思っていない。そして、一花は途中で投げ出すような人間ではないこともわかっていた。

4

翌日も一花とは連絡が取れなかった。何度電話しても無機質な音声が流れ、電話に出ることができないと伝えられる。藪下はシボレーの助手席で憤慨しながらスマートフォンをポケットにしまい、腕組みしてシートにもたれた。

「ずっと電源を切ってんな。あの野郎」

「メールも返信がないですからね」

淳太郎はコインパーキングに車を入れながら言った。

「かなり本気で僕たちを遠ざけるつもりなのかもしれません。若い女の子はフェイドアウトが潔いですから」

藪下はむっつりと車を降り、ステンカラーコートに袖を通した。西高島平は今日も中途半端な空模様で、曇天の隙間から白茶けた日差しがかろうじて地上に届けられている。淳太郎は喘息の薬を吸い込んでペットボトルから水を飲み、チェックのマフラーを首に巻いた。

「とは言っても一花ちゃんの場合、フェイドアウトはないでしょうけどね」

「消えるつもりなら電話もよこさないで姿をくらませるだろうからな。電源を切ってるんじゃなくて、電波が届かない場所にいるのかもしれん」

「ともかく、もう少し様子を見ましょう」

駅前から住宅街へ抜けて細い市道へ折れると、クリスマスツリーが瞬く小さなパン屋が見えてきた。先日よりもライトアップされ、通りの先からも見えるようにリースのかけられた木の看板が出されている。木枠の格子窓から店の中を覗き込むと、奥の厨房にいる歩美と目が合った。すると彼女は待ちかねていたように急ぎ足でやってきて、ベルのついているドアを開けた。

「こんにちは。どうぞ、お入りください」

歩美はせかせかとすぐ中へ引っ込み、デニムのエプロンについた粉を払っている。藪下は香ばしい匂いに包まれた店内に入り、カウンターの前で足を止めた。

「お仕事中にすみませんね」

「いえ、大丈夫です。バゲットが焼き上がる時間帯は混みますけど、あとはいつもこんな感じなので」

歩美はカウンターをまわり込んで藪下たち二人と向き合い、急くように口を開いた。

「あれから倉澤さんのお母さんは来ませんでした。今日もまだ来ていません。もしかして、藪下さんが忠告してくださったんですか？」

「まあ、先方に電話はしましたよ」

歩美は「よかった！」と胸に手をやり、心の底からの安堵を垣間見せた。「ありがとうございます！　本当に助かりました！　わたし、もう限界だったんですよ。本当によかった！」

彼女はこころなしか涙ぐんでいる。

「警察に通報しようかとも思ったんですが、娘を亡くされているお母さんだし、同じ町に住む知り合いでもあるし、それにうちは客商売なので事を荒立てたくなかったんです」

「確かに、なかなか難しい問題ですね」

「そうなんです。でも、もう大丈夫ですよね。ありがとうございました」

彼女は重ねて礼を述べ、深く頭を下げた。ひとまずなんとかなったようには見えるが、結衣子の事件で納得のできる答えが出なければ、倉澤夫人はまた迷惑行為に走る可能性が高い。ともかく、遺族に接触した麻生みどりという女が語った話の裏を取る必要があった。

藪下は、嬉しさのあまり顔を上気させている歩美に切り出した。

「いくつかお話をお伺いしたいんですが、あなたは結衣子さんの夫と面識がありましたか?」

「結衣子さんの夫?」

「はい。鷲尾真人という人物です」

歩美は離れ気味の目を丸くしてきょとんとし、タブレットにメモをしている淳太郎を見てから藪下に視線を戻した。

「すみません。ちょっと質問の意味がわからないんですが、わたしが倉澤さんの旦那さんに会ったことがあるか、ということですか?」

「ええ、そうです」

「それはないですよ。彼女が結婚したことも知らなかったし、高校を卒業して以来、一度も会っていませんから」

藪下は歩美の小作りな顔を探るようにじっと見た。うそをついているようには見えないが、倉澤氏が聞かされている内容はかなり具体的だった。真人の暴力のほかに同級生との浮気があるのだとすれば、結衣子の夫への殺意は加速するものと思われる。

「失礼ですが、前川さんは結婚されていますか?」

藪下が問うと、歩美は怪訝な面持ちをした。

「いいえ、独身ですけど……」

「実は、ある人物があなたのことを倉澤夫妻に話したらしいんですよ。だから、倉澤夫人は話を聞こうと何度もここを訪れていたようですね」

「え? わたしのことってなんですか?」

「あなたが結衣子さんの夫に言い寄っていたというものです」

歩美は一瞬だけ呆けた顔をしたが、すぐ目をみひらいて緑色に塗られた木製のカウンターに手をついた。

「ちょ、ちょっと待ってよ！　倉澤さんの旦那に言い寄っていた？　わたしが？」

「ええ。倉澤夫妻はそう聞いているそうです。そのことで結衣子さんは激怒して知人に相談していたと」

「な、何言ってるんですか！　そんなのうそです！」

歩美は顔を真っ赤にして藪下の目の前に立ちはだかった。

「倉澤さんの旦那なんて顔も名前も知らないのに、なんでわたしが言い寄ったりできるんですか！　だいたいそんな暇ないですよ！　ひどすぎる！　まさか、そんなデタラメを倉澤さんのご両親は信じてるんですか！」

「疑う理由がないですからね。わざわざ自宅へ弔問に訪れて、月命日には必ず電話を入れる律儀な人物ですよ。何かを要求するようなこともないし、ただ純粋に倉澤夫妻を気の毒がっている。そもそも、うそをつくメリットがこの人物にはないですから」

藪下はわざと挑発するような物言いをした。興奮させたほうがよく喋るのはわかっている。歩美は一層目を剝き、地団駄を踏んで憤った。

「し、信じられない！　あなたは、わたしがうそをついてると思ってるんですか！」

「人の夫に言い寄っていたのが事実なら、とりあえずはうそをつくものですよ。あっさりと認める人間はいない」

「だから知らないって言ってるじゃないですか！　こ、こんなのは侮辱です！　わたしはなんの関係もないのに、本当になんなの！　なんでわたしがこんな目に遭わなきゃいけないの！　次から次へとわけのわからないことばっかり！」

藪下は、涙をにじませながら興奮している歩美を眺めた。おそらくうそを言ってはいないだろう。彼女は真人を知らないし、高校を卒業してからは結衣子との接点もない。そして真人が代償を払ってでも手に入れたい女でもないようだ。ではなぜ、麻生みどりという女はありもしないことを倉澤夫婦に吹き込んだのだろうか。

後ろを見やると、淳太郎もメモをとる手を止めて神妙に考え込んでいる。藪下は感情的に捲し立てている歩美を遮った。

「あなたは麻生みどりという女性を知っていますか？」

歩美は淡々としている藪下にも憤って食ってかかろうとしたが、はたと動きを止めて口をつぐんだ。薄い眉根を寄せて考え込み、長いこと固まったように動かない。

「知っているんですか？」

あらためて答えを促すと、歩美は考えながら顔を上げた。

「麻生みどりという人は知りません。でも、ひとつ思い出しました。前にうちを訪ねてきた探偵が、おかしな言い間違えをしていたので」

「おかしな言い間違え？」

「はい。店に入ってくるなり探偵だと言うんで、なんとなく怪しいと思って名前を聞いたんです。新しい商店を狙った詐欺もいるって商工会議所から聞いていたので」

歩美は早口で喋り、ごくりと喉を鳴らした。

「名前を聞かれた探偵は、麻生と言ってからすぐに秋山《あきやま》だと言い直したんです。自分の名前を間違えるなんて、ますます怪しいから質問には何も答えませんでした」

「探偵は女性だったんですか？」

歩美は大きく頷いた。すぐさま淳太郎は店の外へ出て、短い電話をかけてから舞い戻ってくる。

藪下に近寄って耳打ちした。

「倉澤氏がこれまで雇った探偵の中に、秋山という女性はいません」

これはどういうことだ。藪下は思わず歩美の顔を見つめた。彼女は何かを思い出したように踵を返し、厨房の奥へ引っ込んでいる。そして木製の小引き出しを次々に開けていき、小さなメモ帳を持って引き返してきた。

「その探偵には、名前と電話番号を書いてもらいました。名刺が切れてしまったとか言うものだからますます怪しくて」

そう言いながら猛烈な勢いでめくり、ぴたりと手を止めて帳面を差し出してくる。そこには秋山優子《ゆうこ》とあり、〇九〇から始まる携帯番号が丸みを帯びた文字で書かれていた。どこかで見たような筆跡だ。藪下はスマートフォンを出して書かれた番号を押したが、機械的なアナウンスが流れてきて通話を終了する。

「使われてない番号だな」

藪下は淳太郎にメモ帳を渡した。すぐさま番号をタブレットで検索して顔を上げる。

「犯罪に使われた番号での登録はないですね。そのほか、不審な番号としてもネットには上がっていません」

今の時代、怪しげな番号はすぐネットに上げられるために検索が可能だ。もちろんすべてが明らかになっているわけではないが、なんらかの当たりはつけられる。おそらくこの番号は、当てずっぽうに書いたのではないだろうか。

「訪ねてきた探偵の人相は？」

「たぶん、わたしよりも歳上ですが、四十はいっていません。髪は短くてメガネをかけていて、背は百六十もないかもしれない。格好も含めて影の薄い地味な感じの人でした」

この特徴に合うような女には今のところ会っていないが、倉澤が話した麻生みどりの人相とは一致する。

「このメモをいただけますか」と藪下が言うよりはやくメモ帳から一枚破り取った歩美は、触りたくもないといわんばかりに紙切れを押しつけてきた。

「……なんだか気持ち悪い」

自身を抱きしめるように細長い腕を体に絡ませる。

「まさかわたし、知らないうちに何かの犯罪に巻き込まれてるなんてことはないですよね？　しかも倉澤さんが亡くなったことにも関係があるとか」

「今はなんとも言えないですね」

藪下は、先ほどまでの勢いを失った彼女に告げた。少なくとも結衣子を探っていた人間が存在し、歩美が同級生だと知って近づいたのは事実だ。しかも倉澤家へ弔問に訪れ、うそを吹き込んだ者と同一人物かもしれない。これが何を意味するのかわからなかったが、生前の結衣子を知ろうとしている者であることは間違いなかった。ではなぜ、それほどまでに探る必要があるのか。

藪下は、今回の登場人物をひとりずつ思い浮かべていった。まず考えられるのは鷲尾家が放った密偵の線だ。関係者で結衣子を調べて利のある者がいるとすれば、夫側以外には考えられない。しかし事件からすでに三年が経過しているのだから、なおそれを続ける意味はないだろう。警察の捜査結果を不服として、あるいは結衣子側の非の証拠を探っているのだとしても、真人が妻を殺している事実は変わらないからだ。となれば、残るはネタを嗅ぎつけた記者の存在だった。鷲尾家という大物が絡み、事件自体も前代未聞で話題性には事欠かない。が、ここにも疑問は残る。調査に三年を費やしていることになるし、無関係の歩美を侮辱するような虚言を遺族に吹聴《ふいちょう》しているのは解せなかった。

どの線も妙に収まりが悪く、納得できるものではないということか。藪下はひとまず思考を引き揚げた。

「もしまたその探偵が来たら、すぐ電話してください。ちなみに、この店に防犯カメラはありますかね」

不安に取り憑かれている歩美は激しくかぶりを振ったが、そばかすの散った顔にはある種の決意が浮かんでいるように見えた。

「カメラはありませんが、すぐに用意します。わたしは人生を懸けてこのお店を出したんです。寝る間も惜しんでがんばってきたのに、こんなへんなことで足止めされるなんて我慢できない。絶対に店は守ります」

「何かに毅然《きぜん》と立ち向かう女性はすてきだなあ」

淳太郎が場違いなほど暢気に言ったとき、歩美は即座に攻撃的な目を向けた。

「あなたは、女はみんな自分を好きになると思っていますよね」

「どうしたの、急に」

「言っておきますが、わたしはまったく眼中にありません。そういう薄っぺらいジャンルの女に見られることが耐えられません。失礼を承知で言わせてもらいました」

淳太郎をかばうわけではないが、よく知りもしない人間に対して本当に不躾すぎるし自意識過剰だ。淳太郎はおもしろそうに笑いながら前へ進み、警戒をあらわにする歩美と目を合わせた。

「あなたの作るシュトレンは、材料には徹底的にこだわっていますよね。見ただけでわかりますよ。表面に振った砂糖は和三盆で、和のテイストを籠めている。ナッツとドライフルーツはもちろん、中には栗が入っていませんか？」

「え……なんでわかったんですか」

「香りがね。複雑なのに発酵バターと渋皮煮の栗がひときわ立っている。ぜひソムリエに合うワインを提案してもらいたいな。クリスマスに、ちょっと趣の変わった時間を過ごせるような気がします」

「わたしもそう思います！」

とたんに歩美は目を輝かせた。

「わたしはワインに合うパンを研究していて、いずれはお酒も出せるような店に広げていけたらと思ってるんです！」

「いいですね。日本では、まだその分野はじゅうぶんに開拓されていない。そのときはぜひ声をかけてもらいたいな」

淳太郎が右手を出すと、歩美は勢い余って握手に応じてからはっとして手を引っ込めた。そしてさまざまなパンが陳列してある棚へ小走りし、袋にひと通りの商品を入れて藪下に手渡した。

「少しですがもらってください。いろいろとありがとうございました。倉澤さんのお母さんのこと、だれにも相談できずにずっと悩んでいたんですが、わかってくれる人がいて嬉しかったです」

「それはよかった。すみませんね、遠慮なくいただきますよ」

藪下は袋を掲げて礼を述べた。会釈をしてから外に出ると、先ほどよりも雲が薄くなって所々に青空が覗いていた。


パン屋を出てから倉澤家をまわって話を聞いたが、麻生みどりの情報は皆無だと言ってもよかった。月命日にかかってくるという電話も世間話程度で、もっぱら夫人の話の聞き役にまわっているだけだという。夫婦を誘導して犯罪を企てているような節もなく、金目当てで近づいてきた悪党でもないような気がした。目的がわからない。

「ちょっとひと息入れましょう。歩美さんからもらったパンもあることですし」

シボレーのキャンピングカーに乗り込んだ淳太郎は、早速けたたましくコーヒー豆を挽いてドリップを始めている。藪下は定位置のソファにどさりと座り、首をまわして関節を鳴らした。

「麻生みどりが偽名でないとすれば、結衣子が勤めていた病院の関係者に聞けばだれなのかはわかる。だが、それも含めてうそっぱちだとすれば調べようがない」

「見方を変えれば、歩美さんを恨む者だとも考えられませんか。結衣子の夫をたぶらかしていたという話を、よりにもよって遺族である倉澤夫妻に伝えたわけですから」

「まわりくどいだろ。パン屋を恨むんなら、店の評判を落とすだけでいい。パンに虫が入ってる画像でもSNSに上げれば、あっという間に炎上して店を潰せる」

淳太郎は「ひどいですね」と言いながらパンを袋から出し、オーブンで少しだけあたためた。手際よくマグカップを用意する。

「歩美さんが真人を知らないというのは、おそらく本当でしょう。でも、それを証明するのは困難です。真人も結衣子もすでに死んでいるし、麻生みどりも当人から聞いた話として倉澤夫妻に打ち明けている。だれがうそをついているのかわからない状況ですよ」

「まあな。遺族に近づく詐欺師は多いが、何年もかけて仕込むにしてはターゲットが貧相だ。倉澤の家は借家だし、金を搾り取れたとしてもたかが知れている」

淳太郎はコーヒーとあたためたパンをテーブルに置き、はす向かいに腰かけた。湯気の立つコーヒーはいつものように上質だ。藪下はクロワッサンのような生地の丸いパンを手に取り、千切って口へ入れた。とたんに濃厚なバターの風味が口に広がり、驚いてパンを見つめた。

「食ったことがない味だ。かなりうまいな」

淳太郎もひと口食べて頷いた。

「エシレバターをふんだんに使っていますね。フランス中西部にある村が産地で、ＥＵの認定を受けて保護されているバターです。ミシュランに載るような店ではよく使われていますが、普通のパン屋ではあまり見かけません」

「ずいぶん詳しいな」

藪下が感心すると、淳太郎は自信ありげに笑った。

「桐生製糖株式会社をさらに成長させるためには、食べ物の知識がないと始まりませんからね。特にお菓子やパンには砂糖とバターがつきものですから、商品開発のためにもあらゆる素材に目を光らせる必要があるんです」

「おまえさんが厄介な警察マニアだってことを、たまに忘れそうになるよ」

藪下はパンを口に押し込んだ。

「前川歩美は素材にも相当こだわってるわけか」

「ええ、生地に使っている水も普通のものではないはずです。ホームページによれば彼女は三年ほどパリで修業していますし、正真正銘のパン職人ですよ。名ばかりの有名店よりも味は上です。問題は、西高島平で出すには単価が高いということでしょうね。出店場所を変えればブレイクするかもしれません」

素材と味がよいという最高の評価があっても、世の中に浸透させるのは容易なことではないらしい。歩美は努力と苦労を重ねて念願の店を出したのだろうし、降って湧いたようないざこざに巻き込まれるのはたまったものではないだろう。黙々とうまいパンを口に運びながら、藪下は脱いだコートのポケットをさぐった。歩美から譲り受けた、探偵を名乗る女が書いたメモ紙を取り出す。

「これを資料にまとめておいてくれるか」

淳太郎に渡そうとしたが、藪下は走り書きされた丸文字を二度見した。

「いや、ちょっと待った。さっきも思ったんだが、この特徴的な文字はどっかで見た覚えがあるんだよ」

「本当ですか」

「ああ、しかも最近だな」

藪下はパンくずを払って紙切れを凝視し、記憶の引き出しを片っ端から開けてまわった。どこかで見たとはいってもしっかりと確認したわけではなく、何気なく視線をくぐらせた程度のものだったように思う。しかし、個性の強い字だと思ったことだけは覚えていた。藪下はあごに手を当てて貧乏揺すりをし、むりやり意識を集中させた。無関係の事柄が次々に思い出されていくなかで、ふいにある情景が浮かび上がって顔を撥ね上げた。

「思い出した、あれを見せてくれ。真人の兄嫁から送られてきたメール。離婚届が添付されてたやつがあっただろ」

淳太郎は素早くタブレットに指を這わせ、メールをスクロールして鷲尾玲奈からのものを選び出した。そして添付ファイルを開いて記名済みの離婚届画像を表示する。藪下は顔を近づけて書かれた数字に目を凝らした。

「やっぱりこれだ。生年月日の欄に書かれた『8』の文字。一筆書きじゃなくて丸を二個くっつけて書いてるだろ。雪だるまみたいに」

そう言って藪下は、歩美にもらったメモ紙を取り上げた。

「これもまったく同じだ。丸が二個合わさった数字だな」

「9も似ていますね。これも一筆書きをしていない。これは書いた人間の癖ですよ」

淳太郎は生真面目な顔を上げた。

「どう考えてもおかしいでしょう。結衣子の癖と同じ文字が、彼女の死後にも書かれているんだから」

「確かにおかしい。だが、離婚届を書いたのが結衣子じゃなければ話の筋は通る」

そうは言っても夫婦の名前が入った離婚届を、まったく別の人間が書く状況がわからない。しかし書類は真人が所有していたのだから、結衣子以外のだれかが書いたことを知っていたのではないだろうか。

「意味のわからんことばかりがあふれ出してくる事件だな。鷲尾夫婦の離婚届を書いた女が、探偵を名乗って結衣子の周りを嗅ぎまわっている。しかも、遺族に接触して歩美を陥れるような画策をした可能性もあるとくる」

「もし事件に関与している人間がいるなら、黙っておとなしくしていればいいだけの話です。すでに不起訴で決着しているし、この先も発覚することはほぼないわけですから」

「そこなんだよ。なんの意味があって周囲を動きまわってんのかが謎だ。しかも俺らに依頼がくる前からだし、調査の攪乱《かくらん》ってわけでもないだろう」

夫婦が殺し合った事件に関係しているのか、それともまったく別の理由があるのだろうか。藪下はコーヒーを飲み下してメモ紙を見据えた。警察が離婚届の筆跡まで調べたとは思えない。現場検証と司法解剖の結果が二人の相討ちを物語っている以上、離婚届はそれを裏づける材料にしかならないからだ。

考えながら食べ終わった皿やマグカップを片付けているとき、淳太郎のスマートフォンが短い着信音を鳴らした。画面を確認した男は、じっと見入ってわずかに首を傾げている。すぐ藪下にスマートフォンを向けてきた。

「これ、どう思いますか」

藪下は淳太郎のスマートフォンを取り上げた。取り立ててきれいでもない枯れ葉の写真と、その下には「紅葉きれい」という一文と絵文字がある。

「なんだこれ」

「一花ちゃんがインスタに投稿したんですよ。たった今」

淳太郎はスマートフォンを受け取り、画面を見て呆れたように笑った。

「しかも三井巡査部長から一瞬でコメントがついていますね。『すばらしい紅葉っすね！　仕事で荒《すさ》んだ心が癒やされました！』だそうです」

「いったいあいつは職務中に何やってんだよ。きれいでもなんでもないただの枯れ葉の写真だろ」

「まあ、おかしなコメントじゃないからいいですけど、あいかわらず挑発していますね。それよりも、一花ちゃんは今どこにいるのかな」

淳太郎はスマートフォンに指を滑らせて訝しげな面持ちをした。

「なんと、一花ちゃんは今山梨にいます」

「は？　山梨？」

「ええ。投稿した写真の位置情報が有効になっています。山梨県の小鳩《こばと》村。さっきの写真はそこの村役場付近で撮影されたものですね」

意味がわからない。藪下は舌打ちした。

「一花は、考えたいことがあるから休みがほしいと言ってきたんだぞ。それがなんで山梨くんだりまで行って暢気にSNSなんか更新してるんだよ。しかもこっちからの電話には出やしない」

「本当に謎ですねえ。この村には観光する場所なんてなさそうだし、いつものことながら行動が読めません。ただ、だれかに騙されている可能性は捨て切れませんね」

それは藪下も思うところではあった。

昨日、一花の母親と祖父に会ってからというもの、藪下は輪をかけて気が気ではなくなっている。特に祖父は今すぐにでも孫を連れて帰りたい気持ちを抑え、一花に自分の人生を選択させようとしていた。あたりまえのことなのだが、彼女を深く理解しているがゆえに歯がゆくてどうしようもないだろう。そんな家族の気持ちが嫌というほど伝わるだけに、藪下は痛切に責任を感じていた。一花にとって何がいちばん幸せなのか、それがまるでわからないからだ。もともと自分には心配性の気があるが、赤の他人にここまで翻弄されるとは思ってもいなかった。

「帰りは俺が運転する」

そう言って前へ移動しようとしたとき、淳太郎がイニシャルのペンダントを触りながら言った。

「山梨へ行ってみませんか?」

「なんのために」

「自分たちのために。悶々と考えるだけの日々はさすがに疲れますからね。一花ちゃんにもそれをわかってもらったほうがいいと思いますよ。自分の行動で、人がどう感じるのかを想像する。彼女はそれを訓練する必要があります」

確かに、一花はその部分がきれいに欠けている。藪下は運転席に収まり、大きく息を吸い込んだ。

「山梨へ行くにしても母親の病院をまわってからだ。その小鳩村ってのはここからどのぐらいかかる?」

「だいたい二時間といったところですね。奥多摩に隣接している山深い地域です」

助手席に座った淳太郎を見やり、藪下はシートベルトをつけた。

5

茜色に染まった空にはムクドリの群れが渦を巻き、ぱっと四散してはまた集まることを繰り返しながら遠くの山へと消えていく。風が木々を揺さぶる音と川のせせらぎ、そして鳥どものけたたましい声しか聞こえない。人工的な喧騒《けんそう》に慣れ切っている藪下と淳太郎は、自然が醸し出す音の少なさに不安さえ覚えていた。

「絵に描いたような盆地だな」

藪下は周囲をぐるりと見まわした。紅葉の盛りを過ぎて生彩を失った山々が村を取り囲み、まるで城壁のようによそ者を威圧している。都内から数時間ほど離れただけで世界が一変し、当然だが空気の質もまったくの別物だった。雨上がりのせいか土の濃密な匂いが立ちこめ、夕暮れも手伝ってひどく感傷を誘ってくる。懐かしいような切ないような、先ほどからなんともいえない感情が湧き上がっていた。

藪下は傷だらけの腕時計に目を落とした。もうすぐ午後五時になる。日はとうに沈んでおり、間もなく暗くなりはじめるだろう。軽自動車が通りを何台か行き来しているほかは、人の姿がほとんどなかった。

「一花はいったいここで何やってんだ」

藪下は首筋に冷気を感じて身震いをした。標高が高いせいか底冷えがひどく、都心ならば真冬並みの気温ではないだろうか。淳太郎はポケットからＷｉ‐Ｆｉを出してタブレットを確認したが、少し操作してからすぐ顔を上げた。

「電波が不安定ですね。この地形なのでしょうがないですが」

藪下は一花の登録番号を押してスマートフォンを耳に当てたが、電波の届かない場所にいる旨のアナウンスが流れてすぐに終了した。

「ここで携帯は使い物にならんな」

「ええ。でも、一花ちゃんはＳＮＳを更新していますからね。おそらく、電波が拾える場所へ移動したんじゃないかな」

「だからわざわざ村役場へ行ったのか」

「そうだと思います。ともかく、すぐそこなので行ってみましょう」

淳太郎は古そうな石造りの橋を指差した。山間に伸びる集落に沿って流れているのは多摩川の源流だ。あちこちに看板が立てられ、東京都の水源だと謳われている。水と自然が豊かでのどかな土地なのだが、夜へと向かう村はひどく陰鬱な雰囲気があり、人の気配はあるのに姿が見えないということが妙な緊張感となっていた。

幅の狭い石橋は年季が入り、面取りされたように角がすり減った欄干には枯れた苔《こけ》がびっしりとこびりついている。短い橋を渡ると緑色のネットで覆われた階段状の土地が現れ、目を凝らせば青々としたわさびが作づけされていた。

「村の名産はわさびか」

藪下は、山際にいくつも広がる段々畑式のわさび田を眺めた。川から清流が引かれ、水の流れる音が寒さを加速させている。

「来る途中で調べましたが、ここはキノコ栽培もさかんらしいですね。ヤマメやイワナなんかの川魚も養殖されていて、夏場はトレッキングで都会から人がかなり集まるそうですよ」

「見た目ほど鄙びた村ではないわけか」

「そうですね。人口は七百人足らずで過疎ですが、産業や観光のバランスがうまく取れている村だと思います。今後、村興しにかこつけた無意味なイベントに浪費しないことを祈るばかりですよ。安易に手を出せば確実に自滅します」

淳太郎は笑顔のまま断言し、首に巻いているチェックのマフラーを口許まで引き上げた。いずれこの男が製糖会社を継いだときが見ものだ。藪下は、揺るぎのない男の顔を眺めた。押しも押されもせぬ世界規模の大企業へ成長させるのか、それとも経営を誤って転落の一途をたどるのか。これを見届けるのは藪下の密かな楽しみになっている。確実なのは、どっちに転んでも警察マニアだけはやめないだろうということだ。そして藪下との関係も変わらないと思われる。

「そういえば、尾行がついていたことに気づきましたか？」

淳太郎は息を弾ませながら言った。東京から上野原インターあたりまで、数台の車を挟んで追尾されていたことは知っている。

「黒のアコードな。こないだ一花にまかれてから車を替えたらしい。こんな山奥まで連れてこられるとは夢にも思ってなかっただろうし、夜通し張るつもりならご苦労さんだ」

「村のどこかにはいるでしょうね。東京のナンバーは目立ちますから、車をレンタルしたかもしれません」

「俺らに張りついてるんだから、一花はノーマークってことだ。まあ、あの女について山に入れば遭難するのは確実だろうから不幸中の幸いだ」

刻一刻と辺りは暗くなり、山に囲まれた小さな村は重苦しい夜を迎えようとしている。極端に少ない街灯はせり出した木々の枝葉によって遮られ、蛇行《だこう》する道の先がよく見通せないほどだった。足許に気をつけながら落ち葉の積もった村道を左に折れると、今度は煌々と明かりに照らされた一角が見えてきた。三階建ての箱型の建物が、ちょうど集落を見下ろすような高台に建っている。あれが村役場らしい。葉の落ちたソメイヨシノが役場を取り囲むように植えられ、これでもかというほどの電飾が絡みついて瞬いていた。

「遠目から見れば飲食店だ」とつぶやきながら藪下は役場への石段を大仰に上りはじめた。村のキャラクターらしきフクロウの描かれた幟《のぼり》が風にはためき、多摩川と相模《さがみ》川の源流であることをくどいほどアピールしている。まだ終業時間の前だが、職員たちがそわそわと帰り支度を始めているのがガラス越しからでもわかった。

古そうな金属枠のついた正面ドアを開けるなり、パーテーションで仕切られた受付に座っていた中年の女性職員が「こんばんは」と声をかけてきた。が、視線は藪下をあっさり素通りして淳太郎に固定され、驚きを隠せずに銀縁のメガネを押し上げている。なかなかあからさまな反応だ。淳太郎はマフラーを外しながら藪下に目配せし、そのまま前に進み出た。ここは任せたほうがいいだろう。

「こんばんは。ちょっとお尋ねしたいことがあるんです。ちょうど仕事が終わる時間なのにすみません」

「いえいえ、大丈夫ですよ。どういったご用件でしょうか」

女は急に居住まいを正すように椅子に座り直し、淳太郎からひと時も目を離さない。白いパーテーションの奥にいた職員たちも来訪者の存在に気づき、そして姿のいい男を認めて一瞬だけ場が静かになった。村役場では、今日いちばんの事件だと見える。

淳太郎は名刺入れから一枚抜いて職員に渡し、スマートフォンを事務机の上に置いた。画面には、極めて無表情の一花の写真が表示されている。

「実はこの女性を捜しているんです。上園一花といううちの社員なんですが、ちょっと連絡が取れなくなっているもので」

女性職員は小刻みに頷きながら真剣に耳を傾け、一重まぶたの細い目で一花の写真を見つめた。

「今日の午後一時過ぎですが、この辺りにいたと思うんですよ。ご存じないですか？　とても困っているんです」

淳太郎は極上の笑みをたたえながら、努めて落ち着いた声色で問うていた。

東京でよくわからない仕事をしている男二人が、若い女を捜して山梨までやってきた。これだけでも警戒されてしかるべきで、役場の対応とすれば迂闊《うかつ》なことは喋らない……が正解だろう。淳太郎はそれを見越したうえで、疑問を抱く前に口を割らせる腹積もりらしい。行動をともにするようになってから、本腰を入れて女に取り入ろうとしている姿を藪下は初めて見たかもしれなかった。

「もしかして、この建物の中には入っていないかもしれません。ただ、この近辺にいたのは間違いないんですよ」

淳太郎が机に手をついて職員に近づくと、彼女は中指でメガネを上げながら「ええ、お見かけしました」と反射的に早口で答えた。

「よかった、助かります。見つからなかったらどうしようかと思っていたんですよ」

淳太郎はいかにもほっとしたと言わんばかりに胸へ手をやり、女性職員と熱のこもった視線を長々と絡ませた。ここをどこだと思っているのだろうか。藪下は、黙って聞き耳を立てているほかの職員たちの気配を痛いほど感じていた。

女性職員は見るからに輝きの増した目を伏せ、内線番号のクリアファイルを取り上げた。

「彼女は数日前から何度もここへ来ていますよ」

「何度もですか。ひとりで？」

「はい、おひとりだったと思います。ちょっとお待ちください。そのとき担当した者に確認してみます」

彼女は受話器を取り上げ、番号を押してしばらく待った。そして電話越しの相手と短い言葉を交わしてから、また淳太郎を見上げた。もはや後ろに立っている冴えない藪下など、視界の隅にも入ってはいないようだった。

「三階の八番窓口へ行っていただけますか？　農林振興課の鳥獣害対策係が対応させていただきますので」

「鳥獣害対策係？」

藪下と淳太郎は同時に口にした。考えたいことがあると語っていたはずだが、なぜ猟にかかわる課を訪ねているのだろうか。よくわからないが、だれかにそそのかされているのではないかという心配は杞憂のようだった。

淳太郎は女性職員の机をまわり込み、単なるお礼の域を超えるような熱烈な握手をした。場違いも甚だしいが、女のほうは淳太郎のペースに飲まれて恥ずかしがりながらもされるがままになっている。藪下は正面入り口の脇にある階段を三階ぶん駆け上がり、遅れてやってきた男に目をくれた。

「まあ、やり方はどうあれうまくはいった。受付の女に一瞬でも警戒心をもたれれば、一花の情報は外には出ないだろうからな」

「彼女の上司らしき男は不審がっていましたけどね。窓口の奥から、ずっとこっちを見ていましたから」

「パン屋の女みたいに、おまえさんを毛嫌いするタイプじゃなくてよかったよ」

表示をみながら三階フロアの奥へ進んでいると、淳太郎はちらりと藪下を振り返った。

「歩美さんに関して言えば、藪下さんの認識に誤りがありますね。彼女とは近いうちに、僕の知っているパンのおいしい店で食事をすることになりました。まだ無名ですがいい店があるんですよ」

いつの間に約束を取りつけたのかは知らないが、自分の作ったパンを理解してくれる男だという印象を強烈に焼きつけたのだから当然の流れなのかもしれない。本当に抜け目のないやつだった。

藪下は柱に貼られている窓口案内に目をやり、農林振興課へ足を向けた。この時間に特殊な窓口へ行く者はいまい。三階フロアのいちばん奥へ追いやられている窓口へ行くと、すでに定年間際と思われる職員が二人を待ち構えていた。

藪下は会釈をしてから名刺を渡した。

「わたしはこういう者です。早速ですが、上園一花がここを訪れたそうで」

前置きなく尋ねると、見事に禿げ上がった職員がパイプ椅子に手を向けた。

「上園さんからも同じ名刺をいただきましたよ。刑事事件専門調査員。東京には変わった職業があるんですねえ」

痩せぎすの男は腰かけながら言った。ワイシャツにラクダ色のカーディガンを羽織り、いかにも人のよさそうな笑みを浮かべている。周りの職員はすでに店じまいの準備が完了しているようで、机の上にコートや鞄を載せている者までいた。

「鳥獣害対策係というと、彼女は捕獲目的で来たんですかね」

藪下は、男が首から下げている職員証に目を走らせた。いくつかの係をかけもちしているらしく、細かい文字がびっしりと印字されている。男はおもむろに黒いファイルを開き、書類をめくりながら頷いた。

「上園さんは、十一月十四日に有害鳥獣捕獲許可申請を出されました。先週の土曜日ですね。あとは防除登録もされています。猟の期間は一週間、今週の土曜までです」

ということは、やはり銃を持参しているらしい。職員は拡大鏡を書面に這わせ、記録を確認しながら口を開いた。

「うちからは箱罠を二つだけ貸し出しています。あとはご自分で準備があるとおっしゃっていましたね」

「つかぬことをお伺いしますが、急に訪ねてきた二十代の女でも、狩猟登録と免許があればすぐに捕獲作業に移れるんですか？　おそらく、上園はチャラチャラした格好をしていたと思いますが」

藪下がそう言うなり、職員はくぐもった笑い声を出した。

「本当に驚きましたねえ。ミニスカートを穿いた女の子が、害獣関連の許可申請を出したいと言うんですから。でもまあ、上園一花さんは有名ですからね。小鳩村に来られたのは初めてですが、山梨県内での活動は耳に入っていましたよ」

「そうですね。山梨だけではなく、ほかの自治体からも引っ張りだこだとか」

職員は目尻を下げて笑いながら何度も頷いた。

「上園さんをたったひとり投入すれば、さまざまな問題が解決する。大げさな話だと思っていたんですが、どうやらわたしの間違いだったようですよ。この四日間で、すでにシカを十四頭、アライグマを十三頭捕らえていますからね。うちの職員が引き取りに向かいましたよ」

「信じられん数だな」

隣に座る淳太郎と顔を見合わせ、藪下は思わず言葉を出した。

「この村ではシカの獣害が大きくて、あらゆる予防策が効かなくなっていたんですよ。電気柵もそうですし、照明弾や音で驚かす装置にも慣れてしまってね。かけたコストぶんの回収は不可能です。シカは名産のわさびを食べてしまうし、ヒノキの樹皮を剝いで食べるから木が枯れてしまう。そのうえ、集落にある土蔵を舐めて壁を壊してしまうんですよ」

「土蔵？　蔵を舐めるんですか」

「そうなんです。昔ながらの藁《わら》を塗り込めた土蔵はシカの大好物ですね。鉄分や塩分の補給にもなるらしいんですが、文化財級の蔵への被害が絶えないんですよ」

職員は小さくため息をついた。

「シカは天敵がいないので年々増える一方です。クマもわざわざ襲って食べることはないですし、シカ肉やシカ皮の利用も減っています。ハンターの高齢化問題もあって、そのうえ温暖化の影響で雪が積もらなくなったでしょう？　昔は冬を越せなかったシカも、今は余裕で越冬しますしね」

「アライグマもあちこちで聞きますね」

「ええ、そうです。最近ではヌートリアも増えてしまってねえ。特定外来生物関連の法律に則って、小鳩村では再来年の三月まで計画的な捕獲を実施しますよ。本当に頭が痛い話です。住人の方々も日々闘いですよ」

職員は首を横に振ってぼさぼさの眉を掻き、なんとも切ない表情を作った。四方を山に囲まれた小さな村にしてみれば、動物による被害は生活を脅かされるいちばんの問題だろう。都会に暮らし、ニュースで見る程度では危機感もさほど伝わらないが、これが被害地区の厳しい現実だ。世間では動物愛護が声高に叫ばれているにしろ、やはり一花のような存在は必要だとしみじみ思った。

職員はファイルを閉じてふうっとひと息つくと、あらためて藪下と目を合わせた。

「さっき、受付の人間から聞きましたが、上園さんと連絡が取れないとか」

「そうなんですよ。でも、村役場へは来ていたみたいで」

「ええ。一日置きに来られて報告をしてくださっています。でも、なんで連絡が取れないんだろうか」

男は禿頭を撫で上げ、首を傾げた。

「上園さんには宿泊場所を紹介しましたし、荷物や着替えなんかはそこにあるはずですよ。もちろん、民宿は集落の中心部なので携帯電話も通じますしね」

藪下は嫌な予感がして無意識に窓の外へ目を向けた。完全に日が落ち、周りに聳《そび》えていた山々も闇にまぎれてわからないぐらいの漆黒に閉ざされている。以前、猟がひと区切りつくまで山からは下りないと一花は語っていたが、まさか今も山にいるのか？　同じことを考えたらしい淳太郎も、黒に染まった窓をじっと見つめていた。

藪下は職員に問うた。

「彼女がどこで猟をしているのかわかりますか？　拠点のようなものを作るはずですが」

「ああ、拠点は小屋ですよ」

そう答えた職員はおもむろに立ち上がり、スチール製の本棚へ向かった。何かを引き抜いてすぐに戻ってくる。それはこの近辺の地図らしく、ばさばさと開いて机に置いた。

「ここから南へ十分ほど行くと、小さい祠《ほこら》と地蔵があります。ここですね」

職員は地図上をペンで指し示した。

「ここに迷子山へ入る道があります。だいたい七キロほど奥へ行くと小屋がありますよ。上園さんはこの辺りで罠を仕掛けているはずです。今はがけ崩れの影響で一般の入山はできないので、上園さんのほかに人はいません。別のハンターもいませんので」

淳太郎はタブレットを起ち上げ、職員が説明したポイントを地図上に追加していった。目印の地蔵から七キロ先ということは、およそ一時間半以上は山を登るということだ。

「ちなみに小屋まで車で行けますか？」

すかさず質問をすると、職員は軽トラックならば入れると言った。ともかく、一花が宿にいるかどうかを確認したほうがいい。職員から宿泊場所の住所と電話番号を聞き、藪下と淳太郎は感謝の意を伝えて役場の外に出た。時刻は六時過ぎ。桜の木で瞬いていたイルミネーションはすべて消灯され、帰宅する職員がぞろぞろと列をなしている。外に出るなり電話をかけていた淳太郎だったが、すぐに通話を終了して蒼白く見える顔を向けてきた。

「宿に一花ちゃんはいません。というより、一度も宿泊はしていないそうです」

「やっぱりか。荷物は？」

「宿にあるそうです。一日置いて帰ってきて風呂に入り、しばらくしてまた出て行ったらしいですよ。宿の主人も夜の山に入ることを止めたようですが、彼女は大丈夫だと言って出ていってしまったと。次に戻るのは十九日だと言っていたそうです」

藪下は、一花がいると思われる南側の迷子山へ目を向けた。しかし月も星も出ていない空は墨を塗り込めたように黒一色で、山々は完全に空と同化し境目すらもわからない。重量のある闇が四方から迫ってくるようで、藪下は完全に気圧されていた。

「山に入れば一メートル先も見えないだろう。よくもそんなところへ入って行けるもんだ。しかもそこで夜明かしとは」

「動物に勘づかれるのを警戒して、ランタンや懐中電灯も点けていないいんじゃないでしょうか。信じられませんね」

淳太郎は闇のなかで息を潜めている状況を想像したようで、山の方角へ顔を向けながら微かに身震いしている。一花からたびたび話は聞いていたけれども、実際にその場を目の当たりにして体感するのは初めてだった。想像を絶するとはこのことで、自分ならば闇の中を数メートルも進めないだろうし、ましてやたったひとりで朝を待つなど考えただけでも足がすくむ。自然界に放り出されれば周りはすべて敵となり、気を抜ける時間がないのは想像ができた。その集中力と緊張を持続させられる一花は、やはりただ者ではない。

藪下は湿った冷気を胸いっぱいに吸い込んだ。

「次に宿に戻るのは明後日か……」

「宿で帰りを待つのが合理的ではありますね。ただ、一花ちゃんはなんで急にこの村で猟へ出たんでしょう。考えたいことがあると僕たちにうそをついてまで、山へ入らなければならない理由はなんだったのか。とても気にかかります」

淳太郎はずっと引っかかっているようだが、藪下もまったくもって同じだった。仕事を途中で放り出してまで猟へ出るという行動が、今まで見てきた一花とは合致しないのだ。

「小屋までは車で行けるようだし、まずはそこへ様子を見にいく。もちろん、陽が昇ってからな」

藪下は吸い込まれそうなほど真っ黒い山から目を逸らし、歩いてきた道を引き返しはじめた。

第五章

episode5

狩る者、狩られる者

1

快適すぎるキャンピングカーで一夜を明かした藪下は、伸び上がりながら車の外へ出た。霜が下りるほどの冷え込みは体にこたえるが、それがかえって心地よい。藪下は腐葉土の匂いが立ちこめる空気を思い切り吸い込み、都会とは違う時間の流れを堪能した。

村を取り囲む鬱蒼とした山々からは煙のような靄が立ち昇り、まるで名のある水墨画のような見事な景観だ。朝露で濡れたシボレーには赤や橙色の落ち葉が貼りついて色を差し、小さな村のなかに無理なく溶け込んでいる。高台にある役場の駐車場から集落に目をすがめると、古めかしい家々から湯気が出ているのが見えて藪下は急に空腹を覚えた。

「こういう暮らしもいいものですね。行きずりの旅でふと気がつく身近な人の大切さ。藪下さんと二人なら、どこででも生きていけるような気がします」

藪下は、体温を感じるほど近くに寄ってきた淳太郎から距離を取った。

「よくそういうセリフを俺に向かって吐けるな。しかも真顔で」

「素直な気持ちを口にしたまでですよ。人はだれしも一時間後には生きていないかもしれないわけだし、言葉の出し惜しみは後悔につながりますから」

「勝手なやつだな。死ぬ間際の本音なんか、聞かされたほうはたまったもんじゃない」

藪下は、毛足の長いブランケットを体に巻きつけている淳太郎を見やった。起き抜けで気だるそうな顔には長めの髪がまとわりつき、朝日に細めた色素の薄い瞳が繊細さに拍車をかけている。ホテルのラウンジだろうがぬかるんで薄汚いゴミ溜めだろうが、どこでも変わらぬ色気を振りまくのが淳太郎という人間だ。一緒にいるほど合わないと実感させられる存在だが、この男との行動にはほかでは味わえない充実感がついてくる。

藪下は、大自然のなかで何度か屈伸して頭に血を巡らせてから車に戻った。顔を洗って歯をみがき、昨日、閉店間際の商店で買い込んだトレーナーとスニーカーを身につける。髭が伸びてむさ苦しい限りだが、これから山に入るのだし問題はないだろう。そして当然のようにキッチンへ向かい、ベーコンエッグやトマトジュースを使ったミネストローネなどを手早く用意した。

「こんなことならスモーカーを積んでおくべきでした。自家製のスモークチーズやスモークサーモンは絶品ですからね。料理好きの藪下さんが、それをどうアレンジするのか興味もありますし」

淳太郎は、車内に吊るされていたランタンやデコレーションライトを片付けはじめた。男二人だというのに、昨夜の愛を語るような甘ったるい雰囲気には心底辟易したものだ。藪下は料理を皿に盛ってコーヒーを注ぎ、さっさとテーブルへ運んだ。身支度を整えてパーカーに着替えた淳太郎は、喘息の薬を吸い込んでから水を飲む。

「予約したレンタカーは八時に受け取りが可能ですよ」

「ああ。本当は昨日のうちに軽トラを調達しておきたかったんだけどな。早朝なら一花もまだ小屋にいたかもしれんが、この時間ではもう出てるだろう」

藪下は、腕時計の汚れた文字盤を袖でぬぐってから時刻を確認した。朝の七時二十分。無人の小屋で一花を待つしかないのだろうが、何につけ手間のかかる女だった。

「今朝も役場の周りには公安らしき連中はいない。まあ、いたところで対処のしようはないが」

「夜空の下で、彼らも一緒に食事でもして語らいたかったですね。次に会うときは差し入れでもしようと思います」

「人を苛立たせる天才だな」

藪下は本気でそう思い、いい具合に半熟の目玉焼きに塩を振った。フォークで黄身を潰し、ベーコンに絡めて口へ放り込む。日々似たようなものを食べているが、空気が澄んでいるせいか格段にうまいと感じる。二人は瞬く間に朝食をたいらげ、時間を見計らって村外れにある唯一のレンタカーショップへ赴いた。そして軽トラックに乗り込んでからきっかり四十分後、舗装されていない道沿いに建つ粗末なほったて小屋に到着した。

藪下は車を降り、まずは鼻をつまんで耳抜きをした。高低差のある山道は気圧の変化が激しく、先ほどから何度も耳管に空気を送り込んでいる。しかもぬかるみだらけの道ではうっかりするとハンドルを取られそうになり、淳太郎は運転に過度な集中を強いられていた。狭い運転席から這い出してきた男は、腕をまわしたり跳躍したり、体を動かしながらひときわ大きなため息をついている。

「なんというか、こういう本当のオフロードを走ったのは初めてかもしれません……道幅が狭いうえに片側は崖ですし、転落したら一巻の終わりです」

顔色のすぐれない淳太郎が、ペットボトルから水を呷りながらかすれた声を出した。藪下も胃のあたりをさすってうなり声で返事をする。車酔いなどしたことはないが、さすがに三半規管がおかしくなっている。藪下もペットボトルの水を一気に飲み干し、気分の悪さをむりやり追い払った。

辺りを見まわしても背の高い雑木が生い繁り、所々で茶色く立ち枯れているさまが不気味さを誘っている。加えて、薄暗い森の中はむせ返るほどの土の匂いで満たされていた。空を見上げるも無数の枝葉に遮られ、まったく視界が利かないことが鬱陶しい。ひどく閉塞感のあるじめじめした森は、たとえ真っ昼間でもひとりで放り出されれば恐怖に支配されるのが見えている。まさしく人を迷わせる「迷子山」という名前にふさわしい場所だった。

「自分が都会育ちの軟弱者なのを思い知らされる」

藪下は淳太郎に借りたナイロンのジャンパーを着込み、枯れ蔦の絡んだ辛気臭い小屋に足を向けた。木のドアは鍵も閂《かんぬき》もなく、錆びた蝶番《ちょうつがい》で戸板がかろうじてつながっているようなありさまだ。ひとつだけある小窓は中からブルーのビニールシートで塞がれ、所々に裂け目がある。藪下は埃まみれの曇った窓をこすって顔を寄せた。しかし、こびりついた汚れと暗さで人がいるのかどうかもわからない。ドアの前に戻ってひと声かけた。

「一花、いるのか？」

とたんに背後で鳥が何羽も飛び立ち、男二人は羽音に驚いてぱっと振り返る。たったこれだけのことで心臓が早鐘を打っている自分に舌打ちし、藪下は小屋のドアを開けた。頼りない陽の光が入った屋内は狭く、人が五人も横になればいっぱいになってしまうほどの広さしかない。使い古された小さなテーブルとパイプ椅子、それに粗末な木の棚には猟の道具とおぼしきものがぞんざいに置かれ、とぐろを巻いた泥まみれのロープが床に投げ出されている。まるで大昔に時間が止まってしまったような空間だ。すべてがすすけてくすんでいるが、奥の壁際にだけ鮮やかな色があった。オレンジの花柄のリュックサックや、ハート模様の紙袋などがひとまとめにされている。

藪下が小屋に足を踏み入れると、古い木のきしむ恐ろしげな音が耳に障った。紙袋の中を見れば、大量の菓子やパン、そしてゴミなどが詰め込まれている。

「一花の荷物だな。遠足じゃあるまいし、なんでこんなに菓子をもってくるんだよ。緊張感がなさすぎる」

「彼女らしいですね。それにしても、この場所で夜を明かしているわけですか。二十四の女の子がたったひとりで」

「信じられんな。このほったて小屋は雨風をしのぐだけのもんだ。安全とはほど遠い」

藪下は、窓を塞いでいる破れたビニールシートに目を向けた。裂け目から深い森が垣間見え、今にも何かが迫ってくるような緊迫感がある。腕時計に目を落とすと、もう九時をまわっていた。

「いったいいつここに一花が戻ってくるのかがわからん。昼メシ時か、それとも日暮れまで帰ってこないのか」

「一花ちゃんは、ここからそう遠くない場所にいますよ」

「なんでそんなことがわかる？」

藪下が振り返ると、淳太郎はタブレットを操作していた。

「知り合いに頼んで、ひと晩かけて一花ちゃんの居場所を探ってもらったんですよ。緊急性があると判断したので、ちょっとした裏技を使ったんですが」

「裏技だ？　だいたいここは電波が通じてないだろ。タブレットなんてなんの役に立つんだよ」

藪下はポケットからスマートフォンを引き出した。電源を入れると、たちまち圏外の表示が現れる。淳太郎はタブレットから顔を上げた。

「さっき、車を借りた店のＷｉ‐Ｆｉを使って送られてきたデータをダウンロードしました。一花ちゃんのスマホの位置を特定してもらったんです」

「特定っていったいどうやってだよ。おまわりだって電話会社に開示してもらわなけりゃ位置情報なんて手に入らないんだぞ」

「スマホをなくしたとき、ＧＰＳで追跡できる機能をもちろん藪下さんも使っていますよね。つまり一花ちゃんのクラウドに侵入し、その設定を利用してスマホの現在地を追跡したんです」

藪下は信じられない思いで男の顔を見た。淳太郎はすぐさまなだめるように手を挙げ、警官だったころの血が騒ぎ出している藪下に言った。

「こんな違法行為は滅多にしないので見逃してください。いつ戻るかもわからない彼女を、ここで待っているのは気が気じゃないでしょう。幸いここから二キロ程度しか離れていませんから、行って話をしたほうが早いと思いますよ」

藪下は片手で顔をこすり上げた。

「まさかとは思うが、日常的に他人の行動を覗き見してるわけじゃないだろうな」

「まさか。僕はそこまで無粋ではありませんよ。いざというときの頼みの綱を、各所に確保しているだけですからご安心ください」

その言葉を鵜呑《うの》みにするほどの素直さはないが、この男の性格上、こそこそと他人を監視することはしそうにない。藪下は埃っぽい小屋で息を吸い込み、淳太郎にあごをしゃくった。

「それで、一花の居所は？」

淳太郎は地図の表示された画面を向けてきた。

「彼女は午前五時半ごろここを出ています。周囲を行き来しながら少しずつ離れていき、午前七時には現在地に到着。車を借りた八時の時点でも、その場所を動いていないようですね」

藪下はタブレットに表示された地図に目をやった。一花の足取りが赤い線で示されている。この小屋を起点とし、大きく半円状に蛇行しながら離れていく様子が記録されていた。猟をするときの鉄則なのだろうか。現在地は直線距離で二キロほどしかないが、一花が移動した距離はその何倍もある。

「今もこの場所にいるとは限らんな」

「ええ。ただ彼女の足取りをつきっきりで夜通し追跡してもらった結果、七時ごろにぴたりと動きが止まっています。何かのトラブルで動けなくなっている可能性があるんですよ」

「あるいは、その場所が日中の拠点なのか」

藪下は腕組みした。一花の得意分野は罠で、四方に仕掛けて毎日見てまわると話していたことを思い出す。この蛇行している足取りは罠を確認してまわったとすれば、巡回を終えて一ヵ所に腰を据えたのだろうと考えられる。しかし、怪我か何かで留まっているという淳太郎の予測も無視はできなかった。

「わかった。たった二キロだし、ともかく行って確かめたほうが早いな。そこにいなけりゃ、戻って小屋で待つことにする」

淳太郎は頷き、起ち上げた登山用のアプリに一花のいる地点の座標を入力した。ＧＰＳを使用して最短距離を割り出すと、すぐにルートが表示される。

「ほぼ直線で行けます。高低差もそれほどないのでトレッキング感覚で進めそうですよ」

二人は最低限の荷物をリュックサックに詰めて、薄暗く深い森に足を踏み入れた。枯れ葉が厚く積もった地面はウレタンのようで足場が頼りない。藪下はタブレットを見ながら先導する淳太郎の後ろを歩き、延々と雑木が続く周囲に神経を尖らせた。

一花が荷物を置いている宿の主人によれば、迷子山にはクマが出ないのだという。住処《すみか》は南側の山に偏っていると語っていたが、それは今まで出くわした者がいないというだけの話ではないだろうか。一応、クマ避《よ》けスプレーは持参しているものの、実際に遭遇したら使いこなせる余裕があるかどうかはわからない。

しばらく黙々と歩を進めているとき、藪下は人の気配を感じて後ろを振り返った。数百メートルほどしか歩いていないはずだが、すでに帰り道がわからないほど木々が入り組んでいる。すると先を歩いていた淳太郎が足を止めて振り返った。

「どうかしましたか」

「いや、さっき足音が聞こえたような気がしたんだが」

藪下は耳をそばだてたが、木々のざわめきと鳥の声しか聞こえない。

「猟に出ている者は一花ちゃんのほかにはいないと役場では言っていましたし、村の人たちもこんなところには入ってこないでしょう」

「ああ。だが、わざわざここを狙って入ってきそうな連中はいるけどな」

藪下が言うと、淳太郎はあごを上げて訳知り顔をした。

「公安の大神博之警部補たちですね。昨日から姿を見ませんが、ここまで尾行してくるでしょうか」

「それが仕事だからな。連中にしてみれば、俺らから目を離した隙にテロリストの松浦冴子が現れたらこれ以上の失態はない」

「ついてくるのはかまいませんが、彼らはちゃんと登山用のＧＰＳを装備しているんですかね。同じ景色が果てしなく続くこんな場所では、目標を見失えば即遭難しますよ。ここが迷子山と名づけられたのも納得です」

藪下はじっと後方を見つめていたが、前に向き直って再び歩きはじめた。

「まあ、いい。俺の気のせいかもしれん」

淳太郎もタブレットを確認して足を進めた。

山の中で耳や目が慣れてくると、さまざまなものが感じ取れるようになった。先ほどからぱらぱらと何かが落ちる音はどんぐりで、周囲のクヌギやコナラの大木がひっきりなしに実を落としている。目で追えない速さで木々を伝っているのは、おそらくリスだろう。冬を前にして、エサの備蓄に余念がない。そういうことを考えられる余裕ができると、湿っぽく薄暗い森もさほど不気味ではなくなった。

ことのほか起伏の激しい道なき道を歩いているだけで、瞬く間に汗が流れ出してくる。藪下はナイロンジャンパーを脱いでリュックに突っ込み、黒いトレーナーの袖でこめかみを伝う汗をぬぐった。無秩序に伸びている木々の間をすり抜け、まるで大蛇のような木の根をまたいで小山をよじ登る。常日ごろの運動不足が予想以上にこたえ、もはや息が上がって汗だくだ。トレッキングだと浮かれていた淳太郎の口数も極端に減り、ペットボトルの水を飲みながら歩く速度を落としていた。

目的地までたった二キロの距離なのだが、地図上の等高線で見たよりも高低差がきつい。淳太郎はたびたびタブレットを確認して進路に軌道修正をかけ、今度は今しがた登ってきた小山を下るコースへ手を向けた。そして淳太郎が木の枝に手をかけながら一歩踏み出そうとしたのを見たとき、藪下の頭のなかで警鐘が激しく鳴り響いた。

「ちょっと待て!」

藪下は反射的に走り出して淳太郎の襟首を引っ掴み、小山を駆け下りようとしていた男を力まかせに引き戻した。とたんに心拍数が上がってどっと汗が流れ、腐葉土が堆積した地面に滴り落ちる。

「どうしたんですか急に……」

淳太郎はびっくりして目を丸くし、切羽詰まった面持ちの藪下を凝視している。肩口に汗をなすりつけた藪下は、屈んで斜面の下を見下ろした。傾斜の中ほどには人の胴体ほどもある朽ち木が転がり、周囲に枝や枯れ葉が散乱している。

「前に一花が言ってたんだがな。罠を仕掛けるなら斜面を狙う。獲物が自然と足早になるし、障害物があればその勢いのまま飛び越えるからだ。足のつく位置を限定できる」

藪下は十キロはありそうな苔むした石を両手で持ち上げ、朽ち木の先めがけて思い切り放った。どすんという鈍い音を立てて地面にぶつかったとたんに、今度は乾いた破裂音が森に響きわたる。同時に枯れ葉が周囲にぱっと舞い上がり、目にも留まらぬ速さで細長い何かが跳ね飛んだ。目の前で起きた事態がよくわからない。しかしその一瞬で、地面に埋められていたらしいワイヤーの輪が木にぶら下がって大きく揺れているのが目に入った。淳太郎は言葉も出せずに作動した罠を呆然と見つめた。

藪下は、周りの木々に張り巡らせてあるワイヤーを見つけて目でたどった。クヌギの上のほうにはごついバネが吊るされているが、ほとんど目視が難しいほど巧妙に隠されている。どうやら、木の上に設置したバネの力で獲物を捕らえるものらしい。

「罠を踏み抜けば一瞬で逆さ吊りにされるわけか。しかも、暴れても抜けない強力な罠だ」

言葉を失っていた淳太郎は、ごくりと空気を飲み込んだ。

「や、藪下さんはなぜわかったんですか」

「一花の考えてることがわかる……と言いたいところだが、単なる勘だ」

「いや、待ってくださいよ！」

珍しく淳太郎は取り乱していた。

「この場所で怖いのはクマなんかじゃない。どう考えても一花ちゃんが仕掛けた罠がいちばん危険じゃないですか！」

「そういうことだ。今この山では一花が生態系のトップだな。獲物にとどめを刺すことしか考えていない」

藪下は引きつった笑いを漏らした。このまま進めば容赦のない罠にかかるのが見えている。しかし引き返しても、そこに罠がないとは限らなかった。来た道を寸分違わずに戻るのはどう考えても不可能だろう。能天気にも自分たちは、ハンターとしての一花の行動をまるで理解できていなかった。

「目的地まであとどのぐらいだ？」

藪下が辺りを警戒しながら問うと、淳太郎は険しい表情でタブレットに目を向けた。

「まだ八百メートル弱はありますね。もしも落とし穴とか釣り針系の罠があればさすがに避けられませんよ。押し潰す系の罠もありますし」

「それはもうゲリラ戦だ。法律で禁止されてるもんは、さすがに一花もやらんだろう。この罠に似たようなものが、そこらじゅうにあると思って間違いない。ともかく戻るよりも進むほうが距離はないから、一歩一歩確認しながら行けばなんとかなるだろ」

藪下は落ちていた木の枝を拾って地面を突いた。

「それともここで待つか？」

淳太郎は時間をかけて吟味し、やがて首を横に振った。

「一花ちゃんが帰りにこの道を通る保証はありません。それに彼女がトラブルで動けなくなっている説。これもないとは言い切れませんからね。もちろんケータイもつながりませんから、このまま進むしか道はなさそうです」

「年がらねんじゅう説教したくなる俺の気持ちもわかるだろ？」と藪下はたまらず吐き出した。

「一花のせいで日々余計な心労が増えるんだよ、まったく」

藪下は棒で地面を突つきながら慎重に足を進め、罠のあった箇所を迂回した。傾斜地に斜めに生えているごつごつとしたクヌギに手をかける。その瞬間、どこからともなく声が聞こえてきて藪下は顔を上げた。

「二人とも、こんなところで何をやっているんですか」

一花だった。右前方にあるブナらしき大木の陰に一花が佇んでいる。どんよりと薄暗い森のなかでもひときわ目立つ派手なピンク色のハンティングベストを着込み、同じ色のキャップをかぶっている姿は遊び半分で山に入るチャラついた女にしか見えない。白い顔は驚きに満ちており、あっけに取られて突っ立っていた。

「おまえさんこそこんなとこで何やってる」

「罠が作動した音が聞こえたので見にきたんです」

「そんなことを言ってるんじゃない。いったい仕事を放り出して何やってんだって話だ。手間かけさせやがって」

彼女がやってきたのはせめてもの救いだ。これでもう罠に怯えながら歩かなくても済む。藪下はため息を吐き出して斜面を下りようとしたが、同時に一花の声が森の沈んだ空気を切り裂いた。

「そこを動かないで！」

まるで叫びのような声に藪下はびくりとして足を止めた。やかましいヒヨドリが驚いて飛び立ち、湿り気を帯びた空気を再び震わせた。背後から淳太郎がやってきたが、一花はぐっとあごを引き、一歩も動けなくなるほど鋭い目で男二人を見据えた。

「一花ちゃん、いったいきみに何が起きているのか説明して」

淳太郎が足を進めようとしたとき、一花はおもむろに持っていた猟銃のボルトを押し下げ、弾をこめてからためらいなく銃身を上げた。木製の銃床を右肩につけ、瞬きもせずに照準を合わせてくる。

「おまえは何やってんだ。それを下ろせ」

藪下は、猟銃をまっすぐこちらに向けている一花に低い声で警告した。しかし彼女は身動きひとつせず、鬼気迫るような据銃《きょじゅう》姿勢を保っている。いったい何が起きているのかわからないが、一花の本気度だけは痛いほど伝わってきた。自分たちが一歩でもここを動けば、あの女は間違いなく引き金を引く。それだけはわかる。

「一花、銃を下ろせ。自分が何をやってるのかわかってんのか」

全身汗みずくになりながら、藪下は努めて冷静に言った。すると一花は二人を睨みつけたままかすれた声を出した。

「藪下さん。そこから二歩、右後方にゆっくり下がってください。淳太郎さんはまっすぐ後ろへ一歩」

「なんだって？」

全身を強張らせながらそう返したとき、今度は後ろのほうから大声が飛んできた。

「銃を下に下ろせ！　両手を上げて後ろに下がれ！」

勢いよく振り返ると、左後方から黒ずくめの男二人が駆け込んでくるのが見える。自分たちをマークしている公安の大神だった。その瞬間、一花のハーフライフルが轟音を上げ、藪下の足許にある土くれや枯れ葉が弾け飛んだ。同時に鈍い金属音が響いていくつもの罠が次々に作動する。藪下と淳太郎の周囲は罠だらけで、一歩踏み出した先にもぽっかりと穴があいているのが見えてぞっとした。

「射撃をやめろ！　銃を下ろして両手を上げろ！」

再び声が響いて後ろを見ると、公安の二人が木の陰に身を隠し、あろうことか一花に銃を向けているではないか。藪下は目をみひらいて大神に怒声を上げた。

「おまえが銃を下ろせ！　無抵抗の一般人だぞ！」

「どこが無抵抗だ！　人に向けて発砲してるだろ！　きみらもさっさと伏せろ！　撃たれるぞ！」

「違う！　罠を撃ち抜いただけだ！　一花！　おまえはもうそれを下に置け！　早く！」

藪下は咄嗟に斜面を滑り下りたが一花は顔色ひとつ変えずに弾をこめ、今度は公安のいる方向へ銃口を向けてためらいなく二発目を発砲した。

「やめろ！」

藪下は一花に飛びかかって地面に押し倒した。心臓が暴走して体の隅々にまで大量の血液を送り出しているのがわかる。一花の頭をむりやり下げさせた刹那、別の銃声が響いて近くの木が被弾し、周囲に樹皮が弾け飛んだのがわかった。大神が発砲している。

「待て！　撃つな！　こっちはもう確保してる！」

地面に突っ伏しながら必死に訴えると、大神の近くにあった罠がいくつか作動して二人が驚愕している様子が見て取れた。藪下の腕の下にいる一花はもぞもぞと体を動かし、まったく動揺の見えない声を出した。

「間に合いました」

藪下は辺りに漂う硝煙の臭いを吸い込み、なんとか全身の震えを止めようとした。

2

公安の大神は身分証を提示した。禿げ上がった頭頂部には、枯れ葉や泥がこびりついている。部下らしき若手もひどいなりで、五人は回収された罠を囲んで睨み合っていた。

「こんな山奥まで尾行とは、ご苦労なことですね」

藪下が嫌味混じりに言うも、大神は黒縁メガネを押し上げただけにとどまった。痩せていて顔色が悪く、いかにも胃腸が弱そうな体つきだ。これといった特徴のない顔立ちの部下も疲労を隠せず、一花から渡された狩猟免許の登録番号をメモ帳に書き写している。

「それで、きみが発砲したのは罠の危険を知らせるため。人を狙ったのではないと」

大神は先ほどと同じことを一花に問うた。つばを後ろにまわしてキャップをかぶっている彼女は、ひとつだけ頷いた。顔は泥で汚れ、頬には擦り傷ができている。

「あと数センチでも脚を動かせば、体重が伝わって罠が作動していました。藪下さんたちがいた斜面は動物の通り道なので、ほかよりも多く罠を仕掛けています」

「だったとしても、口で言えば済むことだろう」

「確実に動けない状況を作りました。口で言っただけでは人は動きます。それに、この辺りにはトラバサミを仕込んでいたので一刻を争う状況でした」

一花はいつものように抑揚なく喋り、足許にある赤茶色に塗装されたトラバサミを指差した。開けば内径は十五センチ以上はあるだろうか。こんなもので脚を挟まれれば骨まで達する傷を負うことになるし、下手をすれば骨が砕ける。凶悪な罠をじっと見つめている淳太郎は、心の底から怯えているようだった。

公安の大神は部下がメモをとっていることを確認し、薄い眉根を寄せて口を開いた。

「トラバサミは鳥獣保護法で規制されているはずだが、きみはそれをいくつも使って我々を危険に晒した。それは認めるね?」

「トラバサミは規制されていますが、例外的に使用が認められています。生活環境や生態系保護のため、そしてシカの生息数調整のために、この村は環境大臣から使用の許可を得ています」

「だったとしても、こうやって人が入ってくれば危険なことには変わりないだろう」

「そう、たいへん危険です。でもこの山は私有地なので、地主の許可なく入ることがそもそもの間違いでは？　それでなくとも今は猟が解禁されています。黒ずくめの格好で山に入れば、ハンターに撃たれるリスクが高まります」

大神は一瞬だけ自分の服装に目をやり、咳払いをして顔を上げた。一花はたたみかけるように一本調子で話を続ける。

「わたし以外はこの山には入れないように、役場と地主には話をしていました。当然、そのつもりで罠を張っています。あなた方四人は他人の家に勝手に入り、危険なものがあったと家主を非難しているのと同じ状態です」

ピンク色のベストを着て同じ色のキャップをかぶっているために、まるで緊張感がなく小馬鹿にされている感がある。公安の仏頂面もそれを物語っているが、一花がいたって真面目なのはよくわかっていた。

「ただ、危険があったことは事実なので、だれも怪我をしなくてよかったと思っています。そうしなければならない理由はありましたが、銃を向けたことはすみませんでした」

一花は深々と頭を下げた。大神も発砲している以上、上への報告ならびに一花の正式な聴取は必至だが、内々で処理するのではないだろうかと思われた。今回、職務中の発砲には正当な理由があるものの、彼女が言うように大神にも少なくはない落ち度がある。しかも一花がいなければ、ここにいる全員が罠の餌食になっていたのは確実であり、結果的に公安の二人も救われたことに変わりはなかった。

「ともかく、きみの危険行為は明らかだ。公道でのドリフトもそうだが目にあまる」

「その件に関しては謝罪しますよ。監督不行き届きもあるし、もし出頭する要があるならそれに我々は従います。ただ、こっちはおたくらに四六時中つけまわされてるんでね。マークするならバレないようにやってもらわないと、これでは国家権力を使った一般人への単なる嫌がらせですよ」

藪下の指摘に、大神はひときわ腹立たしげな面持ちをした。もはや早い段階で尾行の体を成してはおらず、公安は早急に作戦を練り直す必要があった。

「ちなみに、テロリストの松浦冴子の情報があるなら教えてもらえませんかね。こっちも自衛しなければならないんで」

当然ながら藪下の言葉にはなんの反応も示さず、大神は黒いジャンパーについていた土や汚れを払い落としている。そして「もろもろ後日、連絡を入れることになる」と不機嫌を隠さずに言った。するとと今まで黙って聞いていた淳太郎がリュックサックから名刺を取り出し、大神とその部下に渡した。

「連絡はここへお願いします。オフィスに来ていただければ歓迎しますよ」

若干のにこやかさを取り戻した淳太郎に手を差し出され、若手の公安は思わず握手に応じてしまっている。大神は無言のまま自身の撃った銃弾を木から回収し、青黒いクマの目立つ顔で一花に向き直った。

「ここから小屋まで、ほかに罠を仕掛けている場所は？」

「ありません。今後山で仕事をするときは注意してください。ハイキングコースでもない限り、回収されていない罠があることもあります。それに山に一歩入れば、あなた方は狩る側ではなく狩られる側です。その程度の銃では獲物と対等にすらなれません。くれぐれも忘れないでください」

生真面目に注意を促す一花を苦々しげに見つめ、大神はほとんどなんの情報も漏らさずに踵を返した。乱立する木立の間を縫って歩き、すぐに姿が見えなくなる。

「さて、ようやっと邪魔者は消えた。おまえさんには言いたいことが山ほどあるが、まずはここを引き揚げる。いいな？」

藪下は有無を言わせぬ口調で言い、まっすぐに見返してくる一花と目を合わせた。髪を二つに結び、よく見ればクマの柄が入った子どもじみたマフラーを首に巻いている。あまりの間抜けなりに、藪下はうんざりした。

「いつもそんな格好で猟に出てんのか。獲物に警戒されそうだがな」

「間違って撃たれないために派手にしています。それに動物にピンクは見えませんので」

一花はそっけなく答え、いささかためらうような間を置いてからまた口を開いた。

「藪下さんと淳太郎さんは、わたしを心配してくれたんですか？」

「一花ちゃん。急にいなくなって行き先もわからない。何かあったのかと思って心配するのはあたりまえじゃない」

淳太郎が今までになく強い調子で言うと、一花はまた少し考えてから口を開いた。

「なぜここの場所がわかったんですか」

極めて自然な質問だが、淳太郎は口をつぐむしかなかった。一般人が個人情報に侵入して行き先を特定するなど、緊急事態といえども許されることではない。しかし藪下はかまわず言った。

「おまえさんのスマホ追跡機能に侵入して位置情報を手に入れた。もちろん違法行為だが、俺らも切羽詰まってたんでな。じいさんと母親が上京してきたのは知ってるんだろ？　いい歳して家族に心配をかけるな」

一花は藪下の言葉を嚙み締めるように押し黙り、そしていくぶん表情を和らげた。

「ご心配をおかけしました。罠を引き揚げて撤収します」

そこからが重労働だった。藪下と淳太郎も解除された重い金属の罠を運び、小屋と罠を仕掛けた場所を何往復もする羽目になったからだ。これをいつもはひとりでやっている一花には頭が下がる思いだが、いかんせん思いもよらない行動が多すぎる。一花に染みついている独自の常識を、どうすれば修正できるのかを考えるのがもはや藪下の日課になっていた。

罠を回収しはじめてからおよそ三時間半後。見るからに薄汚れた三人は粗末な小屋に座り込んでいた。疲労困憊《こんぱい》もいいところで、もはや全身の筋肉が悲鳴を上げている。汚れ仕事などほとんどしないであろう淳太郎は、今や生彩を欠いて儚さばかりが際立っていた。

キャップを脱いだ一花は持参した紙袋をごそごそと探り、中からメロンパンや菓子を出して二人の男に順繰りに手渡してくる。薄暗い小屋で腕時計に目をやると、すでに午後二時をまわっていた。汗をかいたせいか急に寒くなり、藪下はナイロンジャンパーをリュックから引きずり出して羽織った。そしてパンの袋を破りながら、作業の間ひと言も喋らなかった一花を上目遣いに見やった。

「なんで仕事を投げ出して猟なんかやってるんだ」

前置きなく本題に入った藪下を、一花はあいかわらず強い目で見つめてくる。いかにも甘そうなメロンパンにかぶりつくと、想像以上の人工的な甘さに頭がくらくらした。

「まさか、割のいい害獣駆除を見つけたから小遣い稼ぎをしてるんじゃないだろうな」

一花はメロンパンを豪快に口に入れ、淳太郎も表情ひとつ変えずに安い甘味料を大量に使っているであろうパンを千切りながら食べている。一花は手を止め、神妙な面持ちをしてぽつりと言った。

「ひとりになって考えたかったんです。いえ、冷静になりたかった」

その理由は電話でも聞いている。藪下と淳太郎が黙って次の言葉を待っていると、彼女はぽつぽつと話しはじめた。

「実は、しばらく日本を離れて世界を旅しないかとある人から誘われています」

まったくの初耳だ。藪下は思わず淳太郎に目をやったが、同じくこちらを見て不安げに小さく頷いた。

「わたしはその人のことが好きだし、話しているとどんどんのめり込んでいくのがわかるんです。本当のわたしをわかってくれる人だと思いました。でも、このままでは駄目だとも思いました」

「その人とは最近知り合ったの？」

淳太郎が問うと、一花はそうだと頷いた。

「まだ出会ってから十日も経っていません」

いつのまにそんな相手ができたのだろうか。いや、未だにお見合いサイトのようなものに登録しているのだから、ネットを介した出会いならいくらでもあったのは確かだ。心ここにあらずの時間が増えていたのは、藪下にも思い当たる場面がいくつもあった。

藪下は甘ったるくてまずいメロンパンを水で飲み下し、いつにも増して浮かない表情の一花に言った。

「おまえさんは、そいつとの関係に悩んでひとりになりたいと思った。で、山梨くんだりまでやってきて、たったひとりでゲリラ戦さながらの罠を張ったと」

「そうですがそうじゃないんです」

一花は完全に食べる手を止め、運び込んだ罠だらけの小屋のなかで身じろぎをした。

「藪下さんと淳太郎さんに言われたことがずっと頭にありました。『言われるがままになんでも引き受けるな、考えろ』それに『断る勇気が必要』。この二つです」

「ということは、一花ちゃんは相手に何か疑問をもっているわけだよね」

彼女は首を横に振ってからしばらく考え、やがて小さく頷いた。

「その人は信用できると思います。間違いなくわたしのためを思ってくれている。それはわかっているんですが、緊張するんです。とても」

一花は、どこか苦しげに先を続けた。

「わたしの話を親身になって聞いてくれるときと、突き放すようなときの差が激しい。なんでも話してとまるで命令のように言うんですが、いざ話すと『だから？』と意味のわからない拒絶をされる。そういう小さな矛盾点がたくさんあるから混乱するんです。自分の言葉に自信がなくなって、正解と不正解の境目がわからなくなる」

「なんでそんなやつにのめり込むのかわからんな」

藪下が素直な感想を漏らしたとたん、一花はすぐさま返してきた。

「完璧な人間なんていませんから」

藪下は一花の様子を窺った。緊張を強いられるような相手を指針とし、自分にとってかけがえのない人間だと思ってしまう心理は危険だ。一花もそれを深層では感じているからこそ、冷静になりたいと考えたのだろう。しかし、未だ彼女は落ち着きを取り戻せてはいないように見える。

一花はなぜか藪下に探るような目を向け、話を先に進めた。

「その人は、今ある人から支配されそうになっていると悩んでいました。用もなく家に来たり急に呼び出されたりして、強引で断り切れなくなってしまうらしいんです。でも、利用されているのがわかるから、なんとか関係を絶ちたくていろんな証拠集めをしていると話していました」

「証拠集めって、そいつはストーカーされてるってことか？」

「まだそこまではいっていないと思います。それはわたしも把握しています」

一花は言葉を切り、藪下と合わせた目を逸らさなかった。

「藪下さん、あなたはだれかを支配しようとしていますか？　本当のあなたは、だれかの気持ちを弄んで笑っていられる人なんですか？」

「は？」

意味がわからずおかしな声を上げると、一花は大きく息を吸い込んだ。

「わたしはたまたま、その人のスマホを見てしまったんです。証拠を集めた写真のなかに、見覚えのある建物や車が写っていて驚きました。藪下さん、あなたの車と住んでいるマンションです」

「何を言ってるのかわからんが」

「つまりこういうことかな」と淳太郎が口を挟んだ。「その人に対して傍若無人なふるまいをしているのは藪下さんで、証拠がそろい次第、被害届を出されるだろうと」

「はい」

「いや、ちょっと待てよ。本当になんの話なんだ」

藪下は反発の声を上げた。

「これでも俺は忙しいんだ。そいつにかまってられる時間なんかない。どういうわけでおまえらの関係に俺が登場するんだよ。しかも被害届だと？」

「確かによくわからない話ですね。藪下さんにも裏の顔はあると思いますが、だれかに執着して困らせるようなことをしそうにはないですし」

「わたしも最初はそう思っていました。でも、彼女にはうそをつく理由がありません」

「彼女？」

藪下と淳太郎は同時に顔を上げた。

「さっきからおまえさんが話してる人間は女なのか？」

「そうです。初めてできた同性の友だちです、親友と言ってもいいかもしれません」

一花はいささか表情を緩めたが、また猜疑心の浮かぶ顔に戻した。

「彼女にも聞いてみたんですが、藪下さんの名前は最後まで出しませんでした。でも、思えばあなたは彼女の内情をよく知っていた。ＤＶを受けていることや、過去にも同じような被害に遭っていること。だから、すべての話がつながるような気がしたんです」

藪下は一瞬だけ考え、驚いて一花に視線を戻した。

「ＤＶって、まさかその女は小早川月子なのか？　エステティシャンの」

「はい。月子さんはとにかく疲弊していて、見ていられないほどでした」

「あのな。小早川月子とは偶然会って車で送っただけだ。そのときにＤＶ関連の話を聞いたんだ。一花、おまえさんは話を捻じ曲げて捉えている。見聞きしたもんをつなぎ合わせておかしな結論を出してんだよ」

一花はじっと手許に目を落とし、そのまま口を開いた。

「わたしは、藪下さんが人を困らせているところが想像できません。でも、月子さんは現に苦しんでいる。助けてあげたいのに拒絶される。だれを信用すべきか優先すべきかもわからない。判断ができないんです」

「そうじゃないでしょう。一花ちゃんも本当はわかってるよね？　きみは、初めてできた親友という名の何かを手放したくないだけじゃないかな」

淳太郎は率直な意見を述べた。一花は唇を結んで長いこと黙っていたが、やがて顔を上げて薄い笑みを浮かべた。

「何が本当で何が違うのか、今でもよくわかりません。ただ淳太郎さんが言うように、わたしはいろんな面で舞い上がっていた。だからこそ、真実を知りたくていてもたってもいられなくなったんです。月子さんは、この小鳩村の出身なんですよ」

だからここを訪れたというわけか。一花は思い出したように、食べかけのメロンパンを一気に完食した。

「彼女が働いているエステに行ったとき、偶然にある人を見かけました。倉澤さんの奥さんです」

「倉澤の？　小早川月子と遺族の接点は聞いたことがないよな」

「はい。お互いに面識はないはずです。アパートを引っ越した人の連絡先は倉澤さんでもわからないはずですから」

一花は即答した。

「倉澤さんの奥さんは、お店の前を行ったり来たりして中を窺っていたんです。西高島平にあるパン屋でも同じようなことをしていたと聞いていたし、奥さんには何か問題があるのではないかと思って」

「あれはパン屋の店主が結衣子の同級生で地元だからな。しかも、倉澤は麻生みどりという女にあることないこと吹き込まれていた。ある意味、パン屋を敵視する理由はあったんだよ。だが小早川月子との関係は一度も聞いたことがない」

「そうなんです。倉澤さんの奥さんは、何をするでもなく店の前をうろうろして帰っていきました。それがずっと引っかかっているんです。もしかして、月子さんは結衣子さんのご両親と接点があるのではないかと」

そう言って一花は、ずっと考えていたであろうことを口にした。

「月子さんは、今回の事件にかかわっている人との距離が近い。しかも藪下さんにはつけまわされていた」

「だからそんな暇はないって言ってんだろ」

藪下は苛々して水をがぶ飲みした。

「だいたい、なんで俺の家だの車だのの画像が小早川月子のスマホに入ってるんだよ。おまえさんの見間違えじゃないのか？」

「いいえ。一瞬でしたが、あれは藪下さんのマンションでした。車も見間違えるはずがありません」

頭を整理するのに時間がかかっている。とっ散らかっていて収拾がつかない状況だった。しかし、月子が本当に藪下のマンションまで行って写真を撮っていたとしたら、その意味とはなんだろうか。自宅をどうやって知ったのかにも疑問は残る。藪下は月子の挙動をあらためてひとつひとつ思い返してみたが、やはり何もわからないままだった。それとも、第三者が彼女をそそのかしているとは考えられないだろうか。たとえば様子がおかしかった倉澤夫人が、周囲に何かを吹聴してひっかきまわしているとか……。

藪下は頭のなかでめまぐるしく検証していたが、あまりの不毛さにかぶりを振った。

「まったく筋が通らんな。ただ、おまえさんは月子の出生地を調べてみようと思い立った。なのに、なんで無関係の猟に出てるんだよ」

藪下は疲れ果てて問うと、一花は薄暗い小屋のなかで目をぎらぎらと光らせた。

「関係が密なムラ社会で信用を得るには、すべての住人にとってプラスになることをやればいい。つまり動物の被害が絶えない土地で、その問題を軽減できればわたしの株は上がります。結果として村の人たちの口も軽くなるので、情報は手に入りやすくなる。こういう理由で猟に出ました」

最初から計算ずくだったらしいが、あまりにも身勝手で個人行動が過ぎる。再三説教していることが無意味だったのかと落胆したものの、今回は藪下が絡んでいると思ったからこそ言い出せなかったのは察しがついた。いずれにせよ、一花なりに悩んだことは間違いない。だからといって、このままにはできないが。

「今後、仕事関係の情報は共有してもらう。なんであれだ。繰り返し言ってるこれが理解できないようなら、もうチームとして動く意味はない。要は、おまえさんは使えないってことだ。この会社には必要ない」

一花は今回ばかりは強情を張らず、素直にすみませんでしたと頭を下げた。こういうとき、いつもならば淳太郎が助け舟を出すはずだが、先ほどからじっと何かを考え込み、ひどく難しい面持ちをしていた。

3

村に戻ったときには太陽が西に傾き、山間の集落を茜色に染めていた。まだ時間が早いせいかランドセルを背負った子どもたちの姿も見え、蛇行する農道で仔犬のように戯れている。畑の脇にある柿の木では熟れた実をカラスがついばみ、送電鉄塔に似た火の見櫓《やぐら》の赤錆が夕日に映えていた。見るものすべてが情緒的だ。藪下は高台にある駐車場から、感慨深く村を見下ろした。

そんななか、一花は猟の終わりを役場の担当に伝え、赤い釣り竿のケースに入れたハーフライフルを肩にかけて歩いてくる。三人は体についた土埃を払ってからシボレーに乗り込み、おのおの定位置に腰を下ろした。

「夕飯時に聞き込みはできないだろうし、村にもう一泊するしかなくなった」

藪下はソファにだらしなくもたれた。

「この際、郷土料理でも食いに行くか。昼メシ抜きで肉体労働したんだし、うまいものでも食わないとやってられん」

「ひと山越えて隣村まで行かないと郷土料理屋はありません。夜も営業している飲食店は、常連の溜まり場になっているスナックだけです。迷子山を所有している地主が、昔、妾の方に贈った店だそうです」

「村人なら全員知ってる秘密か」

藪下は薄く笑った。

「なら、そのスナックへ行くべきだな。古くからの常連は村の隅々まで把握してる。酒が入って口も軽くなるし一石二鳥だ」

淳太郎のほうへ目をやったが、ひと言も発せずに依然として押し黙っている。

「ずいぶんおとなしいな。汚れ仕事がそんなにこたえたのか」

藪下が声をかけると、男は髪をかき上げて申し訳程度に笑った。

「いい運動になりましたよ。ちょっと気になっていることがあるんです。月子さんのことで」

淳太郎は喘息の薬を吸い込んでから水を口に含んだ。

「抽象的な話ではあるんですが、僕は月子さんと一度も目が合っていないんですよ」

いきなりなんの話だろうか。淳太郎はまたペットボトルに口をつけた。

「スポーツクラブで初めて彼女に会ったとき、なんともいえない感覚に陥ったんです。僕の前にだけ分厚い壁があるような、拒絶感が半端ではなかった」

「単におまえさんが気に食わなかったんだろ。パン屋の女みたいに」

「いいえ、そうじゃない。パン職人の歩美さんは激しい敵対心が透けて見えるほどでしたが、僕にあいう反応を示す女性は意外に多いんですよ。過去にモテる男からひどい目に遭わされたとか、本心では自分をあざ笑っているんだろうという劣等感からくる勘ぐりとか、手が届かないからこそ僕を嫌悪して締め出す心理が働くわけです」

「よく自分でそんなことが言えるな」

藪下は無駄にポジティブすぎる男をまじまじと見た。

「経験上、僕とまったく目が合わないタイプの女性は二種類です。気があるからこそ逃げてしまう内向的な女性か、本能的に僕を危険視している女性。月子さんは間違いなく後者ですね」

分析に熱を帯びている淳太郎に藪下は釘を刺した。

「そうは言ってもDVを受けてる女だからな。男を全般的に危険視するだろ」

「いいえ、そうではないように思えるんです。実は一花ちゃんの話を聞いて、DVを受けているのかどうかも怪しいと感じていますよ」

「いや、現に殴られて痣になってたんだぞ？」

「おそらく彼女は、DVを証言してくれる人間として藪下さんを選んだのでは？　言葉に説得力をもたせるためにね。現に彼女は、マスクやメガネで顔の傷を隠そうとはしていない。なのに、怪我をあからさまに隠すような素振りをしていませんでしたか？」

藪下は腕組みをした。確かに普通の感覚から言えば、マスクなどを使って傷を隠そうとするかもしれない。藪下が怪我や痣を近くで確認していないことも事実だ。あくまでも彼女の意思を尊重し、助言に徹していたのだから。つまりあのとき自分は深入りを避けた。

「本当にDVをでっち上げたんだとして、その理由は？」

「それは僕もわかりませんが、結衣子さんに関係があるのかもしれません。事件を探られると不都合があるとか。ただ、このあたりは常識的に考えても答えは出ない気がします」

淳太郎は言葉を選びながら先を続けた。

「月子さんが僕を危険だと判断したのは直感でしょう。演技やうそが通用しない相手だと瞬時に察した。取り入ることができない人間を、徹底して回避する生き方をしていると見ています」

「藪下さんにも演技やうそは通用しないと思いますが」

一花が静かに口を開いたが、淳太郎は首を横に振った。

「彼女は藪下さんの優しさを隙だと勘違いしていると思う。おそらく藪下さんも、すでになんらかの違和感には気づいているはずだと思いますね。警察官時代、犯罪者の聴取で似たような人間はいませんでしたか？」

淳太郎は藪下を見据えた。答えは「いた」だ。聴取を担当した元部下の三井が、一度も目が合わないと言っていた犯罪者が確かにいる。三井の執拗な追い込みで音を上げる悪党は多いが、その男は出会った瞬間に元部下の資質を見抜いた節があった。藪下と三井が落とせなかった唯一の人間であり、老人を狙った凶悪な殺人犯だった。

淳太郎は長めの前髪をかき上げ、自身をも探るようにゆっくりと話を続けた。

「さっき、小屋で一花ちゃんの話を聞いて気になったことがあるんです。親身になったり突き放したり、月子さんには矛盾のある言動があるというところですよ」

一花は頷いた。

「これはダブルバインドではないかな」

「ダブルバインド?」

淳太郎は手許を凝視しながら再び口を開いた。

「なんでも話してと一花ちゃんに半ば命令し、その通りにすれば意味のわからない理由で拒絶する。これはいわゆる洗脳の手段で、ブラック企業なんかも当てはまるんですよ。自分で考えて仕事をしろと言ったのに、いざそうすると勝手なことをするなと怒鳴られる。この矛盾を続けられると、人は思考停止に陥ります。つまり、二重に拘束されるわけです」

一花は真剣に耳を傾けた。

「ここにはまり込んでしまうと、人はコミュニケーションを取ることを放棄し、相手の言いなりになることを無意識に選ぶ傾向がある。上下関係が刷り込まれて客観視が難しい状態ですね。ブラック企業なんかさっさと辞めろと言う人は多いですが、その判断すらできなくなるんですよ。自己責任で終わる話ではありません」

「月子が意識的にそれをやっていると?」

藪下は問うと、淳太郎は少しの間を置いた。

「僕はそう思っています。しかも、これをやる人間を選別している。ある種の効率化を求めているんでしょう」

いったい月子とは何者なのだろうか。藪下はしばらく考え込んでいたが、答えが出ないまま倉澤に電話した。妻が荻窪にあるエステに行ったことがあるかどうか、そして行ったとすれば目的はなんだったのか。その二点を早急に確認してほしいと告げて通話を終了した。

「小早川月子は、淳太郎とはどういう人間かと俺に聞いてきた。おまえさんに興味をもってると思っていたが、実際は探っていたかもしれんわけか」

「そうですね。少なくとも、異性として僕に興味をもったということはないはずです」

「わたしにも聞いていました」

一花も口を挟んだ。

「淳太郎さんと藪下さんについて、どういう人なのかとても興味があると。特に淳太郎さんのことを熱心に尋ねてきたので、タイプなのかなと思っていたんです」

「彼女に好きなタイプがいるのかどうかも怪しいな。しいて言うなら、支配できる人間がタイプなんだと思う」

そう言って淳太郎は、一花と目を合わせて手を握った。

「きみが傷つくのはわかっていたから、話そうかどうしようか迷っていたんだ。でも、これが事実なら受け止める必要があると思う。月子さんは病的な虚言癖のある女性で、支配して操れる人間をよりすぐっている。悪意をもって近づき、相手の善意を利用して常に何かを企んでいる。僕はそう思ってるよ」

一花は間近で淳太郎に目を据え、ひと言だけ返した。

「信じられません」

「うん。僕の思い違いだったら謝るよ。きみにも、月子さんにも」

淳太郎の予測が当たっているかどうかはわからない。しかし藪下は、結衣子と月子に接点があったことがここにきて猛烈に気になりはじめていた。


それから三人はシャワーを浴びて身支度を整え、村の常連が集うというスナックへ足を向けた。小さな商店の隣には板チョコのような扉のついた箱型の建物があり、「スナック幸子《さちこ》」という紫色の艶《なま》めかしい電飾看板が出されている。山深い村にはそぐわないようでいて意外と馴染んでおり、まだ七時前だというのに中からカラオケの音が漏れ聞こえていた。

「一花の仕事ぶりは村で話題になってるだろうから、そのあたりは頼んだぞ」

焦げ茶色の扉を見つめながら、一花は大きくひとつ頷いた。言わずもがな、淳太郎の対人スキルも閉鎖的な環境でこそものを言う。アンティークゴールドのノブに手をかけたとき、藪下のシャツのポケットでスマートフォンが振動した。見れば、倉澤の名前が表示されている。通話ボタンを押して耳に当てた。

「藪下さんですか、倉澤です。先ほどはどうも」

電波の状態があまりよくないようで、倉澤の声は途切れ途切れだ。藪下はそれを伝え、端的に話してほしい旨を口にした。

「先ほどの件ですが、妻は荻窪にあるエステサロンへ行ったことがあるそうです」

やはり、一花が見かけたのは倉澤夫人だった。

「何をしにそんなところまで？」

「なかなか言いたがらなかったんですが、どうやら麻生さんのあとをつけたらしいんですよ」

「麻生？」

藪下の心臓がひときわ大きく鳴った。

「月命日には必ず電話をくれるとおっしゃっていた麻生みどりですか?」

「ええ。とても親身になってくださっているのに、住所も何も知らないままだったでしょう? 妻は、ぜひお礼をしたいと言ったんですが麻生さんは遠慮されてね。そういう経緯があって、妻は麻生さんのあとをつけて住所を確認しようとしたそうなんです。一年ぐらい前からつけたりしていたらしくて、さすがにやりすぎだと叱っておきました」

「奥さんは麻生みどりについてなんて?」

藪下がかぶせ気味に問うと、倉澤は咳払いをした。

「なんでも、うちに来た帰りに荻窪にあるエステサロンへ直行したと。きっと、その店に通っていると思うと話していました。だから、その後も何度か訪ねたらしいんですよ。麻生さんに会えるかもしれないと言ってね」

倉澤の妻は、精神的にかなり追い詰められている。パン屋の歩美の件も含めて行動のひとつひとつが危うさで満ちていた。しかし災い転じてというべきか、尾行のおかげで麻生みどりが小早川月子だという可能性が高まった。いや、もう二人は同一人物で間違いないだろう。いったい、そうまでする女の目的はなんなのか。

藪下は倉澤に礼を述べて電話を切り、淳太郎に向き直った。

「盗撮映像のなかから一花が見つけた小早川月子。あれをすぐ倉澤に送れるか? 面通しだ。顔がわかる画像で今すぐ確認を取る必要がある」

「了解、キャプチャーをとります」

淳太郎はネオン瞬くスナックの店先でタブレットを起動し、盗撮映像のなかから月子のフォルダを開いた。スポーツクラブのロッカールームの映像を確認し、比較的顔が鮮明に映っている箇所を抜き出している。メールに添付して送信すると、長い時間をかけてようやく完了画面が表示された。

「よし、店に入るぞ」

藪下は重い扉を開けて店内に足を踏み入れた。とたんに大音量で流されているカラオケが鼓膜を刺してくる。三十年前で時間が止まっているような内装の店は狭く、四人が座れるカウンターのほかにテーブル席が二つしかない。久しぶりに見たミラーボールが天井で回転し、周囲に虹色の光を撒き散らしていた。

「お、噂のハンターの登場だ」

還暦過ぎとおぼしき三人の男が、一斉に出入り口へ視線を投げてくる。みな浅黒く陽灼けし、かなりの太鼓腹だが頑丈そうな体つきをしていた。いかにも村の中心人物かつ郷土愛にあふれているのが想像できるほど、充実感と活気に満ちあふれている。マイクを握っている短髪の男は演歌のサビを気持ちよさそうに歌い上げ、「今日は高音の伸びがいまいちだ」とぼやきながら曲を終了した。

「あら、すごいハンサムがいる。いらっしゃい」

ふくよかな女将《おかみ》はどう見ても八十絡みだが、ぎょっとするほど真っ赤な紅を引いている。見た目は年相応に老け込んではいるものの、目力が強くとても健康そうだった。これが地主の愛人らしい。淳太郎は白い割烹着《かっぽうぎ》を着た女の元へ行き、おもむろに手を取って血管とシミの浮いた甲に口づけた。突然の出来事にも女将はまるで動じず、お返しにとばかりに淳太郎の頬を熱っぽくひと撫でした。

「はじめまして、桐生淳太郎と申します。うちの一花が村ですっかりお世話になっているようで」

口滑らかに藪下も紹介し、三人の男たちとも当然のように固い握手を交わした。店に入ってからまだ三十秒も経っていない。

「おいしいものを食べさせてくれる店があると聞いたもので、寄らせていただきました。ご一緒してもよろしいですか?」

「ああ、もちろんかまわんよ。なんせ上園さんには世話になったからな。若い娘がシカ撃ちに来たっつうから、初めは遊び半分だと思ったんだよ。森ガールだの狩りガールだの林業ガールだの、この村にも都会から押し寄せたときがあってな」

「ああ、あったあった。テレビも入って盛大にやらせ番組を撮ってったわ。いかにもシカを撃ったように見せかけてな」

農協のキャップをかぶった男がげらげらと割れるような笑い声を張り上げた。

「わけわかんねえ流行りはいったいだれが作ってんだかな。それにくらべてあんたの腕は本当に見事だ。今まで見たなかでも最高のハンターだぞ。ここだけの話、村の猟友会よりも上だ」

白髪交じりの頭を刈り込んでいる男は、なんの反応も見せない一花に向けて親指を立てている。女将は「映画スターみたいね」と言いながら淳太郎に執心し、早速ビールを注いで乾杯を促していた。

摑みは良好だ。予定通りの流れに満足し、藪下は一花とともにテーブル席へ腰を下ろした。ここまで認知されれば、もうよそ者だと警戒されることはあるまい。壁じゅうに貼られているメニューに目を走らせたとき、シャツのポケットの中でスマートフォンが着信音を鳴らしながら震えた。画面に表示されている送信元は倉澤だ。メールの本文を素早く確認すると、先ほど届いた画像の女は麻生みどりで間違いないという一文が綴られていた。藪下のうなじのあたりがざわついた。淳太郎の勘と分析は本当に当たったらしい。

藪下の動向を気にしている一花にスマートフォンの画面を向けると、本文に目を通した瞬間、無表情の顔がわずかに強張ったのが見て取れた。今の今まで、月子を信じたいと思っていたのはわかっている。親友ができたと語っていた数時間後にこの事実をつきつけるのはかわいそうだが、完全に取り込まれる前でよかったとも言えた。

そのとき、淳太郎がビールのグラスを片手に藪下のもとへやってきた。

「倉澤さんからですか？」

「ああ。麻生みどりは小早川月子で間違いないそうだ」

「やっぱりそうでしたか。今さっき、歩美さんにもメールを送ったんですよ」

そう言うやいなや、淳太郎のタブレットから着信音が上がる。件の歩美からのメールで、「画像の女が探偵の秋山優子です！　間違いありません！」と怒ったような絵文字入りで送られてきた。

淳太郎はメールを閉じて声を押し殺した。

「月子さんは麻生みどりであり秋山優子でもあった」

そう言い、一花が留守中に起きたことをざっと説明して聞かせた。

「倉澤夫妻とパン屋の歩美さんに接近した女性は、髪が短くて地味で三十の後半ぐらいに見えるということでしたよね。月子さんは二十九でロングヘア、そして特別地味という印象はありません」

「変装か」

藪下のつぶやきに、淳太郎は頷いた。

「女性の場合、髪型と化粧を変えるだけでがらりと雰囲気が変わりますからね。藪下さんが見た殴られた痣ですが、それも化粧の可能性が高いと思います」

「確かに月子さんは化粧がとても上手でした。ハロウィンメイクの写真を見せてもらったんですが、本当に大怪我したのかと思うぐらい生々しい出来栄えでしたし」

一花は、老いた女将が運んできたレモンサワーに口をつけながら言った。まだ動揺しているはずだが、一切表には出さずに事実を受け止めようと懸命になっているのはわかっている。藪下も瓶ビールを手酌で注ぎ、一気に呑み干してグラスを空けた。

「しかし謎だな。月子が変装してまであちこちでうそをつくのは、本当に当人の意思なのかどうか。

目的があるうそには見えないんだよ」

「ええ。もしかして事件調査を混乱させるためのうそかとも思いましたが、僕たちが依頼を受ける前からの話ですしね。ただ藪下さんに会った朝は、偶然を装って待ち伏せしたと考えられます」

「それはわたしが口を滑らせたからかもしれません」

一花がレモンサワーのジョッキを置き、若干蒼褪《あおざ》めて見える顔を上げた。

「藪下さんがどこに住んでいるのか、会社はどこにあるのか、電車で通っているのか、仕事は何時から始まるのか、どの道を通って会社へ行くのか。こういうことを、いろんな話に混ぜて質問されたと思います。とても自然に」

「さすがに住所までは話してないよな?」

「はい。でも、月子さんのスマートフォンには藪下さんのマンションと車の写真がありました。尾行したのかもしれません」

そこまでの手間をかけてやったことといえば、DV被害の偽装だ。暴力を受けたことがまだうそだと確定してはいないが、今までの流れを見る限りは虚言の可能性が高かった。

「DVがでっち上げだとすれば、結衣子が生前に勤めていた病院へ行ったのもうそになる。いや、結衣子が真人から暴力を受けていたくだりも本当かどうかわからんな」

「そうなると、月子さんがかかわった人物からの証言も怪しいということになります。うそを吹き込まれて惑わされているわけですからね」

「ああ。倉澤は完全に取り込まれてる。おそらくそれを説明しても受け入れられないだろうな。娘が死んでから、唯一寄り添っていた人間には違いない。問題は、結衣子と真人が殺し合った陰に、月子がいるのかどうかだ」

なんとなく、夫婦の周囲をうろつく月子の気配が見え隠れしはじめていた。

料理を二、三注文してから三人で考え込んでいると、カウンターにいた三人組がビール瓶を片手にやってきた。藪下のグラスに豪快に注ぐ。したたか酔っているようで、いきなり肩に腕をまわしてきた。

「おたくも楽しんでるか？　辛気臭い顔してっけど、悩みがあんなら聞くぞ。それともなんか歌うか？」

三人は剝げたベルベットの丸椅子をもってきて座り、ビールやサワーを追加している。藪下はとりあえずビールに口をつけて男たちのグラスにも酌をした。

「自分はこう見えても酒が弱いんですよ。ビールでも二杯以上呑むと呂律《ろれつ》が怪しくなるんでね」

「そうは見えねえけどなあ。こっちの二枚目はいける口だろ？」

短髪の男は赤黒い顔を淳太郎に向けてビールを注いでいる。藪下は、三人が泥酔状態に入らないうちに話を聞き出したほうがいいと判断した。今さっき注いだグラスがすでに空になっており、あまりにもピッチが速い。藪下はジャケットの内ポケットから名刺を取り出し、三人に順繰りに配った。

「わたしはこういう者でして、ほかの二人も同じ会社の人間なんですよ」

男たちはそれぞれ名刺を見つめていたが、細かい字がまったく見えないとぼやいてたちまち諦めている。すると老眼鏡をかけた女将がカウンターから出てきて名刺を受け取り、「チーム・トラッカー、刑事事件専門調査員」と読み上げた。

「刑事事件専門調査員？　よくわかんねえ仕事だな。事件を調べんのはおまわりの仕事だろうに」

「そうですね。でも、警察の捜査に納得がいっていない人間は割と多いんですよ。そういう人からの依頼で事件を再調査する、いわゆる隙間産業です」

黒光りするほど陽灼けした顔の男たちは、都会には不思議な仕事がある……と言いながら感心しきりの声を上げている。

「こう言っちゃなんだが、あんたら三人はちぐはぐでおかしな組み合わせに見えるな。だが、上園さんの凄腕はわかってる。もしかして、ほかの二人もなんか特殊技術を持ってんのかい？」

「いいえ、我々はいたって普通の人間ですよ。地道に調査をするのが仕事なのでね。ちなみに、この女性に見覚えはありませんか？」

　藪下は淳太郎に目配せをすると、タブレットを出して月子の画像を表示した。ロッカールームの盗撮画像は上から撮影されているもので、はっきりとした人相はわからない。しかし、この小さな村の出身ならば必ず記憶にあるはずだ。

　男たちは画像に目を細めたり拡大したりしていたが、知らない顔だと口々に話している。藪下は重ねて質問をした。

「小早川月子、麻生みどり、秋山優子。これらの名前に聞き覚えは？」

　とたんに男たちはグラスを持つ手を止めて顔を見合わせたが、やがて薄汚れた農協のキャップをかぶった男が口を開いた。

「村にその三つの姓はない。たぶん、隣村にもないぞ」

　一瞬だけ反応したように見えたのは気のせいだろうか。藪下は三人の様子を窺ったが、これといった不自然さは見られない。月子が山梨の小鳩村出身ということすら虚言だとすれば、自分たちは縁もゆかりもない山奥で無関係の人間から聞き込みをおこなっていることになる。ここで費やした時間が骨折り損になることを考えただけで苛立ちは加速した。

　空振りの予感を必死に追い払っているとき、短髪に白髪を刈り込んだ男がカウンターのほうを振り返った。

「なあ、ママ。この女を知ってっかい？」

タブレットを女将に向けている。煮物を器に盛りつけていた女は手を止め、珠のれんをはぐりながらやってきた。

「刑事事件専門調査員がこの女を捜してるんだと」

「へえ。なんか悪いことをやった女なのかい？」

女将は白い割烹着で手をぬぐい、タブレットの画像に目を細めた。しばらく見つめていた彼女は、調理場へ戻りながら口を開いた。

「それは兼守《かねもり》さんとこの孫じゃないかね。ちっこいときの顔しか知らないけど、どことなく面影があるような気がするよ。歳もちょうどそれぐらいだし」

「兼守だと？」

短髪の男が念を押すように問うと、女将は小刻みに頷いた。

「下沢谷の兼守だよ、例の分家のほう」

男たちはそろって顔を曇らせ、あからさまにしかめっ面をした。

「ご存じなんですか？」

「いや、まあ、知ってるっちゃ知ってっけど……その家はもうねえぞ」

「詳しく聞かせてください」

藪下は間髪を容れずに問うた。男たちは再び顔を見合わせ、無言のままビールを呷っている。どうやら話したくないことらしい。三人の男が完全に押し黙ったのを見て、女将がカウンターの向こうから声を出した。

「東京からわざわざやってきたってことは、兼守さんとこの孫はまたなんか問題を起こしたわけだよね」

「またとおっしゃいますと、過去にも何か問題があったんですかね」

「そうだねえ。村がひっくり返るような問題が起きた。名前は美和《みわ》だよ。兼守美和」

月子が方々で語っていた名前は、どれも偽名ということか。淳太郎はタブレットのメモ帳を開いて兼守美和と書き取った。すると短髪の男が深いシワの目立つ顔をこすり上げ、ビールを注ぎ足してひと息に呑み干した。

「兼守美和は本当に東京で騒ぎを起こしたのか？　まさかテレビのニュースで連日流されるようなことをやったんじゃないだろうな。村の名前が繰り返し出たりすれば、マスコミどもが大挙して押し寄せてくるじゃねえか」

「かなわんな。村の恥だ」

キャップをかぶり直しながら、もうひとりもひどい渋面を作った。

「今はインターネットの時代だし、村を検索すればいちばん上にどうしようもない記事が出る。おもしろおかしく書き立てられてな。そうなったら村のイメージは地の底だぞ」

「そういうことにはならないと思いますが、我々もまだ掴み切れていないところがあるんですよ。兼守さんについて、知っていることをぜひお聞かせ願いたいんです」

「そう言われてもな……」

男たちの口は異様に重い。すると女将が煮物や漬物、出汁《だし》巻き卵などをお盆に載せて運び、テーブルに置きながら押しの強い声を出した。

「まあさ。わたしらが今ここで黙ってたとしてもいずれはわかることだよ。兼守さんとこの孫が東京で何をやったかは知らないけど、村人が一丸となって隠した……なんて記事になったら、それこそ心象が悪いと思う」

お盆を抱えていた女将は、ワインレッドの椅子を引きずってきて話の輪に入った。

「美和ちゃんは今、東京にいるんだね」

「ええ。この女性が兼守美和だとすればそうですね」

「たぶん間違ってない。死んだ母親の面影があるから」

するとと黙々と手酌で呑んでいた短髪の男が、盛大にため息を吐き出した。

「どっちに転んでも村の恥になるってか。まったく、どうしようもねえな」

男はやけっぱちになって高笑いした。

「兼守の家は代々わさび農家でな。わさびを村の名産にまでした立役者でもある。だが、今は見る影もねえよ。二十年ぐらい前に起きた事件のせいで、今は本家も分家も息を殺すように生きてっから」

「まったくなあ。村長までやった本家のじいさんが首を括って、そのあと母親も川に飛び込んで自殺した。今では分家の連中もちりぢりだよ」

「その中心にいるのが兼守美和だと」

村の連中は一斉に頷いた。

「でも、二十年前というと兼守美和は九歳の子どもだったのでは？」

「そうだな。子どもだからこそ恐ろしかったんだ。未だにキツネ憑きなんて言うやつもいるし、とにかく普通ではない」

男は頭をがりがりと掻きむしった。女将もはっきりと描かれた眉尻を下げて首を横に振り、そして真っ赤に塗られた口を開いた。

「ある時期から村の子どもが次々と死にはじめたんだ。ほとんどが事故で、川に落ちたり崖から落ちたり、学校の階段から落ちた子もいた。半年のうちに子どもが四人も死んだ年があったんだよ」

「半年で四人ですか。確かに多いですね」

「そうなんだよ。この小さい村で、子どもばっかり四人が死んだ。大年寄りなんてひとりも死ななかったのにな。だから当時村では神主がお祓《はら》いしたり、厄払いの念仏踊りが開かれたりしてぴりぴりしてたね。子どもらの外遊びを禁止して、学校には親が毎日送り迎えをしてたよ」

「うちの息子も当時は小学生だったから、嫁さんが送り迎えをやってたなあ。子どもなんて遊ぶのが仕事なのに、外に出せない状況が続いたんだ」

短髪の男が宙を見ながらかすれた声を出した。淳太郎は彼らの言葉を高速で入力していく。女将はひとつに結った髪に珊瑚《さんご》の簪《かんざし》を挿し直し、神妙な顔のまま話を続けた。

「そんななかでまた事故が起きたんだ。小鳩川に子どもが落ちた。まだ五歳になったばっかりの子で、親は半狂乱だったよ。でもすぐに下流で見つかったんだ。しかもまだ息があって一命を取り留めたんだけど、本当の騒ぎはそこからだったね」

「ああ」とキャップをずらしながら男はあごをぐっと引いた。「その子どもの意識が戻って、自分は突き落とされたって言い出したのが始まりだ。しかも突き落としたのは三つ上の兄ちゃんだってな」

話を始めてしまえば、もはや口を閉じてはいられないようだった。女将は話を引き継いだ。

「それはもう親は怒ったね。なんでそんなことをしたのか、親戚総出で兄ちゃんを問い詰めて寝かせないほどだった。そんときに兄ちゃんが言ったのが、『美和にやれって言われた』っていうひと言なんだよ」

短髪の男はうんうんと頷いた。

「子どもだからうまいこと説明できなかったが、どうやら美和がそそのかしたらしいんだ。もちろん美和は否定したし兼守の連中は激怒した。苦しまぎれに美和の名前を出したに違いないって、一時は村を分断するほどの騒ぎになってな」

「なんとなく想像できますよ。全員が知り合いの小さい村ですからね」

藪下が同意を示すと、男は頷きながら赤く充血した目を合わせてきた。

「美和は優等生だったし気が利く子で、大人からの評判はすこぶるよかった。色白でかわいい顔してたしな。だが、村じゅうの子どもらに聞いてまわった限りでは、ほかの四人の子どもの死にも美和が絡んでいたらしいってことだった。『あの子を川に落とせば死んだ母ちゃんが生き返るよ』とか『父ちゃんの病気を治したいなら、だれかを崖から落とせばいいよ』とかな」

「ばかばかしい話だけど、とにかく人を信用させる才能があったんだろうねえ。現に、事件後に美和ちゃんから話を聞いた教師も、すっかり味方にまわっていたしね。まだ九歳の女の子が大人を虜《とりこ》にして次々と手玉に取る。わたしはぞっとしたよ」

女将は白塗りの顔をぶるっと震わせた。

「その事件のあとにスーパーで美和ちゃんに出くわしたんだけど、かわいらしい笑顔で挨拶してきてね。わたしが着けてた翡翠《ひすい》の指輪を褒めるんだよ。すごくきれいだねって。おばさんが死んだら形見分けでわたしにちょうだいって。今でもはっきり覚えてるけど、子どもの目には見えなかった。ヘビみたいに絡みつくようなおかしな目だと思ったんだ」

女将は割烹着の袖をこすり上げ、また身震いをした。

「結局のところ、一連の死亡事故は美和がやった証拠はあったんですか？」

藪下の質問に、村人たちはそろってかぶりを振った。女将はしみじみとした口調で話しはじめた。

「子どもらの証言が証拠だっていうならそうだけど、決定的ではないよ。ただ、美和の話がうそだらけだってことはわかってた。ちょいちょいつかなくていいうそをつくんだよ」

「ああ、そうだ」と短髪の男が大きく頷いた。「子どもによくある人の気を惹きたいうそとは性質が違って、まわりはみんなそれを鵜呑みにしちまう。何が本当で何がうそなのか、その判別ができなくなっちまうんだ。長いこと生きてっけど、あんな経験は最初で最後だろうよ」

女将は、男の話に耳を傾けながら空いているグラスにビールを注いだ。

兼守本家の当主や母親が自殺したのだから、子どもたちの死は美和の仕業として村では周知されているのだろう。ただ、それが正しいのかどうかの判断はできなかった。閉鎖的な環境では、時として決めつけによる暴走が起こるからだ。月子を彷彿とさせる不気味なエピソードではあるが、いかんせんすべてにおいて決定打に欠ける。

藪下は出された料理に口をつけ、味付けが好みだと女将に伝えた。すると、キャップをかぶった男が何かを思い出したように手をひとつ打った。

「そういや昔、小学校で飼ってたモルモットがいなくなったことがあったんだ。子どもらが代わる代わる世話して、名前をつけてかわいがってたやつでな。それがあるとき十匹も消えたんだよ」

「逃げ出したんではなく？」

「ああ、違う。扉は閉まってたし、ほかのモルモットは小屋の中にいたから逃げたわけじゃない。子どもらは必死に捜したけど結局めっかんなかったよ。その週末に俺の近所の家で誕生会があってな。ほら、子どもは友だちを呼んでやるだろ？」

男は町までプレゼントを買いにいったと言い、先を続けた。

「そこに美和も呼ばれてきたんだが、重箱いっぱいの唐揚げを持ってきたんだよ。みんなで食べんのに作ったたって。それを食ったうちの子が、『モルモットみたいな色の毛がついてた』とか言い出してな」

すると女将が「おおやだ、気味悪い！」とだみ声を張り上げた。男は苦り切った顔でため息をついている。

「子どもの話だから滅多なことは言えんが、そのあとに子どもらが四人も死ぬ事故が起きただろ？もしかして、本当にやりやがったのかと思ってな」

藪下は思わず淳太郎と一花に目を向けた。鷲尾夫妻が住んでいたアパートでは、ペットが何匹もいなくなっていたはずだ。しかも盗撮犯の長谷部は、おすそ分けだと月子から料理をもらったと語っている。まさか、あの女はペットを連れ去っては調理し、それを飼い主に食べさせていたのか？一花はなんの反応も見せなかったが、淳太郎は口許を引きつらせて腹をさすっていた。いったいなんのためにというのは愚問で、ここまでくると嗜虐《しぎゃく》的な性癖のひとつだろう。自分がかわいがっていたペットとも知らず、飼い主が喜んで食べるさまを見て高揚している。それ以外には考えられない。

月子にかかわる話はとにかく異常性が際立ち、さすがの藪下も理解を超えるものばかりだ。しかも幼少期から、証拠を残さない工夫のようなものがある。

気分の悪さを残っていたビールで飲み下したとき、短髪の男が探るような目で見つめてきた。

「いったい東京で何が起きてんだ？」

「ホントにそれだけは俺らにも教えといてくれや」ともうひとりも低い声を出す。「美和は中学に上がる前に父親と町へ引っ越したまま行方知れずだし、今でも村では禁句みてえな扱いだ。都会でまたなんかやらかしたとすれば、俺らにも少なからず関係があるからな」

「はぐらかすわけじゃないですが、我々もまだよくわかっていないんですよ。ただ、ある事件の近くに彼女がいたことだけは確かです」

短髪の男は、うんざりしたように天井を見上げた。

「さっきあんたは三つの名前を言ったよな。月子、みどり、優子。この名前を知らねえかってさ」

「ええ、確かに」

「これは全部、当時村で死んだ子どもらの名前だ」

その言葉と同時に淳太郎は画面をタップする指を止め、さすがの一花もわずかにびくりとした。

藪下は、その先を問わずにはいられなかった。

「村で亡くなった子どもは四人でしたよね。もうひとりの名前は？」

「寺山さくらだよ。俺の従兄弟《いとこ》の娘だ」

疲れたような声を出した男はポケットからひしゃげた煙草《タバコ》を出してくわえ、「酒、燗《かん》で」と無造作に告げて火を点けた。

4

翌日の午前中には東京へ戻り、藪下はその足で母の入院する病院へ向かった。山梨で聞いた話が頭にこびりつき、屈託のない笑顔を見せていた月子の顔がたびたび浮かんでいる。今までさまざまな犯罪者と相対してきたが、悪意がひと欠片《かけら》すらも見えなかった者はいない。どれほど善人を装ってもある種の違和感が漂い、それは会うたびに色濃くなっていった。しかし彼女にそれを感じたことがあっただろうか。藪下はハンドルを握りながら何度も同じことを考えていた。手玉に取ってやろう、騙してやろうという気配がせず、何より月子にはうそで武装する理由がない。もし事件にかかわりがあるなら、不必要に藪下たちとの接点をもたなければいいだけの話だ。しかし彼女は積極的に近づこうとしており、その意味がわからないからこそ不気味でしようがなかった。

藪下は堂々巡りをしながら病院の駐車場に車を入れ、小走りして病棟へ向かった。階段を三階ぶん駆け上がり、長い廊下の奥にある病室へ足を向ける。母はあいかわらず白い天井に目を向け、人の気配に意識を向けることもなかった。

「遅くなった」

藪下はひと声かけて母の枕許に立ち、顔色や目の動きなどを窺って覚醒の兆しを見つけようとした。しかしいつものごとく、瞳は藪下の顔を映す鏡のように無機質だ。ふうっとひと息ついてタオルや雑貨を棚に突っ込んでいるとき、あることに気がついて動きを止めた。急いで母の傍らに屈み、上掛けの上に出されている指先を凝視する。右手の小指の爪だけが、輝きのある深紅に塗られていた。

藪下は、母の手を取って爪を見つめた。山梨に行く前に病院へ立ち寄ったときは、すべての爪にピンク色のマニキュアが塗られていたはずだ。こんなことをやるのは一花だけだが、二日間の留守中にここを訪れるわけがない。なにせずっと山梨にいたのだから。

藪下は粟立《あわだ》ちながら病室の外へ出て看護師を捜し、担当がナースステーションに入っていくのを見つけて声をかけた。

「お世話さまです」

「ああ、藪下さん。いつもご苦労さまですね」

年配の看護師は仕事の手を止めてやってきた。

「つかぬことをお伺いしますが、看護師さんのだれかが母親の爪にマニキュアを塗りませんでしたか?」

看護師はきょとんとして藪下を見た。

「患者さんにそんなことはしませんよ」

「ですよね。では、この二日間で母親の病室を訪ねてきた者は?」

「ちょっと待ってくださいね。わたしは昨日、夜勤だったんですよ。記録を見てみます」

看護師は踵を返して帳面に目を走らせ、近くにいた若手に声をかけた。ひと言ふた言交わしてからすぐに戻ってくる。

「昨日の午後にひとりいらしたそうですよ」

「だれです？」

藪下はかぶせ気味に問うた。背筋を冷たい汗が伝っている。看護師はにこやかなままその名前を口にした。

「寺山さくらさんという方です」

藪下の足許から一気に鳥肌が駆け抜けた。寺山さくら？　山梨の小鳩村で事故死した子どもの名前ではないか。藪下はジャケットのポケットからスマートフォンを抜き、微かに震える指で一枚の画像を呼び出した。ロッカールームで盗撮された月子の画像だ。

「寺山さくらとは、この女性ですか」

心臓が急激に暴走をはじめ、額には汗がにじんでいる。まさかあの女はこんなところにまで現れたのか？　いったいなんのために？　混乱した頭には何も浮かばない。看護師は藪下のスマートフォンを持って若手のところへ行き、画像を確認させてから戻ってきた。

「似てるみたいですけど、髪はショートカットだったようですよ。お菓子の差し入れまでいただいたみたいでね」

「わかりました、ありがとうございます。今後、この女が来たらすぐに電話してください。いや、自分と上園一花以外は母の病室に入れないでほしいんですよ」

看護師は不思議そうな顔で藪下と目を合わせた。

ここに月子が来た。そして母親の爪にマニキュアを塗っていった。藪下は額に浮かんだ汗を乱暴にぬぐった。いったいなんなのだ。何が目的でこんなことをやっている。藪下は叫びだしたい気持ちをむりやり抑え、看護師に一礼してから母の病室へ取って返した。持ち物や機材などを隅々まで確認し、ベッドの下やマットレスの隙間、そして窓を開けて外側にまで目を走らせる。何も見つからなかったが、月子に母の入院先や病状を知られたことに言いようのない嫌悪感が湧いた。

藪下はまた来ると母に声かけをしてから病室をあとにし、外に出たと同時に一花に電話した。一回の呼び出しですぐつながり、自身に冷静を言い聞かせながら質問した。

「おまえさんは月子に俺の母親のことを話したか？　病院も含めてだ」

一花はわずかな間を空け、緊迫感をにじませる声を出した。

「まさか、お母さんに何かあったんですか？」

「何もない。だが、あの女が病院に来た。母親にマニキュアを塗っていったぞ」

一花が深く息を吸い込んだのがわかった。

「すみません。自分がそうしていることを月子さんに話しました。病院が練馬にあることもです」

藪下は、一花への苛立ちよりも先に月子への怒りが湧き上がった。一花からさまざまな情報を得るのはさぞかし簡単だっただろう。人間関係に飢えている者に親愛の情をちらつかせれば、難なく信用を勝ち取れることをわかっている。

「すぐそっちへ戻るから事務所から出るなよ。淳太郎もそこにいるな？」

「はい」

いたたまれない声色の返事を聞いて通話を終了し、藪下は黒のワンボックスに乗り込んだ。それからおよそ四十分後、代々木上原にあるオフィスに到着する。ドアを開けるやいなや、神妙な面持ちをしている一花が深く頭を下げた。

「藪下さん、本当にすみませんでした。わたしのせいでお母さんがたいへんなことになってしまって」

藪下は手をひと振りした。

「まだたいへんなことにはなってない。それに、やっちまったことをどうこう言ってもしょうがないだろ」

難しい顔をしている淳太郎のもとへ行き、藪下は早速質問をした。

「おまえさんのとこは大丈夫か？　会社なりマンションなり」

「ええ、問題ありません。彼女程度がどうにかできるセキュリティではないですし、会社のほうに何かあればすぐ連絡が入るようになっていますので」

藪下は頷き、窓際にあるソファに体を沈めた。

「とにかく、一花が何を喋ったのか整理する必要がある。あの女は病院へ行って『寺山さくら』を名乗ったそうだ」

「寺山さくら？　亡くなった子どものひとりですね」

「ああ。行動が読めないしすべての意味がわからない。薄気味の悪い女だな」

淳太郎と一花は藪下の向かい側に座った。

「それで、おまえさんが月子に喋ったのはなんだ？」

一花は真剣に考え、テーブルの天板を見つめながら口を開いた。

「藪下さんのお母さんのこと、住んでいる大まかな場所と車のこと、元刑事だということ、淳太郎さんが桐生製糖株式会社の跡取りだということ、アメリカに住んでいたということ、シボレーを改造したキャンピングカーのこと、お二人との出会いのこと、この会社のこと」

「ほかには？　よく考えろ」

一花は首を横に振って蒼白い顔を上げた。

「ほかはほとんど自分のことです。生い立ちから今まで。でも今になって思えば、月子さんは藪下さんと淳太郎さんの細かいことまで知りたがっていました」

「どんな」

「性格だとか好きな食べ物だとか、あとは趣味とか恋人の有無です。なんの本を読んでいるのかとか、好きな色や音楽まで聞かれたので、なぜそんなことを知りたがるんだろうとは思いました。わたしもわからない部分ですし」

藪下は眉根を寄せて腕組みをした。周辺情報を徹底的に集めて人間性を把握するつもりだったのかもしれない。が、それをやっていったい何になるのかというところが問題だ。藪下は考えたが、適当な答えが浮かばなかった。たとえ小細工で自分たちを陥れたとしても、月子自身にこれといったメリットがないから混乱する。

「どう思う？」

藪下は淳太郎に目を向けた。彼も腕組みして首を傾げており、事態を把握できていない様子が見て取れる。

「彼女について、どこまでが悪意でどこからが悪意ではないのか、その線引きができませんね。藪下さんのお母さんをお見舞いすることが、何につながるのかが不明です」

「そこなんだよ。下手すれば善意の可能性すらある。だが、村で事故死した子どもの名前を騙《かた》ってるし変装もしてる。ただ見舞いに来ただけの人間の行動ではないことだけは確かだ」

「藪下さんの家や車の写真が月子さんのスマホにあったと一花ちゃんは言っていたけど、それもわざと見るように仕向けて匂わせたんでしょう。藪下さんは、裏ではつきまといをするような最低の男だと印象操作をしようとした。しかも間接的にです」

小細工だらけで腹立たしい限りだが、そこではたと我に返った。

「一花、おまえさんは今回の事件については女に何か喋ったか？　鷲尾夫妻の殺し合いの件だ」

「それは話していません。今回の依頼についてどこまで調べているのか話してと言われましたが、さすがに言いませんでした」

それについてはほっとした。得体の知れない女に、調査内容が筒抜けになったら始末に負えない。

「しかしわからんな。事件についての情報がほしいのなら、俺らの好きな色なんぞを聞く必要はないんだよ。行動がちぐはぐすぎて、まるっきり予測が立てられん。いったいなんなんだ、あの女は」

藪下は落ち着かない気持ちで身じろぎをし、痛みはじめたこめかみのあたりを指で強く押した。

「逆に一花が女について知っていることはなんだ？」

「今のところ確実なのは出身地だけです。そのほかの話はうそか本当か確かめようがありません」

「おそらく、山梨の小鳩村出身だってことはうっかり口を滑らせたんだろう。こうやって過去が露呈すれば、芋づる式にいろんなことが出るからな」

一花は小さく頷き、洗いっぱなしらしきぼさぼさの髪をかき上げた。化粧もしておらず服装も白いパーカーにデニムというそっけないもので、余裕がなくなっていることが手に取るようにわかった。

「月子さんについて印象に残っているのは、毎日が楽しいと言っていたことです。刺激に満ちていて退屈しないって。小さなことにでも喜びを見出《みいだ》せるみたいで、心がとてもきれいな人なんだと思っていました。わたしは不満ばかりの人間なので」

一花は言葉を切って、微かに眉をひそめた。

「正直言って、今でも信じられない気持ちです。村で子どもたちが亡くなった話を聞かされても、月子さんがかかわっていた証拠はない。でも、人の名前を騙って結衣子さんのご両親と会ったり、うそを吹き込んでいたのは事実ですよね。わたしが知っている彼女とは合致しないのでとても困っています」

「いい加減に目を覚ませ。おまえさんは思い込まされているだけだ。洗脳される一歩手前なんだよ」

彼女は上目遣いに藪下を見やった。

「自分でもうすうす気づいてるとは思うが、夫婦で殺し合った結衣子は性格的に一花に近い。人付き合いが苦手で感情の処理が下手。だれよりもまっすぐだが誤解されやすい。しかも思い込みが激しくて手のつけようがないからな。おまえさんみたいのを騙すのは簡単だ。だから悪党が寄ってくる」

「藪下さん、そこまで言う必要はないでしょう」

淳太郎が困り顔を浮かべたが、藪下はかまわず事実を一花に突きつけた。

「基本的に人を疑うことをしないし隙がある。それに人間関係に対する劣等感だ。おそらくだが、月子はそういう人間を見極めて近づいている」

「いったいなんのためにですか」と一花は力の失《う》せた声を出した。

「自分でも言ってただろ？　楽しみのためだ。あの女にとっての刺激は、人を好きに操って破滅させることだと思う。その道筋に喜びを感じる真正のサディストだ」

藪下は言い切った。さまざまな犯罪の根底にあるのは金と怨恨がほとんどだが、あの女の動機は人の苦しむ姿を見たいという歪んだ欲望ではないのか。その瞬間を見るためだけに長い時間を費やし、信頼を勝ち取って少しずつ誘導する。自分を楽しませてくれる人間を日々物色し、そのメガネに適《かな》った次のおもちゃが一花だ。彼女を介して藪下や淳太郎をも引っかきまわそうと考えているのかもしれないが、誤算はあまりにも三人を甘く見ていることだろう。それぞれを侮りすぎている。

「一花にしていることを、結衣子や真人にもやった可能性が高い。結衣子の性格はあの通りだし、真人は真人で世間知らずな甘い人間だからな。月子にのめり込んでいたんじゃないか？」

「それは僕も思っていたことですよ。ダブルバインドが怖いのはそういうところで、善悪の壁を越えさせてしまう精神的な負荷です。カルトやテロリストの教育にも使われていますが、一旦取り込まれると自力で抜け出すことがとても難しい。彼女はこれを、主にエステサロンという密室でやっていた。そうだよね？」

淳太郎が一花を見やると、彼女はひときわ大きく頷いた。藪下はもう少しで何かがつながる兆しを感じていた。この事件の奥底にあるものだ。資料で膨れ上がったファイルを開いて素早くめくった。

「一花が聞いたあの女自身のことを教えてくれ。なんでもいい」

藪下は書類に目をやりながら言うと、一花は少し考えてから口にした。

「出身は小鳩村、趣味は人間観察、甘いものが嫌い、イベントが大好き、両親はシンガポールで暮らしている、以前は不動産会社に勤めていた、ＳＮＳは苦手、田舎に住む祖父母が頻繁にお米や野菜を送ってくれる……」

藪下は黙って耳を傾けた。案の定、あちこちにうそがまぎれ込んでいる。一花は真剣な面持ちで先を続けた。

「ここ最近、恋人はいない、料理が得意、子どもが苦手、小鳩村でお見合いを勧められて困っている、男女問わず友人が多い、泣き虫、バイセクシャル」

その言葉を聞いて藪下は顔を上げた。

「結衣子のネット閲覧履歴から出たデンマークの精子バンク。もしかしてこれは、単純な意味なのかもしれん。結衣子と月子の間に子を儲けようって話じゃないのか」

そう言ったとたん、淳太郎は心底嫌気が差したようにため息をついた。

「結衣子は、同性結婚をだしにそそのかされていたのかもしれないということですね。そのためには夫を殺す必要があると。真人が『代償』という言葉を口にしたのは、妻を殺した代償として月子と一緒になれると洗脳されていた。つまり、夫婦が殺し合って月子を取り合った？」

「信じられん話だが、世の中にはおかしな宗教が無数にある。だいたいは弱みにつけ込まれた末の誘導だ。ただ、社会との隔絶もなしにそれができるだろうか」

するとじっと二人の話を聞いていた一花が急にはっとした。

「社会との隔絶に近いことはありました。ゲームです」

藪下と淳太郎が疑問符の浮かぶ顔を向けると、一花は確信を得たように頷いた。

「わたしと月子さんの連絡手段はアメリカのゲームなんです」

「アメリカのゲーム？　ちょっと待って。もしかしてこれ？」

淳太郎は結衣子のスマートフォンを復元した書類を一花に滑らせた。そこには、結衣子が頻繁にアクセスしていたゲームがいくつか載っていた。一花はそれを見てすぐさま頷き、とても落ち着いた声を出した。

「わたしと月子さんはメールも電話もＬＩＮＥもしない。でも、オンラインゲームアプリのチャットを介して話ができます。それを提案されたときはおかしいなと思ったんですが、二人だけのチャットルームを作ればだれも入ってはこられないし、ログアウトしてアプリを消せば会話の履歴は残らないから安全なんだと言われました。友だちはみんなこれを使ってるって。たぶん、結衣子さんと真人さんも、同じようにしていたと思うんです」

一花は一気に喋って二人と目を合わせた。

「わたしと月子さんは、毎日時間ができれば必ずチャットをしていました。二人だけの部屋で、繰り返し似たようなことを質問されて答えていた。チャットルームは毎日彼女が消去していて、次の日にはまた新しい部屋が作り直されます。それをされると、頭の中がリセットされるような気持ちになるんです。実生活がオンラインの世界と入れ替わっているようなおかしな気持ちに」

淳太郎は腕組みし、いささか感心したように口を開いた。

「なんというか、巧妙すぎて驚きます。一花ちゃんが言うように、リセットと復活を繰り返すことで思考には変化が生まれる。要は刷り込みですね。的確な現代の洗脳という感じでぞっとしますよ。彼女は、相当勉強もしているのではないでしょうか。人の心を掌握して操るための勉強です」

藪下も、月子の手際のよさに思わずうなり声を上げた。洗脳云々は別にしても、これは確実に盲点だ。今の時代、連絡手段はいくらでもある。警察が押収したスマートフォンを復元させたとしても、海外発信のゲームアカウントを開示させ、さらに消去されたチャットログを細かく確認することまではしそうにない。いや、ほとんど不可能だろう。出会い系やSNS、そして怪しげなものならともかく、単なるオンラインゲームをそこまで掘り下げることは藪下でもしない。しかも真人と結衣子は月子と殺人計画を練っていたのだろうし、足がつかないようその後は二人が率先して証拠を隠滅したのは間違いなかった。驚くほど狡猾《こうかつ》で鮮やかだ。藪下は強烈な嫌悪と同時に舌を巻いた。

「明らかに殺人教唆《きょうさ》だが、立件できるだけの証拠がない」

問題は、これらはすべて想像であり、決定的な証拠ではないということだ。

不快感を隠さずそう言ったとき、一花がパーカーのポケットからスマートフォンを抜いておもむろに操作しはじめた。そして画面を食い入るように見つめながら確信を得たような声を出した。

「盗撮犯の長谷部が月子さんの寝室を撮っていた映像ですが、これを見てください」

一花は画面を拡大してテーブルに置いた。

「彼女の部屋にはたくさんの写真立てがあって、壁にも額に入れられた写真が飾られています」

「ああ、確かにそうだったな」

「上から撮られているのでわかりづらいですが、この壁にある写真のひとつ。額の中身が子どもの写真に見えませんか」

一花が指差したが、極限まで拡大しているせいで画質が悪く、人の顔だということ以外は何もわからない。すると淳太郎がタブレットを開き、月子の盗撮動画を壁に備えつけのモニターに映し出した。再生をスタートすると、月子がベッドに寝転んで笑っている姿が現れる。淳太郎はタイミングを計って映像を止め、壁に飾られている写真を拡大した。

「確かにこれは子どもの写真みたいですね。スクール水着姿なのがわかります」

「今わたしは最悪の想像をしました。これは小鳩村で亡くなった子どものひとりでは？」

一花は緊張を孕んだ声を出した。

「彼女の部屋に飾られている写真の人たちは、もしかしてみんな死んでいるのではないでしょうか」

藪下はその言葉に少なくはない衝撃を受けた。淳太郎もモニターを見たまま固まっている。

「この角度から見えるだけでも、写真の数は九枚です。もしかして月子さんは、楽しんで殺した人の写真を部屋に飾っているのかもしれません」

「そうだとすれば救いようのない異常者だ」

藪下は顔をこすりながら力なく吐き捨てた。もはや考えすぎだと笑い飛ばすこともできない。一花は映像に鋭い目を固定し、瞬きもせずに集中力を高めていた。

「それにもうひとつ。こっちにも確信があります。盗撮動画の月子さんはスマホを見て笑い転げていますが、これはもしかして鷲尾夫妻の様子を見ているのではないでしょうか。リアルタイムで殺し合いの場面を見物している可能性が高いと思います」

一花は映像の上部に表示されている日時を指差した。

「この動画は六月二十日の午前零時八分に撮影されている。ちょうど夫婦が争っている真っ最中です」

藪下は、寝転んで手足をばたつかせながら笑っている月子を見つめた。掛け値なしに無邪気な笑顔で、邪悪さなどは微塵も感じられない。しかし一花が言うように事件の日時と一致している事実は見逃せなかった。ここまでくるとただの偶然として処理はできない。

そのとき、映像に見入っていた淳太郎がはっとして声を出した。

「いや、ちょっと待ってください。月子さん、いえ、美和が見ているのがリアルタイムの殺人風景だとすれば、鷲尾夫婦の部屋にカメラを仕込んだのは彼女ということになりますね」

「そうだと思います」

一花はすぐに相槌を打った。

「わたしは盗撮映像にすべて目を通しましたが、あの部屋のデータはひとつも見つかりませんでした。長谷部という盗撮犯は、おそらく鷲尾夫婦の部屋には侵入していない。仕掛けたのなら、映像がないのは不自然です」

「同じアパート内なら、映像電波は問題なく拾えますね。謎が解けました」

淳太郎が皮肉めいた笑みを浮かべて付け加えた。

月子は鷲尾夫婦をそれぞれ手中に収め、部屋に仕込んだカメラで日夜監視していた。どこまで言いなりになっているのかを見極めるためと、そしてもうひとつは娯楽のためだ。真人と結衣子が自分に疑念を見せはじめれば即座に計画を中止し、姿をくらますだけでいい。ある意味月子は二人に道を選択させていたのだ。

今まで多くの犯罪者を相手にしてきたが、これほど理不尽で強烈な悪意はあっただろうか。藪下は女の顔を思い浮かべ、血圧が上がるのを確実に感じていた。本当に飾られた写真が死へ追いやった人間なら、今後も着実に被害者は増えるだろうと思われる。

藪下が歯噛みしながら考え込んでいるとき、一花がモニターから目を離して視線を合わせてきた。

「幸い月子さんは、まだわたしたちが気づいていることを知りません」

「おまえさんが何を考えてんのかわかるが、囮捜査のような真似はやめたほうがいい。俺らの推測が正しければ、あの女は善悪の区別がない最悪の異常者だからな」

「でも、みずから手を下すことはしない。小鳩村で聞いた話でも、彼女は人を騙して操っていました。たとえ疑惑をかけられても、決定的な証拠がない状況を常に作っているんです。そうやって生きてきたし、これからも変わらないでしょう」

言葉を失っている淳太郎と藪下を見つめ、一花は静かに先を続けた。

「あの人はわたしを親友だと言った。そのひと言で馬鹿なわたしは信用してしまいました。ただ、目的はどうあれ、月子さんがわたしを理解しようと努めていたことは事実だと思います。そうしないと操ることはできない」

やるせない面持ちをした一花に藪下は言った。

「いいか？　おまえさんをいちばん理解してんのは間違いなく家族、そして俺と淳太郎だ。それぐらいわかれ」

「わかっています、痛いぐらいに」

一花は珍しく素直に笑った。この笑顔が日常的にあれば、友だち作りなど簡単だろうと思わせるような人懐こい顔をしていた。

「お二人とも安心してください。わたしはやられっぱなしで泣き寝入りするような性格ではありません。世の中の害になる獲物を、確実に駆除するだけのことですよ」

どこか浮ついていた気配が消え、身構えてしまうほど強靱《きょうじん》な目をした一花に戻っている。月子を罠にかけることについて、もうだれも異を唱えるものはいなかった。

5

山梨から帰って三日目の土曜日。仕事が休みだという月子は、昼間から一花とオンラインゲーム上でのやり取りを続けていた。事務所のモニターにはその画面が映し出されており、細かいアルファベットがびっしりと並んでいる。

「やり取りはローマ字で日本語を打ってんのか」

藪下が画面を見ながら言うと、一花は小さく頷いた。

「このオンラインゲームには日本語版がありません。英語はあまり自信がないので、ローマ字を使っています」

「本当に抜け目がないというかなんというか、月子さんは警察を意識して動いていますね。運営会社がアメリカにあるゲームを使えば、まず中身を見られることはない。仮にログインできたとしても、チャットログまではたどり着けませんから」

淳太郎はローマ字を見ながら日本語に直し、タブレットに打ち込んでいる。

「もう犯罪が日常生活の一部になってるんだろう。朝起きて顔を洗う程度の認識だ。だが、この手のタイプは慣れからボロを出す。出身地を明かしたことが運の尽きだな」

藪下は読みづらいローマ字を目で追った。一花とのやり取りは他愛《たわい》のないものに見えるが、端々に不穏な内容を織り交ぜている。藪下と淳太郎には裏がある、一花を利用しているように見える、簡単に信用しすぎではないか、などという不安を煽る言葉がある一方で、自分が心を開けるのは一花だけかもしれないと急にしおらしい部分を見せる。そうかと思えば今度は拒絶したりと忙しく、一花が言葉を慎重に選んで書き込んでいる姿にはえもいわれぬ緊張感が漂っていた。しかし、今のところは犯罪へ誘導するような決定的な言葉はない。

「今日はこれから月子が家に来るんだったよな」

一花に問うと、はい、と目を合わせてきた。

「六時ごろ来る予定です」

「おまえさんはくれぐれも自然にしてくれ。あの女は警戒心が強い。ちょっとした変化に気づく可能性が高いから注意が必要だ」

藪下は念を押した。もっとも、月子が急に自宅を訪問したいと言い出したのは、何かに違和感を覚えているからだと藪下は睨んでいる。とはいえ結衣子と真人の殺し合いから三年半が経っており、女が刺激に飢えているのは間違いないと思われた。

「じゃあ計画通り、これを持っていってね」

淳太郎が小型の盗聴器を手渡した。

「僕たちは、一花ちゃんの数百メートル圏内にいるから安心して」

「映像は撮らなくていいんですか？」

「盗撮は勘づかれるリスクが上がるからね。まずは盗聴で様子を見ようと思ってるよ」

わかりました、と頷いた一花からはわずかな迷いも消えていた。

それから三人は一花のアパートがある三鷹へ移動し、駅前の立体駐車場にシボレーを入れた。淳太郎のキャンピングカーは月子にバレているため、車でうろつかないほうが賢明だ。一花が「こっちです」と手を向け、三人は駅の南側へ歩を進める。駅周辺はかなりの人出があり、隙間もないほど乱立しているビルでは飲食店が軒を連ねている。まだ五時前だが、日暮れを迎えた町は活気に満ちていた。

「あの女はアパートを知ってるのか？」

「はい。スマホのナビを使って行くから迎えはいらないということでした」

藪下は人の波をすり抜けながら先を急いだ。最悪の女だとはいえ、物理的な攻撃を仕掛けてくるわけではなく、テロリストの松浦冴子のような危険性は低い。小鳩村で聞いた話からもわかるように、知り合い同士を争わせることに喜びを感じる歪んだ人間だ。おそらく目下の目的は、一花を操り藪下か淳太郎に危害を加えることだと思われる。

三人は無言のまま五分ほど歩き、玉川上水沿いに広がる住宅地へ足を向ける。川に近いせいか気温が下がったように感じられ、藪下はステンカラーコートの前を合わせてボタンをひとつだけ留めた。そしてアパートが並ぶ薄暗い路地を左へ折れようとしたとき、先頭を歩いていた一花が急に振り返って藪下と淳太郎の腕を摑んだ。

「こっちへ来てください」

「なんだ……」と言いかけた藪下を遮り、一花は「声を立てないで」と腕を強く引いた。わけもわからず小走りで移動し、三人は植え込みのある見知らぬアパートの敷地へ入って息を殺した。一花は頭を低くして通りを窺い、過剰なほど神経を尖らせた。

「月子さんがいます」

藪下は即座に腕時計に目を落とした。まだ五時をまわったばかりだ。

「約束は六時だったろ」

「はい。でも、月子さんがアパートに入って行くのを見ました。一瞬でしたが間違いありません」

「連絡は？」

「ありません。それに、月子さんが入っていった建物はわたしが住むアパートではありません」

一花の言葉に、藪下と淳太郎は怪訝な面持ちをした。彼女は街灯に照らされる薄暗い道を凝視し、かたときも目を離さない。

「駅からわたしのアパートへ向かうためには、必ずあの路地を通ります。ほかの道を行けばかなりの遠まわりになりますから。月子さんはすでに疑っているんですよ。藪下さんと淳太郎さんに、わたしとの話が筒抜けになっていないかどうか。急に家に行きたいと言い出したのも、それを確認するためだと思います」

「つまり一花ちゃんのアパート近辺で僕と藪下さんを見かけた場合、彼女は自分の立ち位置を理解するわけだね。過去を知られたに違いないと」

淳太郎の言葉に一花は前を見つめたまま肯定を示した。

「ぎりぎりで間に合ってよかった。数秒でもズレていたら、三人で歩いているところを見られていました。そうなれば計画はすべて終わりです」

それが事実なら恐ろしいほどの疑《うたぐ》り深さと念の入れようだ。藪下の月子への嫌悪は上昇の一途をたどっていた。

「とにかく、わたしはいつも通りのルートでアパートへ帰ります。月子さんが潜伏しているのは路地の中ほどにある茶色いタイルのアパートなので注意してください」

あの一瞬でそこまでを見極めたとは、一花の並外れた動体視力には恐れ入る。彼女は男二人と順番に目を合わせ、通りへ出て歩きはじめた。淳太郎はすぐさまトートバッグから受信機を取り出し、電源を入れて巻きつけてあるイヤホンを伸ばす。二人はひとつずつイヤホンを耳に入れ、闇のなかで聴覚を研ぎ澄ました。月子が潜伏しているというアパートはすでに通り過ぎているはずだが、女は一花に声をかけるでもない。盗聴器はワンピースのポケットの中にあり、衣ずれと靴音だけが耳に届いていた。

淳太郎は音を録音するためにスマートフォンと機材を接続し、藪下は向かい側に建つアパート群へ目をやった。ここからでは月子が潜む路地が見えないため、少し場所を移動したほうがいいだろう。藪下は淳太郎に身振りで移動を示し、通りに人気がないことを確認してから中腰のまま道へ出ようとした。が、それと同時に角を曲がってきた人影を認め、つんのめるように急停止してしゃがみ込んだ。

月子だった。藪下の全身から汗が噴き出した。男二人はできる限り身を縮め、植え込みの裏側で息を殺した。茶色く枯れているコニファーを介した向こう側では、女がきょろきょろと辺りを窺っている。ベージュ色のトレンチコートを着込んでマスクで顔の半分を覆っているが、間違いない、あの女だ。淳太郎は口を手で塞ぎ、女が通り過ぎるのを身じろぎもせずに待っていた。

月子は周囲にスマートフォンを向けてたびたびシャッターを切っている。目の前の通りを駅のほうへ歩いて行ったかと思えばぴたりと立ち止まり、再び足音が近づいてきた。そしてちょうど二人の前あたりでまた立ち止まる。

まさか気づかれたのか……。藪下は音を立てずにできる限り後退した。相手はただの小柄な女だが、あまりの得体の知れなさに恐怖心が刺激されている。女は藪下と淳太郎がいる植え込みの辺りを何度か行き来し、ぶつぶつと低くつぶやいた。今までの月子からは想像もできない、虫の羽音のようににごった耳障りな声色だった。

「手間かかりすぎ……さっさと動けよ、のろま」

立て続けにこもった嫌な声が耳に入り込んでくる。

「わたしを苛々させるな……選んでやったんだから」

月子は痺れを切らしたように足を踏み鳴らし、着けていたマスクを乱暴にあごまで引き下ろした。どうやら一花に対しての言葉らしいが、自分が知っている月子とはまるで別人で、全身からどす黒い邪気が立ち昇っているようだった。ため息や憎々しげな舌打ちを繰り返しながら道の真ん中でスマートフォンを操作し、女は怒りを極めたような粗野な動作で耳に押し当てている。そして今までとは打って変わり、楽しげな高めの声を出した。

「一花ちゃん？　こんばんは。月子だけど、少し早く着いちゃったの。今どこにいる？」

月子はわかり切ったことを一花に問い、口角を下げたままの険のある顔で楽しげな笑い声を発した。足許に落ちていた小石を無造作に蹴り飛ばし、路地のほうへ歩きはじめる。するとすぐに、盗聴器につないであるイヤホンからは一花の声が流れてきた。

「わたしも今さっき家に着きました。迎えに行きましょうか？」

「ううん、大丈夫。じゃあ、今からそっちに向かうね」

月子はまた石を蹴飛ばし、意味もなく生け垣の葉を荒々しくむしり取って道路に投げ捨てた。通話を終了するとまた舌打ちが聞こえ、そのまま暗い路地へと消えていく。藪下は女の後ろ姿が見えなくなるまで目で追っていたが、すさまじいばかりの悪意を振り払うように大きく息を吸い込んだ。

淳太郎は隣で薬を吸入しており、喉元を押さえてしばらく目を閉じた。

「恐ろしいほど二面性のある女性ですね。まだ鳥肌が立っています」

「今のが本来の姿だ。笑い上戸でそそっかしい素朴な女をアピールして、ふいに個人的な相談を持ちかけては涙を見せる。ころっとまいる男は多いはずだな」

「いかにも守ってあげたくなるような女性を演出していますからね。古典的ですが、日本ではまだ効果は高いと思います」

二人は植え込みの裏でしばらく待機し、イヤホンから一花と月子の声が聞こえるまで待ってようやく立ち上がった。思い切り伸びをして関節を鳴らす。淳太郎はタブレットを開いて地図を表示し、一花のアパートの場所を確認した。

「目的地は例の路地の先です。ここから二百メートルもありません」

藪下はイヤホンで二人の様子を聞きながら歩き出し、街灯が少ない路地へ入った。せせこましい造りのアパートやマンションがひしめき、なぜか飲料の自動販売機が過剰なほど設置されて明かりを放っている。路地を抜けて右に折れると、淳太郎が地図を確認して指を差した。

「あの二階建ての白いアパートです。端の一〇四号室」

いかにも女が好みそうな清潔感のある外観で、花の細工が施されたブロンズのアーチがかけられている。イヤホンから聞こえてくる声は月子ばかりで、まずは買ってきた紅茶を淹れようと湯を沸かしているようだった。

藪下と淳太郎は一花のアパートから少し距離を取り、玄関の死角になるブロック塀の陰に身を寄せた。夜風を遮るにはちょうどいい場所なのだが、片耳ずつイヤホンをつけているために淳太郎との距離がいつもよりも近い。できる限り離れようとしたとき、背後から「おい」という低い声が聞こえて藪下と淳太郎は震え上がった。

「ここで何してる」

恐々と振り返れば、公安の大神とその部下ではないか。黒っぽいトレンチコートを着込み、綿毛のように薄い髪が風で舞い上がって一層しょぼくれて見える。藪下は、黒縁のメガネを押し上げている男を辟易しながら見つめた。

「びっくりさせやがって……まだ俺らをつけまわしてんのか」

「質問の答えになっていない。ここで何をしているかと聞いたんだが」

大神はあくまでも強硬な姿勢で問うてくる。藪下は疲労を感じて息を吐き出した。

「どこで何をしようが俺らの勝手ですよ。だいたい、内偵ってのはバレないようにやるもんだろうに、ターゲットに声をかけるとはなかなか斬新だな。実にハムらしくない行動だが、今回の接触は上からの命令なのかい?」

藪下の皮肉には一切の反応を見せず、公安の二人は無表情を貫いた。そして大神は一花のアパートのほうへあごをしゃくる。

「今さっき部屋に入っていった女は？」

「だから、おたくらに説明する義理はない。調べんのがあんたらの仕事だろ」

苛々しながらそう切り返すと、大神は長身の部下と短い言葉を交わして小さく咳払いをした。

「あの女は兼守美和、二十九歳。山梨の出身だ」

その言葉と同時に藪下は動きを止めた。公安は刑事警察以上に縦割りが徹底された組織であり、仕事に無関係なことは無視して通り過ぎるのがあたりまえの連中だ。たとえ人が殺される場面を目撃しようとも、犯人を積極的に追いかけて確保することはない。しかも大神は外事三課で国際テロ捜査が専門だろう。まさかとは思うが、あの女にはさらに別の顔があるのか？

寒空の下、街灯に照らされた男四人の顔が蒼白く浮き上がって見える。藪下があえて質問せずに黙っていると、大神は再び咳払いをしてメガネを上げた。

「言っておくが、あの女はテロリストではない。別の厄介な何かだ」

「なるほど。話は変わるが、あんたは公安に配属されてまだ日が浅い。元は刑事だろうな。おそらく外してないと思うが」

藪下の言葉に、大神はわずかに眉根を寄せた。

「ずっと思ってたんだが、どうも動きがハムじゃないんでね。山梨の山奥で一花がライフルを俺に向けたとき、あんたは血相変えて飛び出してきたよな。生粋のハムなら、俺らが撃ち殺されんのを黙って見てるだけだ。正義の基準が刑事とは違う」

「そんな話はどうだっていい」と大神はぴしゃりと言った。図星らしい。

「四年前に虎ノ門で起きた立てこもり事件。美容整形外科に、ダイナマイトを持った男が突入した。

もちろん知っているだろ」

「そんなこともあったな。確か犯人の男は射殺されたはずだ」

「そうだ。自分はその現場にいたが、男は半狂乱だった。ここで働いている女を出せと騒いで、俺が悪魔を殺すと叫んでいた。そうしなければ被害者が増えるとわけのわからないことを言ってな。その悪魔というのが兼守美和だ」

　大神はメガネの奥の涼しげな目を細めた。

「事件後、自分は兼守美和の調書をとった。彼女は死んだ男とは面識がないと言い、事実、二人のスマートフォンにも連絡先の登録はなかった。だが、男の部屋からは大量の写真が出てきたんだ。全部隠し撮りされた兼守美和だった。男には妹がいたが、事件の半年前に自殺している」

　見れば、淳太郎は大神の言葉を素早くタブレットに収めはじめている。大神は話すことが義務だとでも言わんばかりに、職務そっちのけで先を続けた。

「男の妹が自殺した理由はわからない。遺書もなく、ある日突然、駅のホームから電車に飛び込んでいる。両親はすでに他界していて、たった二人で生きてきた兄妹だ。自分は、爆弾犯の男がおかしくなっていたとは思えなかった。捜査で見えてくるのは、妹思いの真面目な兄の顔だけだったからな。だが、ストーカーと化した男の凶行ということで事件は決着した」

「そのヤマのあと、あんたは刑事警察を離れたのか」

「ああ。後味の悪い事件だったが、ずっと忘れていた。あの女を見かけるまでは」

　藪下は一花と会話している女の声をイヤホンで聞きながら、大神の話を考えた。当時の事件に月子が絡んでいるのは間違いないと思えるが、鷲尾夫妻と同じように証拠は何もないはずだ。すると大神は藪下に一歩近づき、押し殺した声を出した。

「あんたらが今調べてる事件は、警察庁長官の甥夫婦が殺し合ったものだな」

「おたくが誘導して俺を引っかけようとしている可能性もあるからノーコメントだ」

「そう思いたければそうしろ。だが、あの女が夫婦殺し合い事件の近くにいたのなら、おそらく何かをやっている。あの部屋に住む予測不能のハンター。彼女をそんな悪魔と二人きりにしていいのか？」

大神は藪下とひとしきり目を合わせ、さっと踵を返して歩き出した。藪下はその背中に向けて声を上げた。

「一花は女と二人きりじゃない。俺ら二人と公安二人が完全マークしてるからな。もちろん、アパートの近辺にはいくつもカメラを仕掛けてるんだろ？」

すると大神は肩越しに振り返った。

「マークはしている。だが、何が起きても助けることはない」

そう言い、二人の男は夜気に満たされた住宅街へ消えていった。

「ハムには向かない男だ」

「そうですね。でももし藪下さんが公安に異動していたら、彼と同じことをしたと思いますよ」

淳太郎はさらりと言い、イヤホンを着け直してアパートのほうを窺った。

6

夜の住宅街はしんと静まり返り、虫たちの弱々しい声だけがあちこちから聞こえている。帰宅する人間がたまに通り過ぎる以外、車の行き来もほとんどなかった。部屋では月子が紅茶を用意したらしく、一花はおいしいですと素直な感想を伝えて月子は笑っていた。こんな何気ない二人の会話を聞いていると、悪意の存在を忘れてしまいそうになる。虎ノ門で射殺された男も、妹の死を調べて月子までたどり着いたものと思われた。馬鹿なことをしたのは間違いないが、「悪魔」を殺さなければ被害者が増えるという言葉には共感しかない。

「一花ちゃんのやりたいことって何？」

イヤホンから月子の声が聞こえてきた。

「夢は結婚って言ってたけど、それは今も変わらないの？」

「はい。結婚したいと思えるほど、だれかを好きになってみたいので」

「今はそんなこと聞いてない」

月子は語尾にかぶせながら言ったが、あまりにも急で藪下はいささか驚いた。一花も棘のある口調に変わった女に戸惑い、すぐ「すみません」と謝っている。

「いつも言ってるけど、一花ちゃんとあの二人は合わないような気がするの。仕事仲間のことだけど」

「そうでしょうか」

「うん。あなたは雑用みたいなことをやらされてるでしょ？　お茶出しとか掃除とか」

「いいえ、それは主に藪下さんがやっています。わたしもやろうと思っていますが、いつも藪下さんに先を越されて出遅れています」

一花の答えが詳細すぎる。藪下は悪気のない彼女の言葉に苦笑するしかなかった。これでは相手が探るまでもなく、情報をくれてやっているのと同じだ。

月子は長々と黙り込んでいたが、一転して優しげな口調で言った。

「わたしは一花ちゃんが心配なの。本当はつらいんじゃないかと思ってね。普通の仕事に就いたほうが幸せだと思う。きっと、ご家族だってそう言うはずだよ」

「普通の仕事とはなんですか？」

「質問はしないで」

またもやぴしゃりと切り返され、一花は慌てて謝っている。聞いているだけで腹立たしさが募る会話だが、何が楽しくて一緒にいたいと思うのだろうか。結衣子もこれと同じような関係だったとすれば、緊張の連続だったはずだ。返す言葉を過度に選ぶようになる。

すると月子は、今さっきまでとはまるで異なる柔らかな声を出した。

「わたしは一花ちゃんが好きだよ。なんでも話せる親友だと思ってる。でも、あの二人が邪魔するから悲しくて」

「あの二人？　藪下さんと淳太郎さんがですか？」

「そう。まだ詳しくは話せないけど、わたしもこの短期間で二人とはいろいろあったから……」

含みをもたせるにもほどがある。藪下は歯がゆさのあまり貧乏揺すりを始めたが、淳太郎が目で制してきた。

「藪下さん、落ち着きましょう。彼女に対しては感情的になったほうが負けです」

「そんなことはわかってる。いったい一花は、こんな女の何がよくてのめり込んだんだ。しかもあれほどの短期間で」

「率直さでしょうね。もちろんすべて錯覚ですが、一花ちゃんみたいなタイプは優しいだけの人間にはなびかない。これは結衣子も同じだったはずです。それを的確に理解しているというところが本当に恐ろしいんですよ」

淳太郎は厳しい顔でアパートを見据えている。女に対し、この手の表情を向けたところを今まで見たことがなかった。

それからも月子は愚にもつかない話をだらだらと続け、しかも話題があちこちに飛ぶため聞いているほうは疲れ果てる。合間に一花を拒絶するような言葉を入れ込みながら、また助けたい力になりたいなどとのたまっていた。思考があちこちに振りまわされて多大なストレスがかかり、反発心すら鈍っていくような妙な感覚だ。淳太郎は思わずイヤホンを外して冷たい空気を吸い込み、気持ちを切り替えてからまたイヤホンを着け直した。

二人は宅配ピザを頼もうとはしゃいでいたが、しばらくすると月子の声しか聞こえなくなった。しかも今までの声色ではなく、さっきも道端で聞いた低くて不穏なものに変わっていた。

「……しぶとすぎ……効きが悪い」

フローリングを忙しく歩きまわる足音が聞こえ、カチャカチャと何かを触る音が流れてくる。しばらくすると戸棚を開けるような乾いた木の音がした。

「なんで鍵がかかってんの……めんどくさい」

「鍵？」と藪下は即座に反応した。淳太郎は先ほどからスマートフォンを操作して動きを止めていたが、やがて顔を上げて押し殺した声で言った。

「一花ちゃんにメールしたんですが、反応がありませんね」

「さっきから声も聞こえんな。どういうことだ」

そう言ったとき、今度は金属を叩くようなバンという音が鼓膜を震わせた。二人とも驚いて肩を撥ね上げた。

「ふざけんな……鍵はどこだよ」

そこで藪下ははっとした。

「いや、ちょっと待て。まさかあの女はガンロッカーをあさってるんじゃないだろうな」

「確か一花ちゃんは、前のアパートでクローゼットの中にスチール製のロッカーを入れていましたよね」

淳太郎の差し迫った声と同時に今度は甲高い金属音が響き渡り、月子の引きつったような無様な叫び声が聞こえた。

「なんなのこれ！　いい加減にしろよ！」

月子は口汚くののしり声を上げ、その後も何かを蹴ったり叩いたりする騒音を響かせている。初めて会ったときからは想像もできないほどの下劣さだ。藪下はイヤホンに意識を集中していたが、部屋での事態を思い浮かべて思わずにやりとした。

「女は一花が仕掛けた罠にかかってんな。しかも簡易版じゃない。完全にワイヤーに締められてるだろ」

「笑いごとじゃありません。一花ちゃんの気配がないのが問題ですよ。まさか、危害を加えられたんでは？」

淳太郎はアパートのほうへ視線を向けている。藪下は少し考え、スマートフォンを出して一花に電話をかけた。五回の呼び出しのあと、すぐに無機質な音声メッセージに切り替わる。通話を終了してスマートフォンをポケットに戻した。

「おそらく一花は薬を盛られてる。紅茶を淹れたのはあの女だったよな」

藪下は、次から次へと悪事を働く女の行動を冷静に考えた。

「薬を使ったにしろ、眠らせて銃を奪うつもりではないだろう。あの女は足がつくようなことをしない。だが異様に気が短いようだから、このまま放っておくわけにもいかんな」

ともかく一花の状態を確かめるのが先だった。即効性のある睡眠薬を飲まされた可能性が高いが、量によっては深刻だ。藪下は再度一花に電話をかけ、つながらないのを確認してからアパートへ目を向けた。

「しょうがない、突入する。通報はあとだ」

依然として女の愚かしい罵詈雑言《ばりぞうごん》は続いており、やり場のない腹立たしさが藪下の体の隅々に蓄積していくのがわかる。ブロック塀の陰から一歩踏み出したそのとき、今度は月子ではない聞き慣れた声がイヤホンを伝って耳に入り込んだ。

「月子さん、いったいそこで何をやっているんですか？」

一花だった。月子の驚いたような息遣いが聞こえ、続いてフローリングを歩く足音が耳に入る。

「どうしてクローゼットを開けているんですか？」

「こ、ここは何かなと思って開けてみたの。そしたらこんなことになってる。これはなんなの？早く外して」

「それは括り罠のバネ式トラップです。中にあるロッカーに衝撃を与えない限り、作動しないようになっているんですよ。南京錠《ナンキンじょう》に連動させてあって、悪意のある人間だけがかかる仕掛けです」

いつものように抑揚はない。しかし隠しようのない昂りが声にまぎれているのを感じ取り、藪下は無視することができなくなって足を止めた。

「あの馬鹿！　初めから女をハメるつもりだったな！」

一花の部屋を睨みつける。

「また勝手なことをしやがって！」

「まあ、まあ。罠はもともと仕掛けてあったものだろうし、月子さんが勝手にかかっただけでしょう。紅茶に仕込まれた薬に気づくなんてさすがじゃないですか」

そうなのだが、そのせいでもはや計画はめちゃくちゃだ。このままでは、一花のほうが傷害に問われかねない状況でもあった。

ここのところ血圧が上がり通しだ。藪下は舌打ちしてイヤホンを外し、アパートのほうへ再び走り出した。ポケットから部屋の合鍵を出して鍵穴に突っ込む。無言のまま上がり込んでリビングへの中扉を開けると、右手首をワイヤーで拘束されている月子が大きく目をみひらいた。突然のことに言葉も出せずに驚愕し、何が起きたのかわからず唇を半開きにしている。が、すぐに表情を変えて今にも泣きそうな顔をした。

「よかった……藪下さん！　助けてください！　一花ちゃんが普通ではないんです！」

「普通じゃないのはあんただろ」

藪下は努めて感情を殺し、クローゼットの前にへたり込んでいる女を冷ややかに見下ろした。癖のある長い髪が顔にまとわりつき、黒目がちな瞳は潤んで光っている。この可憐とも言える女を異常者だと見破れる者が、いったい何人いるだろうか。人の死や苦しみを糧にするような生き方をしているなど、その澄んだ目から推し量ることはできない。

藪下は邪悪さの欠片すらも見えない女から目を逸らし、おもむろに蛍光灯の下へ行った。ハンカチを出してグロー管を取り外す。

「これは小型カメラだな。エアコンの脇についているカード型のやつもそうだ。結衣子の部屋に仕掛けたものと同じだよ。受信範囲はおよそ三十メートル。まさか、このアパートへ越してくるつもりだったのか」

「……なんのことですか」

月子は戸惑ったような面持ちをして弱々しい声を出している。

「指紋を調べればすぐにわかるぞ。あとは紅茶な。なんの薬を使った？」

「おっしゃっている意味がわかりません……」

「結衣子にもこの手を使ったのか。薬で眠らせ、その間に家じゅうを物色した。いったい今まで、何人の人間を手にかけた？」

「ほ、本当に何をおっしゃっているのかわかりません。もしかして藪下さんは、わたしが結衣子さんと真人さんを殺したと思っているんですか？　け、警察にだってそんなことは言われなかったのに」

月子は震える息を吐き出し、泣き出す寸前のように唇を噛み締めた。藪下は心底うんざりして女の前に屈んで目を合わせた。

「あんたの本名は兼守美和だな」

そう言ったとたん、女の目から光が消えた。

「俺らが行き当たりばったりでこんなことをやってると思ってんのか？　山梨の小鳩村で死んだ四人の子どもたち。あんたはその名前をあちこちで使ってる」

「そんなことまで調べたなんて……ひどすぎる。あなた方も村の人の言葉を真に受けているんですね。あの村は異常です。問題が起きればだれかのせいにして、追放することで結束を保っている。それが正しいかどうかは関係ない。生贄と同じようなことを何十年も繰り返しているんです。わ、わたしの母と祖父もそのせいで死にました」

「母親はシンガポールに住んでいるはずだがね。祖父は米を送ってくれるんだろ？」

藪下がすぐにそう返したが、女は迫真の演技で泣き濡れた目を合わせてきた。

「お願いですから冷静になってください。わたしが本当にだれかを殺したのだとしたら、なぜ今も警察に捕まらずに生活できているんですか？　藪下さんは元刑事なんでしょう？　証拠をひとつも残さないで、何人も殺《あや》めることができるんですか？」

「なかなか鋭いところを突いてくるな。物証の残らない殺人はない。だが、直接手をくださなければブツは激減する。あんたのいつものやり口だよ」

女は唇を震わせ、一花に助けを求めるような目を向けた。

「一花ちゃんも同じように思ってるの？　わたしが人を殺してるって」

「信じられませんでしたが、現にわたしを使って何かをしようとしていた。藪下さんと淳太郎さんを攻撃させるつもりだったんですよね。しかも、銃を使わせるつもりだった。違いますか？」

女は深く傷ついたような表情を見せた。本当は彼女の言っていることが正しいのではないかと思わせるような、なんとも悲愴《ひそう》感の漂う顔だった。女と相対し、藪下はひとつだけわかったことがある。この女は何があろうと絶対に罪を認めないということだ。証拠を摑んで逮捕に持ち込めたとしても、間違いなく完全黙秘を決め込み捜査陣を翻弄するはずだった。

藪下は立ち上がって悲嘆に暮れる女を見下ろした。今の段階で通報しても、早々に釈放されることはわかっている。薬物の混入にしても一花に被害はなく、盗撮盗聴は迷惑防止条例違反程度のものでしかない。殺人教唆での立件はまず不可能だった。憎らしいことに、それをすべて理解したうえでこの女は飄々と立ちまわっている。

女はさめざめと泣きはじめているが、どことなく勝ち誇って見えるのは思い違いではないはずだ。藪下が経験を総動員して知恵を絞り出しているとき、玄関の開く音がしてみな一斉に振り返った。見れば、痩せこけた倉澤が所在なげに突っ立っているではないか。

「倉澤さん、いったいなぜここに？」

一瞬だけあっけにとられたが、藪下はいささか喧嘩腰に問うた。この忙しいときに、面倒にもほどがある。黒いダウンコートを着込んだ倉澤の後ろには、帽子を目深にかぶった妻の姿もあった。

「本当に申し訳ありません。妻がまた尾行していまして、麻生みどりさんを自宅からつけてここまで来てしまったんですよ。小一時間ほど前に電話がかかってきたので、わたしは慌てて駆けつけたんです」

すると月子はぴくりと反応し、想定外であることをありありと顔に出した。

「部屋の中で問題が起きているようでしたので、こうやって訪ねさせていただきました」

「とにかく外で待っていてください。取り込み中なんで」

「いや、でも……」

「出てください。話は後です」

藪下は撥ねつけるように倉澤を見据えた。まだこの女の悪事を遺族の前で話す段階ではないし、特に妻の耳に入れたくはないことが多すぎる。倉澤がおずおずとドアを閉めようとしたとき、何を思ったのか夫を押しのけるようにして妻が家に上がり込んできた。

「あ、おまえ。外で待っているように言われただろう」

咄嗟に倉澤が妻の腕を摑んだが、勢いよく振りほどいてリビングに土足のままずかずかと入ってくる。完全に目が据わり、ひび割れた唇を真一文字に結んでいた。これはまずい。すぐさま外へ連れ出そうとしたとき、癇《かん》に障る月子の声が部屋に響き渡った。

「く、倉澤さん！　助けて！　この人が結衣子さんを騙していたんです！　娘さんを操っていたんです！　それを知ったわたしを殺そうとしているんですよ！」

「黙ってろ！」

藪下は女を怒鳴りつけたが、次の瞬間には倉澤夫人が予測もできない動きで脇をすり抜けた。一直線に一花の前へ行ったかと思えば、着古された臙脂《えんじ》色《いろ》のジャンパーのポケットからナイフを引き抜いた。

「おい！　何やってる！」

藪下は目を剝いた。倉澤夫人は突っ立っている一花の胸ぐらを摑んで引き寄せ、無言のまま果物ナイフを振りかぶった。なんのためらいもなく流れるような出来事だった。藪下は反射的に一花を突き飛ばして夫人を拘束しようとしたが、背中を丸めた女はよろめき、そのまま全体重をかけて懐にぶつかってきた。

何が起きたのかわからなかった。しかし次の瞬間には強烈な痛みが何度も体を駆け抜け、藪下は崩れるように床に膝をついた。

一花と淳太郎が声を張り上げた。妻の行動をなすすべもなく見ていた夫は、まるで獣のように絶叫している。一花が後ろから夫人を摑んで足払いをかけたが、女は倒れて突っ伏しながらも不快な濁音を放ち続けていた。淳太郎がナイフを持つ手にクッションを押しつけ、なんとか夫人の動きを封じた。

藪下はコートをまくり、刺された右脇腹の付近に目を落とした。手で押さえた傷口からは温かな血が止めどもなく滴り、意思とは無関係に全身が痺れはじめていた。複数回刺されたのはわかっているが、傷の程度がわからない。淳太郎がパニックを起こして叫び続けている倉澤の腕を引っ摑み、暴れる妻の前に座らせた。

「倉澤さん、あなたは早く奥さんを押さえて！」

そう言いながら救急車の要請をした。一花は床に転がっているナイフを撥ね飛ばしてからタオルで夫人の腕を縛り上げ、すぐさま藪下のもとにやってきた。傷口を押さえている手をどけてハンカチを当て、淳太郎に目を向ける。

「淳太郎さん、傷口を直接圧迫してください。できるだけ強く。出血が抑えられます」

そう言って一花は藪下を寝かせ、一切表情を変えずにベルトを外して衣服を緩めた。真上から目を合わせてくる。

「この程度の傷で人は死にません。出血量もたいしたことはありません。四、五日で治ります」

うそもたいがいにしろと言いたいが、出血性ショックに陥るほどでないのは藪下にもわかっていた。淳太郎が腹部を圧迫すると痛みが走ったが、できる限り浅い呼吸でやり過ごした。

藪下はフローリングに転がっている血まみれのナイフに目をやった。倉澤夫人は依然として娘の名を叫びながら暴れ、夫は泣きじゃくりながら妻に全体重をかけて押さえている。どうしようもないほどの修羅場だ。藪下は血液を失った浮遊感を味わいながら、目だけを月子へ向けた。

未だ括り罠にかかったまま、この騒ぎを身じろぎもせずに傍観している。それを見て藪下はぞくりとした。一花をそそのかして自分たちと争わせる算段だと踏んでいたが、まさか倉澤夫人を使って危害を加えることが目的だったのか。遺族は三年をかけて少しずつ誘導され、夫人はもはや復讐心の塊となっている。わざと尾行を許して一花を襲わせる計画をしていたとも考えられ、藪下はここ最近感じたことがないほどの怒りを覚えていた。

そのとき、藪下の前で立ち尽くしていた一花が女のもとへ足を向けた。おもむろに月子の前に屈み、にやりと口角を引き上げる。それは鳥肌が立つほど狂気が迸った笑みであり、藪下は一瞬にして嫌な予感に陥った。

「あなたは狩られる側の恐怖を感じたことがありますか？」

「何を言ってるの」

女は一花を見下した様子でそっけなく言った。

「早くこれを外してよ」

一花は女に言われるがまま、笑いながら罠を外している。藪下にはその光景がひたすら恐ろしく、痛みを堪えながら思わず上体を起こしていた。そして一花は、落ちていた血まみれのくだものナイフを拾い上げた。

「わたしはたまに自分が怖くなるときがあります。獲物を仕留めるためなら、どれほど残酷なことでも平気でできる。環境が変われば、きっと人殺しも厭わない。ある意味、あなたと同類なのかもしれません」

そう言いながら、思い切りナイフを突き立てた。藪下と淳太郎は声を出すことができず、止めに入る時間もなかった。月子は驚愕して全身を固く強張らせ、床に垂直に刺さっているナイフへおそるおそる目を落とした。月子の指と指の間には、ナイフが深々と刺さっている。あと数ミリでもズレれば掌を貫通してしまう位置であり、女は手を引っ込めることすらできなくなっていた。

一花はナイフを無造作に引き抜き、くるりと一回転させて一切下を見ないまま再び同じ場所に突き刺した。

「や、やめて」

女は釘づけにされたように身動きができず、あいかわらず笑っている一花から目を逸らすことができなくなっている。一花はまたナイフを抜いて、今度は女が寄りかかっているクローゼットの白い扉に突き刺した。月子は「ひっ」と息を吸い込み、汗を流しながら小刻みに震えはじめている。顔のすぐ脇に刺さったナイフを横目で見やり、涙をにじませて一花に視線を戻した。

「楽しいですか?」

一花の場違いな問いに、月子は波打つように体を震わせた。

「お願い、やめて」

「なぜですか? あなただって今まで楽しんでいたんでしょう? 人が苦しむ姿は本当に滑稽ですからね」

一花は扉に刺さったナイフを引き抜き、また一回転させてそのまま床に投げ落とした。ストンという音がして、指の間にまっすぐ刺さる。女は反射的にぎゅっと目をつむって震え、「助けて……」と絞り出すように本気の懇願をした。一花はこれといった反応を示さず女の耳許に顔を近づけ、なんの感情も読み取れない声を出した。

「月子さん、わたしはあなたを狩ろうと思います。今後どこへ行っても何をやっていても、近くにわたしの気配を感じるはずです。好きに逃げてください。ハンデです。でも、わたしは今まで狙っ

かでもひときわ美しく、そして悪意が開花したような身の毛がよだつ笑みだった。
一花は鼻先がつくほど顔を寄せ、恐怖で汗みずくになった女に笑いかけた。それは今まで見たな
た獲物を逃したことはない」

7

一花の宣言通り、藪下は五日で退院させられた。コートを着ていたせいで傷は浅く、出血量はあったものの重大事にはいたっていない。右脇腹を三ヵ所も刺されたのに傷が内臓に達しなかったのは不幸中の幸いだ。が、冷たい金属が体内に入ってくるなんともいえない感覚は、今でも夢に見て飛び起きるほどだった。

藪下は傷口の疼きを感じながら鎮痛剤を口へ放り込み、濃く淹れたコーヒーで飲み下した。家で安静にしていろと淳太郎は言うが、動いていたほうが格段に調子がいい。それに、仕事はまだ終わっていなかった。

藪下は、向かい側で作業をしている淳太郎に声をかけた。

「真人の兄嫁に電話してくれるか？　代わってくれ」

「玲奈さんに？　急にどうしたんですか」

珍しくメガネをかけている淳太郎は訝しげな面持ちをしたが、理由を問わずにすぐスマートフォンを操作した。電話口で愛想よく喋り、藪下に代わると言って電話を差し出してくる。咳払いをしてから電話を耳に当てた。

「突然すみません、藪下です。その節はお世話になりました」

「いえ、当然のことをしたと思っていますから。あの、どうかなさったんですか?」

ほとんど藪下との接点がない玲奈は、どこか警戒するような声を出している。

「実は、もうひとつだけお願いしたいことがあるんですよ。鷲尾家当主に電話をつないでいただきたいんです、今すぐに」

「え? 義祖父に?」

玲奈は意外そうに語尾を上げた。

「事件についてお伝えしたいことがあるんです。直接かけると取り次いでもらえそうにないのでね」

すると玲奈は考えるまでもなく「わかりました」ときっぱりした口調で言い、外へ出て母屋へ向かったようだった。しばらくはこもった音が聞こえていたが、急に不愉快を極めた老人のしゃがれ声が耳朶《じだ》に触れた。

「玲奈に電話を取り次がせるとは、いったいどういう了見だ」

「申し訳ありません。どうしてもお話ししたいことがあるんです」

「いい加減に迷惑行為をやめろ。おまえらとかかわる気はないと言ったはずだ。これ以上やるなら訴える」

憤慨しながら電話を切ろうとしている老人に、藪下は急いで言った。

「真人さん夫婦を殺した人間を突き止めています」

電話の向こうが一瞬だけ静かになったが、すぐに怒りを燻らせたような押し殺した声がした。

「……おちょくっているのか」

「いいえ。あの事件は真人さんと結衣子さんが殺し合ったことに間違いありません。ただ、そう仕向けた人間が存在するんです」

藪下は調べ上げたすべてを順を追って説明した。家に監視カメラが無数に仕掛けられていたことや、二人と接触していた月子のこと、過去にも同じような騒ぎを起こして逃げ果《おお》せていることなど、言葉にすれば信じ難い出来事の数々を一気に伝えた。老人は途中で口を挟むことはなかったが、聞かされた突拍子もない話に戸惑っている様子が電話越しからでもひしひしと伝わってくる。藪下は、半ば説得するように語りかけた。

「女の名前は兼守美和。二十九歳です。彼女は我々の想像を超える異常者だと思ったほうがいい」

老人はさらに間を置き、言葉を投げつけるように言った。

「今さらそんな与太話を聞かされても不愉快なだけだ。だいたい、電話をかけてきた目的は別だろう。さっさと結論を言え」

「では率直に言います。兼守美和をマークするように働きかけていただきたい」

「馬鹿な」

老人は鼻を鳴らした。

「あんたの話は憶測だけでなんの裏づけもない。マーク云々以前の問題だ。元警官のあんたがいちばんわかっているはずだが」

「ええ。今から一週間前に女は警察の聴取を受けましたが、証拠不十分で釈放されています。おっしゃる通り、勾留できるだけの証拠がないのでね。だから、あなたにお願いしたいんですよ」

「もう三年も前に解決した事件だぞ。あんたは真犯人の尻尾を摑んだ気になっているようだが、現に女は釈放されている。その結果がすべてだ」

どうしてもこの老人を切り崩さなければならない。藪下はわずかに焦り、彼の心を動かせるものはなんなのかとめまぐるしく考えた。

「女は、部屋に被害者の写真を何枚も飾っています。おそらく今まで手にかけた者たちですよ。そのなかには真人さんと結衣子さんもいるでしょうね」

老人は、だからなんだと言わんばかりに舌打ちした。

「そんなものはなんの証拠にもならん」

「ええ、その通りです。だからあとは公安がなんとかすればいい。今後、工作の限りを尽くして女を嵌めればいいんです。この事件は、もう警察捜査だけではどうにもならない。警察庁長官への働きかけと圧力をお願いします。鷲尾家にはそれが可能だ」

老人は呆れ返ったような深いため息をついた。

「あんたは勘違いしているようだが、わたしはこの事件の真相を暴きたいとは思っていない。前にも言ったが、孫夫婦がしでかしたことは一族の恥だからな。たとえ異常な女が絡んでいたとしても、起きた事実は何も変わらん」

「そうですね。でも、ここで食い止めなければ被害者が増え続けることだけは間違いない。この手の精神性の犯罪者は、死ぬか捕まるまでやめることはないはずです。悪事を繰り返すことでしか生きられない。お願いします。今、倉澤夫人は入院しています。兼守美和にそそのかされて、人生をめちゃくちゃにされているんですよ」

老人はその言葉に反応した。

「ちょっと待て。その女は遺族にも近づいて何かをやったのか」

「はい。事件直後から女は倉澤夫妻に接触しています。結衣子さんの知り合いを騙って弔問したり、親身に話を聞いたりして夫人を手なずけた。遊びのためだけに娘を亡くした母親の気持ちを弄んでいます」

美和をこのまま泳がせて言質《げんち》が取れたところで、たいした罪にならないのはわかっている。殺人教唆にだけは問われないよう、巧妙に立ちまわっているからだ。虫酸《むしず》が走るほど邪悪な人間だが、どう転んでも不起訴になるのは目に見えていた。鷲尾家の老人は、女を法で裁くための最終手段だ。ここが閉ざされればもはやなすすべがない。

老人は黙り込み、すでに通話が終了しているのではないかと思わせるほど長い間を空けた。そしてぶっきらぼうに言葉を吐き出した。

「確信は？」

「あります」

「明後日の午後二時、家に来い。摑んだ証拠を持ってだ。話を聞くだけ聞いてやる」

言い終わってすぐに通話は終了した。藪下はテーブルにスマートフォンを投げ出してソファにもたれかかった。緊張の糸が切れてどっと疲れが押し寄せる。話を聞いていた淳太郎は、いささか懐疑的な声を出した。

「公安が動くでしょうか」

「わからん。だが、俺らがやれることはもうないからな。公安にとって女ひとりを嵌めるのは難しい仕事じゃない。それに、警察庁長官の甥の事件だ。これを見せられればそのままにできるわけがないし、連中が入れば息の根を止められる」

藪下はテーブルに散乱している資料へあごをしゃくった。淳太郎はウェリントン型のメガネを中指で押し上げ、色素の薄い目を合わせてきた。

「まあ、今回の依頼はいい線いったと思いますよ。公的機関を巻き込んで解決への道筋をつけるのは、チーム・トラッカーの今後のために願ってもないことですし」

「警察と公安からの依頼を受ける会社を目指すってか」

「ええ。僕はそう遠くない未来に実現すると見ています。迷宮入りしている事件は、宙に浮いたまま時間だけが経過しているのが現状ですからね。国家権力へ自分たちを売り込むタイミングは今でしょう。テロリストの松浦冴子の件で、すでに僕たちは有名だと思いますから」

確かに、いい悪いは別にして連中の脳裏に自分たち三人が焼きついていることだけは間違いない。

そのとき、事務所の扉が開いて買い物に出ていた一花が戻ってきた。両手にコンビニ袋をぶら下げ、買ってきたプリンやらアイスなどをそそくさと冷蔵庫に入れている。一日のうちに、どれほどの菓子を食べているのかと心配になるほどだ。

一花はペットボトルの紅茶を持って藪下のはす向かいに腰を下ろした。そして前置きなく話しはじめる。

「兼守美和は、すでに荻窪のエステを辞めています。アパートはまだ引き払っていません」

「アパートのほうは僕に任せてね。由美さんに隣に住んでもらっているから」

「手際がいいな、あいかわらず」

「由美さんなら万が一にも彼女の口車に乗ることはありませんし、兼守美和も滅多なことでは近づかないでしょう。お互いにタイプではありませんので」

確かに、話にならないことだけは確かだろう。淳太郎はノートパソコンのキーを打ちながら、メガネの上から目を合わせてきた。

「藪下さんは倉澤夫人をかばっていますよね。聴取でも酌量の余地に触れたとか」

「実際、錯乱してたし倉澤の妻は被害者だからな」

「そうですが、下手すれば藪下さんは死んでいたわけですよ。一花ちゃんが刺されていた可能性もあった」

そうなのだが、厳罰に問われるべきなのは倉澤夫人ではない。ただただ娘のことを思い、後悔に苛まれて道を踏み外してしまった哀れな母親だ。倉澤には知り得た事件の全容を話したが、それで納得するかどうかはわからなかった。

「ともかく正気を取り戻すことを願うだけだ。それに、兼守美和にはそれ相応の罰を受けてもらう」

「公安が動かなかったときは、わたしが動きます」

一花は、ペットボトルの紅茶をちびちびと飲みながら当然のように言う。藪下は縫合で引きつるような傷口を押さえ、慎重に座る位置を替えた。

「おまえさんの迫真の脅しで、あの女も少しはこたえただろう。しばらくはおとなしくしてるはずだ」

「だからなんでしょう」

一花はペットボトルを置いて反抗的な目を向けた。

「わたしは兼守美和を野放しにするつもりはありません。彼女は今まで自由でした。でも、あの日から自由ではなくなったんです。何をしていてもわたしを意識しながら暮らすことになる。いずれはきっと、逮捕されることを望むようになるはずです。わたしよりも警察のほうが優しいですから」

藪下は起伏なく語る一花をじっと見た。あのときの彼女には無理がなかった。美和に恐怖を与えるために演技したわけではなく、本来の自分を見せたことは藪下にもわかっている。獲物を追い詰めることに喜びを感じ、ターゲットに対してはどこまでも非道になれる女。いつも考えていることだが、一花はある種の危険人物だった。正道を外れれば軌道修正が利かなくなる。それがわかっているからこそ、暴走を許すつもりはない。

「おまえさんは自分を制御しろ。俺が言えるのはそれだけだ」

「大丈夫です。わたしはお二人を困らせるようなことはしません」

「すでに困ってんだよ」

藪下がくたびれ果ててそう漏らすと、一花は丁寧に巻いてきたらしい髪を指先で整えながら言った。

「藪下さん、わたしを心配してくれているんですか？」

「一日に何回も同じことを聞くな」

若干嬉しそうににやけている一花は、ペットボトルに口をつけてごまかした。たびたび愛情を確認する子どものようで、拍子抜けするほどの間抜け面だ。さまざまな顔をもつ一花は飽きない存在だが、同時にこれほど手のかかる面倒な女もほかにはいなかった。

すると淳太郎がノートパソコンから顔を上げ、一花に笑いかけた。

「そういえば一花ちゃん、盗撮犯の長谷部剛史とその仲間を警察に突き出したみたいだね」

「はい、もう用済みなので心底邪魔でした。一銭の得にもなりませんでしたが、退治したのは総勢で八人です」

「さらっときついことを言うなあ」

淳太郎はさも楽しそうに笑い、洒落たメガネを外した。

「もうひとつ聞こうと思ってたんだけど、僕のカレンダーがネットオークションに出品されているみたいなんだよ。一花ちゃんは何か知ってる？」

一花はあからさまに視線を逸らして「いえ、何も」とひと言で終わらせた。間違いなく売りに出しているのはこの女だろう。

「売るのはかまわないんだけど、僕のファンの中には過激な子もいるからね。やり取りは実名でやらないほうがいいのにと思っていたんだよ。値段も不当に釣り上げているし」

淳太郎は、素知らぬ顔をしている一花に遠まわしなことをやっている。もちろん、いちばん過激なのはこの女であることは明らかだ。

藪下は書類の束を引き寄せてそろえ、内容に目を走らせた。

「ともかく、明後日までに完璧な報告書を作って鷲尾のじいさんをこっち側に引き込むぞ。一花は盗撮魔関連の画像をピックアップしておいてくれ。淳太郎は全体の監修な。渡した資料はそのまま偉いさんへ渡ると思って間違いない」

「プレゼン資料はお任せください。必ず彼らを落とします」

ここでの失敗は許されない。藪下はシャツの袖を無造作にまくり上げ、パソコンに保存してある記録を開いた。そして倉澤夫妻が事務所を訪ねてきたときまで遡り、言葉のひとつひとつを手繰り寄せるようにして目を通していった。

参考文献

『罠猟師一代　九州日向の森に息づく伝統芸』　飯田辰彦　著／鉱脈社
『狩猟入門　狩猟免許の取得からハンティングの実際まで』　猪鹿庁　監修／地球丸
『Fielder vol.30』　笠倉出版社
『狩猟生活 2017 VOL.2』　地球丸
『現場の捜査実務』　捜査実務研究会　編著／立花書房
『解剖実習マニュアル　剖出の手順と観察のポイントを「完全図解」』　長戸康和　著／日本医事新報社
『うそつき　うそと自己欺まんの心理学』　チャールズ・V・フォォード　著、森英明　訳／草思社

本書は、書き下ろしです。
本作品はフィクションであり、
実在する人物・団体等とは一切関係ありません。

カバーイラスト　川崎タカオ
装丁　bookwall

川瀬七緒（かわせ・ななお）
1970年福島県生まれ。文化服装学院服装科・デザイン専攻科卒。2011年『よろずのことに気をつけよ』で第57回江戸川乱歩賞を受賞しデビュー。著書に「法医昆虫学捜査官」シリーズ、『女學生奇譚』『テーラー伊三郎』『フォークロアの鍵』などがある。

編集　矢沢　寛
室越美央

賞金稼《しょうきんかせ》ぎスリーサム！　二重拘束《にじゅうこうそく》のアリア

二〇二〇年八月四日　初版第一刷発行

著　者　川瀬七緒
発行者　飯田昌宏
発行所　株式会社小学館
〒一〇一-八〇〇一　東京都千代田区一ツ橋二-三-一
編集　〇三-三二三〇-五一三三　販売　〇三-五二八一-三五五五
DTP　株式会社昭和ブライト
印刷所　萩原印刷株式会社
製本所　株式会社若林製本工場

ISBN 978-4-09-386585-2